山东大学中文专刊

立言明道

——战国士人的语言观念与思想表达

刘书刚 著

山东大学出版社
SHANDONG UNIVERSITY PRESS

图书在版编目(CIP)数据

立言明道:战国士人的语言观念与思想表达/刘书刚著.—济南:山东大学出版社,2022.12
ISBN 978-7-5607-7689-7

Ⅰ.①立… Ⅱ.①刘… Ⅲ.①中国文学-古典文学-文学思想史-战国时代 Ⅳ.①I209.26

中国版本图书馆 CIP 数据核字(2022)第 240622 号

责任编辑 张晓林
封面设计 泽坤广告

立言明道:战国士人的语言观念与思想表达
LIYAN MINGDAO:ZHANGUO SHIREN DE YUYAN GUANNIAN YU SIXIANG BIAODA

出版发行 山东大学出版社
社　　址 山东省济南市山大南路 20 号
邮政编码 250100
发行热线 (0531)88363008
经　　销 新华书店
印　　刷 山东蓝海文化科技有限责任公司
规　　格 787 毫米×1092 毫米 1/16
　　　　 21.25 印张 267 千字
版　　次 2022 年 12 月第 1 版
印　　次 2022 年 12 月第 1 次印刷
定　　价 118.00 元

『山东大学中文一流学科建设经费』资助项目

刘书刚

1984年生，山东高密人，在北京大学中文系先后获得学士（2007年）、硕士（2010年）、博士（2014年）学位，现为山东大学文学院副研究员。主要研究方向为先秦两汉文学，出版专著《在物之间：庄子的伦理意识与语言观念》，在《文学遗产》等期刊上发表论文多篇。

《山东大学中文专刊》编辑工作组

《山东大学中文专刊》编辑出版说明

《山东大学中文专刊》，是山东大学中文学科学者著述的一套丛书。由山东大学文学院主持编辑，邀请有关专家担任编纂工作，请国内有经验的专业出版社分工出版。山东大学中文学科与山东大学的历史同步，在社会巨变中，屡经分合迁转，是国内历史悠久、名家辈出、有较大影响的中文学科之一。1901年山东大学堂创办之初，其课程设置就包括经史子集等中文课程。1926年省立山东大学在济南创办，设立了文学院，有中国哲学、国文学两系。20世纪30年代至40年代，杨振声、闻一多、老舍、洪深、梁实秋、游国恩、王献唐、张煦、丁山、姜叔明、沈从文、明义士、台静农、闻宥、栾调甫、顾颉刚、胡厚宣、黄孝纾等著名学者、作家在国立山东（青岛）大学、齐鲁大学任教，在学术界享有盛誉。新中国成立后，山东大学中文学科迎来新的发展时期，华岗、成仿吾先后担任校长，陆侃如、冯沅君先后担任副校长，黄孝纾、王统照、吕荧、高亨、高兰、萧涤非、殷孟伦、殷焕先、刘泮溪、孙昌熙、关德栋、蒋维崧等语言文学名家在山东大学任教，是国内中文学科实力雄厚的学术重镇。改革开放以来，新中国培养的一代学术名家周来祥、袁世硕、董治安、牟世金、张可礼、龚克昌、刘乃昌、朱德才、郭延礼、狄其骢、葛本仪、钱曾怡、曾繁仁、张忠纲等，以深厚的学术功力和开拓创新精神，谱写了山东大学中文学科新的辉煌。总结历史成就，整理出版几代人用心血和智慧凝结而成的著述，是对学术前辈最大的尊敬，也是开拓未来、创造新知、更上一层楼的最好起点。2018年4月16日，山东大学文学院新一届领导班子奉命成立，20日履任。如何在新的阶段为学科发展做一些有益的工作，是摆在面前的首要课题。编辑出版《山东大学中文专刊》是新举措之一。经过一年的紧张工作，一批成果即将问世。这其中既有历史成就的总结，也有新时期的新著。相信这是一项长期的任务，而且长江后浪推前浪，在未来的学术界，山东大学中文学科的学人一定能够创造出无愧于前哲、无愧于当代、无愧于后劲的更加辉煌的业绩。

山东大学文学院

2019年10月11日

目 录

绪　论

“战国者，古今一大变革之会也。”① 在介于春秋与秦朝统一天下之间这两百余年的时间里，古代中国在经济基础、社会结构、政治制度等各个方面都发生了巨大的变化，在文化生产特别是思想创造上表现出的活力尤为令人惊叹。虽然此时空前繁盛的百家之学，在后世并没有一一得到传承，有些后继乏人，几成绝响，但总体而言，战国思想在中国文化中的重要性很快就得到确认，其丰富性也使后人总是有可能从中获取资源。这一时期产生的大量文献典籍被反复阅读、研究，成为后人重要的知识来源，并往往充当他们思考的起点；这一时期流行开来的许多论辩话题及相应的解答方案，也在后世不断重现。战国堪称是中国思想史上的黄金时代。

就中国文学的演进而言，战国同样是一个至关重要的时段。尽管时人语中偶或出现的“文学”，与后世此词的内涵并不一致，尽管作为一种特殊写作门类的“文学”一科此时并没有分

---

① （清）王夫之撰，舒士彦点校：《读通鉴论·序论四》，中华书局 1975 年版，第 954 页。一般认为，战国时代终结于公元前 221 年秦统一中国，但其起点，亦即春秋时代的终点则有不同的说法，如终于公元前 481 年、终于公元前 476 年等。

化而出，但战国时代流传下来的诸多典籍，仍然是古典文学中的经典。“以立意为宗，不以能文为本”① 的诸子文章，骋口舌之辩、多虚饰造作的纵横家言，历来都不曾淡出人们的阅读视野，其中展现的语言技艺和藻绘辞采，与其承载的思想一道，浸润着后世作者。从中国文学史发展的角度来看，大量后世相沿不息的文体孕育于此时，一些极为关键的思想议题被提出且相关论述已颇具高度，即便它们并不与文学直接相关，也会作用于后来的文学理论、批评。如此，章学诚这段耳熟能详的论述虽不免夸张，却也不能说是全无依据：“至战国而文章之变尽，至战国而著述之事专，至战国而后世之文体备；故论文于战国，而升降盛衰之故可知也。”（《文史通义·诗教》）

本书以战国士人的语言观念与思想表达为主要研究对象。这并不意味着本书将严格拘守在这一时间界限内，在具体的论述中，不免会上溯至春秋、西周，下延及秦汉。以“温故知新”自命的孔子处于时世交替之际，对战国学术文化实有创辟之功，自然需要花费较大的篇幅对其思想和活动进行分析。同样，秦及西汉作为战国社会演化和思想嬗变的终局，其国家形制、政治形态及思想形势、文学格局等，都可为反观战国提供便宜的角度。总之，战国时代是本书关注的核心时段，但并非全部。

尽管时代绵邈，书简不免佚失，自战国流传至今的文献仍然有较多层次。论及战国时代的文学、思想时，诸子著作无疑是最重要的文本依据，一些影响尤为重大的学派如儒家、道家等，其著作更是得到了特别的重视。在以专人、专书为中心的

① （梁）萧统编：《文选》，中华书局 1977 年影印胡克家刻本，第 2 页。

研究中，战国学术世界就呈现为名家林立、名著众多的格局，近代以来，以文学史、哲学史、思想史等为名义做出的叙述里，这一格局也没有经历大的变动。随着新材料特别是大量出土文献的发现，以及研究者理论视角的转换，诸子之外的诸多文本，如反映“一般的知识、思想与信仰”① 的新出资料，与术数方技之学相关的简牍帛书②，也进入到研究视野之中。不过，由于以士人的语言观念与表达为主要论题，本书无意对此时的所有文本做全景式的描述，以论述说理为务的各类文献仍是最主要的研究对象，具体而言，本书重点仍是对诸子文献的分析和解读。

所论以战国诸子为主体，首先是因为诸子争鸣这一前所未有的历史现象，在秦汉一统之后很快便归于寂灭，成为中国历史上十分独特的一道文化风景。可以说，子书作为战国士人淬炼精华、自出机杼的产物，最能展现其文化创造力。其次，表面上纷争不已，以至有“百家”之称的子学，其实有着相当的共通之处，将其作为一个整体进行考察，有助于揭示其语言观念、思想表达行为的诸多特质。子书之外，一些文献典章虽早已存在，但在其文本成型过程中，战国无疑是一个关键时段。比如，六艺经典虽或有前代坟典作为依据，但孔子以降，战国儒者的整理编次之功也不容忽视；不少传记文献的生成，同样

① 葛兆光：《中国思想史导论·思想史的写法》，第一节“一般知识、思想与信仰世界的历史”，复旦大学出版社 2005 年版。

② 参见李零：《中国方术正考》绪论“术数方技与古代思想的再认识”，中华书局 2006 年版。

有类似情形。本书也将依据论述需要关注这些典籍。纵横于各国之间的策士，作为战国士人的一个重要组成部分，与其游说活动相关的《战国策》《战国纵横家书》等，自然也应纳入考察范围。

一、立言明道：作为社会行为的思想表达

作为一个流动性较大、社会位置摇摆于君主与庶民之间的新兴阶层，战国士人的人生路向并不单一，内部的歧异相当可观。不过，在语言运用一事上极具特长，很快就成为一部分士人的显要特征，诸子百家正是其中的代表。或激于时势，或资于故实，他们生发出许多富有原创性的思想，这些思想必须借由语言来呈现，因而在交辩论争、师徒授受、游说君主的过程中，他们自会努力提升语言的表意效果和感染能力。对于语言本身，士人们也会有审视和省思，诸如语言的功能与局限、语言表达的社会意义一类问题，逐渐得到深入的思考。以语言观念为切入点，考察战国士人形形色色的表达活动，或许有助于揭示诸子思想中一些易被轻忽的面向，也可为讨论文学演进提供更切合的视角。

战国文献中散布着涉及语言问题的相关论述，搜集出来并加以概括、阐释，自是有意义的做法；一些流派如名家，思想者如庄子等，对语言问题也有值得关注的思考和讨论。但在此之外，本书更关注士人在表达行为中反映出的对语言的理解，包括他们对语言的态度及使用方式、使用语言的意图、对语言表达的预期与实际效应之间的偏正离合等诸多问题。概言之，本书所谓“语言观念”，既有可能来自士人对语言问题的直接论

述，也会来自对其表达行为的观察和抽绎。

与语言相关的中国文学理论议题中，“言”与“道”的关系始终十分重要，在其生发及展开的过程中，战国诸子的贡献可谓巨大。在秦汉之后的学术总结里，战国子学相对于此前思想学术的不同之处，以及百家之学的共通之点，就已经得到了揭示，即子学是春秋战国之际社会变动的产物，而立言明道则是诸子的共同目标。“周室衰而王道废，儒墨乃始列道而议，分徒而讼。”周之统治秩序涣散离析，“王道”不复行之于世，儒墨之徒于是起而议论纷纭，“各欲行其知伪，以求凿枘于世而错择名利”（《淮南子·俶真》）。刘歆提供了一个大致相同的描述：“昔唐、虞既衰，而三代迭兴，圣帝明王，累起相袭，其道甚著。周室既微而礼乐不正，道之难全也如此。”在他看来，曾经浑全完备的道术遭受了四分五裂、暗昧不彰的厄运，幸运的是，经由孔子的卓绝努力，道术在实践层面受到挫折之时，于儒家经典中得到了保存。“是故孔子忧道之不行，历国应聘。自卫反鲁，然后乐正，《雅》《颂》乃得其所；修《易》，序《书》，制作《春秋》，以纪帝王之道。”（《移书让太常博士》）刘歆叙述中鲜明的尊孔色彩显然是独尊儒术的体现，曾经与墨家等并列的儒家一派得到拔升，而经典则以书面形式成功复原了贯彻于周代文明中的“王道”。

更为详明的叙述出现于《汉书·艺文志》。“诸子十家，其可观者九家而已。皆起于王道既微，诸侯力政，时君世主，好恶殊方，是以九家之术蜂出并作，各引一端，崇其所善，以此驰说，取合诸侯。”《汉志》一方面认为诸子兴起是王道衰微的结果，一方面又在古之王官中寻找到与九流十家一一对应的官守，其立说在细节上或有牵强附会之处，但把学术史上的这一剧变概括为由官学至私学的更替，并将之推本于社会结构、政治形势的变动，其荦荦大端确有不可移易者。只是，在儒家定于一尊的背景下，所谓“官学”总是可以顺利地与经典进行互换，《汉志》即直截了当地指出，诸子著述无一例外的都是“六经之支与流裔”。于是，周室衰而诸子起的历史，在儒家学者的学术史描述中，就变成了各家各派从六艺经书中抽出一端一绪加以演绎的过程，本来是经战国秦汉而逐渐成型的儒家经典，一跃成为百家之说的共同根基。

这些早期学术总结确立了对春秋战国之际的历史进行叙述的基本模式，后之学者也多在此基础上进行修葺补订。近代以来，章学诚对学术史的梳理产生了巨大的影响，而其所论春秋战国之世的学术嬗变，实际与《汉志》一脉相承。在周代尚能有效维持其秩序之时，“道”即流贯于当时的设官分职、政令法宪之中。“有官斯有法，故法具于官；有法斯有书，故官守其书；有书斯有学，故师传其学；有学斯有业，故弟子习其业。官守学业皆出于一，而天下以同文为治，故私门无著述文字。”（《校雠通义·原道》）诸子的兴起是这一完美体制衰败的结果，“周衰文弊，六艺道息，而诸子争鸣”。由于同样坚持儒学独尊的立场，章学诚也对儒家经典倍加推崇，在他看来，六艺经书作为先王政典，已足以完满保存至道，诸子之学所以具有价值，不过是由于能够分得道之一端。“道体无所不该，六艺足以尽之。诸子之为书，其持之有故而言之成理者，必有得于道体之一端，而后乃能恣肆其说，以成一家之言也。”（《文史通义·诗教上》）自诸子纷纷言道之后，私人著述才成为一种普遍的文化现象，尽管在章氏看来，这意味着社会的衰颓、学术的堕落。

值得注意的是，在这些学术史叙述之中，所谓“王道”，都经历了一个由大行于世向论述言说的转变过程。大道不行于世，天下纷然淆乱，是秩序的崩坏、机理的紊乱给予孔子整理前代文献的动机，他试图使道术之传不被中断；随后的百家诸子纷纷论道，也是由于在当时的列国之政、社会风俗中，“道”的踪影已渐趋稀薄。“道”曾经贯彻于制度典章之内，存在于经国治民的各种政治活动之中，如今却只能出现在典籍文献、言说著述里，并且恰恰是“道”在现实世界中不再被有效推行，才有必要对其进行言说。这些学术史之作普遍认为，战国诸子之学的兴起，是春秋战国之际社会结构、政治形势的变迁在思想学术上的反映，而通过言说、著述对“道”进行阐释，就成为诸子共同的任务。虽各家各派所言各不相同，但其差异也不过是因为观察“道”之时采取了不同的视角，从而揭示了“道”的不同面向。总体而言，“立言明道”既是诸子之要务，也是其不朽功绩之所在。

无论是《淮南子》《汉志》，还是章学诚的学术史梳理，都认为在春秋战国之交，“道”由践行于世转入言说议论之中，这一方面凸显了语言的使用对于战国诸子的重要性，他们被认定为一个与著书立说有更多亲缘的群体；另一方面，对“道”进行揭示成为重任和追求，这也意味着诸子在语言使用上有其特殊之处。需要说明的是，汉代以降的学术史以立言明道来定位战国诸子的著书立说，其实只是事后难免抽象的归纳，并非诸子之中的所有人都对“道”进行了直接的阐述、解说。不过，战国诸子尽管派别林立，他们各自关注的话题有时也分散在不同的领域，却都表现出从具体的事物、经验之中总结规律和揭示原则的努力。“形而上者谓之道，形而下者谓之器”（《周易·系辞上》），如果将对“道”的探索宽泛地理解为对事物之中隐含的规则、表象之下潜藏的本质进行发掘的尝试，那么以“明道”来概括诸子的思想活动实际不失合理；立言以明道，自然也就可以用来指示其表达行为的诉求、总结其言辞文章的成就。因此，本书即沿袭这些学术史著述的提法，用“言以明道”来概括诸子对于语言的期待与使用。

在战国之后的中国历史中，“明道”这一语言功能得到了极大推崇，以至于这不仅是文学之职责，且是学术之重任，历来的文人学者，对“道”的理解必然各有不同而不免于自道其道，但推认“道”为最崇高的言说对象、一切意义的最终来源，却并无不同①。因此，对“道”的阐释说明也就不能不被认定为

① 在中国文学史的演进过程中，“文”与“道”的关系是一个贯穿始终的话题，以“道”为起点对“文”进行论述界说，是诸多论文之作的惯常做法，是否以恰如其分的方式对“道”进行言说，也经常被用作评判文之高下的标准。刘勰论文即以“原道”为始，唐宋之时，古文家倡“文以贯道”之论，理学家持“文以载道”之说，都认为“文”以“道”为根基，“道”借“文”以呈现。如何以文章写作来阐明“道”，既是理论研讨的中心，也是创作自觉的诉求，正如郭绍虞所说：“在中国全部文学批评史上彻头彻尾，都不外文与道的关系之讨论。”（郭绍虞：《中国文学批评史上文与道的问题》，收入《照隅室古典文学论集》，上海古籍出版社2009年版，第170～191页）除了文学，明道同样是学术的目标，以“道”之浮沉升降、明暗起伏为主线建构学术史的尝试也一直存在，“辨章学术，考镜源流”不过是在“深明于道术精微”之后，判别“群言得失之故”。（章学诚《校雠通义序》）

语言最基本、最重要的功能，在中国文化的漫长历史中被反复提起、再三强调。

然而，语言活动几乎与人类文明相始终，中国文化早已有长时间的发展与积累，载录早期遗文往事的相关文献如《尚书》《左传》等，更是保存了大量的记言成分。如果说以“立言明道”为宗旨是战国学术的显著特征，那么，春秋之前人们的言说，又是何种形态，反映何种观念？战国诸子包括言说、书写在内的表达行为，有何前所未有的特质？“言以明道”这种语言观念何以在此时兴起并深入人心，且在后世产生如此之大的影响？

“言以明道”这一对语言的要求，假设了“道”这一先验之物的永恒存在，认定对其进行解释阐说是语言必须履行的义务，不因历史环境的迁移而变更。相应地，在面对古代文献时，最为重要的便是明了其意，找到其中蕴藏的永恒之理，这不但是人们阅读时的普遍心理，更是思想史研究中的惯常思路。不过，要回答上述问题，相较于揭示和阐发诸子文献的思想内容，或许更应关注战国时代的表达问题。同时，对于表达的关注，也应超越“道”与“言”、内容与表达的二元对立，不仅仅将表达视作一个呈现内容、将个体的思想转化为语言文字的过程，而是将其视为一种具有社会意义的行为①。

① 表达作为一种行为，在20世纪语言哲学中得到诸多揭示。比如巴赫金批评以索绪尔为代表的“抽象的客观主义”之时，即反对抽象的共时性语言体系与具体的表述之间的对立，并指出：“说话者和听话者—理解者的语言意识实际上是存在于生动的言语活动中……实际上，我们在任何时候都不是在听话和说话，而是在听真实和虚假，善良和丑恶，重要或不重要，接受或不接受等等。”（［苏］巴赫金：《马克思主义与语言哲学》，《巴赫金全集》第2卷，河北教育出版社2009年版，第416页）这也就意味着，言语不仅用于传递信息、指称事物，同时也是人与人之间相互影响、碰撞的活动。在批评以洪堡为代表的“个人主义的主观主义”时，他也说，语言—言语的真正现实，是“言语相互作用的社会事件，是由表述及表述群来实现的”（《巴赫金全集》第2卷，第447页）。在研究“言语体裁”问题时，他更加明确了对语言的这一理解，比如他说：“所有表述都推动生活向前发展，不仅叙述某个新东西，而且把某个新东西带入人们（相当数量）的相互关系中；在这方面每一个表述都是历史的。”“任何表述都是‘事件’。”（《〈言语体裁问题〉相关笔记存稿》，《巴赫金全集》第4卷，第235、246页）在语言哲学中，持类似观点的颇有其人，最著名的当是维特根斯坦在其《哲学研究》中的论述。他提出“语言游戏”的概念：“‘语言游戏’这个用语在这里是要强调，用语言来说话是某种行为举止的一部分，或某种生活形式的一部分。”（［英］路德维希·维特根斯坦：《哲学研究》，陈嘉映译，上海人民出版社2001年版，第23节）由此，他认为自己的工作是“把语词从形而上学的用法重新带回到日常用法”（第116节），并得出了“一个词的含义是它在语言中的用法”（第43节）这一论断。维特根斯坦“语言游戏”的提法，是对所谓“指称论”或者“反映论”语言观的有力批判，而J. L. 奥斯汀则以“以言行事”一语，简洁有力地概括了自己的言语行为理论。他首先区分了“施事话语”和“记述话语”两种语言形态，前者的主要功能是施事，后者则是陈述事实或描述事态。后来他发现很难对这二者进行明确的区分，于是提出了更为一般性的“言语行为理论”，认为所有的话语都有施事功能，语言的本质即在于它是人类的一种特殊行为，记述话语不过是言语施事行为的一个子类。参见［英］奥斯汀：《如何以言行事》，杨玉成译，商务印书馆2012年版；杨玉成：《奥斯汀：语言现象学与哲学》第三章“语言与行为”，商务印书馆2002年版。哲学家对语言问题的讨论，改变了人们对于语言产品特别是文本的态度，在其他学科也产生了广泛的影响。昆廷·斯金纳即将“以言行事”的理念引入政治思想史的研究之中，并取得了丰硕的成果。他指出：“如果我们要以合适的历史方法来写作观念史，我们需要将所要研究的文本置于思想的语境和话语的框架中，从而察知它们的作者在写作时正在做什么。用更流行的话说，我强调文本的行动功能，以及将其语境化的必需。”*Visions of Politics*，“General preface Ⅶ”。斯金纳在诸多文章中，都阐述了自己的这一观念，如“Meaning and Understanding in the History of Ideas”，“Interpretation and the Understanding of Speech Acts”等，见于Quentin Skinner, *Visions of Politics*, *Vol. I*, Cambridge University Press，2002. 这些讨论对本书有很大启发。“言以明道”这一语言观念能够深入人心，一个重要原因即是它与人们依据经验对语言进行观察时的直观所见有诸多共同之处：词语指称事物，表达呈现思想，语言反映世界。可以说，它不过是对这些常识进行的升华与抽象，它对语言的认知，同样不出于为人熟知的“能指—所指”的二分法，仍然属于“指称论”语言观。然而，以“明道”为任的著述言说仍然是一种言语行为，空言立说本身也是参与社会互动的一种特殊方式。

因此，尽管学术史家用“明道”来概括战国诸子的言说、著述，关注作为行为方式的思想表达，却使得本书将不再偏向于概括他们对“道”进行呈现时所采用的论辩技巧、修辞手段等。对于诸子而言，擅长言辞论辩在当时即已成为最具辨识度的特征，不论是口头言说，还是书面写作，表达思想都是这一群体最为主要的社会参与方式。这样，一些问题就值得继续追问：在当时的社会结构之中，诸子处于一个怎样的位置？这一位置又为其思想表达提供了何种的可能、施加了何种的限制？作为表达的主体，诸子在言说、书写之时有何意图？这意图在当时是能够顺畅实现，还是会遭遇顿挫？其成败的原因何在？如果思想表达有其特定意图，那么为何诸子要宣称自己是在对恒久不变、至公无私之“道”进行阐说？不论其主观意图实现与否，诸子的表达行为都将产生客观的效果，比如，它在诸子群体形象的塑造上有何功用？对于当时的社会进程，又有怎样的推进之功？

将思想表达当作一种社会活动进行观察之后，很容易就能发现，表达并不仅仅与作为其内容、其陈述对象的“道”发生关联，而是绾结着复杂繁多的社会关系。子书尽管表现出浓郁的抽象思辨色彩，诸子却不是在真空中生活而仅以思维演绎为事，以表达思想为手段，他们积极地参与到社会之中，与其他群体进行互动，与其他的社会行为榫合或者冲突。同样，作为思想表达的成果而流传至今的诸多文本，也不仅是对某些永恒话题的伟大论说，而是当时整个社会筋络中的一个节点，出现于其中的种种陈述，不但其产生有特殊的语境，其出现也将引起语境的变迁。如果说语言观念蕴含于表达行为之中，那么，以表达为中心对战国诸子进行研究，也就有助于挖掘其言说、书写的社会维度。由此，“言以明道”的语言观念、“立言明道”的自觉追求，为何在此时产生并确立下来，或可得到更确切的解释。

对作为一种社会行为的思想表达进行研究，意味着要尽可能地将表达重新置入其发生、运作的历史情境之中，由此观察它所受到的制约及其所引发的后果。然而，完美复原历史情境并不可能，在历史已然逝去之后，所能做到的只是依据有限的资料，重建既不全面也无法绝对客观的历史叙述。因此，研究战国时代的思想表达行为，最为重要的是确立对这一时段历史的叙述。值得庆幸的是，当前在这方面已经有丰富的成果可以取资。当然，在此无法揭示这段历史所有可能的叙述方式，本书将仅仅选取几条较为突出的线索，探讨在这些走向之中思想表达与其他社会因素之间的关系。

二、表达主体：秩序重建中的学士群体

治史者多将春秋末期描述为“礼坏乐崩”，这意味着维系国家政权的王道纲常逐渐解纽，区分等级、绾结上下的礼乐体系濒于崩溃，整个社会陷入无常法、无定规的状态之中。随之而来的战国时代变本加厉，三家分晋、田氏代齐等一系列事件使权力争斗中新的得势者堂而皇之地走向历史前台，旧有的规矩再无约制能力；列国之间的战争甚至都不需要寻找任何道义上的理由以为文饰，兼地并国本身就可以成为兴兵起伐的原因。随着秦汉帝国的建立，这乱局终于平定，君主专制下的官僚制度取代了天子居首位的宗法体系，封建废而郡县行，分散的诸侯列国被统为一体，新的政治制度、社会秩序最终确立。所以，战国时代正是旧秩序沦替，新秩序显露雏形、规模初具的时期，它可以被叙述为一种前所未有的国家统治方法、社会整合方式

逐渐长成的历史。

在秩序重建的过程中，活跃的士阶层十分引人注目。士人是随着封建贵族制度的崩溃，在春秋中后期萌生，在战国时代发展壮大得不容忽视的一个社会阶层。他们或出于没落的贵族，或来自上升的庶民，其中很大一部分甚至缺乏必要的物质资本和生活资料，但其自产生之始，便要求在统治权力的分配中占据一席之地。与此同时，战国以来，经过一系列的变法改革运动，中央集权的政治体制在各诸侯国逐渐形成。这一体制确立了君主的专制，君主成为政治世界中一切权力的源泉，由于政治权力在古代中国的领驭地位，君主更是成为凌驾于所有社会群体之上、享有无上尊荣的个体①。君主虽有独断一切的权威，在现实中却没有事必躬亲的可能，他必须以手中的权力为交换的筹码，任命群官百吏以实现对国家、社会的共同管理，而士阶层无疑是各层官吏的主要来源之一。

看起来，君主与士人互需互补、相辅相成，并且事实上，最终成熟于汉代的新的社会结构和政治体制，也确实呈现为二者之间的合作。士人的诉求在一定限度内得到满足，君主专制政权为其提供了一个恰当的安置，这使得就士人的“社会地位和政治功能而言，我们有理由认为他们构成了中华帝国的统治阶级；中国古代社会的独特政治形态，自汉代以后，也可以说

① 瞿同祖指出：“在政治权力的分配和社会地位与财富的分配之间，有一种密切的共生关系。政治地位不仅可以给它的占有者带来权力和名望，同样也给他带来了致富或发家的机会。……可以毫不夸张地说，中国社会层级的划分基本上是以政治权力为依据的，财产的作用只占第二位。”（瞿同祖：《汉代社会结构》，邱立波译，上海人民出版社2007年版，第74页）

特别地表现为一种‘士大夫政治’”①。不过，权力分配的过程并不十分顺畅，士人为获得这样一个有着相当稳定性的社会政治位置，付出了巨大的努力，并探索出一系列行之有效且影响深远的策略。战国时代作为“士大夫政治”的前史，也正是士人确立其社会位置，并为维持、发展自身阶层利益而不断尝试的一段历史。

社会政治秩序的重建与士阶层的崛起并不是平行并进、没有交叉的两个历史进程，事实上，自始至终它们都拧合在一起，而这两者与战国时代的思想世界无疑都关联甚密。对于战国思想而言，新秩序应该是何种面貌，以什么样的方式、经由怎样的步骤才能成为现实，都是迫切需要给出答案的问题，对当时的社会现实做出回应，也是思想证明自身价值的主要方式。诸子百家虽然取径不同，思想的深度与广度也未必达到同一水准，使天下重归于治却是各家各派共同的用力之点，秩序重建是战国思想的核心话题。社会政治对于思想的意义，并不仅限于纷杂混乱的社会现象为思想提供素材和对象，刺激对未来的想象和期待，它的变化还导致了一些全新的思维方式，从而为思想提供新的可能；最终，也是它的变化为热闹一时的“百家争鸣”画上了句点。社会政治不仅提供思想的主题和内容，还供应甚至限制思想者进行观察的视角、建构推理演绎的方法，它既将自己呈现给思想，同时也在很大程度上规定了思想观察自己的方式。可以说，社会政治构成了思想世界的限定情境，在更深的层面上决定并推动着思想世界的变化。

士阶层与战国思想的关联更是明白显豁。这最为直接地表

① 阎步克：《士大夫政治演生史稿》，北京大学出版社1996年版，第1页。

现在，在如今可见的文献资料中，比重最大的一部分或是对士人言论的记载转述，或直接出自他们的书写、编撰。士人充当了思想表达的主体，在很多文本中甚至扮演着类似“作者”的角色，他们的社会位置、性格特征就不能不对其思想有所影响。战国之时，士阶层内部实际有着相当程度的分化，诸子所代表的以学术思想为业者不过是其中一部分，数量上也未必能在整个阶层之中占优，但他们对士人社会地位的确立却至关重要，毕竟，成熟之后的士大夫表现出集文化身份、行政职务于一身的双重品格，并且较之后者，前者得到了更多的强调和尊重。如果将战国史叙述为士阶层为确立其社会地位而不懈奋斗的历史，那么这一部分士人，亦即“学士”的思想活动、言说写作，就应当被视作他们介入社会的主要方式。凭借大量的思想表达，他们才能够塑造自我的社会形象，积累名誉声望，最终成长为一个不容忽视的群体。

随着春秋时期的礼坏乐崩，维系传统社会的种种纽带失去效力，人们对当下的生活感到不满，对未来的去向感到迷茫，有了追寻别处生活、探索理想秩序的内在动机；动乱不安的政治世界及列国并立争雄的形势，也促发了人们回归稳定的现实需求。长于学术、思想的这些学士为时世所激发，以其言谈论说，提供了重建秩序的种种设想。他们的思想表达活动，使之在政治权威之外构建起知识权威、道德权威等另样的权威，并由此获得了被整个社会所认可的解释世界的权力。以思想与表达为主要形式的文化创造，为士人们在直接的政治参与之外，提供了另外一条可以获得自我满足的新途径，并为其谋取君主掌控的政治权力积聚了能够凭依的资本，从此可以进退有据。士人们甚至发现，即使不能居官任职，身处当时的政府机构之中，思想表达本身，其实也可以成为一种政治行为，尽管与钱谷兵刑、敛聚催征等实务相比，它具有十足的特殊性。

概言之，战国士人的思想表达，既受到社会环境，亦即秩序重建的历史进程的影响和限定，同时也是他们争取自身地位、改变当时世界的一种行为方式。思想表达参与了士人主体性的确立过程，并且有可能是其争取、维护自身利益的主要途径，这与学术史家赋予他们的言“道”者的形象似乎有所抵牾。尽管战国思想语境之中的“道”，可以包括天地宇宙之理、人伦日用之常、社会道德之归等各个方面的内容，在很多时候都不表现为纯粹的抽象、思辨①，但这毕竟是一个具有超越性的概念。它不是任何事物，但潜存于一切事物之中，构成事物存在的基础；它不黏滞于任何具体事件，但一切事件都要以其为准则，否则只能陷入事败无成之境；它不为时间所局限，也不被空间所制约，具有普遍的适应性和有效性。诸子对于“道”的这种超越性津津乐道，他们也热衷于宣称，自己阐述的自然之理、治国之道、齐民之法，最适合于维护国家或公众的利益，因此理应被持之以恒，而这在很大程度上是因为这些论说以整体的协和为目的，并不携带偏私。战国的思想者乐于打造自己至公

① 如余英时从比较文化史的角度，指出中国古代之“道”有“历史性”“人间性”等特征，“诸家论‘道’都强调其历史性，即与以往的文化传统之间的密切联系”。“中国古代之‘道’，比较能够摆脱宗教和宇宙论的纠缠。……在中国古代‘哲学的突破’的过程中，从‘天道’转向‘人道’是一个关键性的发展……全面地看，中国古代之‘道’的人间性是非常明显的。”“中国‘道’的人间性更有一个特点，即强调人间秩序的安排。”（余英时：《士与中国文化》，上海人民出版社1987年版，第46～51页）

无私的形象。

这种言“道”者的形象，与以学术思想为业的士人们的社会位置有关。战国之时，政治世界无疑吸纳了大量的士人，但长于思想表达的学士，却与政治保持了一定的距离。春秋以前的历史时期政学一统、官师一体，自孔子聚徒讲学，开传道授业之风之后，诸子百家蜂出并作，学派内部师弟授受，学派之间交锋论辩，在政治之外，开辟出一片无比活跃的天地。士人们通过思想创造、知识传承实现对文化资本的占据和积累，并努力推动这一资本与其他类型资本之间的转换，特别是以此为基础要求获得政治地位。当时列国有招贤纳士之风气，甚至以建立学宫之类的方式将此举制度化，从事于文化创造的士人与政治保持了或远或近的关联而非与之截然对立，但无可否认的是，他们有着相当的独立性，即使这批士人的生存离不开君主、国家的资助，他们也终究不是各类具体政治事务的参与者。与政治的相对疏离，无疑为思索、表达超越性之“道”提供了可能，学士们也因此宣称他们有着为将来立法的能力，断言只有在他们的规划的指引下，才有可能重返太平，重现盛世。

必须承认这种自我标榜并不仅仅是学士自欺欺人的大言不惭。作为以心智活动为业的群体，他们确实有着通观全局的视野、以多种角度看待问题的眼光；他们与世俗事务的一定距离，使其不为具体利益所纠缠，能够照顾到各个社会阶层之间的合理利益分配，促成社会的整合并维系其和谐；甚至，在关注整体秩序的同时，他们的自身利益有时反而成为视而不见的盲点。① 但是，对这种超然形象可以有另外的解读。这一形象的塑造和维护同样，可以被视作一种策略，只有超越一己之私利，思想者们才能宣称自己有为秩序重建制作合适方案的资格。他们对社会声望的攫取无疑与此密切相关，通过大量对永恒、普适之“道”的言说，以思想表达为事的士人们，才能承载起社会对于由乱返治的期待，并获得在权力格局之中的立身之资。为了确保身为言“道”者的超越姿态，这些士人甚至发展出一整套别具一格的行为方式。比如，在出仕与否的问题上，他们的反复斟酌中所体现的种种思虑，有时甚至迂曲可笑；在面对利益取舍之时更是谨小慎微，往往表现出常人不及的节操和令人钦敬的清高。当然，认为言“道”与士人身份地位的维持有关，并非要将战国思想文献还原为这一群体的居心叵测，仿佛著述言说只是为了利益争夺；本书在此试图揭示的，与其说是士人们在表达时的主观心理，毋宁说是这些表达的现实意义和客观效果，而这些甚至不为当时士人们所察知。

---

① 这一形象似乎为各个社会中的知识群体所共享。卡尔·曼海姆在论述知识阶层的社会角色时指出：“他受到的教育装备了他，使他可以从多种角度而不是像大多数社会争论的参与者那样只从一种角度看待当代的问题。”在现代社会，知识分子与各个社会领域的“疏离”更加成为一种优势，“帮助其逃脱了特定职业和利益对眼界的局限”。[德]卡尔·曼海姆：《知识阶层：它过去和现在的角色》，《文化社会学论集》，艾彦、郑也夫、冯克利译，辽宁教育出版社 2003 年版，第 122、168 页。就一个阶层而言，是否其中每一成员都具有这种“优势”，这一“优势”能够达到何种限度，或许值得讨论，但整体而言，知识阶层确实有此特质。

从君主国家的角度而言，以言“道”为任的学士最终也确实成长为一个不容忽视的群体，他们有能力通过议论然否、辨别是非来影响政治；对于政权、社会稳定的维系而言，这个以思想表达为事的人群必须得到重视，如何对其做出恰当的安置，是需要认真对待的一个课题。新创建的政治体制和国家政权也需要思想世界。君主尽管集最高权力于一身，他必须要使人信服权力的实施，不是至少不仅是为了一人一姓的特殊利益；国家权力只有证明自己的公共性质，才能使政令得到自上而下的贯彻执行，将天下臣民纳入同一意志的指挥。正如《商君书·修权》篇所言：“三王以义亲，五霸以法正诸侯，皆非私天下之利也，为天下治天下。是故擅其名而有其功，天下乐其政，而莫之能伤也。”尽管治天下之方略有古今之异，“为天下治天下”却是一切成功的政治模式的共同特征。相反，“今乱世之君臣，区区然皆擅一国之利，而管一官之重，以便其私，此国之所以危也”。能否从此乱世中脱颖而出，成为最终的胜利者，关键在于能否塑造“为公”的国家形象，“故公私之交，存亡之本也”。这种形象的打造显然要假手于思想世界的言说议论。新兴的政体还需要置身于思想的辩护之中，利用思想打磨掉自身作为新鲜事物所具有的陌生性，证明自己由来已久、与伟大的历史传统一脉相承，并且是唯一合理的统治方式。

一方面，国家需要给予思想活动一个恰当的位置、一个在一定程度上可以自行其是的空间，从而实现对思想的控制，解除其危险性；另一方面，国家也需要对思想加以利用，以建立能够被普遍接受的“国家意识形态”。这意味着，思想与政治之间的对立有被超越的必要，应该探索二者合作的可能，使思想成为重建的秩序中的一个有机组成部分。这种努力有时体现为具体的制度建设，存在于许多国家的纳客养士之制虽没有被规范化，却不失为国家管理思想的初步尝试，而齐国的稷下学宫，实际上已经是一个具有稳定性、延续性的思想交流平台和文化传播场所。战国之初，鲁、魏等国已经有“博士”之名；一统之后的秦朝，也有博士参与议政、执掌《诗》《书》；在汉代，博士则已经成为稳定的、兼具学术与政治功能的职官建制。①经过长期、曲折的探索之后，言“道”者最终在政治体制中获得了一个稳定的位置。

与此同时，在战国之末，另一种国家应对思想世界的方式也已出现，即以国家为主体，对已经存在的、有着千差万别的思想知识进行整合。在由此产生的庞大体系中，各类思想都有其特定的位置，国家在肯定其有效性的同时也圈定了其适应范围，由此消除了其潜在的危险；国家既然掌握了所有的知识，也自然获取了燮理阴阳、协调社会、管理民众的特权，政与“道”、国家权力与真理系统合而为一。《吕氏春秋》即是这一趋势的第一个成果。在汉代，这种对思想进行通盘整理的欲望仍然有着旺盛的活力，《淮南子》的编纂，刘向、刘歆父子主持的图书校雠等一系列学术工作，都是在其催动之下进行的。

知识的整合、思想秩序的重建并不仅仅是国家推动的结果，它同样是许多士人在思索、表达之时自觉追求的目标。在学士们看来，正是思想的混乱导致了社会政治的动荡不安，要使天下重归于治，思想世界的协调一致是无法越过的一个环节。因此，思想世界内部的斗争无时停息，并且这些斗争往往被赋予

① 关于博士制度的演变，可参见张汉东：《论秦汉博士制度》，安作璋、熊铁基：《秦汉官制史稿》，齐鲁书社 2007 年版，第 409～492 页。

政治意义。最初的儒墨之争、随后的百家争鸣甚至法家对整个思想界的敌视，都是这种斗争的表现，而在这些相是相非的倾轧之中，各家各派实际上也在吸收别家的优点，修复自身的缺陷，一些最初的学术史论述便是在这样的背景下产生的。《庄子·天下》篇通过评判各家优劣，梳理了庄学的知识谱系；荀子则在揭示诸家所蔽、非议十二子之后，确定了儒家经典之学的既粹且全；韩非也试图通过对以儒墨为代表的文学之士的激烈批判，消弭思想的纷争，令天下以法为教、以吏为师。思想秩序的重建有着来自思想世界内部的动力，许多思想者尽管身处“百家争鸣”的时代，他们在畅想未来时却不希望这一众声喧哗的场景再次出现。与思想知识的无限增殖相比，他们更乐于看到思想在一定的范围之内，依循着明晰的路线，稳定平和地再生产。

这是因为，在战国时代的秩序重建过程中，议论道术的士人们并不能置身于外、冷静旁观，他们的思想表达活动本身就是这一过程的组成部分。社会、政治秩序的重组与思想秩序的重新确立，本就处于同一进程之中，无法分而为二。即使以言“道”为业的士人们在战国之时与政治保持了一定间距，但这毕竟只是暂时的现象，道与政之间，思想学术与国家政权之间的合作，不仅存在着可能，且是双方共同的诉求。秦朝短命而亡，汉代经过一番摸索后，完成了新的社会政治秩序的创建，以经学为核心的儒术在思想世界也居于一尊，在士人获得较为稳定的社会位置之后，阶层内部曾经的分化也逐渐消弭而趋于整合，所谓的“士大夫政治”最终成型①。其中，长于表达思想、言

① 参见阎步克：《士大夫政治演生史稿》第十章“儒生与文吏的融合：士大夫政治的定型”，北京大学出版社 1996 年版。

说道术者仍然存在，但士人大多已在国家政制中得到有效的安置，其自身也不得不做出许多调整以求与体制适配，其性格特征与战国之时也大有不同①。尽管历史进展不能简单地归因于某些人的计划安排，以及他们为达成目标而采取的各种行动，但是，在这种政治形态的形成过程中，战国士人以言“道”为标志的思想表达活动，无疑有其不可磨灭的功绩。

关于战国时代士阶层的兴起流衍，及其与当时政治的关联互动，学界已经有了诸多研究。顾颉刚梳理了春秋战国之际士人的分流与其品格的变化，指出春秋以前的士文武兼具，既能修身明礼，又能执干戈以防戎事，逞勇力以卫社稷，而战国士人则分化为“儒”“侠”两类。文士通过对知识学养的占有，博取君主重臣之青睐，获得必要的生活资料，甚至在政治上有所建树；任侠之士则重然诺、轻生死，一旦意气相期，不难舍生以酬知己。② 余英时对士阶层在春秋战国之际的崛起做了更为细致的描述。为突出士人在春秋战国之际的品格变迁，顾颉刚虽指出此前之士文武兼修，毕竟还是特别强调其“武”之一面，并有“吾国古代之士，皆武士也”的论断，而文士则是由武士蜕化而来的。作为对这种失之偏颇的论断的纠正，余英时特别突出士阶层的文化渊源，即使在论述战国士人的时候，也更加突出其与文化更为密切的一面。在他看来，士阶层是伴随着中国古代“哲学的突破”而出现的一个知识群体，在孔子以“志于道”为其定义之后，弘“道”便成为他们自觉的承担，以“道”抗“势”成为其

---

① 参见于迎春：《秦汉士史》，北京大学出版社2000年版。

② 参见顾颉刚：《武士与文士之蜕化》，《史林杂识初编》，中华书局2005年版，第85～91页。

应对君主之时的典型思维。战国之时，士人因此就成为颇具独立性和流动性的一个群体，其中不乏不事权贵、高标风骨者。秦汉之后，中国知识阶层又“从战国的无根的‘游士’转变为具有深厚的社会经济基础的‘士大夫’”①，其性格又遭变更，而战国则成为士阶层历史中极为张扬高蹈的一段。

由于将士阶层视作中国古代的“知识分子”，余英时的论述其实更多地关注了战国士人之中的一个群体，亦即与文化创造密切相关的那一部分，士人中的其他品类则被忽略不谈。这样，战国之时士人与君主、国家之间的关系，就更多地被呈现为“道”“势”之间的角逐较量，二者的合作与利益共享则很难得到揭示。阎步克从士大夫政治这一独特政治文化模式的演生角度，对士阶层的早期历史做出研究，这一视角也使其在擅于知识文化的“学士”之外，注意到主要活动于政治世界中的“文吏”群体，对士阶层的把握更为全面。在分析士大夫学者、官僚二重身份的形成过程之时，“学士”与“文吏”的分合成为一条主要线索。在他看来，封建时代士大夫集于一身的“文化”与“政治”功能，在战国之时得到分化和专门化。其中，“学士”的存在，“显示了专门化的知识角色和分立的知识阶层之业已诞生”②，而“文吏”则意味着新式的职业官僚的出现，承担了列国的诸多具体政务③。士大夫政治则是这两个群体在分化之后发展、成熟，相

① 余英时：《古代知识阶层的兴起与发展》，《士与中国文化》，上海人民出版社1987年版，第77页。

② 阎步克：《士大夫政治演生史稿》，北京大学出版社1996年版，第127页。

③ 参见阎步克：《士大夫政治演生史稿》，北京大学出版社1996年版，第17页。

互冲突、斗争，最终又彼此补充、融合的结果。

对于本书而言，以思想表达为业的士人显然属于“学士”，在具体的论述中，本书也将经常用“学士”一词来指称这些思想表达的主体。已有研究对于士阶层的起源演变、社会功能、性格特征及其与政治之间的关联都做了较为翔实的说明，这为本书对战国思想与其表达的论述奠定基础。① 事实上，不论是以“道”抗势，还是在士大夫政治的生成过程中贡献力量，思想以及对思想的言说，都是学士们最主要的活动方式。因此，本书将主要关注以下问题：如果说立言明道是战国思想世界的重要特点，那么这一特点是如何形成的？其社会基础何在？战国学士是在怎样的社会环境中进行其思想及表达，这与其弘道、言道的自觉有何关联？学士的思想表达，对这一个群体乃至整个士阶层确立其主体性有何意义？在战国之时秩序重建的历史进程中，又起到了怎样的作用？

三、志足言文：战国士人的著述意识与表达形式

与春秋之前的贵族群体或同时代的其他阶层相较，战国士人在安顿生命上有着更大的自由。尽管士阶层与此前的贵族作为各自时代最主要的文化创造者，在品格上有着颇多相似，但二者的社会位置、历史境遇实际已大不相同。一个显而易见的

---

① 除上举作品外，对战国士人做出研究的作品还有许倬云：《中国古代社会史论——春秋战国时期的社会流动》，广西师范大学出版社 2006 年版；刘泽华：《士人与社会》（先秦卷），天津人民出版社 1988 年版；等等。于迎春的《秦汉士史》论述了秦汉两朝士阶层的演变历程，对士人在“体制化”过程中的精神反应和心理上的自我调整尤有绵密细致的描绘，对本书观察战国时代的士人风貌也有重要影响。

事实是，士人并没有天然的政治身份，为了进入仕途，他们需要付出很大的努力，并进行诸多的自我调整；仕途之外，他们也有其他可以通行的人生路径。这种并无一定之规的状态，使其群体之内仍可分化出多样的人生样态；而个人需要为自己的一生负责，也促成了相当程度的生命自觉。有时，这种自觉的表现是相当情绪化的。士人们会因享有空前的自由而欢忭不已，甚至恣肆张扬，呈现出特异于俗的情操和品格；也会因为生命里所有的期许和设想都需要在短暂有限的时光中独自完成而内心焦灼；更会因想得却不可得、可望却不可及的顿挫而沮丧、失落。当然，不乏一批士人在选定人生路径、确立一生志向之后，就矢志不渝、生死以之，其毫不屈挠的韧性让人钦慕不已，由此制造的生命景观也璀璨炫目。士人需要直面自己的生存境遇，在立志持身的过程中，不免会打量、反思自己或他人的人生经历，不论观人识人，还是反躬自省，都使得生命越来越成为一个被审视甚至有审美价值的对象，而这又会成为新的文学表达产生的动因。屈原抒情言志的诗篇正是其中翘楚，时代稍后的《史记》声色宛然的士人传记，也沾溉于此。

对于大多数士人来说，这种生命自觉都会归结于一个问题：选择何种人生路径才是最有意义的，值得为之倾注身心？孟子将士人描述为“无恒产而有恒心”，但“恒心”的择定绝非易事。士阶层因春秋战国之际的社会变动而诞生，并参与到秩序重建的历史进程中，这意味着他们需要不断调试与君主和新的国家体制之间的关系，在试探、反思中确认自己的社会位置和价值。因此，出仕几乎是极为自然的人生选择，为政理国既为自己获得生活所需，也是实现其济世抱负的前提条件。然而，士人们不难发现，出仕本身有其难度，与君主的遇合并不易得。

更重要的是，进入有一定职守、要面对考课循责的政治世界，需要让渡一大部分的个人自由，甚至会让自己推行道术的初衷大打折扣。于是，仕或不仕，在何种情况下出仕或致仕，就成为需要审慎考量的问题。列国交争、未成一统的时局，也让战国士人在仕途之外，仍有可以安顿自身的空间。其中，归隐作为与出仕处于对立两极的另一种可能，不但成为部分士人的归宿，也引起了并未择此道路的士人的讨论。

更重要的是，徘徊于仕、隐之间，反复思考人生选择得当与否的过程中，长于表达的士人们越来越发现，在政治世界之外，经营一个较具独立性的文化空间，或既可免除出仕之屈己从人，也可避免归隐之才华空掷。言说、书写，本就是一种有价值的行为方式，战国士人的著述意识，由此萌生并日渐成熟。对“立言明道”这一语言观念的确立来说，这是至关重要的。而论说著述的意义，不仅在于揭示包罗无限、至高无上的“道”，还在于它同样体现学士们的社会参与，承载其担当。在这种著述意识的形成、发展过程中，儒家学者的探索最为引人注目，这与其传承经典的学派特色有关，与大批承载着圣王故事、有着不朽价值的经典日夕相伴，儒者更容易确认言语文章的重要意义。孔子曾引故志中“言以足志，文以足言”（《左传·襄公二十五年》）一语，不妨引申一些说，除了表明个人内在的志意之外，在孔子及儒者这里，言说、书写已经成为一种值得选择的志向，制造有“文”之“言”，本身就是实现一生之志的一种方式。

将思想表达看作一种具有社会意义的行为，我们也不得不承认，时过境迁，后人试图重新进入战国之时的思想世界时，面临的只能是一些静态的文本，它们是表达行为的最终成品，是思想活动的存留遗迹。战国时代流传于世的文献，在形式上尤为繁杂，以至于可以说，思想在此时获得了最为多样的表达。如前引章学诚所说，“至战国而后世之文体备”，后世的诸多体式在此时都可以找到端倪，寻得最初的萌芽。如果不对“文体”一词做狭隘的理解，而是宽泛地将其定义为话语的组织方式、文本的结构方式，亦即“表达形式”的话，那么毋庸置疑，战国之时确实存在着大量不同种类的“文体”，时人在传述知识、表达思想时，采用了各式各样的形式，对它们进行探究，将有助于加深对当时思想活动的认知和理解。①

① 尽管章学诚注意到战国之时“后世之文体备”，但其论述其实存在着一些偏失。他“即《文选》诸体，以征战国之赅备”，证明在汉魏六朝之后分化得繁复细致的文章体式，在战国之时都已经萌芽。这种做法似乎形成一个悖论：一方面肯定这一时代在文体发展史上的重要性；另一方面，这种重要性却要通过后世的变化来显现。战国不过是后来的历史演变的渊源所在，这一时代在传播知识、表达思想时所使用的文体的特殊性反而无法彰显。何况，在这样对起源的追溯中，战国时代很难被视作最终的源头。“战国之文，其源皆出于六艺”，儒家经典才是最初的、最浑全完满的起点。这种观念并不是章学诚一人所有，甚至可以说，这为儒家学者普遍信奉，“百家腾跃，终入环内”，辨体的最终结论不过是“宗经”（《文心雕龙·宗经》）。在这样的历史叙述中，战国反而成了一个影像模糊的暧昧地带。一方面，它较之五经已经有了分化，尽管这分化可能会被理解为一种堕落；另一方面，它又只被视为一个未成定型的时期，孕育着后世的几乎所有文体，但又没有目睹它们的长成。这种单线进展的历史更多的只是一种蕴藏着价值判断的描述，在很多地方都与事实背离。比如，经典之学的逐渐形成本来就是此时思想世界中的一个事件，儒家六艺尚不构成对其他思想观念、表达方式的笼罩；同样，战国也不仅仅是为未来提供土壤、萌蘖的时代，与其从这一时期遗留下来的文本中寻找吻合于后世文体的各种因素，不如径直关注它们的基本特征和独特之处。

对战国时代的思想表达而言，最能代表其成果的是保存在诸子文献中的大量说理性言辞，而在文学史的惯常叙述中，诸子所用的说理文体经历了从对话体、语录体到论说体的发展。这种概括主要以现存文本的形式因素为据，并隐含着某些进化意味。从即兴的言说到有意的结撰，从零散、短小的片段记录到有结构设计、承转递进的大论长篇，从睿智的临场言谈到对某些主题的系统论述，文体的演变反映着诸子们思维水准、修辞能力的不断提升，战国文学因此呈现出一条清晰的线性脉络。本书对表达形式的探讨，不限于描述某一体式的形式特征或语言风格、它们的流变等，而更乐于关注形式与其所在的历史语境之间的关系。这是因为，如果将思想表达视为一种社会活动方式，那么就必须意识到，表达尽管往往首先表现为对普遍真理、永恒规范，亦即“道”的揭示和阐发，但与此同时，它也参与到历史进程之中，受到非思想因素的限制，并促成自身之外的世界的改变。言说或书写除阐明道理之外另有所作为，表达行为可以通过一系列的运作促成某些意愿，造就某些效果。与此相应，形式的功用也就不仅仅是使“能指”能够更好地再现“所指”，形式在满足表情达意的需要之时，同时也要为这些效果的实现贡献力量。“内容”并非决定形式的唯一方面，甚至很难说是最主要的一面，脱离了历史背景，脱离了形式运作于其中的情境，便无法真正理解形式。不同的形式是在不同的场合之中、为满足不同的需求而出现，或者说，形式的不同反映着权力运作方式的改变。

随着历史的进展，在特征歧异、体例不一的各类形式中，一些被奉为进行思想表述的典型文体，另一些则因不合时宜而被淘汰，形式之间逐渐有了价值上的高低之分。将形式置入其历史情境之中进行考察，可以更好地理解这种价值排序的确立过程。在以往的研究中，这一过程往往被描绘为一段不断推进、发展的线性历史，早期的、幼稚的形式渐次修正，演变为高级的、完善的形式。这种描述提供了简便明了的历史线索，但也存在着一定的问题。比如，它将较早出现、后来被压抑甚至消失的形式视作某些成熟样态的前身，给予了在历史上已经占据优势的形式太多的关注，而所谓早期形式的特性则往往不能被公平地对待，它们出现的原因及其在特定语境中的运行方式很难得到揭示。将不同的形式串联到一条进化论式的脉络之中，也容易使人误以为形式的成熟、更迭是一个独立的成长过程，从而忽视外在环境对于形式变迁的作用。事实上，一种形式在某一特定历史时期的出现与消失，都与当时的历史情境息息相关。

如前文所述，本书试图将战国历史叙述为士人成为思想主体、“士大夫政治”逐渐形成的历史，以及包括思想秩序与社会政治秩序在内的秩序重建的历史，对表达形式的讨论，也将主要集中于形式与这两个历史进程之间的关系。对于以诸子为代表的战国士人而言，作为其社会活动方式的思想表达行为，包含着他们获取声名势位的欲望，在当时秩序重建的历史进程中，也发挥着不容忽视的作用，而这一切，都会体现在思想的表达形式之中。这样，从对话体、语录体到论说体的发展，固然可以视作战国学士思维能力、论说水平、表达功底逐渐进步的结果，但如果将思想表达视作学士们确立主体、应对世界的主要活动方式，那么对文体变更的解释就不宜如此片面。表达形式的前后替换，有着更为复杂、更为深层的历史原因。

由于对话普遍存在于人类的各种活动领域之中，它也就自然而然地成为战国思想表达最为原初的体式，即便如此，用于表达思想的对话的出现，也是一系列社会变动的结果。与春秋之前最具文化意味的对话发生于政治世界之中，并且本身即是政治事件的组成部分不同，战国思想世界的对话更多地发生在师徒之际、学者之间，其所在空间已经与政治保持了一定的距离。这些都表明，这是一种前所未有的对话形态，它的出现是士阶层登上历史舞台之后，其中的一部分暂时不能或不肯进入政治世界，而以传承知识、创造学说、讲学授徒为个人主业的结果。因此，这种对话的出现以士人的崛起为契机，并且反映了这一阶层的内部分化。在以文化创造为事的学士们勇于自信、主体张扬之后，即使他们出于济世之穷的目的，有遍谒君主的举动，他们与君主之间的对话，也与政治世界之中的君臣对话有着不同的样态。他们不肯顺从于君主之权威，试图维护其师道之尊严，尽管同为游说，其对话与策士言谈实际上有着本质的差别。总之，作为思想表达体式的对话，与士阶层的发展史特别是与其中学士的自我树立密切相关。

师徒之间的言谈疏离于政治世界，即使与君主应答也努力矜持自重，学士们的这些对话因此更能专注于对普遍、永恒之“道”的言说，不过，在这方面对话体似乎犹有未尽之处。对话发生在人与人的面面相对之中，为一定的场景所限定。言说出自个人之口，其权威性依赖于个人的修养和学识，但宇宙无穷，人生有限，个体总无法自诩为完满；言说为了有效应对他人，会根据具体的情形，针对对方的特点，做出一些策略性的回应，这可能损害其对真理的表达；言说要面对他人，在试图说服对方之时同样面临对方对自己的反制，位置转换的危险始终存在。对话之中的言说，由于总是处于具体的情境之中，在表明自身具有普泛意义时难免稍稍显得无力，因此不足以成为言“道”

的最佳形式。

对话体经历了一个由口头转录到书面的过程，而论说文则径直是书写的产物。与对话不可避免的面面相对不同，经由书写而产生的论说文，避开了与他人的遭遇，似乎能够逃脱出特定环境的框限和制约，更加客观冷静、完备周全地实现对“道”的言说。为此，论说文发展出一系列的形式特征，尽管它仍然出自个人之手、之口，议论言说的权威性和有效性却不再仅依赖于个人的学养，而更多地凭借逻辑、推理来实现。通过一系列的演绎，论说文可以将自己试图阐发的思想主张，推本至一些毋庸置疑的前提如天道、人性之类等，使其中表达的观念浑然天成，不可动摇；在风格上，论说文也逐渐地去个性化、中性化、概念化。这样，较之于对话体总是难免呈现言说者的具体形象，论说文就更易于在文本中打造出一个与写作者的日常形象分离的、总是保持着一副沉静和权威的言说语调的“隐含作者”，一个抽象的、超验的表达主体。① 这种作者形象

① “隐含作者”是韦恩·布斯在《小说修辞学》中提出的一个概念，他认为：“写作时的作者……为了减少由偏见产生的扭曲，把自己看作是‘一般人’，如果可能的话，忘掉他的‘个人存在’和他的‘特殊环境’。但是，这样的说法就降低了作者个性的重要性。在他写作时，他不是创造一个理想的、非个性的‘一般人’，而是一个‘他自己’的隐含的替身，不同于我们在其他人的作品中遇到的那些隐含的作者。”（［美］韦恩·布斯：《小说修辞学》，华明等译，北京联合出版公司2017年版，第66页）对于这一概念发展历史的介绍，可参见申丹：《何为“隐含作者”?》，《北京大学学报》（哲学社会科学版）2008年第2期。隐含作者的存在非独小说为然，甚至可以说任何文本中都蕴藏着一种作者形象，他以一种特别的、未必同于日常的调式进行言说，而读者也是由此来想象作者。

的制造，无疑更适应学士自我确认的需要，通过对这种形式的掌握，战国学士证明了自己对具体事件、世俗事务的超越，保证了自己的书写言说与至高之道的关联；或许正因为此，论说文才成为中国古代文章中最大一宗。这样，论说文成为思想表达的主流体式，实际上也与战国时代士人兴起的历史进程有关。

对战国时代思想表达形式的讨论，多出现于散文史研究之中。其中，谭家健的一系列著作就颇具代表性①。他梳理出战国诸子散文发展的基本脉络，以《论语》为语录体之鼻祖；而《孟子》则利用一问一答的对话体，制造出非凡的艺术效果；《墨子》在文体上处于过渡形态，其中不少篇目虽仍是由以“子墨子曰”起首的语录缀合而成，但各段之间已经有了密切联系，甚至有了“起承转合”诸法；《荀子》与《韩非子》则代表着专论体的成熟。《荀子》与《韩非子》更具特色的地方是对诸子著作艺术特色的分析，其中既有对人物形象、故事情节、寓言运用等的总结，也有对文章结构、论辩方法、修辞技巧、语言风格之类的概括；这样，由语录到专论这一宏观的脉络，就获得了诸多细部的支持，这一文体演变的进程，是战国诸子论辩说理能力、语言表达能力逐渐发展与成熟的结果。通过对这些因素的分析来揭示文体内部的、自主的演变过程，这种研究方法

① 谭家健在此方面的著作，主要有与郑君华合著《先秦散文纲要》（山西人民出版社 1987 年版）、《先秦散文艺术新探》（齐鲁书社 2007 年版）第一编“诸子散文研究”等。

在诸子散文研究中颇具典型。①

在近年来出版的散文史研究著作中，学者们开始注重对文体生成和嬗变的思想、文化背景进行探讨，为诸子说理文体的研究开发出新的角度。比如，刘宁即指出，文体实际“承载了思想表达的不同诉求”，“一个思想家，在不同文体中所表达的思考，会有值得关注的差异；而在同一个思想潮流中，不同的思想家，往往有不同的文体偏好，由此折射其思考路径的分殊。从大的范围来讲，各种文体在历史上的兴衰起落，也常常与思想潮流的演变相伴随”②。由此，她对荀子、韩非之专论体做出论析，指出虽然思想取向的不同使两家所用之文体亦存在差异，但“都以务实而经验化的社会政治思考为主，注重‘正名’逻辑的运用”③，共同代表了专论体的成熟；其中，荀子文章所表现出的“述论”“集义”等格局，更是深刻地影响了汉唐子学撰述。过常宝主张对先秦文献进行“文化学”研究，探求与各种文献类型相对应的“话语方式”，考察其中“话语权力”的不同来源，并由此观察“文体的变迭”，认为“文献所依赖的文化背景，是其文体得以形成的重要原因，文体的性质与功能也由此

① 常森将谭家健的这种研究范式概括为“元素分析法”，并指出：“谭家健把握先秦散文文学价值的范式，足可代表二十世纪尤其是建国后学界普遍奉行的实践原则。”（常森：《二十世纪先秦散文研究反思》，北京大学出版社2002年版，第181～189页）

② 刘宁：《汉语思想的文体形式》，华东师范大学出版社2012年版，“引言”第1页。

③ 刘宁：《汉语思想的文体形式》，华东师范大学出版社2012年版，第35页。

而决定”。[①] 他将先秦文献分作宗教文献、政教文献、史职文献、诸子文献四类。其中，诸子是士人中相对独立的知识阶层，是战国士人在文化创造上尤有造诣的群体，其最具独特性的话语方式，是他们“所探寻出的不同的理性论说模式，并在逻辑性、象征性、经验性等多种话语方式上，各有成功的实践”[②]。

将文体的演变置于文化背景之中进行考察，显然是一种有益的探索，诸子著作是士人文化的产物已成共识。总之，思想表达作为战国学士最为主要的社会活动方式，对于其社会声望的获得、主体性的确立至关重要，而表达所采用的形式，在其中同样发挥着重要作用。战国时代的表达形式繁复多样，且较之后世类型化、固定化的文章体式，其形式、功能、风格等都显得模糊暧昧、界划难明。它们充当了思想内容向语言、文本转变的中介，使观念主张获得了可观可感的物质实体。它们自身的出现演变、彼此之间的争斗起伏，同样折射着历史环境的变迁。本书对于表达形式的考察，即主要关注形式对于战国学士的意义：在学士们获取、维持其社会地位，并融入重新建立的社会秩序的历史进程中，这些形式何以出现，又有何作用。

在新的社会、政治、思想秩序终底于成之后，士人获得了其恰当的安置，成为学者、官僚双重身份的拥有者；国家则抹去了与思想世界之间的隔阂，甚至成功地将自己确认为思想的前提，使人们除此之外几乎不能设想另外的生活方式和人类组

---

① 过常宝：《先秦散文研究——早期文体及话语方式的生成》，人民出版社2009年版，第6页。

② 过常宝：《先秦散文研究——早期文体及话语方式的生成》，人民出版社2009年版，第5～6页。

织方式；论说文则成为士人们最习惯的的文章体式，广泛应用于各种表达之中。思想世界、社会政治、表达形式之间的互动永不停息，不过，在近代以前，它们始终没有达到战国时代的规模，也无法再现这一时代的奇异光彩。因此，对战国之时三者之间的复杂互动进行描述，或许有助于加深对中国文化的理解，这也是本书的目的所在。

第一章　言以为事：政治世界中的语言表达

“言以明道”的观念在中国文化中得到了特别推重，被认定为语言最为基本、最具价值的功用，以至于有时会使人误以为这是对语言本质的精练概括。但这并不合乎实际。语言有发挥作用的多种途径，它几乎能介入所有的社会领域，参与到迥然不同的经验之中，被各式各样的群体或者个体所应用，不应当也不可能对它进行概念化、本质化的描述。说到底，“言以明道”不过是对语言的一种颇为特殊的要求。在“绪论”引述的传统学术史叙述中，历代学者都将这一语言观念出现的时间定于春秋战国之际，随着王纲解纽、礼坏乐崩等一系列重大变故的发生，曾经为先王往圣所身体力行的“道”不行于世，因此需要整理典籍以存之，需要言说议论以明之。如果说“言以明道”的观念是在春秋战国之际出现并逐渐成熟的话，那么，在此之前，语言以何种形式存在，又体现着怎样的观念和追求？在立言明道已经深入人心之后，人们的语言使用还有哪些不同的方式，相互之间的差别何在？“言以明道”与语言的其他形态相比，其特异性何在，又是因为哪些历史机缘脱颖而出，并得到特别的推重？

语言几乎与人类文明相始终，成熟的文字体系在甲骨文时代也已经形成，迄于春秋战国之际，早期中国文化已有可观的积累。就传世文献而言，《尚书》《左传》《国语》中即保存了大量的时人言辞，即便这些典籍的最终成书定型远在后世，其中记载的史事言谈必然有所承袭，应能反映当时梗概；越来越多的出土文献，若鼎彝铭文之属，也能补充更多的语言资料。以之为据，考察西周至春秋时期人们在社会公共生活中的语言运用，或可凸显“言以明道”这一语言观念出现的历史意义，为理解其特性提供对照。

第一节　“言以为事”与“文以行礼”

一、西周时期的王言政令

如果说“言以明道”的兴起与春秋战国之际的学术转关密切相关，那么，首先需要考察在此之前，在所谓政教合一、官师不二的历史时期，人们使用语言的主要方式。但这存在着一些困难。可以说，“言以明道”这一观念在浮现之后，不仅成为对言说著述的要求，还限定了人们对诸多已有文献的解读方式，出现于早期文献中的各种言说，就常常被视为这一功能的具体实施。这突出地表现在人们对《尚书》性质的论述之中。《汉书·艺文志》谓“左史记言，右史记事；事为《春秋》，言为《尚书》”，这部典籍一直被推为“记言”之作的典范，而圣主贤臣的诸多言辞之所以值得收录，即因为它们正是对“道”的阐发，“典谟训诰誓命之文，凡百篇，所以恢弘至道，示人主以轨范也”（伪孔安国《尚书序》）。

《尚书》所录多有议论说理之辞。以《周书》部分为例，初膺天命、新建基业的周人受到殷亡周兴这一重大变故的刺激，乐于从中总结兴衰成败之理，探求长治久安之计，在训诰誓命之辞中加入了许多有关行政治民、敬慎厥德的议论，有些篇章因此具有强烈的说理色彩。为册封康叔而作的《康诰》《酒诰》《梓材》三篇中已经不乏慎用刑罚、德将无醉、勤用明德之类的言论；《无逸》篇是周公在总结历史经验的基础上，劝勉成王应知稼穑之艰难，恤小民之劳苦；《召诰》篇更是集中探讨了天命不常、惟德是依的道理，被王国维赞许为“文武周公所以治天下之精义大法，胥在于此”①。这些内容使得这些篇章被认作是周初圣主贤臣立下的国事大典，它们也因此从众多文献中脱颖而出，编入《尚书》进而被奉为经典。这些似乎足以支持其中言语都是用以明道的论断。

即便如此，这些言辞是否可以统括于“明道”这一名目之下仍可商榷，毕竟以言明道的自觉要以这一观念的深入人心为前提，西周之人在言说之时是否以此为目标便十分可疑。前人的一些论述，也表明了这些言辞在产生之时有着另外的作用，其中最值得关注的是章学诚的一系列说法。他认为，在六经陆续产生的三代，人们并未将这些“官司典守”的文献视作载道之书，即使孔子称述六经、垂宪后世，也不过是借助其中所载国家行政之事，供学者从中体悟“先王之道”。换言之，所谓“道”，仅仅体现在六经所载的史事之中，至于这些文本，包括其中先王、往圣发表的言说，则本不为“言道”而设。相反，后来的儒家学者将六经认作载道之书，恰是因为受到诸子的冲

---

① 王国维：《观堂集林》卷十《殷周制度论》，中华书局1959年版，第477页。

击，“至百家杂出而言道，而儒者不得不自尊其所出矣”，为了与其他流派相抗衡，儒者只好将“六籍”也奉为“道”之载体。

也就是说，六经载道不过是事后的追认。于是，章学诚推出他最为人所熟知的断言：“六经皆史也。古人不著书，古人未尝离事而言理，六经皆先王之政典也。”其所谓“史”，大致相当于后世书吏注记、官府档案之类①，而六经究其根本，只是官司执掌的对于制度典章、掌故旧闻的记载。并且，既然“古人未尝离事而言理”，左右二史分掌记言、记事的陈说就值得怀疑。《汉志》将《尚书》视作“记言”之书，与以“记事”为主的《春秋》并列，章氏不满于这种截然二分，他说：“夫《春秋》不能舍传而空存其事目，则左氏所记之言，不啻千万矣。尚书典谟之篇，记事而言亦具焉，训诰之篇，记言而事亦见焉。古人事见于言，言以为事，未尝分事言为二物也。”（《文史通义·书教上》）在他看来，《春秋》不能离《左传》而独行，需要左氏所保存的大量言语与之相配，《尚书》也并非简单的记言之书，而是即事以立言、因言而成事的言事相兼之作，各篇之中多有对事件起始、终结等情况的介绍，虽只是简略言之，却不能等闲视之。依其说，《尚书》载录的诸多言语，其首要目的并非单纯地阐发某种道理，而是参与到具体的行政事件之中，促进事件的发展、完成；正是言语与事件的不可分离，使得它

① 钱穆：“章学诚《文史通义》所谓‘六经皆史’之‘史’字，并不指历史言，而实指的官学言。古代政府掌管各衙门文件档案者皆称‘史’，此所谓‘史’，实略当于后世之所谓‘吏’。古之六艺，即六经，皆掌于古代王室所特设之吏，故称六艺为‘王官学’。”（钱穆：《两汉经学今古文平议》，商务印书馆2001年版，第278页）

们作为一个整体被记录整理、保存流传，形成了如今所呈现出的首尾俱全的文本形态。

章学诚提示了观察这些言辞的另一种角度。他不再将注意力集中于言辞的内容之上，而是将其还原到产生之初的具体情境之中，进而考察言辞在整个事件运行中的作用，在这个意义上，他所提出的“言以为事”这一概念无疑十分精当。“盖《书》之所主，本于号令，所以宣王道之正义，发话言于臣下，故其所载，皆典谟训诰誓命之文。”（《史通·六家》）《尚书》所载之言，在其初时与其说是为了阐述王道大法，不如说是在发号施令，是要改变事态，以实现具体的政治目标。历代学者对其中文体进行区分之时，最主要的标准也就是其功能的不同。孔颖达在《尚书序》倡“六体”说之后又提出《书》有“十体”的意见，继而说“书篇之名，因事而立，既无体例，随便为文”，触及书篇与事件的关联。宋人张表臣在《珊瑚钩诗话》中对“帝王之言”所涉及的诸多文体做了概括，有六种最早即在《尚书》中出现，“道其常而作彝宪者谓之‘典’，陈其谋而成嘉猷者谓之‘谟’，顺其理而迪之者谓之‘训’，属其人而告之者谓之‘诰’，即师众而誓之者谓之‘誓’，因官使而命之者谓之‘命’”①，其依据也主要是篇章间功用的歧义。可以说，《尚书》中王公卿士的出口成章，正能收“言以为事”之功效。

“言以为事”实际是语言的一种十分基本、相当普遍的存在形态。语言文字为用多端，几乎出现于人类所有的活动领域之中，上至国家的行政治理，下及个人的日用伦理，诸多的事件、活动必须有语言、文字的参与才能完成。在日常生活中的许多

① 引自吴讷：《文章辨体序说》，人民文学出版社1962年版，第12页。

时刻，讲话并非是对某一对象做出陈述，而是要完成诸如请求、承诺、致歉之类的行为，只是百姓日用而不知，语言的这一形态正因其过于惯常而难以被觉察。而“‘上古结绳而治，后世圣人易之以书契，百官以治，万民以察。’夫文字之用，为治为察，古人未尝取以为著述也”（《文史通义·原道下》），在政治事务里，“为治为察”也是言辞最基本的用途。往往具有固定样态和标准形式的文书、法令等实用性文体固不待言，与事人物或提前拟定，或即兴发挥的言谈同样可以推动事件的变迁。不可否认，言说总是要传递信息，表达一定的内容，但这并非全部；在此之外，说话者总是有着某种期望实现的意图，总是希望促成某些行为，听话者也往往需要根据自己的所闻所听，调整自己的举动。言说是整个行为过程中的一个组成部分、一个中间环节，它能否取得成功，很多时候并不在于是否清晰地描述某个对象、完美地论述某种道理，而在于是不是使事件的走向符合说话者的意志。简言之，言说的意义并不仅仅来自其“所指”，而是由它置身其中的整个情境决定的。①

《尚书》之所以不能被简单地视作“记言”之书正是因此，其篇章中保存的对事件始末的交代虽然所占篇幅无几，却并非可有可无。这些言辞大都出现在具体的政治事件之中，人们出口言说，即是对这一事件的参与。“言”与“事”浑然一体，难解难分，甚至可以说“言”从属于“事”，“事”作为“言”得以发生的外在环境，是“言”的意义来源。“《书》者，古之号令”（《汉书·艺文志》），号令的发布要求的是遵顺，诰命的下达要求

① “言以为事”与奥斯汀“以言行事”的说法十分接近，其说详见本书“绪论”第10页注①。

的是服从，它们都将在被宣告的同时，即时性地改变事态。在特定的事件之中，对话双方身上聚集了形形色色并且量度不同的资本，二者的地位因此并不平衡，而总是向一侧倾动，分量重的一方尽可施行其意志，另一方则只能承受顺从。决定“言以为事”能否顺利实现的，是具体的情境以及参与其中的各方之间的权力关系，如果言语出现在并不恰当的场合，其结果只能以失败而告终。

“言以为事”在具有仪式性的场所中表现得尤其明显。在这些程式化的礼典之中，特定的言辞出之于口本身即是整个进程中的一部分，有时甚至是最为重要的环节。西周书的大部分篇章即是如此。《牧誓》篇是武王伐纣之前的誓师之辞，这番言语一旦发出，就意味着聆听此誓的友邦冢君、虎贲三千等徒众要进入临战状态，他们在战斗中也需要依照武王设定的方式行进。《金縢》篇中的册祝之言是整个祝祷仪式的关键，通过一段情意恳切的言辞，周公请求先王鬼神与自己完成这场以身代主的交易。《康诰》《酒诰》《梓材》篇可能与卫康叔的册命典礼有关，这些文告的发布不仅意味着康叔身份的转变，周公总结前代成败经验而提出的谆谆教诲，实际上也是在指示康叔有土有民之后需要遵循的施政纲领。《吕刑》篇虽为吕侯所作，但经周穆王发布之后，就成为整个朝廷上下处理刑罚狱讼问题的基本准则。毋庸赘举即可看出，周书诸篇的产生都有其直接的目的、具体的功用。

《周书》所录言辞多集中于周代中前期。在王朝统治稳定之后，各种典礼仪式日趋完善规范，出现于其中的文辞也逐渐发展出稳固的格式规程。无论王朝侯国间的聘问往来，还是个人的生老病死，都为一套被整个阶层接受的礼法准则所限制、规定，作为这一时期文化的主要生产者和缔造者的贵族阶层的社会活动程式简单、范围有限，实际并不需要太过多样的语言运用。人们的出口发言，只要遵循一定之规，使得各种礼节仪式顺利推进就已足够，这也就是所谓的“其容不改，出言有章”（《诗经·小雅·都人士》）。这固然可以被推崇为举止言谈的节制典雅，同时也意味着言谈在内容及形式上的狭隘有限，如西周金文所载辞令，即不仅有着大致相当的谋篇结构，在遣词用字上，为数众多的常语、成语也频繁出现。不过，这些常言套语，已经足够完成当时的各类事务，在周而复始的仪式典礼之中，参与赏赐的分发、世代的更替，完成社会的再生产。① 相较于《周书》中产生于朝代建立之初、统治未臻稳定之时的作品，这些言辞的议论说理色彩大为减弱，思想深度更是远远不逮，其“言以为事”的功能却因此更加凸显——言说的内容并不足以动人听闻、发人深省，它们之所以被说出，不过是为了完成仪式。

言辞对事件的附丽丝毫不意味着其重要性的降低，相反，在恰当的时刻找到恰当的言辞本身就是行动，对于政治运作来说，言说、文辞也是须臾离之而不可。政令的宣发与流播、文书的制作与保存、行政范例的记录与整理，都与文辞息息相关，在某些政治仪式上，经过精心打磨乃至有着一定的规范格式的言辞，更是扮演了不可或缺的角色。总之，语言文字的参与对

① 陈梦家即总结道：西周金文的内容以“记录王的任命、训戒和赏锡的，最为重要”，因此，其中所载的冠以“王曰”“王若曰”的言辞是整个仪式的重要组成部分，其发出是出于完成仪式的需要。参见陈梦家：《尚书通论》，中华书局 2005 年版，第 146 页。

一个政治体制的正常运转至关重要。① 周代即已存在着以文书辞令的生产、管理为主要职责的吏员，其中，大量以“史”命名的官员最为引人注目。此时的史官与后世居于馆阁、以纂修史书为任的史官同名而异实，不过，与言辞、文字等接触频繁密切，仍然是这一群体的共同特点。王国维说：“周六官之属，掌文书者亦皆谓之史。则史之职专以藏书读书作书为事。”“史之本义为持书之人，引申而为大官及庶官之称，又引申而为职事之称。”② 以“主书主法”为事的史官数目众多，他们直接参与，或与其他职官“联事”而间接参与到各类政治事务之中，都足以表明，语言文辞具有不可忽略的政治功能。反过来说，也正是语言文辞在政治运作中的重要性，使史官在周代文化发展中的地位显得尤其突出。③

二、春秋时期卿士大夫的辞令

周室东迁之后，“礼乐征伐自天子出”的时代宣告结束，诸侯国成为社会政治演变的主体，周王室的礼仪活动冷清黯淡，侯国之内以及国际的各类礼典发展繁复起来，与侯国事务相关的各种文体随之兴盛。《左传》《国语》记载的大量言辞很容易

---

① 《周礼》中记载的职官，与文辞有关的十分常见，比较著名的如《春官·大祝》：“作六辞以通上下、亲疏、远近。一曰祠，二曰命，三曰诰，四曰会，五曰祷，六曰诔。”

② 王国维：《观堂集林》卷六《释史》，中华书局1959年版，第269～270页。

③ 关于文书、图法、典籍等在政治运作中的作用，可参见阎步克：《史官主书主法之责与官僚政治之演生》，《乐师与史官》，生活·读书·新知三联书店2001年版。

使这一时期产生一种与西周的寡言少辞迥然不同的观感，这无疑表明语言的使用范围的拓展乃至存在样态的变迁，发言者、发言动机、发言场合、言语的内容及形式、言语发挥作用的方式等都变得丰富多彩。但是，“言以为事”作为语言的一种基本功能仍然受到重视。

一些特殊的言辞形式在这一时期尤具风采。如果说“言以为事”在西周时代以《尚书》中的政令王言为代表，在此时便应以在诸侯交际中发挥着重要作用的行人之辞为典范，这不仅是由于其数量的巨大，更是由于它们在当时政治中的重要作用和广泛的社会影响力。在《左传》等典籍的记载中，各国卿士大夫在彼此的言谈应对、揖让进退之间，变更甚至决定各国的命运走势的事例屡见不鲜，拥有这种属词联章能力的人也备受推重。有一些历来为人所称道的例证。楚之王孙圉称颂观射父“能作训辞，以行事于诸侯，使无以寡君为口实”（《国语·楚语下》），堪当楚国一宝。鲁僖公二十六年（前634），齐国入侵鲁国北鄙，臧文仲试图以文辞阻止这次战争，却不能为辞，只好求助于展禽，“愿以子之词行赂焉”，展禽制作文辞后，由乙喜作为使者到齐军处犒师，经过一番陈述之后，“齐侯乃许为平而还”（《国语·鲁语上》）。春秋中晚期，处于晋楚两大国夹缝中的郑国，往往利用文辞来为自己争取辗转腾挪的空间，郑国辞令也就成为一时之选。孔子对此赞誉有加：“为命，裨谌草创之，世叔讨论之，行人子羽修饰之，东里子产润色之。”（《论语·宪问》）对创作过程的这一简略描述，可以看出郑国辞令中所灌注的贤士大夫的集体心力与智慧。子产相郑伯以如晋，晋侯因故未能及时接见，“子产使尽坏其馆之垣而纳车马焉”，这一突兀的举动自然引起了晋国的注意。在彼此的应对中，子产陈述了作为盟主的晋国应该如何接待来自四方侯国的宾客，使晋国无言以对，“乃筑诸侯之馆”。子产的这番言辞不仅使郑国受益，也让其他侯国占其润泽，因此，叔向称赞子产说：“辞之不可以已也如是夫！子产有辞，诸侯赖之，若之何其释辞也！”（《左传・襄公三十一年》）

这些记载或者不乏后人夸饰的成分，历史的叙述者往往乐于利用自己的职业之便制造这样的“佳话”，但言辞在政治事件中有着重要的作用却是不容置疑的事实。因此，作为政治主体的贵族们对这一技能十分重视。《国语・楚语上》载殷高宗武丁三年不言之事，“王言以出令也，若不言，是无所禀令也”成为其时卿士最大的担忧，“口出美言，以为宪令，而布诸民”（《国语・周语下》）是居高位者必须具备的素质和能力。《诗经・鄘风・定之方中》毛传说：“故建邦能命龟，田能施命，作器能铭，使能造命，升高能赋，师旅能誓，山川能说，丧纪能诔，祭祀能语，君子能此九者，可谓有德音，可以为大夫。”各种仪式礼节是当时政治活动的主要内容，能够在不同的场合制作出恰如其分的辞令，也就成为大夫们的分内之事。在一些至关重要的时刻，辞令甚至需要多人共同完成。《左传・襄公三十一年》对郑国辞令的生产过程有详细的描述：“郑国将有诸侯之事，子产乃问四国之为于子羽，且使多为辞令；与裨谌乘以适野，使谋可否；而告冯简子使断之。事成，乃授子大叔使行之，以应对宾客，是以鲜有败事。”郑国的实力此时已完全不能与晋、楚两大国抗衡，集众人之心力以成一时应对之言，如此细致谨慎也是事出不得已。不过，这些劳动也换来了值得称道的成果，郑国正是以此依违于两国之间而“鲜有败事”。所有这些，都足见时人对“言以为事”这一功能有着明确的认识，并在实践中表现出高度的自觉。

在春秋时代之前，“礼”并不简单地等同为举手投足、动作周旋等具体的礼仪节文，而是具有约束力的行为规范的统称，不仅包括个体之人的举动中节，还包括军政大事的循规蹈矩、国与国之间的行为合法。概而言之，一切合乎规矩的行为都可视为“礼”，语言要实现其“为事”之功，就要适时适度地出现在各种礼节仪式中，使其顺利完成。由此，闵马父在批评王子朝时所说的“文辞以行礼也”（《左传·昭公二十六年》），可以视为对“言以为事”在这一时期内的具体表现的准确概括。恰当的文辞既是以“礼”为依据和内核，“有辞”“无辞”与否，也就可以视为评判争议是非曲直的标准。“虢仲谮其大夫詹父于王，詹父有辞，以王师伐虢。”（《左传·桓公十年》）“冬，齐、卫、郑来战于郎，我有辞也。”（《左传·桓公十年》）“有辞”，即意味着过在于人，咎不由己。“有辞”或称“辞顺”，如赵盾欲纳晋出之捷菑于邾，邾人拒绝，指出齐出之貜且为长子，依照“立嫡以长”的宗法原则，更适合立为君主。赵盾面对这样的回应，只好说“辞顺，而弗从，不祥”（《左传·文公十四年》）。襄公二十五年，赵文子评价子产之辞时说：“其辞顺，犯顺，不祥。”其言辞中蕴含着需要遵行的礼法原则，故而令人敬畏；反之，“崇饰恶言”“不知话言”（《左传·文公十八年》）则被视作凶德，是无良丑行的一种表现方式。概言之，高妙的言辞固然不乏外在修饰，是否以礼义为凭据，对事件、形势做出了明智的分析，或者更为重要。

总之，保存在《尚书》《左传》《国语》等典籍中的言辞，如果将其从具体的情境中抽离出来，那么其中的不少篇章确实是精彩的议论文章，但若将其与当时事件联系在一起进行考察，议论说理这一定位就无法穷尽其复杂性。这些出现在政治事务中的言辞，有着强烈的现实针对性和改变事态的实际目的，发挥的主要是“言以为事”的作用。由此，此类文献在形式上也表现出一些特点，即在记言之时，往往保留简略的叙事之词，交代事件前后源流，呈现出“言事相兼”的面貌。言辞主要出现在具体的政治事务、社会实践之中，发挥着“言以为事”的实际功能，而确保言辞实现其功效的是作为整体的行政事件，是发话者所处的位置，以及使他占据这一位置的资源、权力等。①

许多这样的行为都是集体协作的结果，在这种协同作业中，言辞的制作者和发布者个人的重要性往往得不到充分彰显。仍

① “事语”类古书的提法有助于理解这些文献的特征。“事语”一词见于刘向的《战国策书录》，张政烺以之命名马王堆帛书中的春秋故事。他指出，《春秋事语》一书“内容既有意见，也有评论，使人一望而知这本书的重点不在讲事实而在记言论。这在春秋时期的书籍中是一种固定的体裁，称为‘语’……《语》这一类的书虽以记言为主，但仍不能撇开记事，所以又有以‘事语’名书的”（张政烺：《〈春秋事语〉解题》，《文史丛考》，中华书局2012年版，第93～94页）。李零的《简帛古书与学术源流》（生活·读书·新知三联书店2008年版，第278页）中也有讨论。“事语”之外，学界又有以“语”统称此类古书者。可参见张铁：《“语”类古书研究》，北京大学硕士学位论文，2003年；俞志慧：《古“语”有之：先秦思想的一种背景与资源》，华东师范大学出版社2010年版；夏德靠：《先秦语类文献形态研究》，中华书局2015年版。“事语”类古书所保存的历史典故中，春秋之前的篇章尤其繁多，《国语》《左传》大致与春秋时代相始终的作品自不待言，即使在《韩诗外传》《说苑》之中，春秋时事也居多。如据徐建委统计，《说苑》中“春秋故事是这类故事的主体，尤以春秋末战国初的故事为多”（徐建委：《〈说苑〉研究》，北京大学出版社2011年版，第262页）。这或许即与此时言不离事的语言使用状态有关。

以《尚书》为例。在《书序》以及《史记》等文献记载的基础上，历来研究者对不少篇目出自谁手都有明确的论定。不能否认这样的做法或许能得其实，但是为言辞确立一个明确的作者有可能遮掩当时情形的复杂性，从而忽视言辞在事件的具体运作中的功用，也有可能误解言辞制作的真实流程。比如，在《周书》的周初诸篇中，周公无疑占据了举足轻重的地位，许多诰命之辞被认为是他的创作，作为当时各种政治事件的主要参与者、决策者，这并非没有可能。然而，仍有一些值得注意的地方。如《多士》序云："成周既成，迁殷顽民，周公以王命诰，作《多士》。"正文云："惟三月，周公初于新邑洛，用告商王士。王若曰……"《多方》序云："成王归自奄，在宗周，诰庶邦，作《多方》。"正文云："惟五月丁亥，王来自奄，至于宗周。周公曰：'王若曰……'"依照这些记载，这些篇章或为周公所作，或为周公代宣。在这些仪式之中，成王只是一个不在场的象征符号，但他在发号施命这一言语行为中的重要性不可小视，是其地位之尊保证了言辞发挥其预期功效。尽管当时的各种政治事务执行的可能是周公的意志，有些文辞甚或是他亲作，但在名义上，他只能算作王之喉舌。如章学诚说："誓诰之体，言之成文者也。苟足立政而敷治，君臣未尝分居立言之功也。周公曰'王若曰多方'，诰四国之文也。说者以为周公将王之命，不知斯言固本于周公，成王允而行之，是即成王之言也。盖圣臣为贤主立言，是谓贤能任圣，是亦圣人之治也。"（《文史通义·言公上》）实际上，言辞作于谁手、出自谁口并不是最为关键的问题，重要的是在这场众人参与的政治事件中，言辞以合适的方式、从合适的人选口中说出，从而促成事态的变化迁移。①

春秋时期，言辞的这种生产、运作模式仍然存在。鲁庄公十一年（前683），宋国大水，鲁君使人吊问，宋君应答有礼，而这番说辞实际出于公子御说之手。前文所引乙喜犒师之事，制作文辞者为展禽，出使齐军者却是乙喜。郑国辞令出于众人之手，“乃授子大叔使行之，以应对宾客”，子大叔是最后的出口言谈者。在这样的集体合作中，言辞与个人的关系始终显得松散。事实上，即使在后世，出现在公共事务中发挥着“言以为事”作用的各类文体，始终很难表现出独特的个人风格。这其实并不难以理解：这种场合中的言辞，不过是事件的组成部分，不能从具体的社会情境中剥离，不但个性色彩难以展现，有时甚至会落入各种习以为常的套式。赋予言辞意义的是具体的形势，而不是个人的志意；保证其语不虚发的，是使得各种具体事件能够正常运作的社会结构、行为规范，而不是个人的深思熟虑、覃思精微。言辞与个人之间的关系，远不如后世密切。

① 在周朝统治稳定、一切事务都有程式规矩之后，史官在各种册命仪式中的地位重要起来。陈梦家指出：“周诰中的‘王若曰’乃是史官或周公代宣王命，与西周金文同。所不同者，西周（尤其成康以后的）金文多为史官（乍册、内史、尹氏）代宣，而周诰有为周公代宣者。其原故可推测如下：一由于周诰乃周初重大的诰命，与成康后宫廷册命臣工之策命不同其性质；二由于时有先后；三由于今存周诰多鲁国大史所传录，故多有关乎周公的。”与《周书》不同，见于金文中的“王若曰”，往往就是由史官代言。陈梦家：《王若曰考》，《尚书通论》，中华书局2005年版，第163页。

第二节　“言以为事”与战国纵横家言

一、策士之辞与“言以为事”

如果说“言以为事”是语言的基本形态，遍布于人类生活的各种事务之中，那么，即使在一般认为“言以明道”的观念已经兴起的战国时代，它必定不会消失。春秋之前，政治领域中的言说，在发挥其为事之功外，也荟萃了君主宰辅、卿士大夫极大的才华与精力，因此富有文化意味。在战国文献中，《战国策》中保存的策士之词、纵横家言，常常与春秋时期的行人之辞归为一类。《汉书·艺文志》云：“纵横家者流，盖出于行人之官。孔子曰：‘诵诗三百，使于四方，不能专对，虽多亦奚以为？’又曰：‘使乎！使乎！’言其当权事制宜，受命而不受辞，此其所长也。及邪人为之，则上诈谖而弃其信。”与春秋辞令的以礼为据、婉而成章相比，纵横家言多了些谲诈之气，但纵横家与行人在职官上相承一脉，其言辞也可以类相从。因此，或可以纵横家言为代表，呈现战国时“言以为事”这种语言功能跃动的活力。

《战国策》是“战国时游士辅所用之国，为之策谋”① 的产物，其中所载多为策士们往来列国，为所事之君主重臣出谋划策、约盟订交的辞令，其中又以召集合纵、约结连横的部分最为奇警诡谲。七雄并立交争的形势为策士们提供了施展身手的

① （汉）刘向：《战国策书录》，何建章：《战国策注释》附录，中华书局1990年版，第1357页。

舞台，乘时而起的他们也因此风云际会尽情地表演自身的才力，“一人之辨，重于九鼎之宝，三寸之舌，强于百万之师”（《文心雕龙·论说》），创造出中国历史上绝无仅有的政治景观。然而，后人对此书内容却多持保留态度，文辞就成为其值得存而不废、可以传之后世的最大理由：“《战国策》所载，大抵皆从横捭阖、谲诳相轻、倾夺之说也。其事浅陋不足道，然而人读之，则必乡其说之工而忘其事之陋者，文辞之胜移之而已。”①“虽非义理之所存，而辩丽横肆，亦文辞之最，学者所不宜废也。”②

也就是说，策士们对各类表达技巧得心应手，精擅滑熟于诸多修辞手段，只是人们在说怿其美的时候，也被告知必须心知其恶：文辞几乎承载了全书仅有的正面价值。后人对《战国策》文辞的这种推重，有可能造成对策士身份性格的误解，将其错认为游谈无根的语言奇观制造者，游说活动也被当成口舌运动的展演。这种评价既是对策士的矮化，也存在着对游说的认知偏差。更为重要的是，所谓“其说之工”和“其事之陋”，试图将“说”与“事”划分为二、分别对待，这并无实现的可能，《战国策》说辞的起伏多变、摇曳生姿在很大程度上根源于策士们面对事务时的应对无碍、圆转无穷。在策士这里，语言总是在一定的事件之中获得使用，无论是其言说的内容，还是其选用的形式，都为当时的情境所催生；语言的使用中，总是

① （宋）李格非：《书战国策后》，何建章：《战国策注释》附录，中华书局1990年版，第1360页。

② （宋）王觉：《题战国策》，何建章：《战国策注释》附录，中华书局1990年版，第1361页。

挟带着说话者的个人意图，又受到外在因素的诸般限定。因此，是言说所在的事件整体，决定了技巧的选用和修辞的抉择，抛弃“其事”而仅关注“其辞”，必然会丧失对文辞特色进行到位理解的可能。

对于策士们来说，游说活动的主要意图是通过自己的进言谏说，使得听者认可其对当前国内、国际形势的分析，进而采取相应的政治、军事行动。这种言说本就以推进事态发展为目的，策士们以此辅助自己所侍奉的君主权臣在政治争斗中获胜占优，在兼并战争中掠地覆敌，而个人也趁机谋取包括尊位厚禄、声望名闻等在内的利益。因此，尽管游说活动必须经口舌来实现，策士们语言实践的重心，更多的却在于对列国形势、君主好恶的深思熟虑，语言外表的精雕细琢较之于情势的简练揣摩，恐怕只能算作末事；更准确地说，驰辩骋辞上的巨大成功，其实是谋略得当的必然结果。①

因此，所谓“文辞”之胜最多只是附加产品，并非策士活动的重中之重，推敲字句、锤炼用语不足以尽游说之事。策士更为关注的是言说的现实效用，为实现其说服目的，千方百计地以口舌施压于对方的意志从而改变整个事态，这绝不是仅仅在语言运用上下足功夫便能做到的，而需要巨大的知识储备为支撑，策士们事先的准备工作也必须充分而翔实。对此，《鬼谷

① 这不意味着无法单纯从审美的角度来关注《战国策》，只是这种关注被过分强调可能会损害对《战国策》言辞发生情况的理解。一个有趣的事实或许可为此点提供佐证，即《战国策》在文辞上历来为人称道的一些篇章，如有关苏秦、张仪的一些段落，并不是在真实的游说实践中产生，而是后人拟作。这也表明锤炼文辞在具体的游说中有其限度，在阅读与摹写这样的活动中才有更大的可能。

子·揣》篇有精到的论述："古之善用天下者，必量天下之权，而揣诸侯之情。""量权""揣情"乃"谋之大本，而说之法也"，是游说活动的关键所在。"何谓量权？曰：度于大小，谋于众寡，称货财有无之数，料人民多少，饶乏有余不足几何；辨地形之险易，孰利孰害，谋虑孰长孰短；揆君臣之亲疏，孰贤孰不肖；与宾客之智慧，孰多孰少；观天时之祸福，孰吉孰凶；诸侯之交，孰用孰不用；百姓之心，去就变化，孰安孰危，孰好孰憎，反侧孰辨。能知此者，是谓量权。""量权"，即要求对各国国情有充分的了解，全面掌握包括政治局势、山川地理、物资储备、民俗风情、人才存养等在内的各方面情形，如此，方能在游说活动中左右逢源，应对不穷，提出具有价值的意见主张。同时，游说主要是一项面对君主的活动，要使其切中肯綮，就要对君主的欲望喜好、禁忌避讳等了然于心，这也就是所谓的"揣情"："夫情变于内者，形见于外。故常必以其见者，而知其隐者，此所谓测深探情。"各国合纵连横的形式瞬息万变，君主的情感喜恶也是百态千姿，这也给策士们的游说增加了困难，他们的言说必须法无定法，依时而动，依据当时的情形做出调整改变，因祸为福，转危成安。总之，"人之情，出言则欲听，举事则欲成"（《鬼谷子·权》），这种言说追求的是具体时空中的效力，是催发、中止或者改变事件的轨迹。可以说，这是十分典型的"言以为事"。

游说的极端复杂性源于其本身即是一项牵连深广的活动，策士之辞不可仅从"文辞"的角度来衡量，是因为言说乃是策士们这些政治事务的深度参与者们的主要行动方式。因此，《战国策》中透露出的智慧，就不仅仅在于所谓的语言运用，更重要的是洞悉列国纷争的形势，细察政治活动里的人性，进而寻找出既能打动君主之心又可获取自身之利的途径。这是一种实践性的才能，当时之人将这些说辞陆续编辑成书①，从中所期望获得的，也是这种必须投入大量心力才能掌握的技能。可以说，《战国策》所保留的策士之语，代表了“言以行事”此时最典型、最极端的形态。

二、说难：上下一日百战

纵横游说需要综合性的知识储备作为支撑，其成功与否，也要看进献的计策是否合乎各国的政治形势和整体的列国格局。不过，仅就对话发生的现实场景来说，《战国策》中的言辞大多产生于策士与君主、重臣以及各色人物的当面交谈中，如何逢迎君主以取得其信任，如何应对群臣及各类当事之人，或躲避中伤，或借其权重，始终是游说活动需要重点考量的问题。值得关注的是，虽然韩非并非策士，《韩非子》一书中的《说难》《难言》等篇，针对的也是一切臣下向君主的进言而不特指策士的游说，但战国时代游说活动的兴盛，无疑为其这种普泛性的分析提供了最直接的经验基础。因此，这些篇章事实上对游说技艺有着精细的讨论，在其他篇章里，韩非对于纵横之士所需要面对的政治生态也有极其透辟的观察。他眼中的政治场域，是一个富贵险中求的场所，也是一个有志之士侥幸求生、以成其大的地域，策士们正是在这危险与荣耀交加的空间中收获成

① 汉刘向的《战国策书录》云此书编纂所据“中书”，“或曰《国策》，或曰《国事》，或曰《短长》，或曰《事语》，或曰《长书》，或曰《修书》”。可见此类书籍早有编纂，马王堆发现的《战国纵横家书》更可证明此点。

败荣辱。以下即以韩非的论述为主，辅以《战国策》相关例证，对策士在言说之际与相关人等的周旋略作分析。

首先是策士们应对君主的态度：为了实现游说意图，他们不惜察言观色，极力取合君主。在游说活动中，君主始终是具有决定性的一环，充当着对话里不容忽视的一方。在对《战国策》的观感中，君主的这一地位似乎并不突出，游说看起来更像是策士们谋略智慧的恣意施行、口说辩才的尽情展示，君主不过是沉默的聆听者。但这只是一种假象。此书的编纂既有供人揣摩学习的目的，特别突出策士言辞倾覆人心的力量也是自然而然，但在这些言辞所处的具体事件中，君主的作用绝对不可小觑。“计听知覆逆者，唯王可也。计者，事之本也；听者，存亡之机。计失而听过，能有国者寡也。故曰：‘计有一二者难悖也，听无失本末者难惑。’”（《战国策·秦策二》）“计”固然为“事之本”，真正决定事件走势的却是君王的“听”，游说的成败取决于他是否认可，他所具有的势位权重，是策士们的纵横权谋能否落实并改变时局的关键。君主所具有的能动力量，是策士进说之时无法规避、必须直面的因素，这极大影响了发生于他们之间的对话形态。

表面上看，君主面对策士滔滔不绝的言辞几乎没有招架之功，但实际上，他们却保持了更多的主动性。从根本上说，这是由于游说本就是一种政治活动，而君主身上集结了真正能够推行政治走向的权力和资源。策士们的夸夸其谈，对言辞的极端重视，除根源于此之外，他们几乎没有任何可使君主对其言听计从的凭资。君主的权势之重，有时却会以极端的形式表现出来，即他们可以轻易地置策士于死地。“今日言之于前，而明日伏诛于后”（《战国策·秦策三》范雎语）并不尽是夸张之辞，言之不当导致事之不成，或在策士们的彼此倾轧中失败，最终为君主所驱逐乃至殒身丧命的情形屡见不鲜。基于这种残酷的现实，韩非形象地总结道："夫龙之为虫也，柔可狎而骑也；然其喉下有逆鳞径尺，若人有婴之者，则必杀人。人主亦有逆鳞，说者能无婴人主之逆鳞，则几矣。"（《韩非子·说难》）

对话双方在势位权力上并不均等，这让策士在游说之时即已进入危险之境，如何在言说时规避人主之逆鳞，最终使其可以"狎而骑也"，就成为策士们务必仔细考量的问题。纵横家对游说活动进行思索时，如何揣摩君主之情，以便顺其心意进行言说，始终是关键所在。《鬼谷子·揣》篇即将"揣情"与"量权"并列为游说最重要之二端，认为"虽有先王之道，圣智之谋，非揣情，隐匿无可索之。此谋之大本也，而说之法也"。上文已述，所谓"揣情"，即因君主显现于外之喜怒情欲，推测其隐藏于中之爱憎好恶，进而与其随顺婉转，虚与委蛇。韩非对面向君主的言说的困难、危险以及应对之策，阐述得更加详细明尽，剖析得更为爽利深刻。[①] 他明确指出向君主进言的困难并不在于将事实陈述清楚，将道理阐述明白。"凡说之难：非吾知之有以说之之难也，又非吾辩之能明吾意之难也，又非吾敢横失而能尽之难也。凡说之难，在知所说之心，可以吾说当之。"（《韩非子·说难》）言说之难在于揣知君主的心意，进而

---

① 《荀子·非相》中已有"说之难"的论述，或为韩非所本。"凡说之难：以至高遇至卑，以至治接至乱。未可直至也，远举则病缪，近世则病佣。善者于是间也，亦必远举而不缪，近世而不佣，与时迁徙，与世偃仰，缓急嬴绌，府然若渠匽檃栝之于己也。曲得所谓焉，然而不折伤。"但荀子并不是专门针对君主而言的。

投其所好，这种有意的迎合不仅要表现在言说的内容上，同样要表现在言说的方式上。为君主出谋划策必须满足其内心的真正需要，追求名高者不可说之以厚利，追求厚利者不可说之以名高，“阴为厚利而显为名高”者，则需为其筹划两全之策，使其在表面文章做足的情形下可以暗度陈仓。

在洞悉君主之意、为其谋划恰当的计策之后，言说的语言风格和表达方式同样重要。“径省其说，则以为不智而拙之；米盐博辩，则以为多而久之。略事陈意，则曰怯懦而不尽；虑事广肆，则曰草野而倨侮。”① 每一种语言风貌都有可能被挑剔，在进言之时，必须根据君主的当前心理选择最为合适的一种。“凡说之务，在知饰所说之所矜而灭其所耻”，言说的关键在于明察君主心中的欲求，为君主满足此欲求的相关举动提供鼓励、支持，并对其不良后果加以遮掩、文饰。归根结底，言说活动的重心不在于陈事明理，而在于阿主之意，顺上之心。“大意无所拂悟，辞言无所系縻，然后极骋智辩焉。此道所得，亲近不疑而得尽辞也。”这种言说极尽逢迎之能，连韩非都用“伊尹为宰，百里奚为虏”以干其上之事来证明此类言说“如此其污

① 《韩非子·难言》篇更为详细地铺陈了各种风格的局限：“言顺比滑泽，洋洋纚纚然，则见以为华而不实。敦祗恭厚，鲠固慎完，则见以为掘而不伦。多言繁称，连类比物，则见以为虚而无用。总微说约，径省而不饰，则见以为刿而不辩。激急亲近，探知人情，则见以为谮而不让。闳大广博，妙远不测，则见以为夸而无用。家计小谈，以具数言，则见以为陋。言而近世，辞不悖逆，则见以为贪生而谀上。言而远俗，诡躁人间，则见以为诞。捷敏辩给，繁于文采，则见以为史。殊释文学，以质信言，则见以为鄙。时称诗书，道法往古，则见以为诵。”

也”。尽管他认为用这些不够光彩的手段来达成“可以听用而振世”的效果无可厚非，“此非能仕之所耻也”，但这无疑也表明，在面对君主的对话中，臣下没有多少尊严可以留存。

韩非对言说的危险性也有充分的估计。“度量虽正，未必听也；义理虽全，未必用也。大王若以此不信，则小者以为毁訾诽谤，大者患祸灾害死亡及其身。”（《韩非子·难言》）一旦言说不能中人主之心意，即有可能招致祸尤，很多时候，灾祸甚至其来无端，人莫之知。“语及所匿之事，如此者身危”，偶然语中君主不欲人知之事，即有可能引火烧身；“彼显有所出事，而乃以成他故，说者不徒知所出而已矣，又知其所以为，如此者身危”，洞察人主之情本是言说得以成功的保证，但在人主试图自我隐蔽之时，这种洞察如果遮盖得不够严密而被其察觉，反有可能成为致祸之由。君主的阴晴莫测、变化多端，使得游说一类的言说成为一项波澜四起、陷阱遍地的运动，稍有不慎即可能有性命之虞。在韩非的描述下，君主几乎成为一个不可名状、莫测高深而又恐怖万分的存在，在对话中的少言寡语并不意味着其主动性的稍有缺失，相反，沉默本身即意味着神秘。

韩非在论述“说难”之时大量运用铺排的方式，对言说可能调到的困难、不小心就会陷落的危险进行列举，使其文章极富气势。即使如此，这些铺排也很难说已经做到穷举，连绵不绝的修辞本身或即表明了言说可能遭遇的情境的层出不穷。在韩非看来，掌握了这种复杂的技艺之后，经过长时间的磨合和合作，君臣之间有可能建立一种绝对的信任。“旷日离久，而周泽既渥，深计而不疑，引争而不罪”，至此之时，言说可以从无穷无尽的揣情摩意、婉转曲折中解脱出来，犯颜直陈、当庭面折，“明割利害以致其功，直指是非以饰其身，以此相持，此说之成也”。然而，这只是一个美好的期待，几无实现的可能。就韩非其人的整体思想来看，他对这种境界的企及也不抱任何希望。在他眼中，窥伺君主之心意，实际是发生于政治生活之中的言说必不可少的环节。

韩非将君臣之间的相互猜疑、彼此不信任归因于双方在利益上的冲突。“君臣之利异，故人臣莫忠，故臣利立而主利灭。”（《韩非子·内储说下》）在他利益主导行为的人性设定之下，亏损主上之利、以成个人之私是臣下的常态，忠诚只能是明法守势、善用权术的结果，君主若轻信于人，必将深受其害。“人主之患在于信人，信人则制于人。”（《韩非子·备内》）在这个毫无诚信的世界之中，争权夺利成为人际关系的唯一形态，臣子对君主这一至尊之位的觊觎无时或休，即使不能取而代之，也会想方设法假借、窃取，从中谋利。“君臣异心，君以计畜臣，臣以计事君，君臣之交，计也。”（《韩非子·饰邪》）“黄帝有言曰：‘上下一日百战。’下匿其私，用试其上；上操度量，以割其下。”（《韩非子·扬权》）韩非对君臣关系的概括，有时露骨到令人触目惊心的地步。

韩非持论多有愤激之语，但也并非没有事实依据。在新兴的君主专制下的官僚政体之中，君主以爵位俸禄来换取臣下的智慧才能已经成为不争的事实，时人对此也有明确的认知。孟尝君对失势之时离其而去的齐之士大夫心怀不满，谭拾子劝解说“富贵则就之，贫贱则去之”是“理之固然者”，正如“市，朝则满，夕则虚，非朝爱市，而夕憎之也。求存故往，亡故去”（《战国策·齐策四》）。其所论虽是主客而非君臣，但以“市道”来描述君臣同样合理。颇为特立独行的鲁仲连即云：“所贵于天下之士者，为人排患、释难，解纷乱而无所取也。即有所取者，是商贾之人也。”（《战国策·赵策三》）对当时士风的这一批评，同样显示了从交易的角度来理解君臣已经成为当时的共识。“主卖官爵，臣卖智力”（《韩非子·外储说右下》），君主以其“府库财物收天下之士”，而士人“能为君决疑应卒”（《战国策·齐策三》），看起来，这种交易完全可以公平合理，互惠互利。然而，既然欲壑总是难填，为二者共同接受的双赢局面总难免会变得脆弱不堪。“为人臣者，窥觇其君心也，无须臾之休”（《韩非子·备内》），只要有合适的时机，群臣必将去公义而行私心。何况，战国之时，七雄并立的形势使游士们可以不专事一国，不必如安土重迁的农人一样，只能在狭小的区域内谋生活，其个人利益亦往往分散于多个国家之中，这使他们与君主之间的信任更加无从建立。身居一国之内，在出谋划策之时却顾及他国的情形屡见不鲜，策士们周旋于各国之间，固是为合纵连横的形势所迫，其中也不乏追求利益最大化的成分。①

这意味着，以策士之辞为代表的政治领域之中的言说，在其主观意图上，往往受到私人利益的沾染。语言在这里是争名夺利的工具，策士们对此有明确的认知，以巧言善辩求富贵尊荣，本就是其十分自觉的生存之道。策士的代表人物张仪、苏秦不约而同地吐露了这一心声。张仪已学而游说诸侯，在楚被诬以盗窃之名。“其妻曰：‘嘻！子毋读书游说，安得此辱乎？’张仪谓其妻曰：‘视吾舌尚在不？’其妻笑曰：‘舌在也。’仪曰：

① 当时策士如陈轸“驰楚秦之间”（《战国策·秦策一》），“公孙郝党于韩，而甘茂党于魏”（《战国策·韩策一》）。这种状态有助于维护策士的自身利益，事实上也是他们的合纵连横活动能够成功的基础。

‘足矣。’”（《史记·张仪列传》）张仪的回答于幽默之中充满自信，他坚信口舌谈说足以供其安身立命，居尊位而食厚禄。苏秦的平生之志也大抵相类。相传初次游说秦王失败后，他“乃夜发书，陈箧数十，得《太公阴符》之谋，伏而诵之，简练以为《揣》《摩》。读书欲睡，引锥自刺其股，血流至足”。他有这种不近人情的毅力基于如下信念：“安有说人主不能出其金玉锦绣，取卿相之尊者乎？”将言说与地位攀升、财富希求之类如此紧密地关联在一起，在这一欲望的催动之下，策士们游说君主、谋划合纵连横之时，就难以全身心地为君主、国家打算，为己的意图常常影响其对局势的阐释与解说。“上所以为其主者忠矣，下所以自为者厚矣。”（《战国策·魏策二》）“忠于主，便于国，利于身。”（《战国策·韩策三》）策士们常常试图在公私之间寻找一个既可取悦于君主，又有益于自身的平衡点。但是，通过壅蔽、误导人主等手段来满足私心的事例，也不难寻见。当利益成为一切行为的主导之时，便没有所谓的难以突破的底线。

以市道交决定了君臣“一日百战”，很多时候，对话就是这种“战争”的主要表现方式。如何在唇枪舌剑的往来中获取胜利，是君臣双方都要仔细思考的问题。韩非一方面通过对说之难的论述，试图为居下位者寻找到捕获君主之心的通途；另一方面，对君主专制政体如何完善做出全面的理论思考，因而常常设身处地为君主的他，也提供了许多透过臣子言说侦破其为私之意的方法。这主要体现在他对“术”的论述中。“术”之兴起源于政治制度的转变，贵族政治崩溃之后，“臣属浸失其共治之地位而沦为君民间承上驭下之佐治阶级，其本身亦遂成受治之对象”[1]，在统治庶民之外，管理百官群吏也成为君主必须面对之难题。有着极强的流动性，并因而愈加诡诈多变的游士更是君主必须小心提防、执“术”以御的目标。“游仕既渐盛，争以投上所好，而渔权钓势。在上者乃不得不明术以相应。”[2]“术者，因任而授官，循名而责实，操杀生之柄，课群臣之能者也，此人主之所执也。”（《韩非子·定法》）它包括君主驾驭臣下的或昭明于外，或隐秘于中的一切手段，应对臣下之言辞，只是其中之一事。韩非子为君主提供了“一听责下”“疑诏诡使”“挟知而问”“倒言反事”等具体而微的策略[3]，不过，在他看来，最为关键的是参伍而验、循名责实，建立健全严格的问责机制。“故群臣陈其言，君以其言授其事，事以责其功。功当其事，事当其言，则赏；功不当其事，事不当其言，则诛。明君之道，臣不得陈言而不当。”（《韩非子·主道》）“凡听之道，以其所出，反以为之入。故审名以定位，明分以辩类。”

---

① 萧公权：《中国政治思想史》，新星出版社 2010 年版，第 163 页。

② 钱穆：《先秦诸子系年》之《申不害考》，商务印书馆 2001 年版，第 277 页。

③ 《韩非子·内储说上七术》。此外，《八经》篇“立道”一节提供了更多应付臣子的具体手段：“言会众端，必揆之以地，谋之以天，验之以物，参之以人。四征者符，乃可以观矣。参言以知其诚，易视以改其泽，执见以得非常。一用以务近习，重言以惧远使。举往以悉其前，即迩以知其内，疏置以知其外。握明以问所暗，诡使以绝黩泄。倒言以尝所疑，论反以得阴奸。设谏以纲独为，举错以观奸动。明说以诱避过，卑适以观直谄。宣闻以通未见，作斗以散朋党。深一以警众心，泄异以易其虑。似类则合其参，陈过则明其固。知罪辟罪以止威，阴使时循以省衷。渐更以离通比。”这其中许多便是针对臣下言辞而发。

（《韩非子·扬权》）言必责其用，必求其功，如此，则臣下不敢以虚浮之辞迷惑人主，不得以伪诈之说谋取私利。在君臣之间的对话中，君主唯有坚持此术，才能立于长胜不败之地。

一面苦于游说之时君主之叵测，试图寻找畅行无阻的进说之法；一面又为君主阐发驭臣之术，使其更加周密难知。韩非似乎既要为进言之士提供无不陷之利矛，又要为君主铸就不可陷之坚盾。不过，对话尽管主要在君臣之间展开，同时却受到政治领域之中的其他因素的深刻影响。最为显著的是与进说者同时并存的其他臣僚，他们之间的竞争和缠斗同样是一道鲜活可观的政治风景，这些有时并不出现于对话的具体情境之中的他人，对于对话的形态并非全无作用。

三、说难：应对群臣

既然韩非将政治视作利益争夺的战场，那么，在他的描述下，除了朋党比周、结党营私，臣下与自己的同行之间就不太可能有通力合作的情谊，而是时时处于竞争之中。这又为臣子的进说增添了无数困难：君主的判断总是会受到其旧有廷臣、便辟左右、亲戚贵幸等人的影响，进说者游说君主之时，必须腾出手脚来应付出现于政治场景中的各色人等。在这唯利是图的领域之内，嫉贤妒能是人之常情，既得利益者总是会设法蒙蔽君主，阻断才能超己的后来人的上进路程。“人主之左右不必智也，人主于人有所智而听之，因与左右论其言，是与愚人论智也；人主之左右不必贤也，人主于人有所贤而礼之，因与左右论其行，是与不肖论贤也。智者决策于愚人，贤士程行于不肖，则贤智之士羞而人主之论悖矣。”（《韩非子·孤愤》）在这种政治环境之中，进说者很有可能怀才不遇，一生襟抱不得开。

韩非以“法术之士”自命，这一身份使他的处境更加危险。法术之用在于加强君主专制，洞察人臣阴私，遏止其亏上自利的一切可能，因此，“法术者乃群臣士民之所祸也”（《韩非子·和氏》）。法术之士若为君主所用，当涂之人必然在劫难逃。“智术之士明察，听用，且烛重人之阴情；能法之士劲直，听用，且矫重人之奸行。故智术能法之士用，则贵重之臣必在绳之外矣。是智法之士与当涂之人，不可两存之仇也。”然而，当涂之人在政治领域内经营已久，非但得人主之信任，且有诸多可以调动的力量，法术之士作为后进者却一空所傍，无依无凭。力量悬殊而势不两立，法术之士自然岌岌可危：“其可以罪过诬者，以公法而诛之；其不可被以罪过者，以私剑而穷之。是明法术而逆主上者，不戮于吏诛，必死于私剑矣。”（《韩非子·孤愤》）

政治活动的参与者罕能如韩非所言“法术之士”一般，有着如此强烈的理想色彩，但同列之间的斗争，较之韩非描述的“法术之士”与“当涂之人”，在残酷性上足以相侔。臣子的进说，在结主上之欢心、成个人之私利的同时，往往对其竞争者极力倾轧，这种对抗在策士言辞中也有所体现。针对某一具体事件，可以从不同的角度做出解析，提出的处理之方也往往彼此歧异，策士们在证明自己的意见最为合理之时，也会不遗余力地挑剔别种主张的纰漏。这种攻讦并不局限于明定是非、辨正然否，在论难中找出最切合实际的方案；既然策士言说在意图上即有为个人谋利的成分，在游说时披露对手对君主的不够忠诚，拆穿其暗藏之鬼胎，也就成为惯用的伎俩。

著名的苏秦合纵、张仪连横诸篇虽出拟作①，但对于游说活动的诸种关节却有细致的把握，其中，拟作者即设计了苏张二人就彼此所持之说的诘难。如其中苏秦在楚王面前诋毁连横之术："夫秦，虎狼之国也，有吞天下之心。秦，天下之仇雠也，横人皆欲割诸侯之地以事秦，此所谓养仇而奉雠者也。"张仪反唇相讥，曰："且夫约从者，聚群弱而攻至强也。夫以弱攻强，不料敌而轻战，国贫而骤举兵，此危亡之术也。"（《战国策·楚策一》）在游说魏王之时，这种针锋相对就已经不限于较量计策之短长，苏秦即斥言"凡群臣之言事秦者，皆奸臣，非忠臣也"，指出主连横而事秦者，有"割其主之地以求外交，偷取一旦之功，而不顾其后，破公家而成私门，外挟强秦之势以内劫其主，以求割地"的不良用心。相应地，张仪对苏秦也加以诋毁，认为合纵之事，"欲恃诈伪反覆苏秦之余谋，其不可以成亦明矣"；"从人多奋辞而寡可信"（《战国策·魏策一》）。苏秦和张仪的这番明争暗斗出自虚构，但拟托必以现实为样板，比如张仪在其时即树敌甚众，与陈轸、甘茂、公孙赫、樗里子、公孙衍等都有摩擦。策士们彼此之间的攻击非但不择手段，而且不留余地，往往力图置对手于死地，在著作中对当时政治生态洞若观火的韩非，即成为这种斗争的牺牲者②。他在秦王面前毁姚贾曰："贾以王之权、国之宝，外自交于诸侯，愿王察

① 唐兰认为："战国末年学纵横之术的好事者曾拟作苏秦合纵和张仪连横十多篇，文笔颇酣畅可喜。"（马王堆汉墓帛书整理小组编：《战国纵横家书》，文物出版社1976年版，第130页）

② 关于韩非之死，《史记·老子韩非列传》所记略有不同。对臣子之间的竞争，君主有时持鼓励态度，并加以利用，这也是他们执"术"驭臣的一种方式。

之。且梁监门子，尝盗于梁，臣于赵而逐。”他指责姚贾营私自利，揭露其道德污点，但姚贾对此做出了令秦王信服的解释，于是秦王“复使姚贾而诛韩非”。（《战国策·秦策五》）

既要追逐私利，又要揣摩主心，还要应对同僚，韩非总结的这种言说看起来时时掣肘，不得自由。归根结底，这是由于此类言说发生于政治领域之内，本身就是政治活动的组成部分。无论是列国之间的纵横反覆，还是各国之内的钩心斗角，在这个利益决定行动的世界里，“战争”似乎成为此时人们活动的核心方式，发生于其中的对话，因此也具有浓烈的对战色彩。尽管前已提及，韩非概括的“说”的范围，远大于策士纵横各国的游说，但毫无疑问，纵横家言为其理论抽绎提供了最大的样本量。策士见招拆招式的言辞往来，正是在战国这一特殊的历史环境之中，语言“言以为事”的功能被放大到极致的表现。

总之，“言以为事”是语言在日常生活中极为普遍、常见的一种形态，在政治领域中有所体现的是自然而然的现象。在春秋之前的社会形态中，最具修养、最具有文化创造力的贵族荟萃于政治场中，他们的言说格外丰富并大量留存。尽管其中不乏总结政治经验、提炼人生智慧甚至富有理论色彩的段落，这些言辞在当时最主要的功能，却是出现在具体的事件之中，推动其运转前行。《尚书》中的政令王言，《左传》《国语》等典籍中数量惊人的“记言”，固能为人们提供理政之法则、行事之规范，但追本溯源，这些言辞本有促使其产生的场景，本有其特定的意图和作用。在战国时代，尽管依照诸多学术史著作的描述，“言以明道”的意识已经广泛存在并促成了大规模的文化生产，《战国策》等文献中存留的策士之语，仍然以其权谋之诡谲多变、修辞之铺张扬厉，生动展示了语言的“战争模式”，将“言以为事”的能量展露得淋漓尽致。确认“为事”本为语言之常态，为思考“言以明道”这一语言观念的产生和发展，或可提供一个基点。

第二章　立言明道：春秋战国之际的学术转关

既然“言以为事”是语言的常态，那么，为何会分化出一类语言，专以“明道”为己任？甚至，如果不能算是故作遮掩的话，这种语言至少会模糊自身“为事”的一面，强调自己纯粹为阐明“道”之意蕴而发。语言让自己指向一个永恒的客体，一个等待着言说的对象，并且因为这个对象是超然纯然、不黏滞于任何事物或事务的，与其相应的语言似乎也从它生长的历史环境中拔身而出，不牵连于具体的事件，不为周遭所沾染。这种对语言的要求和期待，是因何种机缘而产生，并随而大行于世，深刻影响后来的中国文化及文学？

前文已多次提及，在“言以明道”的发生史上，春秋战国之际是个关键的时间节点。此时，文化形态发生了巨大的甚至可以说是颠覆性的转变。简而言之，这一过程主要表现为学在王官的贵族文化的衰落，以及继之而来的以诸子百家为代表的私家著述的兴起。在本书“绪论”引述的传统学术史中，由“官学”至“私学”的学术嬗替的结果，便是所谓“道”从践行转入言说，立言以明道也就成为诸子思想表达的基本特色。这些叙述虽大体可以成立，但仍然存在着一些问题，最突出的一点便是，如果将春秋战国之际的学术转变描述为在“道”已不行于世之后，被转入到言说之中，那么这意味着，“道”这一范畴在此之前早已存在，只是体现在治国经野、行政教化的具体实践之中。但事实上，从观念史的角度看，作为万物之原、万理之本的“道”并非与中国历史相始终，它的出现有其具体的社会条件，其丰厚的内涵也是在历史的进程中逐渐获得的；春秋之前先王诸贤“行道”的说法，不过是在“道”这一概念成熟之后，对于历史的重新叙述。也就是说，“道”其实首先出现于言说之中，继而被认为在古之圣王处曾被完美地身体力行。由于“道”这一概念的出现与成熟是“言以明道”的语言观念成立的基础，那么，“道”开始大量进入言说的春秋战国之际，自应格外关注。

进一步说，由于语言总是在一定的社会环境中被使用，一种特定语言功能的实现，就要以一个特定的言语交际领域、一个作为言语主体的特定人群的存在为前提。“言以明道”中的“言”，其实并不囊括所有的语言现象，它所指的更多的是出现在学术、文学等文化创造领域中的语言；“言以明道”的重任也不是人人都可以承担的，执掌这种特殊语言的，在古代中国，无疑是一般所谓“士人”中的一部分，诸子正是其中的代表。因此，论述这一观念的发生，也需要关注士阶层的兴起。

“言以明道”的语言观的出现，以及以明道为目标的诸子著述的兴起，究其根本，是春秋战国时期社会结构和政治形势迁移的结果。学者多用“政教合一”“官师一体”等语汇来描述春秋之前的时代，这意味着，此时社会未经充分分化而较为浑融，后人所习惯的政治与文化的分离，此时尚未出现。所谓“官学”亦即学在官府，即使有一些职位被认为与学术、文化等关联更为密切，也很难说它们就是具有专门性的学术机构，同样，也并不存在一个以学术为业的群体。活跃于政治世界之中的贵族即是当时最具文化的群体，反过来说，所谓具有“文化”，其实很大程度上不过意味着对政治运作规则、行为方式的熟谙。在春秋战国之际，这种社会状态遭到破坏而渐成遗迹，以学术、文化为业与以政治为业，日渐成为两种差别颇大的人生选择，政治从业者与学术传承、文化创造者，越来越分别为两个风貌不同的群体。学术、文化逐渐不再与政治融为一体，而是在一个新的、具有一定独立性的社会空间之内进行。文化与政治的分流与刚刚崛起的士阶层的分化密切相关。士人的一部分，亦即“学士”群体，充当了思想创造和文化生产的主体，以自己的言说、书写来阐述弥伦天地、包括宇宙之道理，揭示正当的社会政治规则，立言明道逐渐成为他们著书立说时的自觉追求。本章即主要关注“言以明道”这一观念的出现及其社会历史原因，以此为视角对春秋战国之际的学术转关做出叙述，并着重考察孔子及其活动在这一学术转关中的意义。①

① 受“轴心时代”说法的影响，学界对春秋战国时思想文化的转变也有较多讨论，可参见余英时：《论天人之际：中国古代思想起源试探》，中华书局 2014 年版。他特别强调，在轴心突破之前的礼乐文化中，巫充当天人之中介，而突破之后，诸子们则以个体思维之力沟通天人；其间转变虽极巨大，但仍有相当的承继关系，是比较“温和”的“向内突破”。本章重点从语言观念转变的角度论述春秋战国之际的学术转关，兼及促成此一转变的社会历史变迁。

第一节 离事言理的滥觞：春秋时期的贤人议礼

上章已论，《尚书》中的诰命训誓、春秋时的列国辞令因其内容丰富、修辞娴雅，成为这一时代最具文化意味的语言使用方式，而“言以为事”却是它们的主要功能，易言之，是政治运作的需要，而不是文化创造的欲求促成了它们。这是由当时的社会形态决定的，在官师未分、政教合一的时代里，以议论言说为主业的特定社会空间尚未出现，著述意识尚未产生，政治生活是以上层贵族为主体的社会精英天然的甚至是唯一的舞台，萃聚了最为巨大的创造能量。社会未经细致分化而显得高度整合，与事件相终始就成为言辞的常态，“言以为事”之所以成为其主要存在方式，归根结底是由于它们只能与人们的行动相伴而生。

前文也提及，鉴于“礼”在西周及春秋时期对社会、人生活动的普遍含纳，“文以行礼”几乎可以视作“言以为事”这一语言功能在此时的具体表现。按照传统旧说，周初几代君主创业开国之后，至成王周公之时臻于太平，有制礼作乐的盛事，礼乐制度在此一举即已周全完备。这些太过夸张的说法如今已不被深信，煌煌赫赫的“礼仪三百，威仪三千”显然非一时之功。不过，周初先王在以礼乐为主体的制度构建中有草创之功，为后世确立了一些基本的政治规范、礼仪法度，这应该是不容否定的事实。在王朝统治尚为稳固之时，在社会没有大规模起伏动荡的平稳时期，这些经过世代积累的“先王之制”有可能已经提供了足够的样板，只需依之行事，便不会有太多的罪过错衍。与此相应，语言的主要功用便是在各种礼节仪式之中，充当诰命训诫之语、颂赞祝盟之词。

“礼”是一个更多要付诸实践的范畴，言辞是其中不可或缺的环节，二者相辅相成，相得益彰。但是，随着历史的演进和社会的变动，一些新的情形逐渐出现。进入春秋时期以后，“礼”仍然是具有约束力的行为规范，是结构社会、经纬国家、组织军事的恰当原则，“行礼”依旧是政治实践的主要方式，但与此同时，出现了大量对“礼”进行论述的言语。“礼”渐渐地从只需循之行事之物，转变为需要言语论说之物，并成为言谈议论的核心话题，人们对礼的理解也经历了一个由具体而抽象的过程。

追寻这一变化发生的原因，仍然需要提起由西周到春秋时代的社会变动。“先王之制”对于春秋时人仍然十分重要，“礼”这一名目继续得到推崇。但是，随着诸侯成为政治活动的主体，形势的发展逐渐超出了以王室为中心的西周礼制所能笼罩的范围，需要新的应对之方、行政之策。既然此时的情形已是先王立制之时始料不及的，当从以往的掌故中找不到可以依凭、可以与当下类比的具体经验时，就有可能产生另外一种诉求，即从“先王之制”中抽绎出一些普遍的原则，用以解决现实问题。春秋时期，“礼”包纳进许多前所未有的内容，礼典较之从前更加繁富而全面，“三礼”之中的诸多礼文制度应是产生或成熟于此时。新的礼法在很大程度上是从旧礼中归纳出来的原则与当下情境相互结合的产物，继承自以往的旧礼与依据形势而产生的新仪之间保持了相当的连续性，这使得它们依然能够统一在“礼”这一名号下。

周王室丧失其控制力及威望之后，诸侯国获得了较大的独立发展空间，纷纷在本国内部进行制度构建。周室虽衰，但是

“周礼未改”（《左传·僖公二十五年》），社会结构毕竟尚未发生颠覆性的变化，权力的下替虽带来制度的下移，制度构建的基本方式仍然不算过时。推天子之礼，以成诸侯、卿大夫之制，是春秋时期各国制度建设的惯常路数。① 士会聘于周，对享宴上的折俎之礼茫然不解，有感于此，归国后“乃讲聚三代之典礼，于是乎修执秩以为晋法”（《国语·晋语中》），这套必然对王室之礼多有借鉴的法度在晋国似乎颇具成效。晋悼公即位之后的政治整顿中的一项举措即是“使士渥浊为大傅，使修范武子之法”（《左传·成公十八年》），士会之德也因此闻于诸侯（《左传·襄公二十七年》）。这种比推同样体现在分封制的发展演变之中。晋国的师服将这一制度概括为：“天子建国，诸侯立家，卿置侧室，大夫有贰宗，士有隶子弟，庶人、工、商，各有分亲，皆有等衰。”（《左传·桓公二年》）但这严密整齐、贯通上下的制度的形成其实历经时日，家、侧室、贰宗等的置立其实是诸侯、卿大夫力量强大之后对“天子建国”的仿效。② 就在这种类比推理之中，人们有可能碰触或者推演出制度的深

① “推”在礼学中十分重要。钱穆指出，“儒家言求知方法率主推”（《推止篇》，《中国学术思想史论丛二》，生活·读书·新知三联书店 2009 年版，第 190 页），这其实与儒家重“礼”不无关系。汉代礼典废缺，后仓“推士礼而致于天子”（《汉书·艺文志》），“推”仍然是一种行之有效的方法。

② 童书业指出：“天子建国，盖主要为周初事，即普通所谓‘封建’”，“‘诸侯立家’，周初自亦有之，然大家之立当在西周晚期诸侯国渐大以后……自西周晚期以来，诸国出现卿大夫之族，大致迄春秋中叶，是‘诸侯立家’之时矣”。“至春秋中叶，卿大夫之族强大，乃多置‘侧室’与‘贰宗’焉。”（童书业：《春秋左传研究》，中华书局 2006 年版，第 110～111 页）

层含义。师服即指出这种等级建构的基本原则是“本大而末小”，唯其如此，方可使“民服事其上，而下无觊觎”，确保国家的稳固。然而，同属晋国的师旷对此的理解有所不同。他说：“天子有公，诸侯有卿，卿置侧室，大夫有贰宗，士有朋友，庶人、工、商、皂、隶、牧、圉，皆有亲昵，以相辅佐也。善则赏之，过则匡之，患则救之，失则革之。自王以下，各有父兄子弟以补察其政。”（《左传·襄公十四年》）封建制既可弥补个人在能力上的不足，又可防止某些恣肆妄为的君主以天下之公利奉一己之私欲。二人对这一制度的理解虽有分歧，但他们都表现出从具体的礼制中挖掘其创建之初衷、探寻其体现之原则的努力；更进一步说，正是由于对礼制可以有多样的理解，“礼”才能被用来解决当下的问题。

对“礼”进行的解说越来越趋于抽象，这一时期出现了大量的所谓“贤人议政”。这已经不再是一切都有着一定之规的时代，这时的许多举动都需要经过深思熟虑、精细考量。在很多时候，评说者甚至并不直接参与到事件之中，这尤其使他们有可能更冷静、客观地进行思考，进而得出一些具有普范性的准则。事实上，这些准则只有足够抽象，才能与更多的具体事件相结合，才能在因循中有所创新，实现与新环境的有效融合。于是，“礼”渐渐与具体的仪式有所区别，并且用于描述它的言辞也越来越宏阔玄远。

鲁昭公如晋，“自郊劳至于赠贿，无失礼”，但女叔齐不以为然，认为昭公不过是识其小者，“是仪也，不可谓礼”，礼真正的内涵在于“守其国，行其政令，无失其民”（《左传·昭公五年》），在于确立健全有效、顺畅通达的行政体系。年十九犹有童心的鲁昭公在位之时，公室益卑，民心不附，对礼节度数的精熟，也不能掩盖他不识礼之大端。这意味着在女叔齐看来，世代传承的仪式已不足以称为“礼”，“礼”应该指示合乎当下的治国方术。无独有偶，子大叔认为赵简子所问的“揖让、周旋之礼”，“是仪也，非礼也”，并援引了子产对礼的解说：“夫礼，天之经也，地之义也，民之行也。”（《左传·昭公二十五年》）之后，他又对“礼”的本质做出一番解说，认为礼是对天明地性、六气五行等的效法、仿像。这段说辞奉行推天理以明人事的论述逻辑，极具形而上学色彩，其水准足以与后世的专论文字相当。

“礼”在政治实践中长期占据崇高地位，在思想观念里也具有强大的号召力和约束力，它自然而然地成为人们乐于挖掘其深层内涵的范畴，在很多时候成为贤人论政的标准，甚至成为直接的论说对象。不过，对“礼”的此种抽象解说在这一时期内大量出现，一方面由于礼仍然是一个具有效力的名号，需要对其加以阐发以便与新的形势结合；另一方面，同样不能忽视“礼坏乐崩”这一对春秋时代的定论。“礼”终究是一个由来已久的传统名称，即使它具有较大的弹性，可以随现实的变化而屈伸，但它的承载容量毕竟有限，有一些情形非它所能解决，有时人们需要循从另外的行为方式①。随着社会结构、政治形

① 比如，最常被提起的是当时的铸刑书事件。鲁昭公六年（前536），子产铸刑书，叔向对此质疑道，这不合乎先王之礼。但实际上，子产是一个对礼有着深刻理解的人，他尚且不得不背离礼，并宣称自己是在“救世”，这足以表明“礼”在应对现实时的局限。鲁昭公二十九年（前513），晋国同样铸刑书，孔子批评说“民在鼎矣，何以尊贵”，反对这种抹平等级差异的成文法典。但这也表明，阶层流动导致的社会结构变化，使得与等级身份息息相关的“礼”渐渐过时。

态变动日益明显和剧烈，“礼”在应对新形势时就越来越无能为力，至春秋晚期，“礼”渐渐从时人的热门话题中淡出。在这种情形下，“礼”的秉持者、信守者为论证这一陈旧之物仍然具有生机，就想方设法地发掘其内涵，证明它有着超越时空的能量，由此产生的对“礼”的论说，越来越无关于“行礼”的具体行为而成为学理性的探讨。

“考之《左氏》，卿大夫论述礼政，多在定公初年以前，自时厥后，六卿乱晋，吴越迭兴，而论礼精言，惟出孔氏弟子，此外罕闻。”① 当“礼”不再为众人所称道之后，孔子及其弟子坚守着对它的信仰，对“礼”的性质做出了更为深入的挖掘，对“礼之本”进行了深刻的探讨。与春秋时期一些贤人的意见相同，孔子对礼之节文与礼之深义也有所区分，他对“礼义”的阐发也更加详明、系统。“人而不仁，如礼何？人而不仁，如乐何？”（《论语·八佾》）“仁”正是他所寻找到的礼之根本。大致说来，“仁”是人们发自内心的爱敬之意，没有它的支撑，礼节不过是一套虚伪矫饰、装模作样的空壳。“礼，与其奢也，宁俭；丧，与其易也，宁戚。”（《论语·八佾》）孔子更倾向于向内开掘，在人性中寻找“礼”存在及发挥作用的基础。毫无疑问，人性是一个更具魅惑力的概念，它似乎天然具有普遍性、本质性，能够在历史变化中保持自己的恒常不动。因此，礼本人情，也就意味着礼具有万世不移的功效。这成为部分儒家学者倡言复古的基本逻辑，人性的永恒保证了从前有效者永不失效，灾乱的出现不过是不肖子孙们违背了先圣垂训、前人彝常。

① （清）曹元弼：《复礼堂文集》卷四《礼经会通大义论略·左传》，清宣统刻本。

概而言之，春秋时人对“礼”的理解日趋抽象，大致遵循了两条不同的路线：或主动求合乎时变，或被动证明其效能。不管如何，对礼的解说都变得越来越深玄，越来越与具体事务拉开距离。而“礼”已经在西周以来如此之长的历史时段内发挥重要作用，成为正面价值的代名词，即使不再依照礼法行事之人，也很少公开表达蔑弃。因此，哪怕在现实层面上“礼”不再重要，在意识层面上它仍然崇高，这保证了与其相关的言说的价值。在臧文仲著名的“三不朽”之说中，立言得以与立德、立功并列，在很大程度上，正是因为有了一个可以与德、功相抗衡的言说对象。在春秋时期，这一对象正是由“礼”来担当的。同时，德、功、言三者可以鼎足而立，也意味着言语完全可以脱离修身养德、建功立业的实际行动而单独存在，并且拥有自足的价值。对礼的言说可以发生于礼的实践之外，“文”不必出现在“行礼”的过程之中。于是，至少有这么一类言语与事件不再保持彼此交融、无法分割的关系，从“言以为事”这一功能中解脱出来。

这是一种颇为新鲜的使用语言的方式，但在春秋时代，人们对这一方式的认识、对其能量的开掘远不够深入。这首先表现在，论“礼”几乎成为此时这类言说的唯一主题，而“礼”这一范畴毕竟有其局限性。由它所能联想起的具体的礼文仪式，有可能阻碍它的进一步抽象化、普遍化；“礼不下庶人”，与贵族阶层的天生的关联，使之在一个流动加剧、层级结构已经彻变的社会中无所适从。人们从社会变动中获得的新经验、不断总结创造出的新知识越来越无法归纳进“礼”之中。进入战国时代之后，思想倾向极为多样的诸子纷纷探寻另外的理论术语，“礼”最终成为儒家一家独守之物。

另外，在春秋时代，对“礼”这一话题发表精妙议论者虽然不乏其人，但论说者的主要身份仍然是政治事务的参与者，对时人举动合礼与否的评判、对礼之义蕴的诠解，也多是在从政的过程中为具体的遭遇、闻见所激发。谈论礼义或是为政之附属，或是理国之余事，并非一种需要专心致志地投入全部身心之力的专门性事业。“三不朽”之说虽然肯定了立言有着堪与立德、立功并列的价值，此时也确有一部分人在这方面表现出出色的才能和非凡的能力，但不参与到各国的政治之中，仅以创造嘉言善语为事的存在状态，在这一时期并不可能。因此，虽然存在着大量的与具体事务拉开距离的论礼之言，这类言说尚不足以取代“言以为事”成为以语言为媒介进行文化创造的主流方式；论说者身份的复合性，也表明一个从政治的笼罩下脱离出来、保持相对独立性的文化创造群体这时最多只能算是显露了一些端倪，却没有形成。简言之，在春秋时代，政教合一、官师未分的社会形态虽已松动，却未发生根本性的变更。

尽管如此，“立言”足以不朽的观念仍有着不可估量的历史意义，它至少为诸子立言明道的行为积累了丰厚的象征资本，只是，集政治权力、文化资源于一身的封建贵族显然很难仅以言说为其平生之志，“立言”难以脱离对“从政”的附庸而蔚然大国。在文化创造、著书立说发展为一种独立于政治且不失价值的事业的过程中，春秋战国之际在历史舞台上崭露头角的士阶层发挥了至关重要的作用。这一群体或来自不断下替的上层贵族，或来自逐渐攀升的下层庶民，对于其中的大多数来说，出仕为官仍然是他们获得生活资料、实现人生价值的必由之路。但与此同时，也有部分士人试图在政治之外开辟一个可以倾注其才能、发挥其创造能量的场所，探寻一种别样的但不失为有价值的生活方式，他们以教学授受、著述言说为主业，并获得了巨大的社会声望。这部分士人通过思想创造、知识传承实现对文化资本的占据和积累，并努力推动这一资本与其他类型资本之间的转换，特别是以此为基础要求获得政治地位。因此，尽管并非所有士人都入于此道，但以思想、表达活动为主的这种存在方式对于整个士阶层的意义仍十分巨大，正是对它的维持和经营，使士人们获得了被整个社会认可的解释世界的权力。这种脱离政治、具有一定独立性的思想表达行为，为士人们谋求自身地位聚集了能够凭依的资本，使其进退可依，最终深刻影响了士阶层的历史走向和社会性格。而这一行为能够发展为值得遵从、富有价值的人生选择，孔子有着不容忽视的作用。

第二节　孔子的文教事业与“言以明道”的确立

一、学以致道：孔子的教育事业

春秋战国之际，“道”这一概念也越来越频繁地出现在人们的话题之中。“道”较之于“礼”具有更大的优势，它不像“礼”一般有太多的历史负担，可以包容进更多的内容，有着更充足的阐释空间，在礼坏乐崩之后的秩序重建过程中，更适于作为普遍的、终极的真理的名称①。历来为人所熟知的论“道”文字中，有许多都显得玄远飘忽、不近人事，不过不能因此而忽视这一概念的生长进程所处的外在环境，从根本上讲，这是政治、社会整体变迁的结果。“形而上者谓之道，形而下者谓之器。”这样一种区别现象与本质的二分法的确立，或许根源于人类固有的探本溯源的求知之志；只是，这种试图突破局限而掌握整体、从瞬息万变中抽绎出永恒之理的欲望，在动荡不安的社会转型时期有可能被刺激得更加强烈。人们对当下生活的不满会直接激发自身寻求更为完善的生活方式的多方努力。春秋战国之际，随着秩序的崩坏、社会的颓唐，展眼所见的具体事务已不被认为体现着精义至理，超越于具体情境、与细琐事件不直接相关的绝对原则开始被渴求、需要。“道”的身上，其实凝聚着人们对未来的希望、对安定秩序的渴求。

“道”在《左传》《国语》等典籍中已经时有出现②，不过，首先是在《论语》中它变得密集起来。“人能弘道，非道弘人。”（《论语·卫灵公》）“道”更多地需要在现实中推行，孔子并没有对“道”进行直接的解说或理论性的阐发，其“言性与天道，

① 钱锺书指出：“古希腊义‘道’（logos）兼‘理’（ratio）与‘言’（oratio）两义，可以相参。”在汉语中，“道”同样具有此二种意义，“道”能够获得如此重要的地位，原因之一也在于其语义上的优势。参见钱锺书：《管锥编》，生活·读书·新知三联书店2008年版，第639页。

② 如《左传·桓公六年》：“所谓道，忠于民而信于神也。”《左传·僖公十三年》：“行道有福。”《左传·文公十五年》：“礼以顺天，天之道也。”《国语·周语下》：“吾非瞽史，焉知天道。”《国语·楚语上》：“君子之行，欲其道也，故进退周旋，唯道是从。”

不可得而闻也”（《论语·公冶长》）。但是，孔子以弘道为己任的人生态度，他在生前身后获得的巨大声望，使“道”被确定为正义的行政方式、正确的生活方式的代名词。作为新兴士阶层中颇具代表性的一员，孔子对士人的社会位置、责任承担、德行修养等各个方面都做出了有些理想化但影响极为深远的描述和规定。“士志于道”一语，不仅成为千年来士人们理所当然的自我定位，也规定了社会其他阶层对士人群体的想象和期许。更为重要的是，孔子授徒教学、治学立说的亲身实践，开战国诸子之先河，在他之后，著书立说才真正成为可以让士人安身立命、获得内心满足的事业。这样，孔子“为使学术普遍化之第一人，为士之阶级之创立者，至少亦系其发扬光大者”①，其历史地位至高至伟。因此，如果说“言以明道”这一语言观念的崇高地位的确立有赖于一个相对独立的，以传承斯文、表达思想为事的社会空间的出现，而这一空间又以士阶层中的一部分为行为主体，那么孔子的重要性就不言而喻了。

在孔子看来，弘扬道术最直接、最重要的方式无疑是政治参与，拨乱世反之正，重建上下有序、四方协和的社会秩序，是他一生志向所在。不过，他对出仕一事并不汲汲以求，但求道和，不为苟同，表现出审慎小心的态度。他说：“三年学，不至于谷，不易得也。”（《论语·泰伯》）贸然仕进有可能欲速不达，急进轻躁以求用事或可得一己一时之利，恐怕终将无补于万民万世之难。他使漆雕开出仕遭到拒绝，理由是“吾斯之未能信”（《论语·公冶长》），这种自谦让他十分高兴。总之，孔子认为，在居官理政之前，必须经过充足的学习以为之备，子

① 冯友兰：《中国哲学史》，华东师范大学出版社2000年版，第49页。

夏所说的“学而优则仕”，应该也是孔子的一贯立场。

孔子对“学”的强调还有另外的原因。学而优则仕，但学并不仅仅是为了出仕，求学者应该具有更高远的目标、更超迈的追求。孔门之内，与处理行政事务相关的内容虽然可以讨论，但孔子宣称它们不具有最高的价值。孔子弟子中不乏政治才干十分突出者。在季康子问及仲由、子贡、冉有是否可使从政时，他回答说此三人的才能“于从政乎何有”（《论语·雍也》），治理政事已经绰绰有余。而在孟武伯问及子路、冉求、公西赤是否达到“仁”的境界时，他承认三人在治理政事上各有所长并且有相当造诣，却不肯轻许他们具备堪称为“仁”的修养，“不知其仁也”（《论语·公冶长》）。季子然问子路、冉有是否称得上大臣，孔子认为这两人掌握的不过是具体的行政技术，只能算是有才干的“具臣”，与“以道事君，不可则止”的“大臣”尚有差距（《论语·先进》）。这些都意味着在孔子心目中，探讨更具普泛性的道理、获得更具超越性的德行才是学习活动的重中之重，孔门育才不是为了培养合乎时用的官吏，而是要成就明理见道的君子。所以，君子“谋道不谋食”“忧道不忧贫”，并不仅仅是由于“学也禄在其中矣”（《论语·卫灵公》）这样的现实利益。更重要的是，明了道之精髓之后所能实现的伟大成功，远远超出政治这一领域的界限。因此，子夏将学习的目的明确概括为“学以致其道”（《论语·子张》），可谓善述其师之旨。

求学问道虽不能说与政治再无关系，但也不拘限于政治的樊笼之中，而是有着更为高远超迈的追求，这种对学习的理解在当时颇为新颖。子路使年龄尚小、学识未深的子羔为费宰，孔子认为这是对他的贼害，子路反驳道：“有民人焉，有社稷焉，何必读书，然后为学？”他认为可以在为政治民的过程中进行学习，不必有一个事先埋头典籍的阶段，孔子愤恨地称子路为“佞者”（《论语·先进》）。在这场师徒的较量中，子路的话往往被视作强词夺理的狡辩，但实际上，在居官为政的过程中获取知识，本是贵族们学习的一种重要方式。春秋之前，即使有一些官职与教育的关系十分密切，但其任职者也常兼有其他职事，从学者亦多在政治实践的过程中获得种种技能。小学、大学这样的专门教育机构虽然已经存在，但一方面，这些机构仍然具有另外的行政功能，并非纯粹的教育空间；另一方面，其教学目的即是培养政治人才，所学以礼乐射御书数等实用性知识为主，直接满足从政为官的现实需要。由于缺乏一套具有相对独立性的知识体系和学术系统，在学校还是在官府中求学，并没有本质区别，教育完全是政治的附属，被政治所统摄。因此，将春秋之前的教育称为“官学”并不过分。①

“学以致道”的目标显然无法在这种统于官府的教育中达成。“道”既然超越于政治，对它的追逐便只能在独立于政治之外的社会空间内实现，孔子以私人身份授徒设教，恰恰满足了这一需求。孔子自三十余岁即开始了这一终生奉守的事业，“自行束脩以上，吾未尝无诲焉”（《论语·述而》），聚集了一群出身地位各有差别、精神气质各有歧异的弟子。对于当时的社会

① 在春秋后期，居官与为学逐渐分离开来，坚持“学而优则仕”的观点者不乏其人。比如《左传·襄公三十一年》即记载郑国子产与子皮的一场论辩，与孔子、子路的言论有相似之处。子皮欲使年少的尹何为邑，曰：“使夫往而学焉，夫亦愈知治矣。”子产反对道：“侨闻学而后入政，未闻以政学者也。”

来说，这是一种新型的组织形式，一种用不见于以往时代的连接纽带结合在一起的共同体，它渐渐成为一股不容忽视的势力。据《史记·孔子世家》所载，楚司马子西即表现出了对这一集体的警惕。楚昭王欲以书社地七百里封孔子，子西指出楚王手下的群僚百官，才能都不如孔子弟子，若使孔子有土有封，“得据土壤，贤弟子为佐”，有可能重现文王武王“百里之君卒王天下”的历史，这对楚国大为不利。这段记载足见孔门人才之盛，但子西实际不能理解这一群体的真正力量所在。他们的力量恰恰在于对现实政治的疏离或曰超越，以随波逐流的方式收敛眼下的利益非其所愿，探求恒久之“道”才是他们的不渝之志。经过战国时期的逐渐发展壮大，这一学者群体通过对“道”这一至高无上之物的占有，占据了批判现实的道德制高点，掌控着对行为合理合法性判定的标准。反过来讲，正是他们的出现和不断经营，才使得人们相信思想高于现实、永恒的深刻道理高于眼下的肤浅短见，承认“道”这一概念的崇高。这是相辅相成、合而为一的两个过程。

孔子“一生竟有未作官不作他事而专讲学之时，此在今虽为常见，而在古实为创例”①。这是对先前官师合一、治教不二的社会结构的突破，从此之后，政治自政治，学术自学术，二者之间并非再无关联，但也保持着各自独特的运行规则。孔子弘道的失败历程愈发使“官场”与“学场”的这种对立显得无法跨越。在被误认作阳虎而拘囚于匡的时候，他宣称“文王既没，文不在兹乎？天之将丧斯文也，后死者不得与于斯文也；天之未丧斯文也，匡人其如予何？”（《论语·子罕》）其话语中

① 冯友兰：《中国哲学史》，华东师范大学出版社2000年版，第19页。

仍然充溢着对自己笃行明道的行为终将得天之佑护的深信不疑，但是，久游列国而不被重用的他此时恐怕要盘算另外一条传承“斯文”的途径，亦即教育、学术。孔子的经历足以显现历史的复杂与吊诡，他以恢复礼制为己任，但“礼”在此时显然已经有些不合时宜。事实上，以孔子为核心的这样一个学人群体的出现，本身就是对学术统于官府的礼制的破坏。所以，孔子的政治思想与其在社会中的位置有所矛盾，这注定他不能取得政治上的成功，只能退守到自己开辟的这片新的领域之中，整理文献、表达思想。

二、六经载道：孔子的文献整理

子路说“何必读书，然后为学”（《论语·先进》），这也暗示着读书一事在孔门教育活动中所占分量之重，“学以致道”主要是通过对典籍文献的整理、阅读和阐释来实现的。书籍在这一过程中的不可或缺，使得“道”必然会与语言文字结下不解之缘，孔子的文化教育活动，特别是其晚年返鲁之后的一系列文献整理工作，将二者从此紧密相连。“言以明道”这一语言观念正是由此在孔子这里得到确立。

孔子在儒家经典的形成中发挥了至关重要的作用。据《史记·孔子世家》记载：“孔子之时，周室微而礼乐废，《诗》《书》缺。追迹三代之礼，序书传，上纪唐虞之际，下至秦缪，编次其事。……故书传、礼记自孔氏。”“吾自卫反鲁，然后乐正，雅颂各得其所。”“古者诗三千余篇，及至孔子，去其重，取可施于礼义……三百五篇孔子皆弦歌之，以求合韶武雅颂之音。礼乐自此可得而述，以备王道，成六艺。”“孔子晚而喜《易》，序彖、系、象、说卦、文言。读《易》，韦编三绝。”

“（孔子）乃因史记作《春秋》，上至隐公，下讫哀公十四年，十二公。”司马迁认为六经皆成于孔子之手，这一说法无疑有些夸大其词，归于孔子名下的许多作品如《易传》之类，可能要出乎其后，经书的最终成型，也需要数代儒家学者的持续努力。但孔子的巨大功绩仍然无可置疑，这项事业虽不是在他这里完成的，却是由他启动并划定路径的。①

由于其“述而不作”的学术性格，六艺经典并非孔子一空所傍、自铸伟词，而是在已有文献资料的基础上整理加工，取以往之官书政典，成私家之读本教程。事实上，经书中的许多内容早在孔子之前就已出现在教学活动中。《礼记·王制》载：“乐正崇四术，立四教，顺先王诗书礼乐以造士。春秋教以礼乐，冬夏教以诗书。”晋国的赵衰在推荐郤縠为元帅之时，也称赞他“说礼乐而敦诗、书”（《左传·僖公二十七年》）。四教之中，如果说“礼”“乐”所学的当是揖让进退、上下周旋的实践技能，学习“诗”“书”就势必要借助于对文字材料的阅读记诵、揣摩思索。春秋末期申叔时论太子教育说：“教之春秋，而

① 孔子与经典的关系，今古文学者所论有所不同。马宗霍总结道：“晚近学者，或则笃信今文家说，尊孔子为素土，谓六艺皆孔子托古改制之书，实为后王立法；或则牢守古文家说，侪孔子于良史，谓六艺皆周公国史之旧，孔子不过传述而已。是二说者，窃以为皆有过也。……以六艺为政者王之业，以六艺为掌者史之职，以六艺为教者师之任，孔子有德无位，盖以六艺为教者也。称曰素王，孔子之道，不从而大，是之谓诬，侪之良史，孔子之道，不从而小，是之谓简。”他不认同经典为孔子因托古改制而作的说法，也不同意孔子只是保存前代文献的意见，持论较为公允。参见马宗霍：《中国经学史》第二篇“孔子之六经”，上海书店1984年版。

为之耸善而抑恶焉，以戒劝其心；教之世，而为之昭明德而废幽昏焉，以休惧其动；教之诗，而为之导广显德，以耀明其志；教之礼，使知上下之则；教之乐，以疏其秽而镇其浮；教之令，使访物官；教之语，使明其德，而知先王之务用明德于民也；教之故志，使知废兴者而戒惧焉；教之训典，使知族类，行比义焉。”（《国语·楚语上》）出现在学习活动中的书面文献种类愈发繁多，教学的目的正是通过对文献的研读，总结成败兴衰的规律，获得行之有效的准则。孔子及其后学在整理经典之时，当从这些故有文献中多所取材。

典籍文献在传统的贵族教育中已经占有一席之地，但孔门之内的经典学习毕竟与之有着本质的不同。首先，对于前者而言，文字资料在其中的比重虽有逐渐提升的趋势，但终究无法占据太大分量，而在后者那里，教学对文献的依赖程度大为增加，这突出表现在学“礼”方式的转变上。春秋之前，各种礼文节数充斥于社会生活之中，学礼便可以通过耳闻目睹、演习操练甚至亲身参与来实现，而孔门之中，虽然号称弦歌之声不绝于耳，俎豆之礼有时而设，学礼也渐渐与文字资料相关联。“哀公使孺悲之孔子，学士丧礼。《士丧礼》于是乎书。”（《礼记·杂记下》）礼书正是由孔子之后的儒家学者逐次撰作而成的①。其他经典的整理定型也大致如此，“道之显者谓之文，盖

---

① 沈文倬即指出，《仪礼》“是在公元前五世纪中期到四世纪中期这一百多年中，由孔子的弟子、后学陆续撰作的”。有关此书的编纂情况，可参阅其《略论礼典的实行和〈仪礼〉书本的撰作》一文。参见沈文倬：《宗周礼乐文明考论》，浙江大学出版社 1999 年版。

礼乐制度之谓”[1]，传承斯文本可以有多种途径，但在儒家这里，假借于语言文字越来越成为最重要的一种。

其次，掌握、熟识具体的行政技术是贵族教育的根本目的，文献学习也莫之能外。春秋时人在其言谈之中往往引先王之典、前代故志以为谈资，熟悉典籍也被视作一项值得称道的政治才能[2]。“诵《诗》三百，授之以政，不达；使于四方，不能专对；虽多，亦奚以为?”（《论语·子路》）直至孔子之时，学《诗》仍然有强烈的实用目的。在儒家的经典学习中，这种实用性的追求逐渐淡化，学者们更乐于从文献中挖掘出精妙的义理。前文已经提及，在礼坏乐崩之后，儒家热衷于挖掘礼节仪式背后的深刻意涵，这种尝试同样出现在对其他经典的整理、解读之中。马王堆帛书《要》篇中载孔子的话：“易，我后其祝卜矣，我观其德义耳。……吾求其德而已。吾与史巫同涂而殊归者也。君子德行焉求福，故祭祀而寡也；仁义焉求吉，故卜筮而希也。祝巫卜筮其后乎！”[3] 孔子喜好《周易》，并无通过祭祀卜筮祈求对未来的逆料前知以便获得福禄的目的，而是试图从其所载的嘉言善语中提炼出具有指导意义的德义之则，这种“不安其用，而乐其辞”的态度，其实在他面对其他典籍时也一以贯之。

从这些官书政典、档案文献中抽绎出普遍性原则以指导行

① （宋）朱熹撰，钟哲点校：《四书章句集注》，中华书局1983年版，第110页。

② 如《左传·昭公十二年》中楚王称左史依相为良史，正是因为他“能读三坟、五典、八索、九丘”。

③ 转引自张政烺：《马王堆帛书〈周易〉经传校读·要》，《论易丛稿》，中华书局2012年版，第241～242页。

事的做法并非始于孔子，而是此前早已存在。文字书写在政治生活中必不可少，伴随着行政事务必然产生大量的文书档案，其中记载的政令条规，其所具有的“言以为事”的功能，在发布宣读之时即已完成；而当其形诸文字、落诸笔端，并被用于教学之后，受教者在将其视作榜样、典范并从中习得具体行政技术的同时，也常常会探究其中蕴含的具有广泛适应性的道理。墨子即说：“书于竹帛，镂之金石，琢之盘盂，传遗后世子孙。曰将何以为？将以识夫爱人利人，顺天之意，得天之赏者也。”（《墨子·天志中》）先王发号布令虽有直接而具体的目的，但将这些保存下来用作子孙学习借鉴的材料，即意味着这些文件中存在着一些可以脱离事件而独行并能在后世行之有效的原则。时过境迁，人们展卷临文之时，对当时事件的来龙去脉、对当事人言谈论断的原因目的未必有兴趣，只是想从过往之中寻找仍能适用于当前的智慧。这其实是人类求知的惯常情形。

然而，在教育与政治联系过于密切、教育的主要目的即是为政治事务培养足以胜任的人才时，具体的、实用性的知识始终会在教学过程中居于重位，对文字材料的重视、对其中意蕴的挖掘必然受到限制。只有一种独立的、不与政治直接相关的教学方式出现之时，教育才会对书面文献形成更为深切的依赖，义理的归纳与推演才有其充分发展的空间。贵族教育与孔门以经典为主体的教育，虽然在使用的文献资料上有所重合，但在性质上却迥然不同，即前者处于政治生活的笼罩之下，后者则脱离政治而独立开来。也正因此，尽管经书利用了已有的资料，儒家学者还是会特别强调孔子的旷世之功，他所进行的并非简单的文献整理，而是以此种方式保持已经濒临败坏的文武之道，其在去取正定之间都贯注着至道妙理，是他给予杂乱无章的旧典以秩序，赋予守于府库的官书以深意。在孔子开启、其弟子门生于后世继之的这番工作里，曾经的典章文献经过了删汰择取转变成儒家经典，不断地阐释又使它们成为大道之载体，被认为蕴藏着精深无比的义理，有着言说不尽的深刻内涵。这种整次编排、挖掘义理、提炼升华的最终结果，便是所谓的“六经载道”观念。

章学诚说：“三代以前，《诗》《书》六艺，未尝不以教人，不如后世尊奉六经，别为儒学一门，而专称为载道之书者。”（《文史通义·原道中》）孔门对这些典籍的重视使它们最终成为对某种经常不易的普泛道理的表达，孔子在儒家经典形成过程中的作用无与伦比。然而，需要特别注意的是，儒家在将先王政典转化为载道之书的同时，也规定了人们对以往圣贤的理解，即这些早已逝去的君主宰辅们的举措作为，都是对“道”的践行，似乎他们也都具有行道的使命感，孜孜不倦，好谋以成。但如前文所述，“道”其实是一个相对晚出、在春秋战国之际逐渐成熟的概念，先王不可能有行道的自觉意识，将他们的所作所为视作弘道之举，不过是对历史的一种重新叙述；这种叙述一旦完成，又恰足以证实“道”的永恒存在、经久不息。同理，长期以来，人们将经书中保存的三代之人的大量言说也视作“言以明道”这一功能的体现，而无视其当初“言以为事”的作用，这在很大程度上即是由于这种历史叙述对后人思维方式、观察视角的遮蔽。

孔子说“朝闻道，夕死可矣”（《论语·里仁》），道既可闻而知之，自然也就可以用言语来进行阐发；他又说“有德者必有言”（《论语·宪问》），德行充实于内，自然会有言辞发之于外。这样，不能施政以行其道，不妨立言以见其道，只是，虽不否定“言以明道”的可能性，但他实际上并未对“道”发表太多的言说，而是力图以整理六经的方式使“道”得以传承。在儒家学者眼中，孔子的“述而不作”，或曰“以述为作”其实经过了深刻的考量，这在《春秋》一书的编纂上表现得最为显明。儒者将此书推为孔子最为锐意精思的著作，全面表达了他对社会政治乃至个人行事的意见。但是，这部“上明三王之道，下辨人事之纪”的作品，“其事则齐桓晋文，其文则史”（《孟子·离娄下》），仍然采用了掌于官府的“鲁史旧文”。孔子称：“我欲载之空言，不如见之于行事之深切著明也”（《史记·太史公自序》），认为与其空言立说，不如假史事而证道明理，“徒欲立空言，设褒贬，则不如附见于当时所因之事”①。不仅《春秋》如此，整理其他经典同样是对“空言”的拒绝，这些先王行政之书既然曾经创造出显赫的业绩，其中自然贯彻着精微的道理，后之学者可以直观体悟之，若离事而言理，则效果可能会适得其反，使得大道不彰、真理迷黯。也就是说，孔子对“空言”明道，亦即径直对“道”进行言说的效果其实有所怀疑。

然而，即便孔子“述六经以训后世，亦谓先圣先王之道不可见，六经即其器之可见者也”（《文史通义·原道中》），明白“六经皆器”的事实因此“不敢舍器而言道”，在六经所存之先王典章制度已遭破坏之后，他将这些文献载籍用作私家教授的教程，因官典旧章而发明大义。这一行为与立空言以明道，在性质上并无区别。即使其寓褒贬于行事的《春秋》，这部以二百

① 《史记索隐》语，见（汉）司马迁撰：《史记》，中华书局1962年版，第3298页。

四十年史迹展示王道大法的著作，在汉人眼中，也已经是“垂空文以断礼义”①。孔子的这番内心纠结有其社会根源，在周游列国、遍谒时君世主而终无所成之后，他的主要活动空间已经不再是可以建立切实可感的功业的政治世界，而是与政治保持着一定距离、看起来不能直接改变现实世界的文教之所。只要在这一空间之内，内容的切实，也无法改变各类文字成品与政治实务没有直接关联的事实。对“空言”的警醒与回避，恰恰意味着其不可避免，也反映了“言以明道”的语言观念刚刚从“言以为事”的语言常态中分化出来，人们对它尚有犹疑。

在古代中国，士人往往兼具政治、文化双重身份，并且较之于治国理民、建功立业，文化创造常是一项退而求其次的选择，立言明道终究不如使道大行于天下更加富有意义。这也决定了以士人为主体的思想文化事业虽有其内在的运转机制，但其独立性始终相当有限，各种言说、写作价值的有无和高低，很多时候都要由各种外在的因素，诸如是否有益于道德人心、有补于世道之阙之类来决定。“言”的地位较之于“行”终究要略逊一等，孔子对“空言”的忧虑正是由此。但他毕竟开启了一个新的时代。他的授徒设教在春秋战国之际的学术转关中作用巨大，尽管不曾直接论“道”，他整理六经以承载道术，也让典籍文献的阅读、语言文字的使用成为这一领域内的主要活动方式。钱穆说：“孔子作《春秋》在古代学术史上，其人其书，同时实具两资格，亦涵两意义”，“孔子与《春秋》，一面是承接

① 《太史公自序》引壶遂语，见（汉）司马迁撰：《史记》，中华书局1962年版，第3299页。

王官学之旧传统，另一面则是开创了百家言之新风气”。[①] 非独《春秋》为然，六经皆是如此。在经书从所谓先王政典转变为载道之书之后，道与语言文字之间确立了不可动摇的关联，“言以明道”成为一项值得花费力气、黾勉从事的事业。在儒家定于一尊、六经确立其崇高地位之后，经书更是成为一切言说、书写的标准与典范，而既然它们不过是“道沿圣以垂文，圣因文而明道”（《文心雕龙·原道》）的产物，那么，“文以载道”确立为一切为文著述的基本原则，也就是自然而然的了。

三、言以明道与私家著述的兴起

儒家经典确立其地位需假以时日，六艺从官书政典转化为载道之书，孔子虽肇其始，但其终底于成仍需俟之后世。在战国之时，以诸子为代表的学士成为思想表达的主要参与者，他们也将自己的语言产品与“道”这一概念发生关联，“明道”几乎成为各家各派的共同目标。儒家学者很少直接对“道”进行细密的分析和论述，但把“道”作为理想的自然、社会、政治秩序的代称，这点已经不言自明。因此，不仅推行道术是儒者念兹在兹的使命，“君子之言也，不下带而道存焉”（《孟子·尽心下》）以及“心合于道，说合于心，辞合于说”（《荀子·正名》）之类的说法也屡见不鲜，恰当的言辞必须实现对“道”的承载，这已经是无可置疑的共识。在这个意义上，儒家所进行的一切言说、所创作的一切文辞，尽管在表面上未必出现“道”这一字眼，但本质上都可被视作对道的论说。

---

① 钱穆：《孔子与春秋》，《两汉经学今古文平议》，商务印书馆 2001 年版，第 279 页。

相较而言，被归入道家的各类文献，对“道”做出了更为直接、更为详尽的阐述，“道”的内涵得到极大的丰富和扩充，愈发宏阔渊深。论道成为道家的核心话题，而颇具趣味也十分重要的是，尽管在这方面做出了分量最大的工作并留下了数量最多的文字成品，道家对语言能否承担论道这一重任产生了怀疑。“道可道，非常道；名可名，非常名。”（《老子》第一章）“大道不称，大辩不言……道昭而不道，言辩而不及。”（《庄子·齐物论》）“道不可闻，闻而非也，道不可见，见而非也，道不可言，言而非也。”（《庄子·知北游》）这种将“道”与“言”并立，认为二者之间存在着无法调和的矛盾的说法，在道家文献中比比皆是。但这不意味着“言”由此可以从“明道”这一任务中摆脱出来，无论如何，“道”仍然需要借助“言”来呈现自身，哪怕“道不可言”这一性质，也需要通过言说来揭示。“道”在抗拒、超越言说的同时，又把言紧紧地聚拢在自己周围，言说的任务便是努力实现自己与这一无法抵达之物的无限接近。对“言”“道”关系的讨论并没有引向对“言”的功能的轻易否认，在道家特别是庄子这里，承认“言”的局限，毋宁是为了更好地言说，“言”与“道”最终其实被更加深刻地拧结在一起。

儒道两家之外的百家诸子，也大多以或直接或间接的方式，承认了“道”的尊崇地位，并将对其进行描绘论述作为发口为辞或行文写作的首要目的。可以说，“言以明道”已经成为战国诸子的自觉诉求，子书的产生多是为实现这一目标而进行的实践，在当时出现的一些总结学术、评判诸家得失的作品中，这一点也已经得到确认。《荀子·解蔽》篇揭示了墨子、宋子等诸家之“蔽”，但承认各家在有所盲视的同时也不无洞见。“此数具者，皆道之一隅也。夫道者，体常而尽变，一隅不足以举之。”《庄子·天下》篇在勾勒庄学一家知识谱系的同时，对以往的学术也做出总结，“道”正是贯穿其中的主线。“古之人其备乎！配神明，醇天地，育万物，和天下，泽及百姓，明于本数，系于末度。六通四辟，大小精粗，其运无乎不在。”上古之人所拥有的这种浑融全备的“古之道术”后来已经分崩离析，“天下大乱，贤圣不明，道德不一，天下多得一察焉以自好”，“天地之纯、古人之大体”不复再见，“道术”散落在“旧法世传之史”所保留的“度数”、邹鲁之士缙绅先生所传承的诗书礼乐以及百家之学的称道论说之中。诸子著述尽管是“道术将为天下裂”的产物，“判天地之美，析万物之理，察古人之全，寡能备于天地之美，称神明之容”，但毕竟是以语言对道术的揭示①。即使所有的言说论述都不可能全面完整，但都要指向“道”，回归“道”，“言道”作为一切言辞当仁不让的使命，在诸子处已经表现出充分的自觉，成为其思想表达的目标和追求。

总之，如果说“言以为事”意指语言在各类具体事务之中的功能，那么“言以明道”则对应着一种特殊的语言使用方式，这类言说往往出现在一个与切实事务保持了一定距离的社会空间之内，看起来没有实用性的目的，它们的创造者主要是以议论说理为业的特定群体。简言之，这一语言观念的产生依赖于

---

① 值得指出的是，《庄子·天下》篇将春秋战国之际的学术变迁描述为一次值得叹惋的倒退。但从历史的角度看，情形恰恰相反，正是周代统一秩序的坍塌崩坏、春秋战国之际的社会转型，导致了“道”这一概念的产生、成熟，并促成了“言以明道”这一语言观念，“道术将为天下裂”不过是在此基础上对以往历史进行的重新叙述。

一个相对独立的文化创造领域的出现，而“道”也正是在这一社会分化过程中，在学士们的努力之下，成为对所有知识、体验的统称。在这一概念成熟之前的春秋时代，“礼”可能算得上一个与其地位大致相当的范畴，它几乎可以包含一切的社会事务、公共生活，围绕着它产生了大量的议论言辞，这些言说甚至初步摆脱了“言以为事”的功能，但总体而言，它们与后来以明道为目的的思想表达活动，毕竟存在着巨大差别。即使“立言”在春秋晚期已经被推奉为足以使人不朽的方式之一，臧文仲式的言说，不仅大多仍然附属于政治事件，在创造性、自觉性上也远不及诸子著述。“道”确立其无与伦比的崇高地位，“明道”也就随之成为言说的首要任务，而最初实践这一任务的战国诸子的思想表达，其实是在以一种前所未有的方式使用语言。“至战国而著述之事专”，诸子的思想创造与其言说、写作，已经成为专业性行为，成为一种崭新的文化生产活动。在“言以明道”最终成为中国文化传统中对言辞的最高要求之后，“言以为事”则因其过于基本、平常而渐渐不被特别对待。

如果说作为一种语言形态的“言以为事”自古及今始终存在，而“言以明道”这一语言观念主要是伴随士阶层的出现而产生，在战国之后才大为盛行，这一变化同样滋生了对个人与言辞之间是何种关系的新理解。在“言以为事”构成语言主要存在形态的时世里，即便存在着一些尤其擅长于言辞者，这也是其从政之余事，并非一生专注之所在。“三不朽”之说中，虽然“立言”已经被认定为一种自我实现的方式，可以使个人突破生命的界限，名声扬于后世，获得比宗族绵延更为显赫的荣耀，但在当时，“立言”即使值得嘉许，也终究只能是政治活动的附属，时人不可能弃其他而不顾，专门从事此种活动。而在

“言以明道”的观念得以确立之后，语言获得了“道”这样一个崇高的阐述对象。对于个人而言，言说、著述等，也就成为一项值得专门从事的事业，所谓私家之著述，由此而出现于世。①

士人们在现实政治中弘扬道术已无可能之后，他们对于埋藏行迹、自隐其名又心有不甘，通过言说议论、书写著述，以语言文字表见于世，就成为发挥其创造能量的人生之路。如果在现实中怀才不遇、失路无门，那么，还可以用发口成辞、秉笔为文的方式畅言己志，“垂空文以自见”，在这言说的过程中，个人之志在某种意义上已经得到实现。言辞的自我表现功能在此时得到了更充分的承认，著书立说成为一种可以让士人们安身立命、获得内心满足的事业②。于是，在孔子以其文教事业发端起首之后，“立言”才真正成为一种志业，成为一种自觉的人生选择，言谈为文即是个人的英华外发，个人平生之志借助语言而披露于外。在战国时代，诸子著述因此展示出最为充沛饱满的文化创造力，其言说、书写津津于阐述普范性的、超越时空界限的永恒之理，他们最终也获得了巨大声望和不朽名声，

① 罗根泽即在章学诚的说法基础之上，遍考先秦古书，得出“离事言理之私家著作始于战国，前此无有也”这一结论，其原因在于，首先，“孔子之前书在官府”，而孔子“开私人讲学之风，予平民读书之机”，“私家著作之事，几为士所专有，孔子以前既无士，无私家著作，又何足怪?”其次，“战国前无产生各家学说之必要”，“春秋及春秋以前所以经纬万端者，无不以礼。故各种学说，无产生之必要与可能。及至战国，世乱日亟，人心益诈，学者见先王之礼不能维持和平，于是各就所见，求所以维系改善之方”。（罗根泽：《战国前无私家著作说》，《罗根泽说诸子》，上海古籍出版社2001年版，第70、72、74页）

② 参见本书第四章“儒者之志：经典之学与儒家著述意识的形成”。

正如刘勰十分精练地总结道："诸子者，入道见志之书。"（《文心雕龙·诸子》）①

春秋战国之际，无论孔子个人对"道"这一概念的大量使用，还是其教育活动使六经由先王政典开始转化为载道之书，都使"言以明道"这一观念得以初步确立。以孔子为先导、为代表的一部分士人，以文化创造、思想表达为事，由此，除了在政治生活中建功立业之外，教学授徒、谈说辩论、著书立言等，也成为一种可以获得社会声望、实现个人价值的生活方式。正是这个相对独立于政治的士人群体，使得"言以明道"这一语言功能有了现实依托。说到底，"言以为事"与"言以明道"的差异在于它们所处的社会空间的不同，前者出现于人类生活包括政治生活的具体事务之中，后者则立足于有着一定独特性

① 当然，这不意味着"作者"观念的完全成熟。学者对子书体例的研究表明，子书成书往往经历了一个漫长的过程，非成于一时一人，如余嘉锡说："古人著书，不自署姓名，惟师师相传，知其学出于某氏，遂书以题之，其或时代过久，或学未名家，则传者失其姓名矣。即其称为某氏者，或出其人手著，或门弟子始著竹帛，或后师有所附益，但能不失家法，即为某氏之学。古人以学术为公，初非以此争名；故于撰著之人，不加别白也。"（《古书通例》卷一，中华书局2007年版，第204页）原本单篇流行的篇章被汇聚在一起的原因，在于其学术的授受传承，或其思想的大体相近，构成书中篇章之间的内在统一性的是一家之学术，今天为人所熟悉的"某某子"之类的书名，不过是后世编纂者的追题。但是，子书毕竟与春秋之前的言辞有所不同，文辞与个人的关联无疑更加紧密，汇聚一家学术而成的书籍偏偏题以某子之名，也恰恰说明这一点。学派的开创者，或是地位重要的大家巨子，在思想的确立、学术的传承中居功甚伟，也就有足够的资格领衔，文辞固然是一家学术的载体，同时也是个人的成就。

的文教领域之内，两种“言”在主题内容、表达形式等各方面都不齐一。如果说“言以为事”作为语言的基本功能由来已久，那么“言以明道”这一观念，则产生于春秋战国之际的社会分化，源自此时文化与政治的暂时两歧。

从更为广阔的历史背景来说，这也是春秋战国之际社会结构变动、士阶层崛起的结果。士阶层的出现以及他们在这个秩序重建时代的意气风发、高蹈张扬，使得战国成为中国历史中最令人心向往之的时段之一，他们的文化活动，更是以超迈的思想创造和卓越的文章表达为后世留下了丰厚的财产。在战国时代，并非所有士人都从事于此，士阶层内部仍有分野，至后世他们却渐趋浑融，最终成为集文化创造、行政官僚两种功能于一身的士大夫群体。在兼具这样的双重角色之后，“言以明道”仍然得到了特别的强调就显得意味深长，这表明士阶层更乐于突出自己对文化的掌控，彰显自身与道术的关联。这种被大多数士人视作理所当然的价值选择，未尝不可以理解为一种策略。经过孔子以降的诸多士人的倾心经营，“道”已经成为贯穿宇宙万物、笼罩一切人类事务的终极真理，士阶层与它的天然亲近，也就确保了他们占据知识权威、道德权威等位置，拥有着被整个社会所认可的解释世界的资格。这正是这个阶层的独特性之所在，也是他们维持社会地位、要求在权力分配中占据一席之地时最足凭恃的资本。他们尽管有可能无法得到事功上的荣耀富贵，却能够宣称自己掌握了真理，进而对政治进行干预。在这个意义上，“言以明道”这一语言行为在阐发道术之外，其实未必没有其他的意图，这种对语言的特殊使用和观念，其实在士阶层的成长发展过程中发挥了重大作用，它本身也是一种别具一格的“言以为事”。

第三章　不治而议论：战国学士的社会处境

立言明道的自觉意识的出现、私家著述的兴起，无疑与春秋战国之际士阶层的崛起密切相关。随着封建宗法体制的崩坏，部分贵族丧失其本可不求而得的身份地位和物质资料，需要凭借个人才艺谋取衣食，一些庶人也乘此旧制崩颓、新制未成之机，通过学习、修行，改变自己曾经总是被事先框定的个人命运。在等级结构松动的战国时代，士人成为流动性最为强烈的社会阶层，他们不再满足于依循先天命定的轨迹，不由自主地走完自己的生命之途，自觉地规划和考量自己的人生取向，并以此为基准选择应世自处之方。士人们或居官求仕，收获军功政绩；或潜心著述，留传著述文章；或隐居默处，求得高名令誉。看起来，他们在各自选择的不同路径上，都能够实现自身价值，获得内在的满足。正是因此，孟子以"尚志"来回答"士何事"（《孟子·尽心下》）的提问，总结古今之变的司马迁，也对这个士人们可以"荡然肆志"的时代欣羡不已①。

处于旧结构已然松动、新机体未及严整之时，战国士人在

① 《史记·鲁仲连邹阳列传》评鲁仲连语。鲁仲连亦自称："吾与富贵而诎于人，宁贫贱而轻世肆志焉。"

人生路径的选择上确实有着较多的可能，他们也因此分化为繁多的品类，并且往往能够各具风采①。即便如此，但对战国士人自由风貌的描述往往因过分夸大而近乎神话。② 在经济水平尚欠发达、社会分工未臻细致的时期，即使因政治控制的弛散，士人们有了较大的活动空间，但整体而言，可供他们选择的职业角色并不多样。孔子在参政为官和学术教育之间游离不定，战国士人们中的大多数也大致循此二途安排自己的人生：要么依附于诸侯世主，成为职业官吏，以求建立事功；要么投身于思想学术，成为师长巨子，以期文章传世，"此种士之阶级只能作两种事情：即做官与讲学"③ 的论断虽嫌简略，却也大体属实。此前的封建社会中，贵族对政治权力和文化资本实行双重垄断，此后成熟的帝国体制中，士阶层也多集身份等级、学识修养于一身；居于其间因而有着较多过渡色彩的战国时代，士阶层则明显地呈分化状态，大多分居于政、学两极。这并不意

① 如刘泽华指出："战国文献中，以'士'为中心组成的称谓和专有名词，据粗略统计有百余种。这么多的称谓，不仅说明士阶层的复杂，也说明他们的行迹遍及社会各个角落。"他将这百余种归并为武士、文士、吏士、技艺之士、商贾之士、方术之士、其他等几大类。不过，很多以"士"为名的人群，严格来讲，似乎很难归入一般意义上的士阶层，"士"不过用来指称男性。参见刘泽华主编：《士人与社会》（先秦卷）"战国时期士的类分与知识层"，天津人民出版社 1988 年版，第 21 页。

② 汉代文人在这一神话的制造上发挥了重要作用，如东方朔《答客难》、扬雄《解嘲》等文章，都夸说了战国士人的遇时。参见于迎春：《秦汉士史》第六章"士人在专制政治中所感受的压力及其作为出路的处世哲学"。

③ 冯友兰：《中国哲学史》，华东师范大学出版社 2000 年版，第 47 页。

味着两者之间不存在重叠交叉，但分离毕竟是主流现象。

学者用“文吏”与“学士”来指称士阶层的这一分化[①]。大致而言，学士是以知识传承、思想表达、文化创造为主业的士人群体，战国诸子显然即是后人认知这一群体的主要样本，因此，本书有时会用“学士”一词来指称诸子，以突出其与士阶层的关联。士阶层的两水分流根源于此时的社会变动，春秋之前政教合一、官师一体的体制不复存在，文化与政治两歧为相对分离的畛域，二者尚不及找到通力合作的恰当方式。学术组织与政治体制并未融为一体，士阶层便不可避免地被分流到互不相同的两个社会空间之内。他们一部分在政治世界中经营，以便获得个人的富贵荣耀和功劳勋绩；另一部分则从事文化生产，以思想、表达为主要活动方式，“言以明道”遂成为其自觉的追求。

这一分化并不仅仅出于事后的归纳，时人对此已经有明确的感知。同属士阶层的这两个群体，意识到彼此之间在价值观念、人生追求、性格特质等各个方面的差别，甚至相互鄙夷、攻击。孔子即以“斗筲之人，何足算也”（《论语·子路》）评

---

① 阎步克指出“文吏”的基本特征，即“他们经专门培训而具备了基本行政技能，依照能力、功绩和年劳任职升迁，并严格地遵循法律规章和充分地利用文书簿计进行工作”。与这些新式官僚的产生一道，“学士”“文士”的存在，“就显示了专门化的知识角色和分立的知识阶层之业已诞生”。这样，“吏道”所代表的政治领域，与“师道”所代表的文化领域各自分立，“战国以来文化活动确实已经成为自主的制度领域。思想阐发、知识传授和学术角色，都已经不能局限在家族生活和政治体制之内了”。参见阎步克：《士大夫政治演生史稿》第四章“学士与文吏的分化”，北京大学出版社 1996 年版，第 17、127、149 页。

价当时的从政之人，不屑之情溢于言表；孟子也对各国臣子颇为不满，指出即便其中有一二“善士”，也无改于君主“一齐人傅之，众楚人咻之”（《孟子·滕文公下》）的境遇；荀子则对“士君子”与“官人百吏”做出了明确的区分，对其各自的职分做出了详细规定，前者因其“明类”而为治之本原，后者则拘于职位、不识大体，其间的高低层次不言而喻。① 儒家之外，出于其他学派的学士们同样如是，对这些政治从业者的讥刺往往从属于他们对当时政治世界整体的批判。在他们眼里，文吏活跃在一个已经紊乱的世界中，缺乏救世的意识和能力。相反，学士则自命为这个浑浊世界的澄清者，自信能够拨乱世反诸正。因此，尽管在现实中他们与政治世界保持着距离，但除极少数人之外，他们都有参与政治的欲望，也相信在学术、政治之间往复穿越的可能。学士们的社会位置造就了他们在情感心理和思考方式上的诸多独特纠结，这势必会影响到其思想表达的姿态，影响到他们对“道”的描述和阐释；反过来，以言道、传道为己任的自我意识，又会强化他们的某些思维方法和行为模式。

第一节　策士与学士：政治领域与思想世界的分立

一、学士对策士之辞的批判

“文吏”与“学士”的区分，有效地标明了战国士人最为主

① 阎步克对荀子的这一区分有详细的阐释，参见《士大夫政治演生史稿》“荀子兼综礼法”一节。

要的两种角色。但在这种两分法中，一些士人的归属就颇成问题，比如在战国之时十分活跃的策士。策士是一个以其“学”来晋身仕途、换取官爵俸禄，因此看起来出入于政、学两界的群体。常为人提起的宁越、苏秦二人，其求学之事在战国时即已经被奉为典范。宁越为中牟之鄙人，苦耕稼之劳，其友曰可以免此苦者莫如学，“学三十年，可以达矣”。宁越从其言，而勤苦倍于常人，“人将休，吾将不敢休，人将卧，吾将不敢卧”（《吕氏春秋·博志》），十五年而周威公师之。① 苏秦游说秦王不成，资用乏绝，人皆不齿，“乃夜发书，陈箧数十，得《太公阴符》之谋，伏而诵之，简练以为揣摩。读书欲睡，引锥自刺其股，血流至足”（《战国策·秦策一》）。非学无以倾人主，非学无以致富贵，在这些事例中，求学充当了游说的先决条件，是进入政治世界的前提。

策士的身份表现出强烈的含混性：视之为拘守职位、据文书而行政的“文吏”并不妥当；归之于修习文学、表达思想之“学士”也义有未惬。战国时代，以言说、书写来呈现其思想成果的学士，成为整个社会中在语言运用上极具造诣的群体，诸子著述展示出充沛饱满的创造力。与此同时，策士们也张扬其在语言使用上的天分，保存在《战国策》之中的游说之词也流露出耀眼的光彩。但策士与学士在性格上实际存在着巨大的差

① 《汉书·艺文志》儒家著录《宁越》一篇，但从《吕氏春秋·不苟》篇所记事迹来看，其行为似乎更近于策士。贾谊《过秦论》载：“于是六国之士，有宁越、徐尚、苏秦、杜赫之属为之谋”，将其与苏秦等并列，也可证其人更近于策士。《汉志》所载不过一篇，或其言有与儒者相近者。

异，他们对政治地位的热衷、对利禄的渴求和追逐，都使得其将生活重心更多地倾向于政治领域，“学”不过是从政的跳板，其所学内容也与学士大不相同，他们对于思想学术的贡献事实上也相当有限。他们使用语言的方式因此与学士也并不一致，如果说学士们以“明道”为语言运用之要务，那么策士之辞便仍然不脱“言以为事”的范围。在关于“文吏”的资料匮乏的情况下，将学士与身份具有居间性的策士进行对比，或许能更为清晰地呈现出学士的社会位置、性格特征及其自我意识，明确“言以明道”这种语言观念及相关语言表达行为的特异之处。

特别值得注意的是，就在策士以言辞倾动天下的时候，学士已经对自己的这些同代之人展开批判，而策士对此也有所回应；这种交锋，最能见出两者对自身行为方式及语言使用方式的理解有极大的不同。最为著名的当是孟子对张仪、公孙衍的讥刺。二人尽管有“一怒而诸侯惧，安居而天下息”的巨大威势和煊赫事业，但在孟子眼中却不过是“以顺为正”的妾妇之道，远远不够“大丈夫”的资格。“大丈夫”的真正含义在于对“道”的无条件坚守：“居天下之广居，立天下之正位，行天下之大道。得志与民由之，不得志独行其道。富贵不能淫，贫贱不能移，威武不能屈。此之谓大丈夫。”（《孟子·滕文公下》）策士对君主先意承旨、曲意逢迎的行为方式，以及政治上的唯利是趋、不思久远的行事风格，与孟子道济天下之溺的追求大相径庭。

孟子与策士的差异同样体现在他与梁惠王的应答之中。梁惠王初见孟子，即问：“叟不远千里而来，亦将有以利吾国乎?”“利吾国”原是当时君主对前来游说之士的一贯期许，梁惠王此问显然是为惯性所推动，没有意识到孟子的自命不同。孟子给予他犀利的驳斥，指出以利为本并非治理国家的恰当原则，“上下交征利”有可能导致混乱损伤，仁义之道才是最应该奉守的方策：“王亦曰仁义而已矣，何必曰利?”（《孟子·梁惠王上》）“君子喻于义，小人喻于利”“放于利而行，多怨”，儒家自孔子始即对“义利之辨”反复致意，孟子此处虽并未直接针对策士，但客观上也以此表明了自身与策士的截然两样。在他看来，以“利”作为行为目标的策士不过是目光短浅的小人之属，仅以求利为满足的君主，终将因不知义而遭遇内忧外患，最后自吞苦果。类似的说法在学士处屡见不鲜，但在战国之时，君主们看起来大多并不赏识这种言论的个中深意，能够带来切实利益的方略无疑更能引起其兴趣，相应地，策士们也丝毫不以言利为讳。

苏秦被诋为“不信人”之时，对诸多洁身自爱、坚持自守之人做出评议，虽非专为学士而发，却能体现策士对学士的整体观感。“且夫孝如曾参，义不离亲一夕宿于外，足下安得使之之齐？廉如伯夷，不取素餐，污武王之义而不臣焉，辞孤竹之君，饿而死于首阳之山。廉如此者，何肯步行数千里，而事弱燕之危主乎？信如尾生，期而不来，抱梁柱而死。信至如此，何肯扬燕、秦之威于齐，而取大功乎哉?”道德上的极端自律恰恰限制了这些人的行动，扼杀了他们为君主效力的可能，纵使他们誉满天下，君主终究无所用之。“且夫信行者，所以自为也，非所以为人也，皆自覆之术，非进取之道也。”①（《战国

① 同篇又载苏代与燕昭王的对话，内容大同小异。其中苏代曰：“孝如曾参、孝己，则不过养其亲耳；信如尾生高，则不过不欺人耳；廉如鲍焦、史鰌，则不过不窃人之财耳。今臣为进取者也。臣以为廉不与身俱达，义不与生俱立。仁、义者，自完之道也，非进取之术也。”

策·燕策一》）道德完美者的立身行事里有着太多自为的成分，所思所虑更多的是实现自身德行的完满，保持个人名声的无玷，这也将导致其不肯为君主设身处地。因此，策士有理由宣称自己才是君主最需要的合作者。对于儒家等在孝廉信义等方面操守谨严的学士来说，修身的自为性不但不会拉大其与政治的距离，反而是进入政治的前提。执政者的个人修养不但确保了政治的正当性，且能提高行政的效率，“其身正，不令而行，其身不正，虽令不从”，道民以德、齐民以礼将使居官为政如风行草上一样顺畅。但苏秦却看到了隐藏于这些学士身上的矛盾，对个体德行的过分矜重将羁绊其在政治世界中行进的脚步，尤其是在为君主谋求利益这一点上。

学士在个人修养上可以取得成绩，但这在政治世界中毫无用处，策士的这一评判，与法家对以儒家为代表的文学辩慧之士的非议十分相近，看起来，他们应该能够引为同道。但事实并非如此，策士同样难逃法家的峭刻辞锋，并且很多时候他们是被搁置在文学之士的身旁，一起承受攻击。法家为这两个有着本质差异的群体安置的共同罪名是他们对“言说”一事的擅长。不过，相对于斥文学为无用，对策士的批评则在另外的层面展开。

以韩非为例。第一章已经论及，《韩非子·说难》等篇对游说活动的理论总结，虽然包含一切臣下向君主的进言，但策士纵横家言，无疑为他提供了极多的标本，由是，他对策士之辞理应有所同情。事实上，战国之时，策士们的合纵连横之计在局势的变动、兼并战争的推行中发挥了巨大的作用，韩非因之也确实无法直陈这种谋略全无用处，断言策士之辞羌无故实。

不过，他还是斩截地声称，对于国家的治强而言，这绝非根本。① 策士们夸言“外事，大可以王，小可以安”，韩非则指出“夫王者，能攻人者也；而安，则不可攻也。强，则能攻人者也；治，则不可攻也。治强不可责于外，内政之有也”。因此，关键不在“事智于外”，而在“行法术于内”，国家的当务之急在于“严其境内之治”。策士们夸大外交事务的重要性不过是自抬身价，企图在这项自己更长于应对的活动中获取更多的个人利益，如果能够安排得足够精巧，他们完全可以于其中获得丰厚的报酬且规避任何的风险。“是故事强，则以外权士官于内；救小，则以内重求利于外。国利未立，封土厚禄至矣；主上虽卑，人臣尊矣；国地虽削，私家富矣。事成，则以权长重；事败，则以富退处。”在韩非看来，君主、国家的安危远不是策士出谋划策时的出发点，他们不过是通过虚词巧说，博取信任以成一己之私欲；而他们所以能够在战国之时如鱼得水、逍遥自得，不过是因为“人君不明乎公私之利，不察当否之明说，而诛罚不必其后也”（《韩非子·五蠹》）。

尤其值得注意的是韩非对公、私关系的理解。事实上，在

① 韩非对策士的评价在不同的语境中并不一致。如《韩非子·忠孝》：“山东之言从横未尝一日而止也，然而功名不成，霸王不立者，虚言非所以成治也。王者独行谓之王，是以三王不务离合而正，五霸不待从横而察，治内以裁外而已矣。”是其将纵横之策视作“虚言”。又《韩非子·问辩》：“明主之国，令者，言最贵者也；法者，事最适者也。言无二贵，法不两适，故言行而不轨于法令者必禁。若其无法令而可以接诈、应变、生利、揣事者，上必采其言而责其实。”如此，策士之言虽不在法令的范围之内，但也自有其不可或缺的功用，只是需要君主善加利用而已。

他眼中，不仅是策士，当时政治世界中所有的人都难以根除其心底亏损公利、营求私利的念头。“修身洁白而行公行正，居官无私，人臣之公义也；污行从欲，安身利家，人臣之私心也。”（《韩非子·饰邪》）几乎不能奢望人臣有灭绝私心但行公义的自觉。而为君主国家计，韩非对这种行为深恶痛绝，并试图发明一套杜绝这种行为的政治制度和为君之术，亦即设立曲为之备的法令并严格执行。“夫立法令者，以废私也。法令行而私道废矣。”（《韩非子·诡使》）不过，趋利避害乃人之常情，损公肥私因为合乎人的自然欲望而显得理有固然，禁之愈严，也愈加说明私欲的难以根除。但这并没有导致韩非对包括策士在内的政客们稍示理解，意欲在政治上有大作为的他，宣称人臣应有其职业道德，应建立起纯粹精洁的政治人格。“贤者之为人臣，北面委质，无有二心。朝廷不敢辞贱，军旅不敢辞难；顺上之为，从主之法，虚心以待令，而无是非也。故有口不以私言，有目不以私视，而上尽制之。”（《韩非子·有度》）贤者应泯灭一切的个人欲望，不被各种人情亲近关系所束缚，许身君主并且忠贞不贰，如玩偶一般任其摆布。韩非所自命的“法术之士”在面对君主时并不见得如此毫无主动，相反，他需要引导君主正确行事以成大功。“夫有术者之为人臣也，得效度数之言，上明主法，下困奸臣，以尊主安国者也。”（《韩非子·奸劫弑臣》）然而，在废私义、行公法一面，法术之士与“贤者”并无二致：他们都将至公而无私。

《韩非子·说难》篇中大肆铺陈的游说技艺只是暂时的权变，只是为渐次取得君主信任而不得已的方法，韩非最期待的进言之道是，于君主的猜疑彻底消除之后，说者能够直言无碍地进谏，能够毫无顾虑、清晰明白地陈述那恒久的治国之道。

由此，韩非最希望自己获得的身份，也就不会是言说时总是有所顾忌、有迎合、有偏私的策士，而是在君主左右、为其深信不疑的“法术之士”。并且，由于与君主已经毫无间隔，法术之士也就无须考虑自身安危，一切的言说都纯为国家之公利。

文学之士的言说虚而无用，纵横之徒的辞辩不及为政之本并且夹带私情，韩非对此二者深表不满并试图与之区别。“且夫世之愚学，皆不知治乱之情，讘誺多诵先古之书，以乱当世之治……俱与有术之士有谈说之名，而实相去千万也，此夫名同而实有异者也。”（《韩非子·奸劫弑臣》）韩非著作中对言辞辩慧往往不以为然，并且极力反对人们将其与文学之士混为一谈。但这也意味着，他其实深知言说对于自己所属的“法术之士”的重要性，在没有其他资凭的情况下，口舌之辩是其倾动人主、求得重用的唯一途径。他也强调了法术之士的言说与盈满当时政治世界的群臣之议的不同：“故君人者非能退大臣之议，而背左右之讼，独合乎道言也，则法术之士安能蒙死亡之危而进说乎？”（《韩非子·人主》）“道言”与“大臣之议”“左右之讼”的绝对冲突，使得法术之士处于性命攸关之境，这正是源自“道言”的绝对无私。“先王以道为常，以法为本”（《韩非子·饰邪》），这种互文性的表述意味着所谓“道言”即是对一套天衣无缝的法令制度的阐释，而法令之行恰是废私之术。“道言”因此与人臣总是难免掺杂着私心的进说水火不容，它会将营私行为从政治世界里彻底清除。

这样，韩非与孟子竟然令人诧异的有些相近：孟子倡仁义之道而绝不肯言“利”，韩非虽重功利但却是以君主、国家为主体。在二人看来，政治无论如何都不应当是其中从业者追逐个人利益、企图中饱私囊的手段。孟子以“道”为学士们立身行事之标准、言说议论之旨归，韩非则将法术之士的中肯之说、探本之论称作“道言”。尽管二人对“道”的理解截然两样，但语词上的雷同至少意味着，“道”被双方都奉为有价值的言说的指向。于是，孟子不仅表现出高标一格的追求，主张务实的韩非也流露出十足的理想色彩。如果正如他所指出的，营私自谋出于人之本能，那么法术之士如何在其参与政治的过程中，将这与生俱来的欲求清零？一个以政治为职业的人，如何还原掉自己的所有物质性，赤条条来去无牵挂，一味为君主竭诚服务、为国家耗尽平生？韩非对现实的犀利批判终究不会还施己身，一方面，他指责所有人身上都绑缚着解脱不掉的滞重，另一方面，却又自信地宣称自己能够无私地辅佐君主，他的思想言论，总是陷入这种耐人寻味的自相矛盾之中。

概言之，在孟子、韩非等学士们看来，策士们的言辞策谋，即使可以徼一时之利，却不是富国强兵之本，更无与于称霸成王之道，甚至隐含着将国家导向覆亡的因素。在他们眼中，策士所提供的策略更多的是因势利导、临时起意，拘泥于转瞬即逝的现实，缺乏更具深度的考量。同时，由于对个人利益的热切追逐，策士们为国为公的可信度大大下降。策士在行事时为追求眼前的微末利益而不择手段，背弃了对于个人生命以及政治生活而言更为根本的原则。这样，即便可以在一时之间取得巨大的成功，为自己博得令人欣羡的财富地位，他们也终将吞咽自己种下的苦果，不得善终几乎成为他们无可逃避的宿命；君主举用策士、听信游说之辞，或许可以暂时平息政乱、开拓疆土，但这绝不是长治久安之计。策士之言，以及隐藏于这种言说之后的行事准则和政治逻辑，是暂行之权，非恒久之常，是曲折小径，非康衢大道。

在战国时代，策士之辞即已被冠以谲而不正、权而非经的名头，而这种评价被继承下来，后世学者在评定《战国策》的价值之时，并没有翻出太多的花样。① 在中国学术史上，《战国策》只在一些包容性较强的学者处获得了有限度的承认。大致

① 如刘向在整理《战国策》时对策士游说并非一概否定，他说："皆高才秀士，度时君之所能行，出奇策异智，转危为安，运亡为存；亦可喜，皆可观"，承认这些计谋言辞确有可取之处。苏洵在论述如何劝谏君主之时指出，古往今来"谏"所以罕见成功，正在于人臣徒有忠介耿直之心，却缺乏策士的"机智勇辩"之术。但不难看出，学者们对于策士智慧的这种赞许是有限度的。刘向虽然承认其颇有可观，却也明言其局限："战国之时，君德浅薄，为之谋策者，不得不因势而为资，据时而为，故其谋，扶急持倾，为一切之权，虽不可以临国教化，兵革救急之势也。"［（汉）刘向：《战国策书录》，何建章：《战国策注释》，中华书局 1990 年版，第 1357 页］苏洵在激赏策士使君主十说九从的劝诱之术时也指出，这不过是"以机智勇辩济其诈"，因此对待苏秦、张仪的正确态度应该是"取其术，不取其心，以为谏法"。［（宋）苏洵：《谏论》，曾枣庄、金成礼笺注：《嘉祐集笺注》，上海古籍出版社 1993 年版，第 244 页］另一些学者对此书的批评就更为严苛，其中曾巩的意见颇具代表性。他认为战国之游士"不知道之可信，而乐于说之易合。其设心注意，偷为一切之计而已。故论诈之便而讳其败，言战之善而蔽其患。其相率而为之者，莫不有利焉而不胜其害也，有得焉而不胜其失也"。此书之所以值得留存，除战国史事必须资之考实之外，最大的理由是"君子之禁邪说出，固将明其说于天下"。［（宋）曾巩：《重校战国策序》，何建章：《战国策注释》，中华书局 1990 年版，第 1358～1359 页］相较而言，司马迁则保持了最大的宽容度，盛赞"长于权变"的苏秦"其智有过人者"（《史记·苏秦列传》），与张仪一道皆堪称"倾危之士"（《史记·张仪列传》）。同时，他对时人"讳学其术"的做法不以为然，明言"战国之权变亦有可颇采者，何必上古"。（《史记·六国年表序》）

而言，策士之言是在具体的政治活动中产生，被当前的利益所驱使，希求一时之私利，无顾长远之公义，无干于对永恒的治国之道的表达。在学士们看来，这种言说深陷于现实的泥潭之中无法拔身而出，为太多的外在因素所左右不能端正挺直，它们受迫于短暂的、终将逝去的眼下，无力突破时间的界限而完成对恒定不变的真理的呈现。简言之，这是一种不堪与“道”相配的言说。

二、不治而议论：学士的存在状态

在战国士人的光谱中，较之于文吏，策士与学士的距离更近，即便如此，学士还是对策士多有批评，并有意与之相区别，这更加能说明其身份自觉。由于二者都是在语言使用上训练有素的群体，他们的互相驳难，更能显示“言以明道”是如何自别于其他语言使用方式。对于策士来说，语言是其求取尊荣、倾动天下的有力工具，他们的言辞因此呈现为战国时代“言以为事”最典范的形态。而在学士眼中，语言的这一使用方式，由于对情境的屈从，对现实因素的让步，偏离了“明道”这一最应承担之重任。学士们追求的是明道之言的纯粹性，而策士的言说却总是为其语境所扭曲、玷污，为其私利所浸染、渗透。那么，需要追问的是，是什么让学士们相信自己的言说能够公正无私、明净纯洁？语言岂不都是在特定的语境中发生，何以学士们自谓能摆脱限囿，直指道理？

尽管同样在语言运用上表现出卓越的才华，学士对策士却极为鄙夷不屑，从根本上说，这反映了二者所在社会空间的分离。学士借言说议论而明道尽理，策士假口舌之辩来猎取利益、推动列国间的合纵连横；策士深入当时的政治，而学士则相对独立于外。学士对策士的批判因此未必称得上公正：策士们是列国政治的直接参与者，浮沉于列国纷争及各种政治内讧的漩涡之中，身临其境的他们无法超脱于自己的立身之地，必须直面政治生活中的现实人性和残酷交争。他们因此从来就不是信守某种标准、拒绝妥协退让、毫不弯折委曲的理想践行者，在其所处的世界里，百相交、百相欺的做法十分常见，而且"不为无行，不为无信"，道德原则在这里卑微得可怜。策士对于学士批评的回应往往表现出惊人的坦诚，他们不为自己行为的前后不一、反复多诈做出任何辩解，而是将其当作本应如此之事来接受，这本就是自己所处的世界中的行为法则，没有必要为此而有所内疚，为道德感的流失而不能心安理得。利益就是政治生活里各种活动的永恒动力，仁义之道在此无济于事，学士对利益的贬低、淡泊，只是因为不曾真正走进这个世界，他们的所有议论，终究不过是局外人的话语。

策士们如此坦然的表态，不啻宣称，他们根本无意于同学士们进行对话，对那些所谓根本性的话题做出讨论。批评任由他去，学士们的所有言辞不过都是微弱的耳边之风，根本吹不起他们内心的波澜。事实上，策士对学士的直接回应，在现存文献中较为少见，这或许正是因为，以思想表达为事的学士们有指点政治的欲望，而身处政治世界的策士们，却没有与学士一较高低的冲动，对于政治、文化之间的裂隙，他们其实了解得更加清楚。

相应地，学士与策士对待语言的态度也大相径庭。策士的文辞，本来就是为了完成具体的政治行动，并无意于对所谓至道妙理进行揭示与阐发，言说即是行动，"言以为事"的功能被发挥得淋漓尽致。但在学士眼中，这种言说有着先天不足：它们为太多的现实因素所玷污，因而无法承担言说那超越性之

“道”的重任。如果说策士们过分强调言语的为事之功是因为他们深陷政治的漩涡之中，那么，学士们言以明道的自我标榜，同样与其存在状态有关。整体而言，这一群体的喧嚣言辩，都不过是在缺乏政治参与的情形下的“处士横议”①，易言之，即“不治而议论”。

据《史记》载，齐宣王“喜文学游说之士，自如驺衍、淳于髡、田骈、接予、慎到、环渊之徒七十六人，皆赐列第，为上大夫，不治而议论。是以齐稷下学士复盛，且数百千人”（《史记·田敬仲完世家》）。“不治而议论”一语本是对稷下学士们生存情状的描述，但它完全可以推而广之，用作对战国时代活跃于世的学士群体的断语。所谓“不治”，即学士们大多并不从事包括钱谷兵刑等诸多事务在内的行政管理工作，而“议论”则明示这一群体与语言的亲缘，言说之于他们，几乎正如治事之于官吏一般，被视作理所应当的职责。值得注意的是，稷下学士在战国之时的众多学者之中，可以算是与政治距离并不遥远的一群，学宫的设置本由君主推动，受到官方的资助和支持，学士们也可通过发言议政、君主咨询等多种方式参与齐国政事。如果他们在政治世界中尚不能深入中心，那么，对于其他学士来说，“不治而议论”就更是势所必然。可以说，不能居官任职而游离于政治之外，或者至多徘徊于政治世界的边缘地带，是战国时代学士们的普遍状态。

开战国诸子之先的孔子，同样可以算作这一社会现象的开

① 出自《孟子·滕文公上》：“圣王不作，诸侯放恣，处士横议。”孟子对这种状态并不满意，但毫无疑问，他事实上也参与制造了这种特别的文化景观。

启者，这位先行者似乎触动了社会机体上某个重大关节，自此之后，学士们总是前仆后继于他曾经行走的路径之上，他的命运也就不断被翻版。尽管有过短暂的仕宦生涯并且所居职位不算卑微，孔子却自认为政治上的失败者，这使他只能退守斯文，以整理文献、谈说仁义为事。“吾不试，故艺。”①（《论语·子罕》）在孔子看来，他在文化上的成就一定程度上得益于政治上的不得志，因为“不治”，所以只能“议论”，这是不得不然的无奈之举。而他在周游途中遭受的困厄，更为其生平增添许多苍凉况味。他不遇的故事具有极大的象征意义，在后世成为贤不遭时的范例，被一而再再而三地讲述，让无数有着近似境遇的士人喟叹不已。

战国之时，不少学士们有着相似的经历：他们并非没有参与政治的欲望，但这一路途总是被这样那样的障碍所阻挡，有时是因为外力的作用，有时则是因为其内在的坚持，使之无法接受现实中的任何屈折，即使不得出仕，他们也不肯随波逐流，与其眼中的污君浊臣们合作。这样，他们“不治而议论”的生活中其实渗透着失落。“天下方务于合从连衡，以攻伐为贤，而孟轲乃述唐、虞、三代之德，是以所如者不合。退而与万章之徒序诗书，述仲尼之意，作《孟子》七篇。”（《史记·孟子荀卿列传》）“非见韩之削弱，数以书谏韩王，韩王不能用。……今者所养非所用，所用非所养。悲廉直不容于邪枉之臣，观往者得失之变，故作《孤愤》《五蠹》《内外储》《说林》《说难》十

① 这是孔子解释其多技艺的原因，所谓“艺”并不仅指其学识渊博，应还包括其“多能鄙事”。但“不试”应确是其在学术、文化上独有造诣的原因之一。

余万言。”（《史记·老子韩非列传》）因失意而著书成为描述许多学士一生经历时的典型叙事模式，以至于司马迁最终可以梳理出一个发愤著书的圣贤序列，“此人皆意有所郁结，不得通其道也，故述往事、思来者”（《太史公自序》）。

相较于这些为贤人失志而不断感慨的学士们，稷下学士中的大多数则优游从容得多。对他们而言，不是因为失去了治事的可能，从而只能以“议论”来填补这一失落，相反，是“议论”使得治事不再必需。这首先是因为他们承受了君主的宠命优渥，获取了富足可观的物质利益。齐王曾调侃“设为不宦”的田骈，指出他“设为不宦，訾养千钟，徒百人，不宦则然矣，而富过毕也”。正如同矢志不嫁的邻人之女，“设为不嫁，行年三十而有七子，不嫁则不嫁，然嫁过毕矣”（《战国策·齐策四》）。单是好为议论就已经为学士们带来丰厚的收益，仕宦不但未必有这一效果，反而会将其拖入到缠身俗事、案牍劳形之中。对于大多数战国学士来说，依附君主重臣而托身为客，是其维持生活的重要手段，他们因此无力回击齐王的这种调笑，不过，如果将他们的“不治”仅仅归结为“议论”为其带来的优厚待遇，那么也未免对其太过小视，至少失之偏颇。对于学士们而言，对“议论”的喜好更深刻的原因或许在于，这是一种为其所独擅的特长，通过言说、著述，他们完全可以获得内在的巨大满足，稷下学士们在这方面即有可观建树①。

① 《史记·孟子荀卿列传》载：“自驺衍与齐之稷下先生，如淳于髡、慎到、环渊、接予、田骈、驺奭之徒，各著书言治乱之事，以干世主，岂可胜道哉！”稷下学士著述之丰富，在《汉书·艺文志》著录书籍中同样有所体现。

不过，在《汉书·艺文志》对先秦著述情况的总结中，“不治而议论”的情形从表面上看并不明显，在诸多“以人名其书”的作品中，不难发现一些在政治上有相当作为者的名字，甚至世主时君也可以厕身其间。其中尤以法家最为突出，《汉志》著录有《李子》《商君》《申子》等，李悝“相魏文侯富国强兵”，商鞅相秦孝公革新更制，申不害相“韩昭侯，终其身诸侯不敢侵韩”，此三人在当时各国的变法运动中都是关键人物；《汉志》九流之中，又有纵横一家，苏秦、张仪等策士自然列名于内。看起来，这些在政治世界中叱咤风云之人，在文章著述一事上并没有耽搁，治事与议论两者被完美兼顾而无偏废，他们打破了文化与政治的间隔，在两个领域之间自由穿梭。

事实并非如此。尽管战国之时，在思想世界与现实政治之间划定一条明晰的界线并不可能，但两者的区隔也是毋庸置疑的事实。学者关于古书通例的研究，有助于恰当理解这些所谓的“跨界者”。先秦古书本多“单篇别行；及其编次成书，类出于门弟子或后学之手，因推本其学之所自出，以人名其书”①。成书过程既然如是，书中所含内容也就非出一时一人之手，而是在漫长的时间中累积而成。“周、秦、西汉之人……则虽其平日因人事之肆应，作为书疏论说，亦所以发明其学理，语百变而不离其宗，承其学者，聚而编之，又以其所见闻，及后师之所讲习，相与发明其义者，附入其中，以成一家之学。”② 其中

① 余嘉锡：《古书通例》卷一，“古书书名之研究”，中华书局2007年版，第213页。

② 余嘉锡：《古书通例》卷二，“秦汉诸子即后世之文集”，中华书局2007年版，第230页。

固然可能有书名所标举之人的作品，但也附益了众多后人的论说。何况，这些名字被用为书名的政治家们，即使书中果真保存了出于其手的文字，其言说、写作的性质也与学士们大不相同。“盖因事作文，不自收拾，后人取而编辑之，因以人名其书。”“其达而在上，则其条教书疏，即其所著书。”① 这些作品是在政治生活中应事而作，多为法令、奏疏之属，却被服膺其术的学士们传写、流通，成为其思想、写作所依凭的资源。② 在刘向、刘歆校雠一类的大规模学术整理活动中，作为流传于世的前代文献，它们与学士们著述的差别就更加难以辨析，时过境迁，这些本有其政治功用的文本，已经成为文化遗产的一部分。

除古书流传、编辑因素之外，一些作为集体项目成果的书籍也容易制造错觉，最为著名的便是《吕氏春秋》。“是时诸侯多辩士，如荀卿之徒，著书布天下。吕不韦乃使其客人人著所闻，集论以为八览、六论、十二纪，二十余万言。以为备天地万物古今之事，号曰《吕氏春秋》。”（《史记·吕不韦列传》）此书成于门客之手，而吕不韦作为此事的发起者和支持者，却享有署名的权利。类似的情形还有魏公子无忌。“当是时，公子

① 余嘉锡：《古书通例》卷二，“秦汉诸子即后世之文集”，中华书局 2007 年版，第 215、243 页。

② 因此，李悝《法经》“或即在《李子》三十二篇中”（张舜徽：《汉书艺文志通释》，华中师范大学出版社 2004 年版，第 308 页）；今本《商君书》，据高亨说，仅有《垦令》《靳令》两篇可确定为商鞅作，《外内》可能为商鞅作，其余则无法确定，并且有些明确是作于商鞅死后。参见高亨：《商君书作者考》，《商君书注译》，中华书局 1974 年版，第6～11页。

威振天下，诸侯之客进兵法，公子皆名之，故世俗称《魏公子兵法》。”（《史记·魏公子列传》）这些著作因此都不足以成为学士们“不治而议论”的反例，相反，门客这种非官方甚至有些游离性的身份，恰足以为“不治”提供佐证。当然，确实有一些士人既有政治上的事功，也有著述文章传之后世。比如虞卿为当时著名策士，而《汉志》著录有《虞氏春秋》十五篇。不过，他的著述恰恰是其从政治中败退之后完成的，“不得意，乃著书，上采《春秋》，下观近世，曰节义、称号、揣摩、政谋，凡八篇。以刺讥国家得失，世传之曰《虞氏春秋》”（《史记·平原君虞卿列传》）。这样，他同样加入发愤著书者的行列，其写作仍然是一种“不治而议论”。

总之，不论是因为不得入仕而只能议论，还是因为耽溺于议论而不再有意治事，“不治而议论”都成为战国学士们的普遍生存状态，作为一种高频的社会现象，这无疑根源于此时思想文化事业相对独立于政治机制的现实。学士们对策士的非议，其实从属于他们对当时政治现实的整体批判，在他们眼中，政治世界远未步入正轨，正在一些浮浅诱惑的引导下盲目运行，而他们却保持着难得的清醒，只是自己的这份深刻暂时不被人懂。学士们与政治保持着一定的间距，从而获取了高处俯瞰或冷眼旁观的可能。因此，他们与策士之间的纷争，与其说是是非之争，不如说是对政治认知的差异，这种差异既表现为具体观念的不同，更来自观察视角的歧异。

归根结底，策士与对其做出批评的学士，处于完全不同的空间之中，生存方式之间有着无法抹合的巨大裂隙。唯其“不治而议论”，学士才能暂不考虑政治现实中的利益纠葛、细微人性，集中精力去思索为政之本、治理之原，探究更深层、更终极的行政原则。与策士在政治行动中左右应对、随机应变不同，他们发展出一套理念指导行动、知先于行的政治学，并宣称唯有如此，政治才能合乎正义，或者有条不紊。与此相应，学士们也寻求一种与政治世界中的语言运用形成区别的语言使用方式，语言应该不受外力约束，忽略私人利益，明净清洁地呈现恒久不易的道理。“言以明道”这一语言观念的发明，其实与学士们“不治而议论”的存在状态息息相关。

在大部分的学士们看来，“道”需要在现实世界特别是政治生活中付诸实践，只是“行道”总是会被个人的遇合、时世的动荡等外在因素无限延宕；即使幸而拥有了建功立业的机会，他们也往往会觉得这高蹈的理想会因各种不可避免的限制而大打折扣。使“道”大行于世的完美时机不可遇求，正确对待它的方式便只有通过著书立说进行阐释，在很多时候，“道”其实只可形之言说。除去行道的外在困难，“道”不可企及、无法完成、只能栖身于语言之中的命运也源于它自身的特性。“形而上者谓之道，形而下者谓之器”，“道”对于“器”的超越，使其尽管据说是一切事物之本原，是所有事件顺畅运行必须遵守的原则，但也注定要与万事万物不同，缺乏可以感知的外表，不具备任何的具体形态。说到底，“道”只是终极的抽象，并非可以触碰目睹的实存，因而只能用语言对其讲述意致。

“道”的这种超越性与学士们“不治而议论”的状态正相类似。正如同“道”与切实的事件、具体的事物保持了一定的距离同时又是后者的根本，以发口成辞、秉笔为文为主要活动方式的学士独立于充满行动与事件的政治、世俗生活之外，又宣称自己可以充当它们的指引。在学士这里，言说摆脱了事件的羁绊，语言终于从“言以为事”的功能中解放出来，而“道”

恰恰同样是一个不为纷繁人事所拘牵的概念；学士需要一个崇高的言说对象来充当思想表达的对象，从而保证自己的言说议论的存在价值，“道”也只能在言说中展现自身，两相凑泊，“言以明道”成为学士当仁不让的使命也就变得自然而然。更进一步说，人们关于“道”的一切知识、对“道”的所有印象，其实都来自学士的论说和描述，虽然“道”是一个由来已久的词汇，但正是学士们的书写言说赋予其丰厚的内涵。表面上看，“道”存在于语言之外，等待着语言对其进行揭示，使其昭明于世，实际上正相反，它其实是由语言，具体来说是由学士们所使用的语言创生的。归根结底，“道”由言说制造，对“言以明道”这一语言观念的强调不过是学士们的自我确认，“言”与“道”的相遇并非巧合。

第二节　仕进与退隐：学士的出处之道

在战国时代，学士以谈说议论、写作著述为业，其思想表达大多在“不治而议论”的生活状态中完成，但这很难说符合学士们的主观意愿。除极少数笃志退避人世的隐士之外，只要有恰当的机遇，学士就很难抗拒出仕为官的吸引力，以餍足其用世之心，实现其济世之志。在他们的意识中，仕途始终具有更高的价值，言说议论远不及推行道术，它最多不过是一种不得已的补充，在言词中舒展平生之志，只能算是一种退而求其次的选择。学士们身怀出仕之热忱，“不治而议论”反而成为其普遍的存在处境，各种原因也就值得追问。

出仕虽是士人的普遍愿望，但学士们对待这一问题的态度并不统一。由于与大道至理的亲密关系，部分学士们显得庄矜自重，在追求仕进的过程中为自己划定底线，企图在与君主的合作中保持尊严。与这种自我检束相左，也有些学士或是出于行道救世的迫切渴念，或是出于对个人荣利的强烈欲求，在求为人主之用时表现得更加积极主动，甚至不惜屈曲自我，乃至降志辱身。摇摆于矜持自守与汲汲求用之间，学士们在出仕问题上的选择歧异多样，固执一偏者往往有之，探求折中之径也不失为一种策略。选择空间的存在也造就了不少人内心的纠结，各式各样的自我辩护以及自我安慰，都使学士们的形象呈现得更加立体。而事实上，或出或处，或进或退，他们的不同选择以及伴随着这些选择的心理活动和情感反应，所有这些，往往具有结构性。归根结底，是其社会位置，注定了学士势必要受这些问题的困扰。

一、孔子的出处之道

作为战国诸子的先行者，孔子在仕进上的遭遇和思索具有深远的意义，他个人的经历往往成为后人讨论此一问题时的起点和例证，他针对这一问题发表的诸多言论，也常常在后人处获得回应。总体而言，孔子的仕途并不顺利。由于早孤家贫，他年轻之时曾为委吏、乘田等贱役，在三十岁之前，他或许有过一段短暂的仕宦时光，但位置不高，业绩不彰。① 他政治生

① 《孟子·万章下》："孔子尝为委吏矣，曰会计当而已矣；尝为乘田矣，曰牛羊茁壮长而已矣。"《史记·孔子世家》："孔子贫且贱。及长，尝为季氏史，料量平；尝为司职吏而畜蕃息。"三十岁之前出仕事今不见记载，钱穆据《左传·昭公十七年》孔子见郯子事推知。参见钱穆：《孔子传》，生活·读书·新知三联书店 2001 年版，第 10 页。

涯中最为辉煌的时刻在于鲁定公九年（前 501）之后的数年内，“定公以孔子为中都宰，一年，四方皆则之。由中都宰为司空，由司空为大司寇”（《史记·孔子世家》），其间有相夹谷、堕三都等轰动一时的事业。堕三都功亏一篑之后，由于公伯寮之谗谮、齐国之离间、季桓子之猜疑等，孔子去鲁周游。他在卫国、陈国都停留过较长时间，其所任职位已不可知，很可能不过充当君主的顾问，对国家政治缺乏深度参与①，也未留下太多值得称道的功勋；相反，畏于匡、止于蒲、绝粮于陈蔡等周游途中的困厄险阻，却成为后世反复讲述的典故。孔子出仕之路上的种种坎坷，使他成为学士中第一个在政治上的折戟者。

尽管屡遭困顿，孔子自始至终都没有否认出仕的价值，对为政之术的讨论在孔门问学之中一直居于重要位置，并且，坐而论道显然不是他们处理政治问题的理想方式，一旦获得时机，他们乐于将自己深信不疑的主张付诸实施。终其一生，孔子多次表达了自己对出仕的渴望，有时甚至因迫切而失当。公山弗扰以费叛，孔子欲往，子路质疑这一选择，孔子辩解曰：“夫召我者而岂徒哉？如有用我者，吾其为东周乎？”为人所用是恢复周政的前提，在这一欲望的催动下，急于用事的诉求压倒了对征召之人的仔细考量。无独有偶，在其周游之际，晋之佛肸以中牟叛，召，孔子再次表露出前往的意愿，子路再次提出异议。不过，这次孔子的回应中却没有重申自己的政治抱负，只是陈

① 如钱穆论及孔子与卫出公之关系：“抑孔子于卫出公，仅为公养之仕，又与正式立于其朝者有别乎？”（钱穆：《孔子传》，生活·读书·新知三联书店 2001 年版，第 71 页）在周游列国之时，孔子与所遇君主的关系，很有可能大多都如此松散、不正式。

述了富于现实性的考虑，“吾岂匏瓜也哉？焉能系而不食？”（《论语·阳货》）出仕是士人获取衣食之计的重要手段，孔子也难免以此来求得自己的生活所需。[①] 这两次征召都未成行，但孔子的自我辩护实际上也点明了出仕对于士人的意义：就其崇高一面来说，居官理政是弘道于世的前提；就其卑微一面而言，求取俸禄是获得生活资料的重要手段。

对于出仕的强烈渴望，与孔子所遭遇的失落形成巨大反差，将这一现象的原因简单地归结为世乱衰微，时运不济导致的德、位不称，似乎有些失之偏颇。孔子之不遇，固是由于当时之从政者不能尽如人意，但也并非没有自身原因，甚至可以说，这种不遇在很大程度上根源于他的学士身份。在确认了学先于仕、维护仁义之道重于猎取高位厚禄等基本原则之后，孔子对待出仕的态度十分谨严，应公山弗扰、佛肸之召时表现出的不遑择处绝非常态。以道自命的他表现出一种常人所不能及的自尊自重，一些他人眼中似不足道的细节，往往成为他出处进退的缘由。孔子辞去大司寇之职而去鲁周游之事，本是多方面因素合力促成的，但使他最终下定决心的，却是“桓子卒受齐女乐，三日不听政；郊，又不致膰俎于大夫”（《史记·孔子世家》）等事，对待大夫礼节的缺失让他感到尊严受损，由此断定于鲁

① 孔子的这一辩解因过于现实而遭到了后世一些学者的非议，比如王充《论衡·问孔》：“为东周，欲行道也。公山、佛肸俱畔者，行道于公山，求食于佛肸，孔子之言无定趋也。言无定趋，则行无常务矣。周流不用，岂独有以乎？”对“吾岂匏瓜也哉？焉能系而不食？”一句，历来注解不同，一说，我非匏瓜，可自然生长，自当仕而求禄；一说，我非瓠瓜，能系而不为人食。参见（汉）王充著，黄晖校释：《论衡校释》，中华书局1990年版，第426页。

国之政再也无可作为。[①] 经卫国之时，“卫灵公问陈于孔子，孔子对曰：‘俎豆之事，则尝闻之矣；军旅之事，未之学也。’明日遂行”。一言不合即抽身而去，孔子在与其所遇之主相处时往往显得严苛。

所以，与其将孔子的怀才不遇完全归因于时世的污浊、君主的不堪，不如说这源自文化与政治之间的裂隙。即使他宣称为政是最具价值的出路，以整理诗书、教学授徒等方式传承斯文，只是一种不得已的替代，但这毕竟提供了一种不至于使个人生命沦丧泯灭、寂寂无闻的方式，并且这种方式可以更好地护卫君子所承担的道术，使其免受各种现实因素的沾染。因此，虽然孔子为“怀其宝而迷其邦”“好从事而亟失时”（《论语·阳货》）感到愧惭，认同“有美玉于斯”的最好结局并非“韫匵而藏诸”，而是“求善贾而沽诸”（《论语·子罕》），他的待价而沽恐怕也会是个无限延宕的过程，现实中的君主在他的挑剔下，总难成为那个恰当的贾者。因以弘道自任而产生的自负自重，对衰乱之世的普遍不满和批判，使孔子很难接受能够在政治领域中畅通无阻、风生水起的行事逻辑；说到底，当“以道事君，不可则止”被确定为处理仕进问题的不易之论时，所谓不遇，其实就是他自己的选择。

由于自许为文武之道在当世的识大体者，孔子表现出强烈的自我珍惜意识，断不会为了出仕而自折羽翼，这使他与国家、君主之间的关系永远无法做到牢不可破，遑论生死以之。他多次强调君子在出仕一事上享有的极大自由。“用之则行，舍之则

① 《孟子·告子下》解读了此事：“不知者以为为肉也，其知者以为为无礼也。乃孔子则欲以微罪行，不欲为苟去。”

藏。”（《论语·述而》）“子曰：‘笃信好学，守死善道。危邦不入，乱邦不居。天下有道则见，无道则隐。’”（《论语·泰伯》）“邦有道，危言危行；邦无道，危行言孙。”（《论语·宪问》）“邦有道，则仕；邦无道，则可卷而怀之。”（《论语·卫灵公》）在国家治平、上下有序之时，身处贫贱、不求闻达的做法并不恰当，但当秩序紊乱、国家昏然之际，卷入政治的漩涡之中就不再是明智之举，君子在此时更为重要的是保全自身，使自己所担负的“斯文”不至于断绝。孔子赞许管仲不死公子纠，而“相桓公，霸诸侯，一匡天下，民到于今受其赐”（《论语·宪问》）。忠君死国只能算是“匹夫匹妇之为谅也”，传承仁义之道的重要性远远过之，君子未肯许身于君主，正是因为他在另一条路上任重而道远。

在对出仕一事抱有如此谨慎的态度之后，难以遇合的状态很大程度上就来自他的个人意志，在仕途上的屡遭挫折，也因此难以激起孔子太过浓厚的沉郁之意、愤激之感，尽管一时之间的感伤自怜仍然存在，但选择了以传道自任，他自然能够较为坦然地接受必然随之而至的后果。“士志于道，而耻恶衣恶食者，未足与议也。”（《论语·里仁》）承担道术的使命、责任理应超越于对物质生活的追求，当二者不能两得之时，能否忍受贫贱、困顿本身即是对能否笃志于道的检验。“君子无终食之间违仁，造次必于是，颠沛必于是。”（《论语·里仁》）孔子因此表现出一种刚健果决的风貌，即使杀身成仁，亦在所不惜。何况，当深造乎道而自有所得之时，其间乐处也足以抵消各种困厄带来的愁苦。“饭疏食饮水，曲肱而枕之，乐亦在其中矣。不义而富且贵，于我如浮云。”（《论语·述而》）

然而，这些言论也让孔子周游列国的目的显得十分暧昧。

居于衰亡之世，列国之政都算不上清明，当其去鲁之际，他对其他各国的君主也未必有太多期待。明知天下无可事之君，仍然要以这一有些夸张的方式宣称自己无法断绝对政治的热忱，孔子的这一壮举表面上看起来难以索解，实际上却合乎其思想的内在逻辑，也反映了战国学士的一些关键特点。也许在任何时代，文化都无法摆脱与政治的纠缠，但在春秋战国这样一个特殊的历史时期，在思想文化的独立性其实相当有限之际，文化不但无法将自身与政治割裂，反而需要强调二者之间的关联。如果彻底弃绝政治，它也将无法存在，它正是在于政治的对立勾连中定位自身。这样，孔子十数年间的辗转离合，因此更像是一场刻意设计的展演，他可能不过是要以此种方式警世，通过自己贤不得志的经历，唤得时人的醒觉，激发人们对渐渐被政治遗弃的一些珍贵之物的兴趣。这在当时即为他树立起“知其不可而为之”的形象，但在孔子看来，他的所遇不合与其说是走投无路，不如说反映了他对自己命运的强力掌控。当南北飘荡、任意东西之时，他正在享受自由，因此，他对古之逸民的出处进退之道做出评点之时，宣称自己与伯夷、柳下惠之辈的各执一偏有所不同，“我则异于是，无可无不可”（《论语·微子》）。

二、孟子的进退之义

与孔子类似，孟子同样借点评伯夷、伊尹、柳下惠等古人行事来探讨出处进退的恰当原则，并认同了孔子“无可无不可”的自许，指出孔子无论是居官一国，还是离职而去，“可以速而速，可以久而久，可以处而处，可以仕而仕”，往来无碍，去留自如。孟子总结道：“伯夷，圣之清者也；伊尹，圣之任者也；

柳下惠，圣之和者也；孔子，圣之时者也。孔子之谓集大成。”（《孟子·万章下》）这一评价即使有推崇孔子的因素存在，也算得上合乎事实：孔子确实通过对自身社会位置的体察、社会角色的辨认，提出了学士在应对、思索仕进一事时所面临的主要问题，并给出了一份影响深远的答案，他的坎懔经历与内心纠结，也常使后人感同身受，共鸣不已。战国时代，这一问题仍然困扰着诸多学士，而继孔子之后，对此进行最多、最深入思考的，当属孟子，“为士者亦自有其一套辞受出处进退之大义，此层待孟子做详尽之阐发”①。

孔子之后的儒家学者，由于传记资料的缺乏，其立身行事如今已不能详知。不过，在孟子的叙述里，曾子、子思等人在与君主交际之时举止得体，尤其值得称道。曾子居武城，有越寇辄决然而去，寇退则翩然而返，左右曰：“待先生，如此其忠且敬也。寇至则先去以为民望，寇退则反，殆于不可。”（《孟子·离娄下》）曾子并没有回应这一质疑，但可以推想，他遵循的大致是孔子“危邦不入，乱邦不居”的原则，避开兵乱并非由于苟且偷生，而是出于自矜自重。②“缪公之于子思也，亟问，亟馈鼎肉。子思不悦。于卒也，摽使者出诸大门之外，北

① 钱穆：《孔子传》，生活·读书·新知三联书店 2001 年版，第 70 页。

② 《大戴礼记·曾子制言》篇所载曾子之言，也可反映他对于出仕的态度。中篇：“君子进则能达，退则能静。……故君子进则能益上之誉，而损下之忧；不得志，不安贵位，不博厚禄，负耜而行道，冻饿而守仁，则君子之义也。”“君子直言直行，不宛言而取富，不屈行而取位。”下篇：“天下有道，则君子䜣然以交同；天下无道，则衡言不革。诸侯不听，则不干其土；听而不贤，则不践其朝。”基本上，以弘道自命的他对于出仕有着极为严格的要求。

面稽首再拜而不受。曰：‘今而后知君之犬马畜伋。’”子思的这种反应有些令人难以索解，孟子对此做出解释，指出“养君子”应该“以君命将之，再拜稽首而受。其后廪人继粟，庖人继肉，不以君命将之”（《孟子·万章下》）。穆公的失误在于馈送鼎肉时“以君命将之”，使得子思“仆仆尔亟拜”。又载缪公亟见于子思，问曰：“古千乘之国以友士，何如?”子思不悦，曰：“古之人有言：曰事之云乎，岂曰友之云乎?”（《孟子·万章下》）若以位而论，则缪公、子思为君臣，固不得为友；以德而论，则缪公不过是应当师事子思的弟子，为友亦不合适。为人臣子大有损于尊严，为君主之友又不餍足，只有师长才是儒者可以接受的位置。一方面赖人以养，一方面又斤斤计较，曾子、子思这些儒者看起来矫揉造作不近人情，但在儒家的自我辩护中，这种做法是深思熟虑之后的不得不然，唯有如此，他们才能充分确立学者们因亲近道术而获得的无上尊严。他们行为的内在逻辑与孔子大致相同，但激进程度已非孔子所及，学士们正在以越来越极端的态度来确认自身的独立和优越；子思君主对学士应“师之”之说，也表明他们已经开始向君主提出更高的要求。①

在叙述前贤遗事的同时，孟子也详细阐述了他关乎出处进退的理解，并将之付诸施行；较之曾子、子思等人的高自标榜，他对于出仕的态度要积极得多。与孔子相同，他肯定了出仕的必要性，“士之失位也，犹诸侯之失国家也”，“士之仕也，犹农夫之耕也”（《孟子·滕文公下》），这样的类比意味着，出仕甚

① 《荀子·大略》载子夏之言：“诸侯之骄我者，吾不为臣；大夫之骄我者，吾不复见。”是子夏之意见，与曾子、子思等矣大体相类。

至不仅仅是士人众多人生选择中的一种，而是其不可推脱的责任、无法规避的天职。这首先是因为，出仕是泽加于民的前提，是以道拯济天下的必由之径，士人作为人类之中的先知先觉者，注定要承担起“以斯道觉斯民”、使匹夫匹妇“被尧舜之泽”（《孟子·万章上》）的责任。在这一动力的驱使之下，孟子遍谒君主，奔走齐梁之间，往来邹鲁滕宋之境，当其晚年致仕去齐之际，虽不失“当今之世，舍我其谁”（《孟子·公孙丑下》）之自信，却也难免因终生不得大行其道而有不豫之色。然而，孟子也清晰地意识到，对“道”的担当既是“仕如此其急也”的原因，同样也导致了“君子之难仕”。“古之人未尝不欲仕也，又恶不由其道。不由其道而往者，与钻穴隙之类也。”（《孟子·滕文公下》）与道的关联决定了学士在寻求进阶之路时不能不择手段，以免有失体面，出仕的迫切并不意味着士人可以因此而放弃丝毫的尊严。

由是，孟子对出仕的条件做了众多细致的规定，在被问及“古之君子何如则仕”之时，他回答说“所就三，所去三”①，详细陈述了仕或不仕的三种情形。在第三种情形中，孟子触及了士人亟须出仕的另一原因，即求取衣食之具，从君主处获取生活资料。“仕非为贫也，而有时乎为贫。”（《孟子·万章下》）尽管孟子宣称这只是出仕的次要意义，但对于这个并无恒产的

---

① 孟子曰：“所就三，所去三。迎之致敬以有礼，言将行其言也，则就之；礼貌未衰，言弗行也，则去之。其次，虽未行其言也，迎之致敬以有礼，则就之；礼貌衰，则去之。其下，朝不食，夕不食，饥饿不能出门户。君闻之曰：‘吾大者不能行其道，又不能从其言也，使饥饿于我土地，吾耻之。’周之，亦可受也，免死而已矣。”（《孟子·告子下》）

阶层来说，这无论如何都不是一个无关轻重的因素。在如何正当地从君主处获得物质资助这一点上，孟子也深为致意，因为此事稍有不慎，即有可能亏损大节。他有“不托诸侯”之说，认为“抱关击柝者，皆有常职以食于上。无常职而赐于上者，以为不恭也”（《孟子·万章下》）。没有固定职位即接受君主之赏赐，实为不恭之举。据说他在此是对稷下学士们的讥刺，“至若稷下诸先生，不治而议论，此孟子所谓处士之横议，庶人不为臣，为常职，而托于诸侯，皆孟子所深斥也。故孟子在齐为卿，有官爵，明不与稷下为类”①。在其一生之中，除自梁返齐之后接受齐宣王之礼聘，为卿相数年之外，孟子虽游走于列国之间，却始终没有出仕，在辞职之后，齐王“欲中国而授孟子室，养弟子以万钟”（《孟子·公孙丑下》），他也没有接受。仕或不仕，在他这里似乎成为非此即彼的选择，没有任何的中间选项，对于类似稷下学士这种模棱两可、暧昧不明的身份，他只能表示拒绝。

因此，更值得注意的或许是孟子对未仕之士与君主的交际之道的论说，这更加突出地反映了他在处理此类问题上的张扬肆意。他多次宣称士人有“不见诸侯”之义，认为“庶人不传质为臣，不敢见于诸侯，礼也”。既然不曾确立君臣之分，士人也就不必因君主之召即前往见之；相反，君主若是因士人之贤德而欲求一见，就应当放下身段，否则就不免“欲见贤人而不以其道，犹欲其入而闭之门也”（《孟子·万章下》）。君主之财富、势位固然是天下之尊，但士人君子同样有与之分庭抗礼的

① 钱穆：《先秦诸子系年》之《孟子不列稷下考》，商务印书馆 2001 年版，第 272～274 页。

资本。孟子先是引述了曾子的言论："晋楚之富，不可及也。彼以其富，我以吾仁；彼以其爵，我以吾义，吾何慊乎哉？"在此基础上，他又有所发挥："天下有达尊三：爵一，齿一，德一。朝廷莫如爵，乡党莫如齿，辅世长民莫如德。恶得有其一，以慢其二哉？故将大有为之君，必有所不召之臣。欲有谋焉，则就之。其尊德乐道，不如是不足与有为也。"（《孟子·公孙丑下》）君主所拥有的不过是"人爵"，而君子通过履行仁义、修身养德所得到的是"天爵"（《孟子·告子上》），天人之分，其高下不言而喻，在这场与士人的抗衡中，君主理应居于下风。①

孟子借称道古昔来描述心中的理想之境："古之贤王好善而忘势，古之贤士何独不然？乐其道而忘人之势。故王公不致敬尽礼，则不得亟见之。见且由不得亟，而况得而臣之乎？"（《孟子·尽心上》）在他的这种期许中，贤人非但不曾委质为臣，君主反而屈身为徒。君、臣是政治世界中不可僭越的名分大防，师、徒则是文化教育场所中最基本的人际关系。在子思、孟子等儒者看来，当两者发生接触时，做出让步的只能是君主。君主必须放弃自己的尊位厚势，遵循后者的基本准则，居弟子职，行弟子礼。以师道尊严压制君主威权，在天下未归一统、士可择主而事并因而有着较大的自由度的战国时代，儒者似乎找到了一个既能深度参与政治、获取物质馈赠，又能保持自身独立、

① 此一时期的学者对于自身与君主关系的定位，文献中往往有之。郭店简《语丛三》："友，君臣之道也。""君犹父也，其弗恶也，犹三军之旌也正也。所以异于父，君臣不相戴也，则可已，不约；可去也；不义而加诸己，弗受也。"《孟子·万章下》："费惠公曰：'吾于子思，则师之矣；吾于颜般，则友之矣。'"这较郭店简所言更进一步。

避免人格折损的身份。

然而，对贤人、君主间这一关系的强调，似乎与孟子对仕进的强调相抵牾。为君主之师不能等同于出仕，但毫无疑问，较之于为人臣子，这更能昭示“道”之重量，满足学士自尊；只是，如果这种更加合适的状态可以达到，出仕的意义也就荡然无存。这种状态可遇而不可求，孟子对此或许心知肚明，但这至少反映了他心中潜藏的欲望，即对既能指导政治又不为具体的职位、君臣名分所拘系的存在方式的向往。这使他早年间的不仕甚至刻意与稷下学士保持距离，显得有些理由模糊：他或者是更安于、乐于这种有着充分自由度的生活方式。齐大夫蚳鼃看起来是孟子所论出仕为官之道的奉行者，他“辞灵丘而请士师，似也，为其可以言也”，“谏于王而不用，致为臣而去”。滞留于齐国的孟子似乎反不如蚳鼃更能履行他津津乐道的那些准则，齐人对此有所质疑，孟子辩称：“有官守者，不得其职则去；有言责者，不得其言则去。我无官守，我无言责也，则吾进退，岂不绰绰然有余裕哉？”（《孟子·公孙丑下》）言辞间的理直气壮，暗示了孟子充分了解甚至有些享受不仕带来的自由，这意味着，对于所遇不合的境遇，他同样负有一定责任。

不仕在给予孟子更宽阔活动空间的同时，也给他带来一些尴尬，招致一些反诘，这主要是因为他在经济上对于君主的依赖。尽管他指出不曾出仕之士人接受君主之赐名不正言不顺，但他同样也认为，“君馈之粟，则受之”，因为“君之于氓也，固周之”（《孟子·万章下》）。“周之则受，赐之则不受”，这种分辨在同时之人眼中也会显得虚伪可笑，但正是通过对这些琐碎细节的区别，他能够在接受君主馈赠时心安理得。① 但这绝不意味着对于君主的资助他一律来者不拒，取之与否，孟子都有一番小心翼翼的考量。他去齐居休之时，公孙丑诧异他不受齐之禄，问曰："仕而不受禄，古之道乎？"他回答说自己本无居齐之志，不过是因为战事所阻，淹留于此，并非有意出仕齐国，若受齐禄，是为不义。陈臻问曰："前日于齐，王馈兼金一百而不受；于宋，馈七十镒而受；于薛，馈五十镒而受。前日之不受是，则今日之受非也；今日之受是，则前日之不受非也。夫子必居一于此矣。"孟子详细解释了自己行为不一的缘由，宋、薛之主在馈赠之时辞令有礼，齐君之赠则毫无理据，"是货之也，焉有君子而可以货取乎？"（《孟子·公孙丑下》）

一面强调出仕的无可怀疑的必要，一面对君主之师这一身份的优游境界的描述，又使得列为臣籍的生活显得局促逼仄，孟子思想中的难以贯通一致，最为深刻地显示了战国学士们面对出处这一问题时内心的纠结。这一纠结的普遍性，使得对其原因的探求必须从学士们以传道自明的自我定位、其社会位置及相应的品格特征入手。仕与不仕的冲突，其实映射了"道"这一崇高之物内在的深刻矛盾：道关乎政治又超乎政治，传道者因此既有进入政治的使命，而对道的过分珍重即使没有彻底抹消出仕的必要，但至少也延缓了出仕的可能。

① 事实上，即使对于君主之赐，孟子的态度也有自相矛盾之处。《孟子·万章下》又载他与万章的对话，认为即使君主的财富来自对百姓的不合法掠取，但毕竟是"尊者赐之"，"却之却之为不恭"。面对万章的质疑，他的解释其实有些无力。

三、儒者对其出处之道的辩护

《史记·孔子世家》载孔子困厄之时，子贡建议道："夫子之道至大也，故天下莫能容夫子。夫子盖少贬焉？"货殖有术的子贡提出这一问题看起来合情合理，这段载记即使并非史实，至少也经过了精心的角色设计。孔子回答曰："良农能稼而不能为穑，良工能巧而不能为顺。君子能修其道，纲而纪之，统而理之，而不能为容。"既然自命为"道"的担当者，儒者就应拒绝即使些许的纡尊降贵，哪怕这种自我的贬损只是暂时的策略。"礼闻来学，不闻往教。"（《礼记·曲礼上》）师道尊严不仅体现在一般的教学上，君主有所问询于儒者，也需要遵守这样的规则。

然而，并非所有学士都这般不肯变通。在孔子之后，对儒家学说提出全面挑战的墨子，在这一点上同样表示异议。与儒家一致，墨子也十分强调在面对君主时应保持自己的尊严，不可枉道而求禄食。在越王有意任用他，并开出了"裂故吴之地方五百里以封子"的优厚条件时，他关心的却是"越王之志何若"，"意越王将听吾言，用我道，则翟将往，量腹而食，度身而衣，自比于群臣，奚能以封为哉？抑越王不听吾言，不用吾道，则吾往焉，则是我以义糶也"（《墨子·鲁问》）。不过，为了使君主能听其言并用其道，墨子认为学士们应该更加主动，而不仅仅是被动地等待君主礼聘。《墨子》中保留了墨子与公孟子的一次辩论，公孟认为"君子共己以待，问焉则言，不问焉则止。譬若钟然，不扣则不鸣"，以救世为己任的墨子显然要反对这一说法，认为在国家大事将生之时，“虽不扣必鸣”①。

就伊尹、百里奚之事，儒者也与其他学士发生了一些争辩。相传，“伊尹以割烹要汤”，在其仕进之路上玩弄了一些不够光彩的手段。受到类似诟病的还有百里奚，据说他“自鬻于秦养牲者五羊之皮，食牛以要秦穆公”（《孟子·万章上》）。孟子反驳了这些说法，认为这些传闻都是对古圣先贤的诽谤。“吾未闻枉己而正人者也，况辱己以正天下者乎？圣人之行不同也，或远或近，或去或不去，归洁其身而已矣。吾闻其以尧舜之道要汤，未闻以割烹也。”（《孟子·万章上》）孟子指出，伊尹出仕完全是由于“自任天下之重”，这一崇高目的就决定了他绝对不会采用下作手段，差之毫厘，谬以千里，一个不够光明正大的开端绝对不会导向尽善尽美的结局。

在这段驳议中，孟子并没有举出明确的证据，他依据的只是“枉己而正人”这一说法的荒谬，以伊尹之明智，断不会以割烹要汤，“辱己以正天下”。一切的论证都是一场没有充分依据的逻辑推演，推演的起点则是孟子所认定的圣贤必须遵守的准则，而这些准则实际来自他本人的理念。孟子对“不见诸侯”之义反复申说，弟子陈代认为这只是拘泥于小节，如果能主动求为君主所用，就有可能收到“大则以王，小则以霸”的效果，是“枉尺而直寻”的有利之事。孟子则认为此事关系甚大，不可因简单的利害权衡就突破这条必须保守住的底线，“枉道而从彼”断不可为，况且“枉己者，未有能直人者也”（《孟子·滕文公下》）。行道的路上容不得这些看似聪明的利益计算，此例

① 此事见于《墨子》之《非儒》《公孟》等篇。公孟，孙诒让云：“盖七十子之弟子也。”参见《墨子间诂》，中华书局2001年版，第449页。

一开，难免往而不返。

他对“枉尺直寻”之说加以拒绝，并坚信伊尹、百里奚等贤人同样深明此义，所以，他对当时流传的伊尹传说的反驳并无实据，只是基于“理应如此”而做出的臆断。然而，伊尹要汤、百里奚饭牛的故事依旧广为流传，很多学士引为例证。比如，韩非即说：“伊尹，至智也。夫至智说至圣，然且七十说而不受，身执鼎俎为包宰，昵近习亲，而汤乃仅知其贤而用之。”（《韩非子·难言》）“伊尹为宰，百里奚为虏，皆所以干其上也。此二人者，皆圣人也；然犹不能无役身以进，如此其污也！今以吾言为宰虏，而可以听用而振世，此非能仕之所耻也。”（《韩非子·说难》）君主之难说若此，为何进言者不能自屈其身以求信任、以成大功？当君臣对彼此深信不疑之后，这点曾经的卑污又何足道，对于法家学士们来说，为求出仕而采取些稍显不够光彩的手段，根本不会构成任何的心理负担。邹衍以其闳大不经之言往来于诸侯之间并备受尊礼，以至于司马迁感慨其境遇与“仲尼菜色陈蔡，孟轲困于齐梁”形成强烈反差，所以如此，正是因为孔、孟“岂有意阿世俗苟合而已哉！持方枘而内圆凿，其能入乎？”邹衍却效法伊尹、百里奚故事，“作先合，然后引之大道”（《史记·孟子荀卿列传》）。① 目的的崇高自可抵消手段的卑劣，过度的矜持不过是不通世故，甚至可以说放弃了自身的责任。

在这样的论辩中，考证事实实际并不重要，关键是对学士

① 还有不少文献记载了类似说法。《墨子·尚贤中》：“伊挚，有莘氏女之私臣，亲为庖人。汤得之，举以为己相，与接天下之政，治天下之民。”《吕氏春秋·本味》篇也有此事。

们出仕条件的理解。然而，吊诡的是，即使看起来不够矜持的学士们，也未见得在政治上取得重要的成就，“不治而议论”，与政治领域保持疏离是战国学士的普遍状态，这仍与他们对“道”的追求、与其身份特质有关。即便在行道的过程中可以自我损抑，乃至不择手段，沉溺于抽象的思索之中，因而变得极端、追求完美，但也使得他们没有能力遵从政治世界的实践逻辑而行事。法家学者如韩非等，或许能对政治现实、其间争斗条分缕析且鞭辟入里，但这种隔岸的洞若观火，并非在场的世事洞明。习惯于思想的人在面对世界之时，总会觉得方枘圆凿、难以进入，在思想中可以自由恣意、踌躇满志，但现实的处处牵绊总是让人无法称心如意；对于思想的沉溺，让学士们在道艺中左右逢源的同时，也使其难以在具体的政治生活中玲珑八面。因此，深究起来，因为“不治”而只能“议论”，其实并不见得是完全合乎事实的因果，也有可能的是，“议论”这一特长的过分发展，有时也会扼杀学士们人生的他种面向。由于战国时代文化与政治的分立，学士们暂时还不具备游走于两者之间而无挂碍的能力，“不遇”因此就成为其生俱来的、结构性的命运。但对于其思想表达而言，这却未必不是幸事，“言以明道”这一语言观念的发展，与学士的这种社会位置息息相关。

四、“士不遇”及其文学呈现

当打量自己的生命时，战国学士需要面对一个现实，即他们在政治上遭遇的挫折，常常会造成其心理上的波动。由于先天地处于“道”与“势”、文化与政治的对冲之中，“不遇”是战国学士普遍性的命运，究其根本，既有外在因素的限制，也有自我标榜的约束。当困惑于自己何以不得行道于世之时，学士们习惯性地归因于天命。公伯寮因堕三都之事诉子路于季孙，子服景伯欲为孔子杀之，孔子曰："道之将行也与，命也；道之将废也与，命也。公伯寮其如命何？"（《论语·宪问》）鲁平公将见孟子，嬖人臧仓出言阻之，孟子曰："行或使之，止或尼之。行止，非人所能也。吾之不遇鲁侯，天也。臧氏之子焉能使予不遇哉？"（《孟子·梁惠王下》）天命的加持，一方面让其自觉郑重，更加确信自身的价值；另一方面，也能宽慰他们不为时君世主赏识、所如不合的心情落寞。

这种诉之于天的论断不仅可以由个人境遇激发，也能够从历史经验中总结而出。郭店简《穷达以时》篇在历数先贤遭遇之后，做出如下概括性的论断："有天有人，天人有分。察天人之分，则知所行矣。有其人，无其世，虽贤弗行矣。"贤能遭遇特定的时世才能尽情地展现，但"天"，这决定人之命运的神秘力量，未必肯成全。这样，"遇不遇，天也。动非为达也，故穷而不［怨。隐］非为名也，故莫之知而不吝。……穷达以时，德行一也"①。好在，天命在决定了他们暂时不遇的同时，也许诺了一个值得期待的未来，他们生命的意义，终将在后世被人们所察知，因此重要的不是眼下的穷达与否，而是自身的修养如何。"久要不忘平生之言"（《论语·宪问》），"士穷不失义，达不离道。……穷则独善其身，达则兼善天下"（《孟子·尽心上》）等，成为儒者们面对政治挫折时自我开解、自我勉励的惯常思维。由于将一己境遇与悠悠天命系联在一起，战国儒者的慨叹显得尤其深沉，其中混杂着的感伤与自恋，不仅让他们

① 《穷达以时》篇释文据李零：《郭店楚简校读记》，中国人民大学出版社 2007 年版，第 112 页。

自我抚慰，在后世也具有极强的感染力。但是，将不遇归因于天命也就意味着，他们有时不太肯从现实的意义上思考自己的政治失败，进而寻求更具可行性的成功之道。他们对此并非没有认知，只是沉浸于传道所带来的自尊和矜持之中，这些儒者往往无法再去探求在政治世界中畅行无阻的行为逻辑。

将自我宽慰的逻辑发挥得淋漓尽致的是庄子之学。在庄子看来，个体生命原本处于巨大无比并且运转不息的宇宙之中，人作为万物之一，与其他事物相互系联，也就要承受不知其所从来的变化源源不绝地传递到自己身上。如此的不可究诘，以至于命运的任何曲折离奇，都变得不足为奇。这样，任何的情绪起伏，任何的低沉沮丧都毫无意义，恰当的做法是“知其不可如何而安之若命”（《庄子·大宗师》），是顺应造物的拨弄而不系于心。庄子以翻空出奇的方式来形容人可能遭受的变化：因为病变而身形扭曲，因为刑罚而断足失趾，衣褐不完，饮食不足，如此不一。“死生、存亡、穷达、贫富、贤与不肖、毁誉、饥渴、寒暑，是事之变、命之行也。日夜相代乎前，而知不能规乎其始者也。故不足以滑和，不可入于灵府。”（《庄子·德充符》）在庄子笔下，每个人都为繁多的厄运所包围，描述的笔触越是触目惊心，越是让人明晓造化之伟力、个体之渺小，如此，与其面对突如其来的变故而厌恶、痛楚，反不如纵浪其中，不悲不喜。

虽然后人常借用庄子这种顺任命运的态度来消解“不遇”所带来的苦闷，但事实上，在庄子及其后学处，仕宦都很难算是一种值得选择的人生之路。《让王》篇中记录了大量避世、避仕之人，为了躲开政治令人不快的缠绕，有时他们的行为激烈、极端，自藏于杳冥之穴者有之，自沉于泠泠之渊者有之。其中，孔子菜色陈蔡之间，自谓："君子通于道之谓通，穷于道之谓穷。今丘抱仁义之道以遭乱世之患，其何穷之为？故内省而不穷于道，临难而不失其德。"原宪在被子贡质问"先生何病"时回答道："无财谓之贫，学而不能行谓之病。今宪贫也，非病也。"曾子居卫，处困穷之中犹能"曳纵而歌《商颂》，声满天地，若出金石。……故养志者忘形，养形者忘利，致道者忘心矣"。饱于学术、深于道术，学士们自有宽阔的心胸，能够包纳物质上的不足、现实中的窘迫，甚至他们因此更能自信其价值。

尽管出现在《庄子》书中，但这些故事的主角实为儒者。如果说以弘道自命而甘心困穷的行为逻辑在儒家处发挥得更充分的话，那么，以重生惜生为由拒绝进入政治世界，则更符合庄学的思维。感于越之三世弑君，王子搜逃于丹穴，"可谓不以国伤生矣"。子华子为纾解韩昭僖侯的焦虑，直指"两臂重于天下"，为城池疆埸之失而忧愁伤生，并不值得。"能尊生者，虽贵富不以养伤身，虽贫贱不以利累形。"（《庄子·让王》）在生命这无价之宝面前，所有的一切都不足以与其一较轻重，让王都可，何况士之不遇？至于庄子本人，也常以犀利的口吻，指斥入仕的不值。曹商使秦，得车数乘以骄庄子，庄子反讽道："秦王有病召医，破痈溃痤者得车一乘，舐痔者得车五乘，所治愈下，得车愈多。子岂治其痔邪？何得车之多也？"人有见宋王者，赐车十乘，庄子则谓其危险过于深入"九重之渊"，在"骊龙颔下"探取千金之珠，"使骊龙而寤，子尚奚微之有哉！""使宋王而寤，子为齑粉夫。"（《庄子·列御寇》）在政治世界里，要么尊荣往往以尊严为代价而获取，要么富贵荣华都是近乎犯死而求之，无论如何，这都是一个戕害人之生命的场域。无怪乎在庄子少有的传记资料里，他面对楚王的延聘都表示拒绝。

围绕着仕途之险恶、不仕之欢愉，庄子及其后学展开了为数不少的书写，战国时代，在想象一种远离政治的适宜而诗意的生活上，他们走得最远。“余立于宇宙之中，冬日衣皮毛，夏日衣葛絺；春耕种，形足以劳动；秋收敛，身足以休食；日出而作，日入而息，逍遥于天地之间，而心意自得。”（《庄子·让王》）以朴素的农耕生活为蓝本，又将个人的作息与时节的轮回对应起来，这种存在方式恬淡又不失宏阔。“予方将与造物者为人，厌，则又乘夫莽眇之鸟，以出六极之外，而游无何有之乡，以处圹埌之野。汝又何帛以治天下感予之心为?”（《庄子·应帝王》）有时候，庄子把逍遥的境界描写得何止远离政治，简直就是超乎人间，然而，与此种自适的状态相对应的，毕竟仍是让人烦扰的“治天下”。他正是在拒绝政治之时，设想别处的生活。

如果政治世界如此不堪，那么不进入其中，也就不是什么损失，庄子否定了政治的价值，自然就不以“不遇”为意。然而，无论是保护尊严，还是保全生命，远离政治的这些益处，后来士人在化解因“不遇”而产生的抑郁情绪时，都会引以为据。有意味的是，当后人借助这些说法宽慰自己时，他们有些其实并非从一开始便拒绝政治，而是不得其门而入，或者碰壁而回、折途而返。仕宦闻达，无论是寻找施展抱负的契机，还是寻找立足之所、出头之地，始终埋藏在大多数士人的欲望里，或隐或显。

或将自己的命运交付于天，修身以俟时，甚至等待后世的一个公允的评价；或以道自任，不在意眼前的坎坷；或因洞悉天地自然之理而旷达；或以惜生为由痛斥政治世界之污浊。这些学士都有以安排自己的困顿时光，如庄子辈，甚至着力发展一种政治之外的精彩生活。但不是所有人都如此达观，比如屈原，与庄子的看法相差不大，他眼中的楚国，是一个不辨良莠、遍地萧艾的肮脏世界。但他毕竟不忍远离故土，只能秉持其志，一再遭受排挤与冷遇。长时间的流放，也无法让他借助沿途风景或者幽邃山水以自遣。相反，诸多事物，现实之中的，想象之域的，大都被他提炼为比兴，用来书写内心积压的苦闷。“惜诵以致愍兮，发愤以抒情”（《九章·惜诵》），他精确地概括了自己的创作动因。值得关注的是，屈原身后，许多士人都假借其口吻创作诗篇、著为文章，这让确认作品的归属有一些困难，但这也表明，他的“不遇”遭遇及郁悒心绪，在士阶层中是何其普遍地引发共情。正是因此，《汉志》总结道，自战国时代始，“贤人失志之赋作矣”（《诗赋略》）。

《楚辞》中《卜居》《渔父》两篇以屈原为主角设为问对，是否为屈原之作尚有争议，但确是讨论士人立志问题的上佳文本。①《渔父》篇中，屈原陷于“举世皆浊我独清，众人皆醉我独醒”的境遇里，渔父建议他：“世人皆浊，何不淈其泥而扬其波？众人皆醉，何不餔其糟而歠其釃？何故深思高举，自令放为？”但他宁赴湘流，葬于江鱼之腹，也不愿“以皓皓之白，而蒙世俗之尘埃”。世人恶浊泥醉，屈原何堪与之同流合污？面对这样的选择，他其实不会有丝毫的犹疑。《卜居》篇中，屈原向

① 汉人王逸以此两篇为屈原之作，但又说《渔父》篇为“楚人思念屈原，因叙其辞以相传焉”的产物，可见在他看来，屈原与渔父对话实有发生，但经后人之手方写定为文本。参见（宋）洪兴祖撰，白化文等点校：《楚辞补注》，中华书局 1983 年版，第 179 页。后世则有学者认为此二篇是假托成文，屈原之问卜、渔父与屈原之相遇，亦出于虚构。

太卜郑詹尹诉说自己的疑惑，他所有的疑问都两两成对，一则为正直清洁之大道，一则为枉曲卑污之邪径。“孰吉孰凶？何去何从？”这看起来有些无谓，以屈原之品格，断然不会选择后者。

不过，两篇文本的细节有一些可推敲之处。渔父所谓“圣人不凝滞于物，而能与世推移”，真的指一种沉浸在流俗之中、与之俱黑的生活？要知道，“渔父”这一身份，本就是隐逸的象征，渔钓江水之上，本就意味着清洁、净爽。①《史记·屈原列传》亦载此事，“何不淈其泥而扬其波”一句作“何不随其流而扬其波”，这样，这则故事里，渔父所说的“随流扬波”一语，是自毁其贞洁之质、混同于俗的存身之道的隐喻，但他寄身于沧浪之上，践行的却是这个词语的字面含义。面对渔父的试探，屈原的回答实际上已经明示，自己无法选择他所提示的这条退隐自洁之道，渔父也就只能“莞尔而笑，鼓枻而去”，曲终人不见。同样值得注意的是，《卜居》篇中，被屈原许为正面的人生选择也不止一种。“悃悃款款朴以忠乎”，“诛锄草茅以力耕乎”，“正言不讳以危身乎”，“超然高举以保真乎”，“廉洁正直以自清乎”，这些行为或德行，有些与退隐修行相关联，有些则只能发生在政治生活之中。在屈原急切的追问下，郑詹尹，这位依常理应该擅长决疑解惑的太卜，宣称自己无能为力，但他拒绝回答岂是真的因为其“智有所不明，数有所不逮，神有所不通”？或者，更重要的原因在于，对于“尚志”的士人而言，人生之路的选择，是独属于每一个人的难题。就屈原来说，隐逸保真

① 《庄子》中有《渔父》篇，载孔子与渔父问答事，其中渔父的角色设计即与隐士之属相类。

最终都不是可选的路径，他只能在政治世界中正言危身，并在无尽的流放生涯中体味“不遇”造就的心理创伤。

宋玉的个人经历远不如屈原坎坷，其情感的力度也不及屈原强烈，但他还是敏锐地把握到了士人这种普遍的情愫。《九辩》开篇，士人因不遇而产生的不平之气，与秋季肃杀之气的感受一并喷薄而出，配合以嵚崟曲折的语言节奏，显得格外凛冽[①]：

> 悲哉秋之为气也！萧瑟兮草木摇落而变衰，
> 憭栗兮若在远行，登山临水兮送将归，
> 泬漻兮天高而气清，寂漻兮收潦而水清，
> 憯悽增欷兮薄寒之中人，怆怳懭悢兮，去故而就新。
> 坎廪兮贫士失职而志不平。

时节的流逝变易，让人更易于回归自身，反省空逝的年华里自己的遭遇，昭昭白日，耿耿长夜，诗中人有大把的时间来细味内心的苦楚。情志之所起，物变足以招之，士人感秋而悲，固是因为敛收万物生机的秋天，易于让人清醒于生命的短暂，但实际上，时序的变化最多只是情感迸发的催化，造成沉抑心理的，还是“失职”的遭遇，还是君主的无视，或视而不见。于是，《九辩》的诗行，在大段落触时吟咏、哀哀自怜之中，总会回归到对君主的怨慕：“专思君兮不可化，君不知兮可奈何！”

---

① 《九辩》是以谁的口吻写成，也有争议。王逸云：“宋玉者，屈原弟子也。闵惜其师，忠而放逐，故作《九辩》以述其志。至于汉兴，刘向、王褒之徒，咸悲其文，依而作词，故号为‘楚词’。”其认为《九辩》为宋玉述屈原之志而作。参见（宋）洪兴祖撰，白化文等点校：《楚辞补注》，中华书局1983年版，第182页。但后世多有质疑此说者。

“愿一见兮道余意，君之心兮与余异。”“岂不郁陶而思君兮？君之门以九重！”“赖皇天之厚德兮，还及君之无恙！”诗人的情绪，似乎总为君主所收放。与屈原作品相比，《九辩》没有太强的叙事性，因此无法从中还原出宋玉个人的遭遇，他更像是以一种普遍性的声音来言志抒情，让每一个有过“不遇”经历的士人感同身受。归根结底，出仕作为可选择的志向中有优先性的一种，其畅达与否，势必让士人悲欣系之，怅望千秋，萧条异代，在汉代乃至后世，以“不遇”为主题的诗赋仍将被不断书写。

第三节　礼贤养客：列国对学士的安置

因以弘“道”自任而生发出自矜自重，使其在进入政治之时总难以放下身段；或者，将太多的时间精力投入到“议论”之中，其实并没有培育其“治事”的才能，学士们对于自身“不治而议论”的存在状态，负有相当的责任。不过，他们无法深入政治世界的原因并不仅限于此。另一个重要原因在于，战国之时，尽管君主国家在如何安置学士这一问题上，已经有了诸多的探索，但总体而言这些探索并不深入，相关的机构设置和制度建设往往不能长久而流于临时。这是当时形势所决定的，在对内增强国家实力、对外赢得兼并战争的要求的驱动下，学士们往往显得过于迂阔无用而不得不被置于边缘，在君主礼贤下士、延揽人才的活动中，相较于有着管理、军事等才能的士人，学士们难免居于下风。

封建宗法制度遭到破坏之后，在新兴的专制政体中，官僚佐吏不再有天然的后备力量，君主需要另寻他路并加以补充，战国之时诸多让后世之人歆羡的招贤纳士之举，即是其中一种途径。君主之招纳虽不见得是专为学士而发，但客观上确实为不少学士提供了安身之所，而随着他们的日趋壮大，学士们以其议论言说获取了丰厚的社会声望，越来越成为君主必须要应对的群体。“尚贤”不仅仅是学士自抬身价的呼声，一些君主在咨诹善道、察纳雅言一事上，也确实表现得心诚意诚，把学士招致左右以承问对并给予优厚的待遇，成为普遍做法。其中如鲁穆公、魏文侯之属，在礼贤下士上表现得尤为突出，也因此获得了学士们的称道。

鲁穆公礼贤之事多见于《孟子》一书，所招有曾子、子思、公仪休、泄柳、申详等，其中曾子、子思尤受尊崇，“无人乎子思之侧，则不能安子思”（《孟子·公孙丑下》），即便如此，仍因“亟问，亟馈鼎肉”而被子思斥为“以犬马畜伋”。魏文侯从子夏学经艺，以田子方为友，过段干木之闾而轼之，并如此解释自己这一纡尊降贵的行为：“……段干木盖贤者也，吾安敢不轼？且吾闻段干木未尝肯以己易寡人也，吾安敢骄之？段干木光乎德，寡人光乎地；段干木富乎义，寡人富乎财。”文侯且欲相之，段干木不肯受，乃“致禄百万，而时往馆之”（《吕氏春秋·期贤》），“文侯师子夏，友田子方，敬段干木”（《吕氏春秋·举难》），这一组排比乃成为后人赏誉魏文侯的惯用之语。①

魏文侯认为“段干木光乎德，寡人光乎地；段干木富乎义，

① 《史记·仲尼弟子列传》：“孔子既没，子夏居西河教授，为魏文侯师。”又《魏世家》：“文侯受子夏经艺，客段干木，过其闾，未尝不轼也。”此段叙述主要参见钱穆《先秦诸子系年》“鲁穆公礼贤”“魏文侯礼贤”两节。

寡人富乎财”的说法与曾子“彼以其富，我以吾仁；彼以其爵，我以吾义”的宣言在逻辑上如出一辙，学士们的高自标榜看起来并不是虚张声势，君主也已经承认他们确乎有与政治权力、物质财富相抗衡的资本。相传，魏文侯又有卜相之事，其中李克为翟璜分析他何以在这场竞争中落败时指出，魏成子“东得卜子夏、田子方、段干木。此三人者，君皆师之。子之所进五人者，君皆臣之。子恶得与魏成子比也?”（《史记·魏世家》）① 翟璜所进西门豹、乐羊之属，或为治政之能臣，或有显赫之军功，然而却不及子夏、子方之伦，孟子所论及的“师”“臣”之间的区别，似乎早在魏文侯时代即已被政治世界接收。类似的层级划分在文献中并不罕见。“费惠公曰：‘吾于子思，则师之矣；吾于颜般，则友之矣；王顺、长息则事我者也。’”（《孟子·万章下》）郭隗对燕昭王说：“帝者与师处，王者与友处，霸者与臣处，亡国与役处。”（《战国策·燕策一》）“帝者臣，名臣，其实师也；王者臣，名臣，其实友也；霸者臣，名臣也，其实[宾也，危]者臣，名臣也，其实庸也；亡者臣，名臣也，其实虏也。”（《黄帝四经·称》）② 公孙弘为孟尝君入秦，秦昭王嘲笑孟尝君据地百里以难秦国的不自量力，公孙弘当庭面折，指出“孟尝君好人”，其麾下“义不臣乎天子，不友乎诸侯；得志不惭为人主，不得志不肯为人臣，如此者三人。

① 此事之虚妄，钱穆在“魏文侯礼贤”一节中辨之，指出：“魏成子之为相，应在前……翟璜之为相，应在后。似无同时卜相二人之事。”（钱穆：《先秦诸子系年》，商务印书馆2001年版，第157页）

② 引文据陈鼓应：《黄帝四经今注今译》，商务印书馆2007年版，第352～353页。

而治，可为管、商之师，说义听行，能致其［主霸王］，如此者五人。万乘之严主也，辱其使者，退而自刎，必以其血洿其衣，如臣者（十）［七］人”（《战国策·齐策四》）①。有治政理国之才、殒身报主之志的士人居于下位，最受尊崇的却是与政治保持距离的“不臣乎天子，不友乎诸侯”之人，在当时的语境中，这显然应当是学士。

在这种叙述中，君主重臣承认了学士们的重要性，心悦诚服而礼遇有加，但这些传说故事的真实性却值得怀疑，其中很可能充满了夸张和渲染。正如钱穆在评价田子方贫贱骄人时所说：“其事信否无可必。然战国传说，凡言士阶级之高自位置，以气节跨君卿贵族之上，大概托始于田子方、子思之伦。则亦约略可以推见当时士焰方张，学者得势，已非往昔儒墨初兴之比矣。”② 即便确实有君主待学士如师如友，这种松散的关系恰恰表明，君主实际上并未认真考虑将学士们长期有序地纳入政治体制之中，礼贤在他们的执政生涯中不过是用作点缀的花边。学士通过对世俗所谓尊荣高显的刻意排斥，换取巨大的社会声望，君主则通过反复延请、重金礼聘，得到屈身下士的美名，有时候，这种往来会演变为矫揉造作的游戏。学士们反复再三的推辞中难免有些欲拒还迎的心思，公孙弘口中的三人终究成为孟尝君之客，这就使其高尚其志的行为透露出一丝虚伪，而君主同样清楚自己的谦卑不过是出于延揽人心的需要。总之，这些获得高名乃至于厚禄的学士们，参与政治的程度十分有限，在当时的政体之中，其实没有自己的明确位置。

① 此节文字之脱讹，据何建章《战国策注释》（中华书局 1990 年版）增改。
② 钱穆：《先秦诸子系年》，商务印书馆 2001 年版，第 150 页。

相较于这些偶一为之的礼贤行为，齐国的稷下学宫在将学士体制化上做出了更重要的探索。一般以为稷下学宫创始于田齐桓公午之时①，至宣王之世达到鼎盛。“宣王喜文学游说之士，自如驺衍、淳于髡、田骈、接予、慎到、环渊之徒七十六人，皆赐列第，为上大夫，不治而议论。是以齐稷下学士复盛，且数百千人。”（《史记·田敬仲完世家》）齐湣王时国破，学士四散而走，襄王复国后重建，但已寥落不能如初。② 绵延百余年之久，稷下学宫成为战国时规模最大的学士集居之地，英才聚集，俊彦荟萃，《弟子职》虽主要规定弟子行为③，但至少可以表明学宫运作颇具章程，其中必有严密的管理、齐整的制度。

“受上大夫之禄”（《盐铁论·论儒》），齐国对稷下先生可谓优待，即便如此，也很难说学士们在齐国政治中发挥了多么

① 徐干《中论·亡国》：“昔齐桓公立稷下之宫，设大夫之号，招致贤人而尊宠之，自孟轲之徒皆游于齐。”

② 《盐铁论·论儒》：“（齐湣王）矜功不休，百姓不堪。诸儒谏不从，各分散，慎到、捷子亡去，田骈如薛，而孙卿适楚。内无良臣，故诸侯合谋而伐之。”依其说，在齐国破国之前，学士已渐渐散去。《史记·孟子荀卿列传》：“田骈之属皆已死，齐襄王时，而荀卿最为老师。齐尚修列大夫之缺，而荀卿三为祭酒焉。齐人或谗荀卿，荀卿乃适楚，而春申君以为兰陵令。”是襄王时复建学宫，而荀子为祭酒。稷下学宫之兴废，参见白奚：《稷下学研究：中国古代的思想自由与百家争鸣》第三章“稷下学宫的盛衰”，生活·读书·新知三联书店 1998 年版；本章关于稷下学宫之论述，多参考此书。

③ 郭沫若：“《弟子职篇》当是齐稷下学宫之学则，故被收入《管子》书中。此中弟子颇多，先生亦不止一人……且学中有堂有室，有寝有庖，师生均食息其中，规模宏大，决非寻常私塾可拟。”（《管子集校三》，《郭沫若全集·历史编》第七册，人民出版社 1984 年版，第 387 页）

重大的作用。稷下学士在政治上的作为罕有记载，可称述者不过淳于髡等数人数事而已①，他们的主要精力无疑是在著书立说、言谈辩论之上。“驺衍与齐之稷下先生，如淳于髡、慎到、环渊、接子、田骈、驺奭之徒，各著书言治乱之事，以干世主，岂可胜道哉!”（《史记·孟子荀卿列传》）虽然国家已经以学宫的方式将其收编，稷下学士们在政治世界中始终处于边缘，“不治而议论”“不任职而论国事”是对其存在状态的恰当描述，在纵横之策盛行、兼并之战不息的形势下，他们只能备君主之顾问，或对当时国政做些很有可能是无干痛痒的非议批评。值得注意的是，“淳于髡一日而见七士于宣王”（《战国策·齐策三》）。王斗劝宣王好士，宣王“于是举士五人任官，齐国大治”（《战国策·齐策四》）。学士们在荐举入仕上看来有一些操作的空间，而学宫之中弟子众多，其中或有不少可由此径进入仕途。这样，尽管稷下先生与政治保持距离，其弟子却可因其声望、推荐而进入政治世界，只是文献无征，这种交换在当时实现到何种程度，如今难以明言。②

除此之外，重臣养客也为部分学士提供了出路。魏公子门下有进兵法之客，吕不韦则“使其客人人著所闻”为《吕氏春秋》，只是，养客更加不是有着稳定性、持续性的常规之制。稷下学宫于是就成为列国在应对学士上走得最远的探索，有着不容忽视的重要意义。尽管学者在追寻后世博士制度的起源时，

① 如《战国策·齐策三》载淳于髡止齐王伐魏事，《史记·滑稽列传》载其谏齐王罢长夜之饮事。

② 参见白奚：《稷下学研究：中国古代的思想自由与百家争鸣》，生活·读书·新知三联书店 1998 年版，第 58～59 页。

将鲁穆公、魏文侯礼贤都视作其滥觞，但学宫在这一制度的创建上无疑是更为关键的一环，是它提供了现实可感的模板。①然而，尽管它以官方之力提供了一个安置自身的场所，却仍旧不能满足学士们以文化资本换取政治权力的需求。上文指出，在当时即有孟子等质疑这一空间的暧昧性，在他看来，稷下先生这种似是而非的豢养身份，既不能满足其济世之志，又损伤了学士的独立性。秦朝已有博士之制，掌通古今以承问对，但也只能算是聊胜于无，不能在时政中有重要作用，学士的自由度和适应感甚至不及稷下学宫。终战国之世，在列国政治体制的建设与发展之中，学士们始终没有占据一个恰当的位置，政治领域与思想世界无法以双方皆可接受的方式而合作久长。

总之，整体而言，战国学士处于"不治而议论"的存在状态之中。这种状态为学士们对于"道"的言说提供了可能，"道"的超越性甚至可以说就是对学士之疏离于政治的象征；而在弘扬至道成为学士们的自觉追求之后，对于"道"的信守和坚持，又使其在出仕一事上有了太多的思索和考量，进而造成其心理上的种种起伏与波动。笃志于"道"使学士们从事于"治"的可能性大大降低，而从另一面讲，以治为事的政治世界，并没有为学士的进入留出畅通的渠道，无论是礼贤养客，还是稷下学宫，都未能将学士最终纳入政治机制。从根本上讲，学士们"不治而议论"的境遇源于当时的社会分化，文化与政

① 钱穆："要之，战国鲁、魏皆有博士，……儒术之盛自鲁、魏，是则博士建官本于儒术也。""'博士'与'稷下先生'异名同实。"（《两汉博士家法考》"博士渊源"节，《两汉经学今古文平议》，商务印书馆2001年版，第183～184页）

治暂时歧分二路，尚不及顺畅相通。在得位行政、使道大行于天下的理想无从实现之际，只能以言说著述的方式对“道”进行阐发，许多学士将“议论”视作不得已的选择。这样，他们一面有着立言明道的自觉，对其文化创造、思想表达行为的价值深信不疑，一面又时不时地流露出对此并不餍足的情绪。治政与议论之间的张力，造就了学士们纠结复杂的心理，不论其情愿与否，从事实上讲，以口说、书写等方式表达思想，才是他们最为主要的事业。而从更为长远的历史进程来看，正是他们成果丰富的“议论”，最终使其能够影响政治，并最终重新进入政治世界。

第四章　儒者之志：经典之学与儒家著述意识的形成

士阶层在春秋战国之际出现于历史舞台之上，既对此后的社会结构、政治形态产生了重大影响，于文化史、学术史、文学史的发展和演进而言也有十分深远的意义。作为一个处于社会机体的中间层级、有着强烈流动性的阶层，士人内部实际分化出诸多面貌迥异的群体，流品繁多，其中最引人瞩目的是以诸子百家为代表的“学士”。虽然不乏入仕者，也不缺少政治参与的热情，但整体上处于“不治而议论”状态的学士们，其言说则更加自觉地以具有超越性、普遍性的“道”为依归，立言明道成为他们对自己制作的诸多言辞、文章的要求。这种不拘系于官守、不切近事情的语言使用方式的勃兴，源自一个自立于政治之外的思想世界的分立，其在学士们形象特征的塑造、社会声望的获得中居功甚伟。独立、公正、不受特定利益牵系的思想者形象，无疑会成为学士们要求政治位置的象征资本，他们也常常热衷于表明，自己的言说、著述，即便对于政治世界来说，也有不容低估的价值，对于人类恒久、稳定的社会秩序，更是具有无比深远的意义。于是，立言明道就不仅是一种特殊的社会参与方式，也是实现个人价值、充实有限生命的一种方式。

“学士”长于思想、学术，对自己所处的社会位置、应当承当的道义职责等问题，有相当充分的思考，并形成明确的自我定位，而这又极大地作用于他们的人生规划和志业选择。在语言使用上有特殊才华是学士颇有辨识度的一个群体标志，言说议论、著述写作，在其个体生命的充实饱满、自我价值的成就实现中发挥何种作用，又拥有怎样的社会效应和功能，他们对此的认知也逐渐清晰，其影响也广被后世。总之，除创造出一批意蕴丰富、对中国文化有奠基之功的经典著作之外，学士们日渐成熟的身份自觉和著述意识，也为后人提供了可贵的镜鉴。

讨论士人的著述意识，儒家学者特别值得关注。这不仅是因为儒为当时显学，派别、徒众都颇成规模，更是因为，在士人的社会角色、自处之道等问题上，儒者所进行的思考集中、深入，最能反映当时士人们的普遍心态。孔子说：“士志于道，而耻恶衣恶食者，未足与议也”（《论语·里仁》），“志于道”不仅表达了他对自身乃至整个士阶层的要求，也逐渐成为整个社会对于士人之职责的期待，更是后世诸多士人自觉担当的重任。孟子以“尚志”来描绘士人，在他看来，士人之可贵，正在于能够有意识地规划、设计自己的生命，使其沿着合适的方向行进，从而获得崇高、饱满的人生价值。孔孟等儒者所言之“道”、所立之“志”的具体内涵，自然不必为所有士人认同，但以尚志为事、以弘道为己任，可以说是士人具有辨识度的身份特征。而以言说、书写为一生事业，为一种值得选择的“志”，一种切实可行的人生路径，实际经过多方探索方才为士人们所确信，士人的著述意识即发生于这一探索过程之中。

儒家一向以整理、阐释经典为使命。对经典的阅读和研习，作为儒者最为基本的知识、学问来源，势必作用于其思想的发生和展开，进而影响到他们的立志、持身；潜咏于经典这种修学行为，作为儒者所习惯的生活方式的一部分，也会在其确定人生路径、面临出处进退时，左右他们去就从违的思考和决断。总之，在儒者一生志业的选择、确立中，经典必然扮演着一个至关重要的角色。六艺经典在春秋战国之时存在着一个复杂的成型过程，儒者所面对的未必是稳定、成熟的文本或典籍，但不论如何，经典的传承都必然以语言文字为载体，日夕沉浸于其中，也易于生发出对于言说、书写的功用及价值的思考，最终催生出成熟的著述意识。继而，在立志、行志过程中的诸多经验和遭遇，由此引发的思量考索、情感心绪，以及儒者对立言之意义的推重，势必会反馈在经典的整理、解读和阐释之中。总之，经典之学与儒者的平生志业、著述意识彼此之间相互激发、相互促进，由此产生的一些思想、观念，让士人乃至后世之文人都有所沾溉。本章即尝试从分析一些典型的儒学文本入手，梳理这三者频繁有力的交相互动。

第一节　儒者之志与经典之学

一、孔门“言志”活动与仕、隐之际

孔门十分重视立志一事，也时常通过“各言尔志”之类的活动，讨论对未来的规划和期待。《论语·先进》篇记载了最为著名的一次“言志”活动，其发生在子路、曾皙、冉有、公西华侍坐之时。由于孔子设定了“如或知尔，则何以哉”的前提，

众人所言之志更侧重于政治抱负。① 子路自信能治千乘之国；冉有则称可为“方六七十，如五六十”之小国，至于礼乐之事，则自己有所不能；公西华则愿学宗庙、会同之事。最出人意料的是曾皙的回答：

> “点，尔何如？”鼓瑟希，铿尔，舍瑟而作，对曰：“异乎三子者之撰。”子曰：“何伤乎？亦各言其志也。”曰：“暮春者，春服既成，冠者五六人，童子六七人，浴乎沂，风乎舞雩，咏而归。”夫子喟然叹曰：“吾与点也！”

暮春之时，流连于沂水之畔，放散于舞雩之边，冠者童子相与咏歌，这种自如洒脱的生活无疑让人神往，但其回答无关于政事，与子路等人确实形成了较大的反差。曾皙自己也意识到这“异乎三子者之撰”，不想竟能得到孔子最多的赞许，这有些离题的答语，何以竟让孔子喟然而叹，似乎心有戚戚？

黄震云：“四子侍坐，而夫子启以‘如或知尔，则何以哉’，盖试言其用于世当何如也。三子言为国之事，皆答问之正也。曾皙，孔门之狂者也，无意于世者也，故自言其潇洒之趣，此非答问之正也。夫子以行道救世为心，而时不我与。方与二三子私相讲明于寂寞之滨，乃忽闻曾皙浴沂归咏之言，若有得其浮海居夷之意，故不觉喟然而叹，盖其所感者深矣。所与虽点，而所以叹者岂惟与点哉！继答曾皙之问，则力道三子之美，夫

① 《论语·公冶长》篇记载了孔门的另一次“言志”活动，与此次志趣略有不同，如钱穆指出：“浴沂章三子言志以出言，此章（即《论语·公冶长》所载‘颜渊季路侍’章）言志以处言。”（钱穆：《论语新解》，生活·读书·新知三联书店2018年版，第122页）由此可见，孔门在探讨“志”一事上达到了相当的广度。

子岂以忘世自乐为贤，独与点而不与三子者哉？”① 他认为，曾皙无心用世，描摹的是出世之后适意自如、诗意盎然的生活。这样，子路等人与曾皙的差别，就可引申为仕、隐之间的对举，在前者纷纷吐露自己于执政一事上的抱负之时，后者设想的则是退隐之后恬淡萧散的生活。②

在士人所拥有的人生选择范围里，仕、隐确乎处于两个极端。出仕的必要性对于士人来说几乎是不言而喻的，孔子也承认甚至强调仕的重要意义：往大些说，这是士人推行道义、拯济世乱、承担其社会责任的主要路径；往小处讲，士无恒产，获取俸禄是他们维持生计最常见的方式。孔子并不掩饰自己对出仕的渴望，他一生之中也曾几次尝试于此。只是，以弘道为任的儒者，出于尊崇道义、尊重自我的考虑，往往为出仕设置很多的门槛，在与君主共处的过程中，也不能阿容苟合，必须坚持基本的底线。“所谓大臣者，以道事君，不可则止。”（《论语·先进》）凡此种种，让儒者与君主的遇合变得极其困难，

---

① 引自程树德：《论语集释》，中华书局1990年版，第812页。但曾皙之言是不是“无意于世”，各家理解并不一致。如朱熹云：“曾点之学，盖有以见人欲尽处，天理流行，随处充满，无少欠阙。故其动静之际，从容如此。而其言志，则又不过即其所居之位，乐其日用之常，初无舍己为人之意。而其胸次悠然，直与天地万物上下同流，各得其所之妙，隐然自见于言外。视三子之规规于事为之末者，其气象不侔矣，故夫子叹息而深许之。”［（宋）朱熹：《四书章句集注》，中华书局1983年版，第130页］如此，则曾点所言为万物各得其所之境界，实乃圣人治世之气象。今不从此说。

② 海昏侯墓出土“曾皙言志”简，与今本文字有较大歧异，曾点之志到底应如何理解，学界也有不同理解。参见陈侃理：《西汉海昏侯刘贺墓出土〈论语〉“曾皙言志”简初释》，《文物》2020年第6期。

他们所如不合的命运，固然有世乱俗衰的缘由，在很大程度上也是因其自矜自重、不肯屈折其气节。

进入仕途如此艰难，君臣契合更是不易，儒者的不遇遂成常态。这时，归隐就成为有着强烈吸引力的人生选择。孔子在于世行道屡遭挫折之时，似乎萌生过超然远举之意，流露出隐居避世的愿望。“子欲居九夷。或曰：‘陋，如之何？’子曰：‘君子居之，何陋之有！’”（《论语·子罕》）“天下有道则见，无道则隐。”（《论语·泰伯》）“子曰：‘道不行，乘桴浮于海。’”（《论语·公冶长》）无道之世，隐居不见至少能免除被污浊的世界沾染，保持人格的独立、高洁，归隐因此具有珍重生命之意味。居于九夷、乘桴浮海的念头，到底出于孔子的深思熟虑，还是他因为某些具体的遭遇一时使气，其实难以断言。但即便这些话语并不十分当真，也至少可以表明，在他看来，隐居对于衰世的士人来说，算是一种不失体面并颇具文雅的生活方式。

据称，曾皙在孔门中并非出类拔萃，他这番言论，无疑是偶然切中了孔子内心的款曲。可能对自己独蒙赞赏有些犹疑，在三子出后，他留下向孔子请教，孔子此时似也从一时兴发中冷静下来，更客观地评价弟子之志，指出除了路“其言不让”外，弟子们所立之志其实都不乏价值。这样，在孔子这里，仕、隐两途究竟孰优孰劣，未可轻易言之；对于士人来说，仕、隐这对立的两极确实划定了他们可能的人生选择的弧度与范围，是坚执其一，还是依违于两者之间，是个十分现实的、必须面对的问题。甚至需要考虑的是，有没有可能发展出一种生活方式，不仕不隐，但又兼具仕、隐之意义？

孔子在周游列国的途中与隐者有了较多的接触，他们相互之间的评议、交流乃至论辩，最能显示此时士阶层内部的分化，以及各行其志背后的考量。总体而言，他们对当时状况的判断并无分歧，都将春秋之季视作秩序紊乱的衰微之世。“凤兮凤兮，何如德之衰也”（《论语·微子》），楚狂接舆的时代感知，与孔子“凤鸟不至，河不出图，吾已矣夫”的慨叹何尝有差，但隐者们或佯狂避世，或洁身自保，对孔子之奔波流离，终究不免有所质疑。石门之晨门，指出孔子“是知其不可而为之者与”，卫之荷蒉者评价孔子在击磬中蕴含的深心：“鄙哉，硁硁乎！莫己知也，斯己而已矣。‘深则厉，浅则揭。’”（《论语·宪问》）认为他不能与时俯仰，不免过于固执。污浊时世已无可救药，与其徒劳无功，何如清静度日？

隐者与儒者，立志既异，处世自然各有路径。在孔子与隐士的交流中，如《论语·微子》中一则值得注意，其行文之中包含着无比丰富的信息：

> 长沮、桀溺耦而耕，孔子过之，使子路问津焉。长沮曰：“夫执舆者为谁？”子路曰：“为孔丘。”曰：“是鲁孔丘与？”曰：“是也。”曰：“是知津矣。”问于桀溺。桀溺曰：“子为谁？”曰：“为仲由。”曰：“是鲁孔丘之徒与？”对曰：“然。”曰：“滔滔者天下皆是也，而谁以易之？且而与其从辟人之士也，岂若从辟世之士哉？”耰而不辍。子路行以告，夫子怃然，曰：“鸟兽不可与同群，吾非斯人之徒与而谁与？天下有道，丘不与易也。”

在旅途之中，“问津”本是再平常不过的事件，但长沮、桀溺的回答以及孔子对二人之语的回应里，似乎充满机锋。长沮问明“执舆者”为孔子之后，并不回应子路的询问，反而指出孔子

“知津”。对此，马融注云“言数周流，自知津处”①，认为长沮所以如此作答，是因为他知道孔子周流天下已久，不应不知津渡何处。但这样的解释显然不合逻辑：即便孔子四方游走已经颇有时日，又不是处处皆至，怎么就会知道此处渡口究竟在哪里。

奇异的是，桀溺同样没有回答子路，反而给出了他对于当时社会状况的判断，并以此质疑孔子、子路等的人生选择。“滔滔者天下皆是也，而谁以易之”，朱熹注：“滔滔，流而不反之意。……言天下皆乱，将谁与变易之？”② 在桀溺看来，天下已经混乱不堪，无人能让其恢复清明、重整条理，如果孔子周游是为了寻找一位能与其一道改变时世、移易风俗的君主，那么，他的愿望势必会落空。孔子此前的经历也已证明这一点，因此，桀溺认为，生于浊世，与其像孔子一般总是“避人”，不如像自己那样“避世”。

这问答往来之间的怪异，让人反过来怀疑：孔子问津的真正用意是什么？《史记·孔子世家》载：“长沮、桀溺耦而耕，孔子以为隐者，使子路问津焉。”“以为隐者”遂问津，本身就是一个意味深长的举动。王充《论衡·知实》篇的叙述，则直接表明了孔子内心的想法：“如孔子知津，不当更问。论者曰：‘欲观隐者之操。’”③ 可见，在汉人心中，孔子所问的本就不是现实中的津渡，而是人生路径的选择。这样就可以理解为何

---

① 引自（清）刘宝楠：《论语正义》，中华书局1990年版，第721页。

② （宋）朱熹撰：《四书章句集注》，中华书局1983年版，第184页。

③ 刘宝楠认为《史记》《论衡》所载，“或《古论》家说。然求意太深，反失事实”。（清）刘宝楠：《论语正义》，中华书局1990年版，第720页。然而，若不深一些“求意”的话，此章对话实不可解。

孔子闻说二人的回答后毫不惊讶，他只是回应了桀溺的问题。“鸟兽不可与同群，吾非斯人之徒与而谁与？”人不可能厕身鸟兽之中，只能在与同类的共处中度过自己的生命，这意味着，“避世”实际并不可能①；“天下有道，丘不与易也”，正是因为天下无道，才需要自己颠沛奔波，寻找改变的契机。孔子由此完成了对于长沮、桀溺二人的反驳。

所以，“问津”实为隐喻，孔子想质询的，是在那礼坏乐崩、政教失序的世界里，如何安顿自己的生命才是恰当的、富有价值的；而在长沮、桀溺看来，孔子一生忙碌于设教授徒、理政治国，其人生方向早已笃定，“是知津矣”。孔子对这些不肯降志辱身、但求洁身自好的隐士们不乏尊重，但他最终的选择，却是活动于人间、流走于世界，力图救天下之溺，在他看来，这是自己不容推卸的责任。隐士清静自由的生活值得欣赏，在孔子的选择里，则有一种人所不及的坚持，一种令人动容的笃定。整则故事，实际是经由子路中介的一场隔空对话，也可视作一次“各言尔志”；较之于一时兴起的“吾与点也”，“吾非斯人之徒与而谁与”，更能代表孔了长期一贯的思想，更能反映儒者念兹在兹的志向。

二、“鸟兽不可与同群”：《诗》与儒者的人生选择

“长沮、桀溺耦而耕”章中，一些看似平淡无奇的字句，经

① “吾非斯人之徒与而谁与”中“斯人”的所指，历来的解释存在分歧，较为流行的是将其解释为“天下人”或“人类”，但也有认为指长沮、桀溺二人者。“斯人”当是回应上文“避人”一语，释为泛指之“人”似更恰切。

仔细琢磨之后，会发现其意蕴非常深厚，从中可以看出支撑孔子平生之志的众多因素。比如，“鸟兽不可与同群，吾非斯人之徒与而谁与”一语，或许就不像字面上看起来那么简单。孔子像是提出了一个根本性的问题：人之为人的本质为何，区别于鸟兽的特质何在？

在后世儒者如孟子、荀子处，这也确实成为一个颇为关键的问题。孟子、荀子喜用“禽兽”一词，此与“鸟兽”含义相近却更具贬义。“人之所以异于禽兽者几希，庶民去之，君子存之。”（《孟子·离娄下》）在孟子看来，人与禽兽的距离就在咫尺之间，人区别于、高出于禽兽的品格，才是人性的真正内涵。正是在这个意义上，他倡言“性善”，并不否认人有作恶的潜质和可能，但这些与禽兽共有的品质，不应纳入人性的范畴之中。与孟子略有不同，荀子援引人、兽之分，主要是为了证明以礼制区分亲疏远近、尊卑上下的合理性。“人之所以为人者，何已也？曰：以其有辨也。……夫禽兽有父子而无父子之亲，有牝牡而无男女之别。故人道莫不有辨。”（《荀子·非相》）由于能够以礼义相互分辨，较之禽兽，人类能更好地结为群体。“人能群，彼不能群也。人何以能群？曰：分。”（《荀子·王制》）有长幼之节，有等级之差，能组成一个运转有序的社会，人类才得以不与禽兽为伍。①

在追问人与禽兽之别的基础上，孟子发明性善之义，荀子证明礼制不可或缺，孔子则只是为自己的人生选择寻找一个合适的理由。《史记·孔子世家》认为问津沮溺发生于孔子“去

① 孔子、孟子、荀子对“人禽之辨”的阐述的梳理，可参见王正：《先秦儒家人禽之辨的道德哲学意义》，《云南社会科学》2015年第2期。

叶，反于蔡”的途中，此前，他已有相当长时间的游历生涯，其间遭遇的困厄、倾轧不可胜数，为匡人所困，为桓魋所逐，是其中最为人所熟知者。这些经历都在印证桀溺“而谁与易之”的讥刺所言不虚，既然这样，孔子的回答就很难说是在声明，自己仍然相信可以寻得一位信任自己的君主，找到一个能够施政济民的地方。毋宁说，能否出仕并收获政治上的事功，已不是他考虑的重心，孔子实际力图在另外的层面上为自己践行其救世之志的行为方式辩护，而“鸟兽不可与同群”一语，正反映了他寻找新依据的尝试。

饶有趣味的是，据《史记》记载，问津长沮、桀溺后数年，孔子及其弟子厄于陈蔡之间，至于绝粮，病困不已。这时，人与鸟兽之间界限的漶漫与分划，再次成为孔门讨论的一个话题。孔子觉察到在此窘境里，弟子之中有不悦者，《史记·孔子世家》载：

> 孔子知弟子有愠心，乃召子路而问曰：“《诗》云‘匪兕匪虎，率彼旷野’。吾道非邪？吾何为于此？”

随后，孔子又以同样的问题询问子贡、颜回。“吾道非邪？吾何为于此？”他让弟子们思索的，是修仁行道与儒者命运的关系，弟子们也根据自己的理解各作回答。不应忽略的是孔子提出这个问题的方式，他使用《诗》中语句来引起话题。“匪兕匪虎，率彼旷野”，孔子意识到，自己与一众弟子如此长时间地居无定所，行走于大地上，与无室无家、没有乡邦邻里的野兽行迹已经类似。于是，他希望弟子们明确为推行道术而奔走四方的意义和价值。人与鸟兽等动物的根本区别再次被提出，尽管这点并未得到子路等人的回应。

“鸟兽不可与同群”，意味着人只能生活于人群之中，在由人组成的共同体之内完成自己的生命；“匪兕匪虎，率彼旷野”，孔子引此表明，尽管有时人类的行为方式与野兽相类，但将自己置于这种反常状态里，必定别有寄托，必定有深刻的考量和用意，这点又与野兽构成不同。不论如何，这两则故事都涉及人与鸟兽的歧异，而“匪兕匪虎”一句出自《诗经·小雅·何草不黄》，是否可以就此推论：儒家对于鸟兽等动物的感知，在很大程度上受到了《诗》的影响。孔子所言学《诗》之用，有“多识于鸟兽草木之名”（《论语·阳货》）之语，这种助益，除了体现在博物多知一面，是否也会促动儒者思考人与鸟兽之别？这些日夕吟诵的篇章里频繁出现的物象，会不会影响儒者的思想，并渗透进其表达、修辞之中？

在儒家诗学中，感物而动情被认为是发为谣咏、造作歌诗的重要环节，在物与人之间构建关系，或呈现二者的类似，或凸显其中的差别，正是《诗》中诸多作品的特色，比兴之法在解诗实践中之所以至为重要，也正是因此。“维鹊有巢，维鸠居之。之子于归，百两御之。”（《诗经·召南·鹊巢》）“相鼠有皮，人而无仪。人而无仪，不死何为。”（《诗经·鄘风·相鼠》）这类通过比照鸟兽与人类来建构诗行的表达方式，在《诗三百》中不胜枚举，这意味着，儒家学者在读诗、说诗的过程中，会反反复复地核较人与物的异同。《何草不黄》为行役诗，在这些以出征将士、差役行人的口吻写下的诗篇里，鸟兽之属的踪迹，常被用来与诗中主人公的命运相映衬。兹举数例，如《诗经·唐风·鸨羽》载：

肃肃鸨羽，集于苞栩。王事靡盬，不能蓺稷黍，父母何怙？

又《诗经·豳风·东山》载：

蜎蜎者蠋，烝在桑野。敦彼独宿，亦在车下。

又《诗经·小雅·四牡》载：

翩翩者鵻，载飞载下，集于苞栩。王事靡盬，不遑将父。

翩翩者鵻，载飞载止，集于苞杞。王事靡盬，不遑将母。

又《诗经·小雅·绵蛮》载：

绵蛮黄鸟，止于丘阿。道之云远，我劳如何。
绵蛮黄鸟，止于丘隅。岂敢惮行，畏不能趋。
绵蛮黄鸟，止于丘侧。岂敢惮行，畏不能极。

四首诗中，《四牡》《绵蛮》的诗句结构极为接近，都是以鸟类栖止有所，来反衬人因为必须从事王事而不得安居。① 《鸨羽》，据毛传："鸨之性不树止。"郑笺："兴者，喻君子当居安

① 汉儒诗说与此不尽相同。《四牡》毛传："鵻，夫不也。"郑笺："夫不，鸟之悫谨者。人皆爱之，可以不劳，犹则飞则下，止于栩木。喻人虽无事，其可获安乎？感厉之。"《绵蛮》毛传："鸟止于阿，人止于仁。"郑笺："兴者，小鸟知止于丘之曲阿静安之处而托息焉，喻小臣择卿大夫有仁厚之德者而依属焉。"参见（唐）孔颖达等撰，龚抗云等整理：《毛诗正义》，北京大学出版社1999年版，第562、934页。又《礼记·大学》载："《诗》云：'绵蛮黄鸟，止于丘隅。'子曰：'于止，知其所止，可以人而不如鸟乎？'"儒者说诗多附会，且往往因征引语境的不同赋予诗句不同的含义，这些并不妨碍他们对于诗歌中的情感有更质实、直接的认知。因此，阅读上举诗歌时，在比附德行之外，他们对于行役者的心理和命运，未必没有体贴和同情。

平之处，今下从征役，其为危苦，如鸨之树止然。”① 则是以鸨止于树，来喻指人的征役生活的反常。《东山》中的诗句，与“匪兕匪虎”有着相似的逻辑，即动物、桑虫处于旷野之中，并不算异常之事，征夫在外，却过着非正常的生活。这几种表达模式虽有细微的差异，但都确认了人与鸟兽之间应有分别。

《鸨羽》《四牡》直陈不得将养父母的痛苦，《东山》则充盈着对妻子的思念，这说明在这些诗歌看来，人与动物最大的不同，在于人有固定的居所，有日常的伦理生活。简言之，人应该在家园之中度时过日。鸟兽固然可以巢居穴处，但这与人类营造屋室、结合家庭有本质差异。行役时或让人羡慕鸟兽暂时的栖息，时或让人疑虑自己是否已沦为鸟兽，《诗》中劳者歌其事的篇章，本无意探究人异于鸟兽的本质是什么，但足以启发读诗者思考这一问题。值得注意的是，在《东山》中，鸟兽甚至会成为一种具有破坏性的力量，让征夫抛舍而去的家园，陷入荒芜的危险之中：

> 果赢之实，亦施于宇。伊威在室，蟏蛸在户。
> 町畽鹿场，熠耀宵行。不可畏也，伊可怀也。

外出行役让家园得不到有力的守护，自然界中的动物和植物很可能会乘虚而入，侵占承载自己安宁生活的领地；即便如此，诗中的征人还是表示，就算旧居已经被草木群生所占据，它仍然是个值得怀念的地方，只有在那里，自己才有可能结束混迹鸟兽、形似蠋虫的日子，才能回归人类的生活常态。

---

① （唐）孔颖达等撰，龚抗云等整理：《毛诗正义》，北京大学出版社1999年版，第395页。

总之，通过比较鸟兽的行为与人类的遭遇，《诗》中篇什，确立了两种存在方式的对比：属于鸟兽的自然状态，与属于人类的家居生活。如果不局限于“鸟兽”，将发挥着相似抒情效应的“草木”类意象也统计在内的话，那么例证将成倍增加，这种对比也会更彰明较著。能否引申一下，《诗》中勾画的鸟兽草木所代表的自然界与人之家园的界限，在孔子等儒者的解读中，实际可能隐喻野蛮与文明的分野？这样，“鸟兽不可与同群”一语，就不仅表明人不能离开人类社会而置身于飞禽走兽之中，同时意味着在孔子看来，人应当追求一种文明的生活，这既是群体运转畅达的保障，也是个体获得丰厚人生意义的必需。孔子以此为据回应长沮、桀溺，实际就得到了《诗》的支撑；孟子、荀子从不同的侧面，回归到人与鸟兽之分这一主题，也很有可能与儒者的解《诗》实践有关：是《诗》中篇什，一直在培养着他们对这一话题的敏感。

三、“洪水故事”：《书》与儒者的现实关怀

除“鸟兽不可与同群”一语外，“长沮、桀溺耦而耕”章在行文上的另一些细节似乎也呼应着经典中的载记，并暗示着孔子之志背后所预设的野蛮与文明的对峙。多次使用与“水”相关的词汇和意象，是此章一个极突出的修辞特点。长沮、桀溺为无名隐士，冯椅云：“沮，沮洳也。溺，淖溺也。长谓久，桀谓健。”① 即认为二人居住于水边洲淖之处，故如此称之。金履祥则云：“长沮、桀溺名皆从水，子路问津，一时何从识其姓名？谅以其物色名之。……盖二人耦耕于田，其一人长而沮洳，

① 引自程树德撰：《论语集释》，中华书局1990年版，第1266页。

一人桀然高大而涂足，因以名之。”① 则是以沮、溺为二人形貌特色称之。不论何解，此章叙述者在命名两人时，选用了从水的字眼，确认了他们与水的关联，这种设计就已体现出修辞上的努力；而孔子使子路往问，所问的也正巧是“津”在何处。总之，长沮、桀溺是生活于水边的两位高人，向其问津，恰得其所。

更值得玩味的是“滔滔者天下皆是也”一句。桀溺以此形容世界之混乱不堪，孔子欲变易之，恐怕只能避人无地，这点上文已述。这样的表述文辞，很容易让人联想起《尚书·尧典》中与洪水有关的那些记载：

> 帝曰：“咨！四岳：汤汤洪水方割，荡荡怀山襄陵，浩浩滔天。下民其咨，有能俾乂？”佥曰：“於，鲧哉。”
>
> 舜曰：“咨，四岳，有能奋庸熙帝之载，使宅百揆，亮采惠畴？”佥曰：“伯禹作司空。”帝曰：“俞，咨，禹，汝平水土，惟时懋哉！”禹拜稽首，让于稷、契暨皋陶。帝曰：“俞，汝往哉！”

“汤汤洪水”“浩浩滔天”，与“滔滔者天下皆是也”何其类似。依《尧典》，尧时洪水肆虐，四岳荐鲧治之，九年而无功；及舜为帝，以禹为司空，使其平抑水土，终于功底于成。《尧典》一篇的最终成型年代如今仍有争议，但在孔子时代，存在着与治水相关的《书》类文献，孔子及其弟子对这一故事应当熟知，

---

① 引自（清）刘宝楠撰：《论语正义》，中华书局1990年版，第720页。

这点应非妄测。[1] 因此，即便桀溺此语是脱口而出的无心之言，儒者们闻知之后，却很有可能将之与自己耳熟能详的圣王故事联系起来。眼下这纪纲紊乱、礼乐陵迟的混乱时世，与洪水滔天的往古之世有何区别？即使桀溺口中的“滔滔者”一词并不是来自治水故事，孔子也很容易联想起《书》中曾图绘过的洪水滔天。他对桀溺的判断非但没有异议，甚至还会根据经典中的记述，向这一判断中叠加更多的意义。

《尧典》中，禹平治水土的事迹有些不太起眼，他只是舜选拔任用的众多贤人中的一位，其功绩也是舜安排得当的结果。但是，在洪水神话里，洪水的消退往往意味着文明的开始，治水常常具有创世一般的意义；在春秋之前的文献中，禹也时常被当作一位有着创辟之功的英雄来称颂。“信彼南山，惟禹甸之。”（《诗经·小雅·信南山》）“奕奕梁山，惟禹甸之。”（《诗经·小雅·韩奕》）“洪水芒芒，禹敷下土方。”（《诗经·商颂·长发》）熟悉这些诗句的儒者，势必了解大禹治水对于人类的深切意义，他们也会深知，在经典保留的圣王故事里，洪水意味着遍地蛮荒，意味着文明世界的沦陷。

① 《国语·周语下》：“其在有虞，有崇伯鲧，播其淫心，称遂共工之过，尧用殛之于羽山。其后伯禹念前之非度，釐改制量，象物天地，比类百则，仪之于民，而度之于群生。共之从孙四岳佐之，高高下下，疏川导滞，钟水丰物，封崇九山，决汨九川，陂鄣九泽，丰殖九谷，汨越九原，宅居九隩，合通四海。”《国语·鲁语上》：“鲧鄣洪水而殛死，禹能以德修鲧之功。”可见，在孔子之前应已有记载此事的文献流传。刘起釪依据这些文句，推断：“《尧典》素材，当《国语》《左传》时已存在，一些主要文句已写出，但尚未最后写定如后来流行之稿。”刘起釪：《尚书学史》，中华书局1989年版，第15页。

在这个意义上，“滔滔者”与“鸟兽”，实际是所指相近的一组语词，它们都寓意着世界回归于荒芜、野蛮。《诗》《书》等经典赋予其内涵，儒者的使用又使其关涉新的情境，这些词语因此都具有了复杂的语义层次。明了这点，桀溺略显突兀的断言，孔子看似平常的回应，就有了强烈的对话性，也有了更为深沉的意蕴。孔子之所以不能选择避世，是因为要承担维系文明的责任，就如同面对洪水滔天、百姓涂炭时，古之圣人也没有退缩，而是日积其功，使天下重归于治。“天下有道，丘不与易也”，孔子这种高度自觉的使命感，让人钦慕不已。

在后世儒者处，尧舜禹等圣王、治水之勋劳，仍会被反复提起，对于经典的理解和阐释，依旧会左右儒者的思想，并成为他们立志的重要依据，经典提供的语言词汇，也会不断地进入其修辞之中。《孟子·滕文公下》一节的论说极具典型性：

> 公都子曰：“外人皆称夫子好辩，敢问何也？”孟子曰：“我岂好辩哉？予不得已也。天下之生久矣，一治一乱。当尧之时，水逆行，泛滥于中国，蛇龙居之，民无所定，下者为巢，上者为营窟。《书》曰：‘洚水警余。’洚水者，洪水也。使禹治之，禹掘地而注之海，驱蛇龙而放之菹，水由地中行，江、淮、河、汉是也。险阻既远，鸟兽之害人者消，然后人得平土而居之。”

孟子将历史叙述为“一治一乱”的往复循环。他的叙述从尧之时开始，尽管所引用的《书》中“洚水警余”一句今天已经不知出自何篇，但不难发现，他描绘的情节与《尧典》基本一致。① 禹祛除洪水之害，人类维持了一段时间的安宁，孟子又续写了此后的历史进程："尧舜既没，圣人之道衰"之后，在"暴君"与"邪说暴行"的交相作用之下，天下大乱，至文武周公时又得一治；此后，暴君又作，邪说再次纵横，孔子作《春秋》以正之；随后，天下又流离至于孟子所处的战国之世。

虽然并非每次乱世都伴随着洪水，但洪水已演化为乱世之象征。"昔者禹抑洪水而天下平，周公兼夷狄、驱猛兽而百姓宁，孔子成《春秋》而乱臣贼子惧。"或许正是为了凸显"洪水"的象征意味，孟子在这里甚至都没有提及舜，而是将禹推为圣王之代表，这与《尧典》极为不同。②。有趣的是，在孟子此章的叙述中，"禽兽"一词同样频繁出现，驱逐禽兽与治理洪水一样，都是拨乱反正的必需。尧之时，在洪水泛滥的同时，"蛇龙"居于中国，人民反而要穴居巢处，禹"驱蛇龙而放之菹"，使"鸟兽之害人者消"，换来了这一历史序列中的第一次太平之世。周公辅佐武王，所面对的世界同样是"园囿污池，沛泽多而禽兽至"，他"驱虎豹犀象而远之"，方才创造有周一

① 《孟子·万章上》中曾出现《尧典》篇名。《孟子·滕文公上》中对治水的讲述，情节与《尧典》更为接近："当尧之时，天下犹未平，洪水横流，泛滥于天下，草木畅茂，禽兽繁殖，五谷不登，禽兽逼人，兽蹄鸟迹之道交于中国。尧独忧之，举舜而敷治焉。舜使益掌火，益烈山泽而焚之，禽兽逃匿。禹疏九河，瀹济、漯而注诸海，决汝、汉，排淮、泗而注之江，然后中国可得而食也。"

② 但舜在孟子心目中实际可能比禹更为重要，《孟子》书中频繁出现关于舜的传说和故事，以《孟子·万章上》篇为最。这让此处凸显禹的作用显得更加意味深长，孟子显然是要以此强化"洪水"的象征意义。

代之繁盛。人类与禽兽总是处于艰难的角力之中，你进我退便意味着文明与野蛮的交替，“长沮、桀溺耦而耕”章里，“鸟兽”“滔滔者”等词汇暧昧不明的那些寓意，在孟子这里就彻底明朗起来。同时，在他对《书》中故事乃至过往历史的重述之中，这些词语组合在一起，制造出更强烈的、更具画面感的修辞效果。

孟子的叙述里充满着危机感。生长于斯的战国之世，虽无洪水肆虐，但在他眼中，走兽交横驰却是不争的事实。“庖有肥肉，厩有肥马；民有饥色，野有饿莩，此率兽而食人也。”公明仪这一准确而犀利的说法，无疑给孟子极大的触动，以至于在与君主论政时，他常用这一比喻来揭示各国政治不过是“杀人以政”。“兽相食，且人恶之；为民父母，行政，不免于率兽而食人，恶在其为民父母也？”（《孟子·梁惠王上》）不顾百姓死活且“率兽而食人”，换言之，君主即是禽兽之首领，是禽兽之尤。在这样的局势下，人民自保不暇，得不到良好的教化，一些邪说的流行又让情况更加糟糕。比如，杨朱墨翟之言盈天下。“杨氏为我，是无君也；墨氏兼爱，是无父也。无父无君，是禽兽也。”这些言论的流行，“是邪说诬民，充塞仁义也。仁义充塞，则率兽食人，人将相食”。

列国之政陷民于水火之中，邪说异论又诬罔人民，让仁义之道不行于世，无论在政治场域中，还是在思想世界里，孟子看到的都是人类向禽兽的退化，而这两者的交互作用，又让退化以更为骇人的速度进行。如此危急的情势，使得归隐在孟子这里几乎完全没有被视作一种合理的人生选择。“故士穷不失义，达不离道。穷不失义，故士得己焉；达不离道，故民不失望焉。古之人得志泽加于民；不得志修身见于世。穷则独善其身，达则兼善天下。”（《孟子·尽心上》）即使困穷不遇而“独善其身”，仍然要“修身见于世”，托身于山林草泽之中，栖迟于衡门园田之中，泯灭踪迹、丧失名声，非但是对自我的不负责，甚至加深了世界禽兽化的程度。他批评不入污君之朝、不食乱世之食的陈仲子：“充仲子之操，则蚓而后可者也。”人生于世间，难免要仰仗他人的劳作，依赖群体的各司其事与互通有无，依照仲子避世的逻辑，人只能如蚯蚓一般，“上食槁壤，下饮黄泉”（《孟子·滕文公下》）；由此不难推论，隐士们有让自己等同于虫豸禽兽的嫌疑。孔子“鸟兽不可与同群”的委婉回应，在孟子这里就更加直接、激烈。

如果以上的联想不算求之过深的话，那么区别鸟兽与人的思维及表达方式，就有了深厚的《诗》学渊源，与水相关的语词的大量使用，则指向《书》中所载的洪水典故。在儒者的经解之中，洪水的降临与治理，显然意味着文明与野蛮的消长，鸟兽草木与人类的类比或对比，虽然更为幽曲暧昧，同样可以诠释出这一内涵。这样，“鸟兽不可与同群”一语，除了点明避世的不可能之外，也因为对经典的指涉，获得了更深阔宏大的涵义；与长沮、桀溺的对话所呈现出的孔子之志，就接续起经典中的诗人教诲和圣人所垂之典范，体现出他对斯文之传、文明之续的承担。孟子以洪水猛兽的侵袭比类自己所处的时世，并为自己游走列国、好作辩论辩护，同样有此种意味。孔子、孟子等儒者的志行，由此进入经典之光的照耀之下，这也决定了在仕、隐两极之中，归隐必然是会被否定的一个选择。

第二节　儒者著述意识与经典制作本事

一、非仕非隐：儒者著述意识的确立

无论是受《诗》启发的人禽之辨，还是来自《书》的洪水故事，源于经典的训示，都促使儒者必须承担起守护文明的神圣使命，以传经为学派特征的儒者，几乎无法将归隐作为一种合乎道义的人生选择。隐既不能，仕又面临着或出于主观或来自客观的困难，儒者陷入两难境地之中。这样，如何在仕、隐之外，寻找到一种存在方式，虽不出仕却能保证不负弘道之任，甚至在一定程度上能够享有隐者所拥有的自由度，就成为儒者必须面对的一个问题。儒者的著述意识，很大程度上就发生于探索这一难题的破解之道的过程中，而经典之学同样给予了关键性的启发。

不妨仍然回到孔子，观察他的应对之方。需要注意的是，尽管"鸟兽不可与同群"一语很可能有其《诗》学背景，但孔子的人生选择，与《诗》中的诗人有着很大的不同。《何草不黄》等行役诗中的抒情主体，往往痛陈漂泊生活的反常，呼吁能够回归、守护家园，在定居状态中平稳生活，但孔子则直言："士而怀居，不足以为士矣。"（《论语·宪问》）"今丘也，东西南北之人也。"（《礼记·檀弓》）受崇高的使命感的驱使，士人本就不应固守一方，贪恋安定平静的生活，孔子的周游天下则将这种流动性展现到极致。但需要追问的是，守卫文明为何要用这种"率彼旷野"的方式，为何要让自己的行迹与兕虎等相似？孔子对这一诗句颇有感慨，但与迫于王事而流离失所的征夫将士不同，其奔走列国之间是出于十分自觉的个人意愿。他的选择与《诗》中流露出的对家园的珍重不舍和惜护有加形成歧异，那么，其用心究竟何在？他说“鸟兽不可与同群”，却离开家乡，万里行游，行近兕虎，又该如何解释？

这其中或许也有孔子的深意。“鸟兽不可与同群”，人只能生活在由人组成的世界里，但在当时的社会境况之中，孔子这样的圣人贤者，却与人之世界格格不入，只能如鸟兽一般流浪。他的游历，就像是在宣告着其处身其中的世界的反常，他试图以此种自苦太甚的方式来警示世人，让人们思考人的本质何在，何为人类的恰当的、文明的生活。如此，孔子放弃定居生活、离开父母之邦的行为就可以理解，虽然他舍弃了自己的家乡，但却是为了赓续文明；他是在尽自己的努力来维系文明的底线，避免人类向鸟兽滑落。“文王既没，文不在兹乎？天之将丧斯文也，后死者不得与于斯文也；天之未丧斯文也，匡人其如予何？”（《论语·子罕》）这夫子自道，已将自己的志趣揭示得极为清晰，他就是要传斯文于后世。而当他说“里仁为美。择不处仁，焉得知”（《论语·里仁》）时，不也是用了“里”这种与居处有关的字眼？因此，孔子实际是在更宏观的层面上回归到了《诗》中守护家园的训示，他所守护的，是仁义之道，是人类整体的家园。

时人也有能窥探到孔子的这番深心者，比如，如今已不知其何许人也的仪封人即说：“天下之无道也久矣，天将以夫子为木铎。”（《论语·八佾》）“木铎所以徇于道路，言天使夫子失位，周流四方以行其教，如木铎之徇于道路也。”① 表面上看，去鲁而游是为了寻找出仕的机会，但以孔子之明智于形势，岂能不知列国之政难以有为，以其立身之谨严，又岂会不能预料自己将所如不合。仕宦之事既不可必，周游之举就更加意味绵远。孔子决然身行万里、兜转萦回，未必不是在探索一条非仕非隐、超越仕隐之对立的处世之路。

但仅仅周游天下本身，并不足以成其为一种有深厚价值和充沛意义的生活方式。值得深思的是，“木铎”是一个与声音有关的器具，用其类比孔子，或许别有意味。木铎以其声音警示众人，传播政令，而孔子游走于列国之间，也不断发表着各类言说，或直接具体地评议各国政治，或就诸多更有普泛性的问题表达自己的意见，以至于，他被讥讽为“佞者”。“微生亩谓孔子曰：‘丘何为是栖栖者与？无乃为佞乎？’孔子曰：‘非敢为佞也，疾固也。’”（《论语·宪问》）行游途中的传道设教，在不够知己者眼中，自然有逞其言辩之嫌，微生亩甚至暗示，孔子善于言谈，与其“栖栖”的命运之间存在着一些关联：孔子的不遑宁处，很可能正是为了让其言说散布于更广阔的空间，

① （宋）朱熹《四书章句集注》所引“或曰”，中华书局 1983 年版，第 68 页。《周礼·春官·小宰》：“正岁，帅治官之属而观治象之法，徇以木铎，曰‘不用法者，国有常刑’。”郑注：“古者将有新令，必奋木铎以警众，使明听也。”［（清）孙诒让：《周礼正义》，中华书局 1987 年版，第 168 页］《汉书·食货志》：“孟春之月，群居者将散，行人振木铎徇于路，以采诗，献之大师，比其音律，以闻于天子。”［（汉）班固等撰：《汉书》，中华书局 1962 年版，第 1123 页］无论是发布政令，还是采诗，木铎都以其音声为用，用于比拟孔子周流，十分恰当。

这也正是其“佞”的表现。但在孔子看来，他正是要诊治时人之固陋，才不辞辛苦、飘离四野。换言之，言说在他这里，已经成为一种充满意义的行为方式。放大些说，战国学士们的言谈议论、著书立说，不正是在仕、隐之外又一条值得选择的人生之路，不也是在直面时世的痼疾？孔子对其立身之志的抉择与探索，无疑具有深远的标杆意义。

不无巧合的是，上文所引《孟子·滕文公下》一节中，孟子正是引据经典，为自己的“好辩”寻找合法性。与孔子一致，孟子特别强调出仕对于士人的重要性与迫切性，“士之失位也，犹诸侯之失国家也”（《孟子·滕文公下》）；但他在与君主交往时的自尊自重，对出仕条件严苛的限定，又让从政变得近乎不可能。他坦承君子“难仕”。隐既不可能，仕又若此之难，孟子之立志、处世又将如何？“好辩”就成为他具有标志性的一种立身方式。“我亦欲正人心，息邪说，距诐行，放淫辞，以承三圣者，岂好辩哉，予不得已也。能言距杨墨者，圣人之徒也。”（《孟子·滕文公下》）辟异端、正言以辩，本就是制止人类复返于禽兽，与禹之理水殊途同归，与文武周公、孔子相承一脉。辩说不仅是一种特殊的救世之方，还渐渐成为一种自觉从事的志业，值得倾尽精力，值得锻炼淬砺。孟子之辩才无碍，正是这一自觉的结果。

依照儒家对君子的想象和定义，好辩很难说是一种值得推崇的德行，孟子重述、改写《书》中的洪水故事，将自己置于往圣前贤的序列之中，有假借经典的权威进行自我辩护的意图。经典成为他的奥援，让他的辩说行为也有了一层神圣色彩。这样，虽然自称“不得已”，但孟子其实明确意识到，辩说已经成为士人们自鸣于世的独特方式，甚至是极为重要的一种方式。

无论是孔子被讥为“佞者”，还是孟子被讽为好辩，都表明在时人眼中，擅长言说是其显著特征，他们所申辩的，也正是言说的价值和必要性。而随着书写逐渐成为士人们表达思想的重要方式，由强调言说的意义过渡到推重书写的功用，就是一个自然而然的过程。孟子在解释自己何以好辩时，即将孔子作《春秋》奉为榜样：

> 世衰道微，邪说暴行有作，臣弑其君者有之，子弑其父者有之。孔子惧，作《春秋》。《春秋》，天子之事也，是故孔子曰：“知我者，其惟《春秋》乎；罪我者，其惟《春秋》乎。”

他以孔子为“三圣”之一，以《春秋》之作充当治乱循环中的一“治”。尽管孔子并没有像禹、周公那样，建立堪称伟大的事功，春秋末期的政治局势依旧颓丧不返，没有因孔子的出现而有丝毫的改变，但在孟子看来，孔子作《春秋》的功绩较之往圣毫不逊色，他同样是用自己可能的方式，承担起维系文明的责任。换言之，孔子在为政出仕之外，开启了一种新的拯济乱世的方式，一种同样富有价值的生活。不过，所谓“孔子作《春秋》”，其中的“作”到底何指，孟子并未明言，汉代学者则明确将其与书写联系在一起。《史记·孔子世家》记载如下：

> 子曰：“弗乎弗乎，君子病没世而名不称焉。吾道不行矣，吾何以自见于后世哉?”乃因史记作《春秋》，上至隐公，下讫哀公十四年，十二公。……《春秋》之义行，则天下乱臣贼子惧焉。孔子在位听讼，文辞有可与人共者，弗独有也。至于为春秋，笔则笔，削则削，子夏之徒不能赞一辞。弟子受《春秋》，孔子曰：“后世知丘者以《春秋》，而罪丘者亦以《春秋》。”

以鲁之旧史为据，加以笔削删定，施以书法义例，这是孔子格外重视的制作，凝萃贯注了他的心血思力，因此不可与弟子辈共之，“子夏之徒不能赞一辞”。书写成为一种仪式感极强的行为，需要个人在一种孤绝的状态中独力完成，充满了神圣色彩，也具有极其重大的意义。对个人来说，《春秋》之作，不仅使短暂的生命不至于湮没在时间的洪流之中，获得足以流传身后的名声，且能在不得其位、不行其政的现实困境里，以精致的笔法讥刺褒贬当世之事，垂法宪于后世。就其社会政治效应而言，“《春秋》，天子之事也”，“非天子，不议礼，不制度，不考文”（《礼记・中庸》）。孔子觉察到作《春秋》可能具有的僭越嫌疑，但这同时也意味着，笔削书法有着近似天子制礼作乐、创业垂统的功效。换言之，如果出仕对于士人实现弘道之任、担当其社会职责至关重要的话，书写也可以有同等的效力，甚至可以说，由于文字具有穿越时空而流传的能力，书写的力量会更激烈而恒久。

在汉儒的反复讲述下，孔子作《春秋》一事已经近似于一个关于书写的神话，它将文化创造与天子制作相提并论，充分拔高了写作的价值，可以说，儒者的著述意识至此已经以略带夸张的方式而成熟。① 这种著述意识，即便在孔子、孟子那里

---

① 参见于迎春：《汉代文人与文学观念的演进》“《春秋》在汉人文化创造中的崇高地位”一节，东方出版社 1997 年版，第 70～75 页。柯马丁认为，孔子之于《春秋》，有一个从“制义”者、阐释者转变为“作者”的过程，主要是汉人塑成其《春秋》作者的身份，其中，司马迁的作用至关重要。《史记》提供的孔子作《春秋》的细节，很大程度上来自司马迁及汉人的塑造。其论述见于《孔子：汉代作者》，《从游集》，中华书局 2016 年版，第 104～133 页。不过，认孔子为“作者”的观念是否在汉代方才出现仍有讨论余地，“作者”的产生可以视作自春秋战国以来不断发展的著述意识的结果。

尚处于融而未明的状态，但毫无疑问，他们的诸多文化活动为其发生奠定了基础。实际上，不仅《春秋》之作刺激了儒者著述意识的萌生和发展，其他经典也莫不如此。在《论语》的记载中，孔子多次评说《诗》《书》，经典无疑在其教学活动中占极大的分量。“子所雅言，《诗》《书》执礼，皆雅言也。”（《论语·述而》）如此郑重其事，诵读诗书已经仿若一种庄严的仪式。孟子同样雅好《诗》《书》，荀子论求学之道，以为“其数则始乎诵经，终乎读礼”（《荀子·劝学》）。总之，经典之学与儒家一派的发展相始终，更与每个儒者自立志为学之后的一生相始终。而长期与经典相伴，并投注大量心力于阅读、阐发之中，儒者更容易产生对于文字制品的信任和崇敬，更会觉察到言说、书写的价值。

《史记·孔子世家》将序书传、订礼记、正乐、删诗、治易等事，叙述于孔子返鲁之后，虽未明言这些工作尽是孔子此时完成，但也暗示着在其生命最后的时光里，孔子倾注了大量精力于经典之上；后世学者，也大多认为孔子晚年颇从事于经典的论次删述。很难估量孔子在经典形成过程中发挥的作用，他是仅限于持旧典以立教，主要工作在于阐释、解说，还是有所修订增删，改变了经典的文本形态，这些问题历来有很大争议。然而，即便搁置这些问题，仍然可以想象的是，既然如此浸淫于经典，后来的儒者在经书的母本上嫁接自己的思想、产生新的文本，甚至径直用书写的方式表达自己的观念，就会是个自然而然的举动。经典也会让他们自信于写作的效力：即便不能与经典等同，但取法经典的书写，未必没有匡谬正俗的功能，未必没有超越时空之限而流传、存留的能力。

言说、书写和整理典籍，这些工作孔子早就开始从事，但在去鲁周游之后，他越来越明确其价值，其晚年经历因之极具象征意义。以自卫返鲁为转折点，他生命的侧重有所不同：周游之时，他主要是一位行走于世的言说者，定居家乡之后，他更多的是一位文献整理、编纂、阐释者，乃至书写者；前者在广阔的空间中散播自己的观念，后者更有过之，能够让思想的流布突破时间的制约。出仕难免同流合污、推波助澜，归隐近乎自暴自弃、虚耗才华，言说、书写，就成为担当道义和成就自我的可取方式，孔子及其弟子，于是在仕、隐两途之外，发展出一种充实的、有意义的文化生活，也为新兴的士人提供了现实可行的又一人生选择。儒者的著述意识，即根植于此种生活的土壤之中，而他们对于言说、书写的意义的确认，与经典之学的启示不无关联。在战国士人中，儒者较早地产生如此明朗的著述意识，很大程度上正是因为经典在其生活中的普泛存在。

总之，无论是在“长沮、桀溺耦而耕”章中，还是在孟子对《书》的复述和续写里，都可以看到，经典中讲述、暗示的野蛮与文明的彼此进退，影响着儒者对自己所处时代的判断，也在很大程度上左右了他们对一己之志的选择：传承、守护文明，是无法推脱的使命，是必须承担的职责。既然经典载录了很多往圣先王拯济文本的故事，当个人之志获得经典的支持，也会催生自己进入圣王序列的幻象，孟子由此发展出一种循环式的史观。“五百年必有王者兴，其间必有名世者。……夫天未欲平治天下也；如欲平治天下，当今之世，舍我其谁也。”（《孟子·公孙丑下》）他用远较孔子外露的口吻，高扬自己的担当和价值。而在混乱污浊的时代里，出于诸般原因，出仕变得无比艰难甚至几无可能，退隐又相当于放弃了对于文明的责任，儒者们就需要探索一条实现其平生之志的别样的道路，周游天下、言说辩论、书写著述就成为儒者乃至整个士人群体的新的人生选择。传承斯文，不论是飘然旷野以言说警示世人，还是制作文辞、传经著述，都是与洪水猛兽的抗争，面对这样的使命，只能当仁不让，只能矢志不渝，儒者自信而亢爽的著述意识也相随而生。

需要注意的是，如果与《诗》《书》的勾连不算牵强，那么，“长沮、桀溺耦而耕”章就会成为一个在修辞上异常讲究的文本。长沮、桀溺与孔子的对话中本就有很多的蹊跷，使用的词汇又与儒家经典密切相关，行文的巧妙简直让人怀疑，这是不是实录了一个现实中真正发生过的对话？偶然相逢，即兴的来言去语就能如此精当？反思这些问题，势必会涉及《论语》的性质、成书、流传等问题。《论语》向被视作了解孔子生平、思想最为可靠的资料，《汉书·艺文志》云：“当时弟子各有所记，夫子既卒，门人相与辑而论纂，故谓之《论语》。”据此，此书编纂当在孔子去世后不久，成书较早。但这些说法逐渐为人所质疑，如崔述即认为此书经七十子之门人乃至后儒之手方得成书，纂辑过程要更为漫长，且初时曾单篇流行，后来方汇为一书；他又特别怀疑“后五篇之不可信”。近来，随着对先秦古书成书过程的研究，尤其是对“语”类文献的关注和考察，《论语》的纂集成书、文本流传等问题，重新被提出讨论，尽管观点互有歧异，但学者们普遍认为，今传《论语》的文本，是在编订、流传中逐渐形成的。① 具体到“长沮、桀溺耦而耕”章，崔述指出：“《微子》篇杂记古今轶事，有与圣门绝无涉者，而楚狂三章语意乃类庄周，皆不似孔氏遗书。”② 直指其类似庄周寓言，真实性不无疑问。即便不如此激进，也应该注意到，这一章的文本可能经过较长时间才呈现今日之面貌。“滔滔”一词，在流传中有“悠悠”“慆慆”两种异文，虽字皆可通，语意上也无差别，但这更可表明，此章文本实际经历过长时间的修订。③

然而，经典之学与儒者之志的互动是长期存在的现象，儒

① 崔述认为，《论语》成书过程较为漫长，但并未断定何时最终成书。朱维铮在此基础上指出，《论语》在先秦时期的结集情况难以明察，可能已编辑成书，也可能以“零章散篇”的形式流传，至西汉景、武之际方才结集。参见朱维铮：《〈论语〉结集脞说》，《孔子研究》1986年第1期。不过，大多数学者仍然认同《论语》是由孔子弟子及再传弟子纂辑的说法，认为其成书较早。但他们也大都承认，《论语》成书之后，其文本仍会因抄写、流传等情况，产生各种变化，不同传本之间，也存在文字、篇章上的歧异。参见梁涛：《定州竹简〈论语〉与〈论语〉的成书问题》，《管子学刊》2005年第1期；徐建委：《战国秦汉间〈论语〉的流变与文献考古问题》，《文本革命：刘向、〈汉书·艺文志〉与早期文本研究》第五章，中国社会科学出版社2017年版。此问题讨论者众多，不一一列举。

② 《洙泗考信录》“《论语》成于后儒纂辑”“《论语》后五篇之可疑”两条，参见（清）崔述著，顾颉刚编：《崔东壁遗书》，上海古籍出版社1983年版，第321页。

③ 刘宝楠指出，作“悠悠”者当是《古论》；而作“滔滔”者则为《鲁论》；“慆慆”见于《汉书·叙传》颜师古注所引《论语》，是其“所见本异”。（清）刘宝楠：《论语正义》，中华书局1990年版，第721～722页。

家著述意识的产生、发展也有一个历时较长的过程，在此并不打算将其系联于某位具体的儒者身上，断定在某个特定的时间节点。具体些说，这种著述意识在孔子及其弟子处开始萌发，其成熟则可能要晚在西汉中前期，上文所引《史记》的诸般载述，即可视作成熟之标志。这样，就本章讨论的问题而言，孔子遭遇长沮、桀溺的故事是否真实，《论语》此章文本在流传过程中的变异，或许不是一个至关重要的问题。即使历经修改而成型，而“滔滔”成为最为流行的选择，恰恰可能是因为儒者或隐或显地察觉到它与经典的互文关系，或者说，经典研读造就的语感，让他们对这一词语更熟悉、更亲切。

二、儒者著述意识与经典制作本事的叙述

学界越来越明确地认识到，儒家经典的成型经历了一个漫长的过程。在这一过程中，孔子及其后儒者的思想生发，与经典的形成之间存在着复杂的互动关系。儒者无疑利用了数量众多的前世文献，从中选择、删汰，加以整理、编次，有时是他们受益于经典提供的知识和理念，有时则是他们的思想影响了经典的文本形态和阐释解说。上文已展示，《诗》《书》中或隐喻或明言的野蛮与文明的分野，影响了孔子以降的儒者的现实感知和志业选择，以经典为核心构建的文化生活，也促使他们逐渐意识到言说、书写的价值，激发了他们的著述意识。这样，以传承经典、著书立说为事，就成为一种具有可行性的存在方式，其价值堪与出仕相当，甚至更有过之。

不过，仍然能从这种心态中看到一丝纠结：在儒者的现实经验中，仕宦仍然有优先性，著述也常常是退而求其次的、不得已的选择。士尚志、士志于道，尽管有多种安顿生命的可能

方式，尽管言谈论辩、著作篇章的意义不容低估，在士人的生命经验里，他们还是会发现，政治往往是决定其志向畅达抑或顿挫最为重要的因素，也会最经常地皴动其心绪的波澜起伏；很多时候，士人所谓的得志、失志，与仕途上的遇与不遇完全可以等同。但个体的命运终归是众多因素合力造就的，出仕一事的成就，并不完全取决于个人的坚持和勉力经营。战国士人有着初登历史舞台的兴奋与欣喜，自信于自身价值而时时有张扬之态，也就要面对志不得申的沮丧与失落，对于很多人来说，著述往往就是在仕途失意时用以宽慰自我、弥补失落的。总之，围绕着“志”之确立、推行，士人产生大量的情绪和思考，在这种境遇中产生、成长的著述意识，也会在儒者对经典的整理和阐释中显露出来，影响他们对经典的形成及性质的理解。

无论孔子及战国儒者所面对的六艺经典是何等面貌，毋庸置疑的是，研习经典的过程中，口说论道之外，必须依赖一些书于竹帛的文字资料。这些文本如何产生？在早期儒者的观念里不难发现，除孔子作《春秋》一事之外，很多古之圣贤王者都参与了经典的制作。《书》中的誓命诰训诸体，就其原初情境来说，大多是因事而立言，“未尝离事而言理”（《文史通义·易教上》），但在儒者新生的著述意识的驱动下，将其理解为圣贤为垂鉴后人而作的教训，就是自然而然的结果。殷盘周诰之中，不少篇目原本即为明主贤臣言语的载录，这种理解因此并不算突兀，而其他一些经典与圣贤之间的关系，则像是经历了一个在反复叙述中，日益密切、不断增演的过程。

比如《易》与文王的关系。这部年时久远、颇有神秘之感的卜筮之书，今多以为并非作于一时，也非一人所定，但在儒者的叙述中，文王的作用日渐凸显出来。① “《易》之兴也，其于中古乎？作《易》者，其有忧患乎？”“《易》之兴也，其当殷之末世，周之圣德邪？当文王与纣之事邪？是故其辞危。”（《易经·系辞下》）依此描述，《易》之兴作当于中古之时，与文王、商纣之事关系密切，但是否为文王所作，《系辞》仍然有些犹疑。马王堆帛书《要》篇中，孔子就讲述得更加确切：“文王仁，不得其志，以成其虑。纣乃无道，文王作，讳而辟咎，然后《易》始兴也。”不仅文王作《易》一事已经清楚无疑，孔子还补充了这部经典所由作的历史情境，即当纣王无道之时，文王陷入灾咎之中，于是假借作《易》以为发抒。《史记·周本纪》云：“其囚羑里，盖益易之八卦为六十四卦。”这将文王之灾咎进一步明确为其积善累德、为崇侯虎所谮之事。“不得其志，以成其虑。”在恶劣的时代里，在逆境之中，无法实现其“志”，便不得不将精力转移到作书之中，这种经历与孔子何其相似，也会让后来儒者颇为同情。

在经典的产生过程中，更为儒者所称道的是周公。作为周初政治中的核心人物，《书》中多有与其相关、载录其言辞的篇章，其间展露的政治智慧和语言能力，足以呈现其文化修养和思想深度。自孔子以来，儒家即确立“从周”之义，将恢复周礼、阐释周代礼乐文明的内容视作当然的责任。而在儒者眼中，周公不仅在周王室创业基始的历程中发挥了重要作用，且有制礼作乐之举，

① 关于《易经》之成书，顾颉刚的《周易卦爻辞中的故事》一文有较大影响，认为卦爻辞作于西周初叶，“著作人无考，当出于那时掌卜筮的官”。参见《顾颉刚古史论文集》卷十一，中华书局 2011 年版，第 1～41 页。此问题也可参见李学勤：《周易溯源》，巴蜀书社 2006 年版，第 1～18 页。

兴致太平于天下。这样，他曲为之防、事为之制的制度建设，就成为礼书中所记礼制的来源，甚至有儒者干脆认为礼书即为周公所编纂①。不仅如此，在儒家诗说中，诗有正变之分，而周公主持的制礼作乐一事，使正诗得以结集，在整部《诗三百》的成立史上，这是一个十分重要的环节。郑玄在《诗谱序》中说：

> 文、武之德，光熙前绪，以集大命于厥身，遂为天下父母，使民有政有居。其时《诗》，风有《周南》《召南》，雅有《鹿鸣》《文王》之属。及成王、周公致大平，制礼作乐，而有颂声兴焉，盛之至也。本之由此风、雅而来，故皆录之，谓之《诗》之正经。

又《大小雅谱》载：

> 传曰“文王基之，武王凿之，周公内之”，谓其道同，终始相成，比而合之，故大雅十八篇、小雅十六篇为正经。

郑玄虽为汉末之人，但其正变之说应是在《诗序》、毛传等前儒旧说的基础上荟萃发展而成②；依其意见，周公制作礼乐时整理

---

① 《周官》武帝时始出，据马融《周官传》，刘歆校理之后，“众儒排以为非”，而刘歆“末年乃知其周公致太平之迹”。《冢宰》郑玄注：“周公居摄而作六典之职，谓之周礼。营邑于土中，七年致政成王，以此礼授之，居雒邑治天下。”经马、郑诸儒鼓吹后，此书为周公之作的说法流传开来。汉人初以《仪礼》为礼经，而《礼记·礼器》：“经礼三百，曲礼三千。”郑玄注：“经礼谓周礼也。……曲犹事也，事礼谓今礼也”，则以《周礼》为经礼，以《仪礼》为曲礼，并为周公之遗。此后，陆德明、贾公彦、孔颖达等皆以此二书为周公作。

② 参见刘书刚：《郑玄〈诗经〉正变说考论》，《中国典籍与文化》2014年第3期。

诗歌，总结产生于文、武、成王时期的作品并以之合乐，促成了正诗的集结，在《诗经》成立史上的作用，堪与孔子之删述论次相当。

在散落于诸多典籍的记载中，周公本人也被指认为不少诗歌的作者或所有者。《尚书·金縢》云："公乃为诗以贻王，名之曰《鸱鸮》。"《国语·周语上》："周文公之颂曰：'载戢干戈，载橐弓矢。我求懿德，肆于时夏，允王保之。'"此颂即《诗经·周颂·时迈》。《国语·周语中》："周文公之诗曰：'兄弟阋于墙，外御其侮。'"是以《棠棣》为周公所作。① 《诗序》、毛传、郑笺也将越来越多的诗歌与周公关联在一起。《清庙》序："祀文王也。周公既成洛邑，朝诸侯，率以祀文王焉。"《四牡》毛传曰："文王率诸侯抚叛国，而朝聘乎纣，故周公作乐，以歌文王之道，为后世法。"②《武》序："奏《大武》也。"郑笺云："大武，周公作乐所为舞也。"③ 不过，这些表述都十分含混，

① 刘立志对早期文献中署名周公的诗歌有总结、分析，见刘立志：《周公作诗传说的文化分析》，《南京师大学报》（社会科学版）2010年第2期。

② 孔疏云："言周公作乐，歌文王之道，为后世法者，谓今《乡饮酒》《燕礼》皆歌《鹿鸣》《四牡》《皇皇者华》，此礼是周公所制法，后世常歌，是为歌文王之道为后世法。"[（唐）孔颖达等撰：《毛诗正义》，北京大学出版社1999年版，第561页] 孔疏并不确认此诗为周公作，周公特用于礼乐耳。

③ 在这批诗歌作者的认定上，毛、郑、孔等实际采取了一种较为审慎的态度，而朱熹《诗集传》则更为大胆。他说，《文王》为"周公追述文王之德，明周家所以受命而伐商者，皆由于此，以戒成王"。《大明》："此亦周公戒成王之诗。"《棫朴》篇下云："自此以下至《假乐》，皆不知何人所做，疑多出于周公也。"又云："《周颂》三十一篇，多周公所定。"（朱熹撰，赵长征点校：《诗集传》，中华书局2017年版，第269、272、278、337页）可见将诗歌与周公相关联的思想，在儒家学者中深具影响。

很难确认其本意是认为周公写作了这些诗歌，还是将其用于歌乐之中。进一步说，周公乃是制礼作乐这一重大举措的关键人物。与礼乐密切相关的这些诗歌，纵不直接出自周公之手，也当是由其推动或属意下的文化创制潮流中的产物，在这个意义上，将其全部称为周公之诗，似并无不可。或许正是因此，尽管汉儒在具体诗篇作者是谁这一问题上不乏争议，司马谈却将大批诗歌一概归于周公："夫天下称诵周公，言其能论歌文武之德，宣周邵之风，达太王王季之思虑，爰及公刘，以尊后稷也。"（《史记·太史公自序》）

值得注意的是《诗序》对《豳风》诸篇的解说：

> 《七月》，陈王业也。周公遭变，故陈后稷先公风化之所由，致王业之艰难也。
>
> 《鸱鸮》，周公救乱也。成王未知周公之志，公乃为诗以遗王，名之曰《鸱鸮》焉。

周公遭流言见疑于成王，废居不用，《诗序》将这些诗歌系于此时。在这种忧思深沉的境遇里，他以《七月》总结周之先公先王黾勉不懈之风貌、积行累德以成王业之艰难，又以《鸱鸮》向成王坦陈个人心迹。换言之，与文王兴《易》一致，这些诗歌是个人之志不得施行时的产物，是周公未竟事业的一种文字替代品；而孔子以降的儒者，不难在这样的记载中产生共鸣。

在上文所引孟子那节陈述天下"一治一乱"的叙述里，禹及文武周公等先圣的功业主要表现在治洪水、驱禽兽、平复乱世的事功上，是孔子作《春秋》，将立说著述确立为一种别样的拯救文明的方式。但在儒者对经典由来的解说中，很多王者圣人，都不仅有事功上的成就，同时也是文化上的英雄，文王、周公皆是如此。于危困之际，在志向不得践行之时，转向文化创造，是一种极为常见的叙事，经典中的不少文本，因此都被认为是忧患所引发的深思的产物。如孟子所说："颂其诗，读其书，不知其人可乎？是以论其世也。"（《孟子·万章下》）"尚论古之人"时，诵读诗书、知人论世，自然也就会复原诗书文本产生的语境；如果说读诗时"以意逆志"意味着"以己之意，逆诗人之志"①，那么，知人论世时也就难免以眼下之情境，重塑古人著述之场景。因此，纵然圣人制作经典的说法其来有自，儒者的描述、断言可能有其来源和依据，但可以想象，无论文王演《易》，还是周公作《诗》，儒者在讲述这些故事时，会以自身所处境遇为原型推想古人，投射进了许多心绪和情怀。

圣人创制经典，与儒者乃至诸子在道术将为天下裂的情境中言说、著述，在性质上日趋接近。这样，在《史记·太史公自序》中，司马迁这段众所周知的论述中，众多典籍令人惊讶地混杂在一起，就可以得到理解：

> 夫《诗》《书》隐约者，欲遂其志之思也。昔西伯拘羑里，演《周易》；孔子厄陈蔡，作《春秋》；屈原放逐，著《离骚》；左丘失明，厥有《国语》；孙子膑脚，而论《兵法》；不韦迁蜀，世传《吕览》；韩非囚秦，《说难》《孤愤》；《诗》三百篇，大抵贤圣发愤之所为作也。此人皆意有所郁结，不得通其道也，故述往事，思来者。

有六艺经典，有传记之作，有抒情之诗，有诸子之什，这

---

① （汉）赵岐注，（清）焦循撰，沈文倬点校：《孟子正义》，中华书局1987年版，第638页。

些作品在汉人的认知里本非同类，但司马迁还是将其并置一处。这不意味着在他心目中，出自圣人的经典与诸子传记在价值上等同，他关注的是产生这些文本的相似境遇。“此人皆意有所郁结，不得通其道也，故述往事，思来者。”身处幽隐之中，不得不借著述的方式来自我表见，让自己的苦心夙志坦白于世。在这点上，文王、孔子与屈原、韩非之属并无不同，《诗》《书》作者，也概莫能外。

前文已论，经典的研习和传承，曾经启发儒者在仕、隐两极之外，以言说、著述作为第三种有价值、有意义的生存方式，儒者的著述意识由此而发生、成熟。“《诗》《书》隐约者，欲遂其志之思也。”司马迁这样的表述也表明儒者乃至战国士人的著述意识，又影响了他们对《诗》《书》等经典的性质的认识。既然儒者认为，遭遇困厄之时，立言著述也是一条可以选择的人生路径，文章传世也可算作个人志向的实现方式，经典中的不少文本即因此产生。那么，他们越是强调往圣先贤在文化上的功绩，也就越能自信于自己的议论、书写的价值。反之，儒者的著述意识越是强烈，也就越是热衷于讲述圣人制作经典的故事，为之添加细节、增益声色。经典之学与儒者的著述意识，连接为一个彼此反哺的循环，往复不止。而司马迁借以自勉的这段话语，既反映了孔子以来的士人们著述意识的成熟，也总结并深化了儒者重塑圣人制作经典场景的成果。

总之，《论语》“长沮、桀溺耦而耕”章、《孟子》“外人皆称夫子好辩”章都涉及儒者的自我辩护，孔子是在求仕不遇之后为隐者所质疑，孟子则被指责太过显露自己的论辩才华和口舌锋芒。在自证合理、自陈心志的过程中，孔、孟都以经典为援，致使两章的文本中有《诗》《书》的印痕。其中，“鸟兽不可与同群”一语与《诗》的关联较为隐微，孟子讲述的圣人抵御洪水野兽故事，则十分显豁地源于《书》中记载。这种互文关系，将孔子、孟子的人生选择和个体行为，置于经典之光的照耀之下，他们的一生之志，也就被提升到守护文明与对抗野蛮的高度。而在入仕之途并不畅通、君臣遇合十分困难的情形下，隐居弃世意味着抛却责任，言说论辩、著书立说就成为传承斯文与对抗蛮荒的新方式，儒者的著述意识因此产生并不断成熟。由于以传承经典为事，儒者更易于建立一种围绕着典籍、文字、语言而展开的生活，因此，尽管类似的著述意识在百家诸子身上渐渐都有所体现而成为一种普遍的文化现象，是儒者将其最明确、清晰地表达出来，并产生广泛的影响。

儒者受到经典之学支撑的志向选择和著述意识影响深远。儒术独尊之后，经典的影响力进一步扩大，明经成为士人求学、入仕的必要条件。这种深入骨髓的教育修养，无疑会作用于他们对世事的感知和评议，也会影响其在诸多人生关口上的决断。士人在证明文学创作，乃至各种方式的文章著述的价值和必要性时，或将作品归结为经典之支流余裔，或认为著述的价值功效类似于经典之关乎政教，总要从经典处寻找依据。尽管客观来说，从事于文学、著述需要特殊的天分和巨大的精力，擅长于此者未必拥有足够的政治才干和经验，士人们还是会惯于把个人生命向著述的侧重，归结于仕途不够顺遂时的无奈，视作失意的补偿。总之，在早期儒者处可以观察到的经典之学与个人之志、著述意识的频繁互动以及由此形成的诸多观念，日渐固化在士人群体的思维习惯里，圣人制作经典的传说，孔孟言说、书写的故事，会被很多士人一再复写、一再翻版。

第五章　以治为务：思想表达的政治意涵

战国之时，学士整体以“不治而议论”为常态，疏离于政治实务而以思想表达为其主业。一些学士将此视为不幸，但客观来讲，正是这种相对独立的姿态，为他们提供了发展一种具有超越性、纯粹性的别样言说的可能，“明道”之言也因此与日常语言特别是政治世界中的语言区别开来，为学士们所专有。尽管不得居官任职，不能参与到具体的政治生活中，学士们却可以在语言中编织自己的理想世界，阐释自以为至当无缺的政治规则，甚至推而广之，探索宇宙运行不息的原理，思考生命之意义与真谛，谈天说地，辨析名实，尽人之情，穷物之理。学士们的著述因此万象森罗，其蕴藏之富，意蕴之深，时至今日，仍可让人叹为观止。

即便如此，政治在学士们包罗广阔的论说之中仍然处于核心地位。思想世界与政治领域的分离并不意味着两者平行生长、互不相交，相反，从学术统于官府、政教合一的封建宗法社会中逐渐分化而出的学士群体，恰恰需要在与政治的关系中确立自己的位置。尽管学士们在强调自身的重要性上不遗余力，但实际上，是政治世界集中了最为丰厚的权力和物质资源，在新的社会政治秩序的诞生、成型中，它的作用之巨毋庸置疑。学士中的大部分虽不能进入现实的政治生活，却从未消歇过这种渴望，政治充当了其议论的主要话题。因此，尽管诸子之作无所不包、百家之言无远弗届，后世的学术史家还是精准地抓住关键，点明政治议题的重要性："易大传：'天下一致而百虑，同归而殊涂。'夫阴阳、儒、墨、名、法、道德，此务为治者也，直所从言之异路，有省不省耳。"（《论六家要旨》）"百川异源而皆归于海，百家殊业而皆务于治。"（《淮南子·氾论》）

在"不治"之后，以"议论"的方式来阐述治道，对于学士而言，这既可视作其政治欲望的间接实现，同时也未尝不意味着一种新的政治参与方式的产生。议论虽难以直接对政事有所变更，却可以以略显迂回的方式，在更长的时间段中对政治形成影响。对于这一点，战国学士中不乏相当自信自觉者。在他们看来，"议论"本身就是对政治的介入，思想表达本身即"以治为务"。这并非学士之自欺，新创建的政治体制和国家政权也确实需要思想的存在：君主尽管占据最高权力，他必须要使人信服权力的实施不是为了一人一姓的特殊利益；新兴的政体需要在思想之中展开自己，被思想确认为普遍的、唯一合理的统治形式。战国时代的秩序重建，不仅包括社会政治秩序的重新规整，也包括思想秩序的确立格局，这两者实际密不可分。这也就意味着，学士的思想表达在秩序重建的过程中，实际上也发挥着不容忽视的作用，"明道"之言，同样有"行事"之功。

思想与政治的合作，一方面要求统一的思想学术体系，或曰国家意识形态的成型；一方面要求将学士群体纳入政治体制之中。而这两者，在战国之时都没有落实。不过，学士们的诸多议论，已经预想了这一未来：在彼此的论难辩诘中，他们往往流露出总结思想、一统学术的愿望；在其论说中，他们也会探索与政治进行合作的方式。在对未来的理论设计之中，学士们不忘为自己安排位置，使其既能进入政治世界，又不以独立性的彻底丧失为代价。而在一些学士对理想世界的摹画中，由于过分地为君主设身处地，他们最终将自己遗落在外。这种看起来可笑的悲剧其实也是学士的社会身份所决定的，只有在穷尽各种极端之后，历史才能完成最终的伟大折中。

第一节 作为政治行为的思想表达

在总结战国学术的论述中，回溯性的眼光包容了学士们之间的差异，事后的胸襟开阔、语气平和抹消了论争时的锋芒相对，对共同点的发现也取代了曾经的攻讦不已、辩论不息，但将“务于治”作为学士议论的核心，并没有偏离事实。学士所言之“道”有时虽抽象、超旷，但探本溯源正是为指点当世，穷追往古恰足以补益今时，推究天理终需要阐明人事。所谓“道”，在许多时候最终都落实到“治道”之上。政治对思想表达的意义，并不仅仅在于它充当了诸家共之的话题，成为争辩的焦点，还在于对许多学士而言，表达这一行为，本身即是政治参与的一种方式。尽管学士们经常强调“行”较之于“言”的优先，将“议论”视作在“治政”之外的一种价值稍逊的人生选择，但其中也有不少人意识到表达和传播思想的积极意义，这同样是足以影响政治的一种方式，存在着改变社会走向的可能性。学士们因此又赋予思想表达以崇高的价值，不仅儒、墨诸家有此自觉，即使是主张取缔学士群体的法家，也从反面证实了议论、言说所具有的力量。

将表达视作一种政治行为，也左右了学士们的思维、言说方式。学士们各执一端，自以为是而谓他人为非，是非的标准也就未必是推演的顺畅、逻辑的圆满，而是其施之于政的有效性如何；尽管战国之时学士们的攻讦往来主要在口舌或书面上展开，但既然思想被认为与政治治乱息息相关，学士们就不免设想另外一种平息争端的手法，即以政治之力服人之心，至少息人之口，并且几乎从不怀疑其合法性。总之，在以“不治而议论”来描述学士们疏远于具体政治事务的存在状态之时，也必须承认，在更宽泛的意义上，他们的思想表达同样是一种政治参与，尽管形式殊为特异。

一、儒家辩说与辟除异端

作为先行者，战国学士逐渐发展得更为充分的诸多特点，在孔子身上都能找到端倪。政治在孔子思想中的重要性不言而喻，恰当的言说因之就必须能够见之行事，孔子由此确立了行与言之间的等级关系。“先行，其言而后从之。”（《论语·为政》）“古者言之不出，耻躬之不逮也。”“君子欲讷于言而敏于行。”（《论语·里仁》）“其言之不怍，其为之也难。”（《论语·宪问》）这些言论大多是对一种踏实沉稳、不虚张声势的君子人格的推崇，不过，不能因此而忽略其中的政治意味。在孔子这里，养成君子人格作为从政理民的前提，即使尚不能算是彻底的政治行为，至少是在为政治做准备。这样，强调行对于言的优势地位，反过来形成的对“言”的限制和规定，很多时候就会集中到所言能不能付诸政治实践一点之上。在孔子的“正名”之说中，这一点得到了清晰的揭示。“名不正，则言不顺；言不顺，则事不成……故君子名之必可言也，言之必可行也。

君子于其言，无所苟而已矣。”（《论语·子路》）所谓“名”，原本主要指君臣上下之等、人伦亲疏之序，将其与“成事”联系在一起便不足为奇，只是，“言之必可行也”的要求很容易便能扩及一切言说之上。是否表达了能够行之于世的政教规则，就成为检验立说有无价值的标准，言说因此需要处于政治的左右之中，不必有旁逸斜出的可能。

对“行”的推重及对“言”的贬抑，使得在孔子这里以立言的方式表见于世，终究是未达一间的无奈之举。他不合于时而发愤述作的形象也因之更加突出，其主观意志与客观环境总是处于悲剧的对撞之中，前进的热望从未冷却，却一再发现自己总要无功折返。孔子思想由此常表现出一种戏剧性的纠结：有时他强调修身为学对于为政的超越和溢出，有时又要求言说议论要以合乎治政之需为依准。“道尊于势”虽已获认可，但在社会现实中推行道术并建立功业，较之以语言文字对道进行阐发论说，毕竟具有更高的价值。这种依违不定、立根未稳之态源于此时学士们独立性的有限，他们尚不足以发展出更自为的知识体系、更有信心的自我评判。学士们因此也难免有心理上的波动起伏，间或因知晓大道之奥渺而自信自得，间或因自怀璧宝却不被赏识而自顾自怜，甚至生发出强烈的挫败之感。

尽管强调行重于言，孔子也没有全盘否认“言”的价值。当时有问孔子“子奚不为政？”者，孔子回答说：“书云：‘孝乎惟孝、友于兄弟，施于有政。’是亦为政，奚其为为政？”（《论语·为政》）如果说孝友之事都可以算得上“为政”，那么以言说表达思想、教化他人，更加可以算是“为政”的一种形式。正是因此，被时人赞誉为“博学而无所成名”，有着温和、包容的思想性格的孔子，也不免对同时的一些言论辞色猛厉。“攻乎异端，斯害也已。”（《论语·为政》）“放郑声，远佞人；郑声淫，佞人殆。”（《论语·卫灵公》）“恶紫之夺朱也，恶郑声之乱雅乐也，恶利口之覆邦家者。”（《论语·阳货》）在“言以为事”充当了语言的主要使用方式的宗法社会中，言说本身就是政治行动，因而必须谨慎其后果，学士们既以“不治而议论”为其基本特征，其言说性质已经有所不同。但这并不影响孔子仍然相信言说的政治效应：言说虽然暂时与政治疏远，但都存在着进入并搅动政治世界的可能，辟除异端因而也就有了防患于未然的意义。

在学派日趋分立、思想观念愈发纷披之时，学士之间的争辩随之频繁而激烈，孟子也因长于此道而有“好辩”之名。他以“知言”自许，“诐辞知其所蔽，淫辞知其所陷，邪辞知其所离，遁辞知其所穷”。在论辩中洞彻各家学说的弊端与缺陷，察知各种言辞的偏失过当，以及其中的刻意遮蔽或无意隐瞒，从而对症下药予以回击。① “生于其心，害于其政；发于此政，害于其事。”（《孟子·公孙丑上》）“知言”意味着精熟论辩技巧，所以要在此事上花费心力，是因为各种学说一旦付诸实施即有可能引发严重的政治后果。正是因此，孟子才会对论辩一事有着如此强烈的使命感，“予不得已也”，将这些有害于人心世道的“邪说”彻底清除，是为了维护文明世界的持存，避免人类

① “知言”除了对对方言说的内容进行批判外，也可能辅以察言观色等方法。孟子曰：“存乎人者，莫良于眸子。眸子不能掩其恶。胸中正，则眸子了焉；胸中不正，则眸子眊焉。听其言也，观其眸子，人焉廋哉！”（《孟子·离娄上》）“观其眸子”即可能成为论辩时察知对方底细的辅助手段。

与“禽兽”重新混杂。

孟子于是将自己辟杨墨之举，与尧舜治水、文武诛纣等伟大的政治事业等同起来，而孔子之作《春秋》，则是自己在近世之先导。《春秋》虽空言传世，却以其褒贬抑扬来影响政治，这场在书面上展开的正名行动据说让当时之从政者悚惧乎内，即“孔子成《春秋》，而乱臣贼子惧”。孟子之时，“圣王不作，诸侯放恣，处士横议，杨朱墨翟之言盈天下，天下之言，不归杨则归墨。杨氏为我，是无君也；墨氏兼爱，是无父也。无父无君。是禽兽也”（《孟子·滕文公下》）。正是这些荒谬学说，坍塌了人与禽兽之间的界限，各国之政的实质，不过是“杀人以政”，不过是“率兽食人”。在孟子看来，杨朱墨翟之言是以另一种形态存在的洪水猛兽，他的论辩因此同样是至关重要的政治行为，是以言说言谈的方式，践行了前世圣人的救世之意。

处于学术总结时期的荀子同样遵从了这一理路。为平定百家纷争、推奉儒学为一尊，他对当时流行的诸家学说都做出评议，指摘其缺失，《荀子·非十二子》篇开篇即对将要批驳的“六说”做出定性：“假今之世，饰邪说，文奸言，以枭乱天下，矞宇嵬琐使天下混然不知是非治乱之所在者，有人矣。”这些学说的根本问题在于混淆视听，使天下不知是非之分，更无法找到由乱而复归于治的路径。荀子坦承十二子所持之说“其持之有故，其言之成理”，然而，这非但不足以成为其值得留存于世的理由，反而是其必须被清理干净的原因。正是它们推论之有序、说理之无碍，使之“足以欺惑愚众”，使得听信其说的民众无法被收纳进规矩齐整的政治秩序之中。他关注的同样不是各家之说展现的思维能力和理论水平，而是其是否阐明了合理的政治规则，“王制”作为荀子最为推崇的政治制度，因此就成为他衡量众说的标准。“凡议必先立隆正，然后可也。无隆正则是非不分，而辨讼不决，故所闻曰：‘天下之大隆，是非之封界，分职名象之所起，王制是也。’故凡言议期命是非，以圣王为师。”（《荀子·正论》）“传曰：‘天下有二：非察是，是察非。’谓合王制不合王制也。天下不以是为隆正也，然而犹有能分是非、治曲直者邪？……传曰：‘析辞而为察，言物而为辨，君子贱之。博闻强志，不合王制，君子贱之。’”（《荀子·解弊》）举凡不合乎其所谓“王制”之说，则为奸言奸说，沉溺于斯之人，纵使言说精致巧妙、文章譬喻宛转，仍不过为乱世之奸人、天下之嵬琐，对于荀子心目中理想政治的损害，是他们无可原谅的过错。

荀子已恢复“王制”为其终极理想，这不仅意味着统一的以君主为核心的国家体制的建立，同时也要求清除思想纷错歧出的局面，在文化上归于一统。为此，他试图建立起能够备“道”之全体的知识体系，并指出当时的百家之言各有其遮蔽不见之处。“夫道者体常而尽变，一隅不足以举之。曲知之人，观于道之一隅，而未之能识也。故以为足而饰之，内以自乱，外以惑人，上以蔽下，下以蔽上，此蔽塞之祸也。”（《荀子·解蔽》）诸子之学但见道之一隅，却不能认识到自己不过是以管窥天、以锥指地，因此自以为是、自欺欺人，有所蔽塞而不知拓宽自己的视野，终不免于“愚者为一物一偏，而自以为知道，无知也”（《荀子·天论》）的结局。与他们囿于一己之见而不顾其他的学术风格相反，荀子自认有着更为超迈的追求，“君子知夫不全不粹之不足以为美也”，只有以至全至备、无所不包，并且纯粹中正、毫无驳杂的学问进行持养，最终到达“生由乎是，死由乎是”的境界，才能具备“德操”，算得上是“成人”。

因此，“君子贵其全也”（《荀子·劝学》）。

在荀子看来，这种无蔽无碍的贤人早已有之，这种周备混全的知识也已然存在。“孔子仁知且不蔽，故学乱术足以为先王者也。一家得周道，举而用之，不蔽于成积也。故德与周公齐，名与三王并，此不蔽之福也。”（《荀子·解蔽》）孔子即已经能够无所遮蔽，习得足以称王天下、与古之圣王继踵比肩的治政之术，虽不能得势以行其道，毕竟名声垂于后世。而传承自孔子的儒家经典，也就是荀子所谓既全且粹之学的荟萃之所，圣人之道在其中已经得到完美无缺的呈现。“圣人也者，道之管也。天下之道管是矣，百王之道一是矣。故《诗》《书》礼乐之道归是矣。《诗》言是，其志也，《书》言是，其事也，礼言是，其行也，乐言是，其和也，《春秋》言是，其微也。”（《荀子·儒效》）每一经典都各有所长，言及圣人之道的一个面向，当其贯通为一，则天下之学即已尽在于此，不必再有外乎是者。“天下之道毕是矣。乡是者臧，倍是者亡；乡是如不臧，倍是如不亡者，自古及今，未尝有也。”经典既是对古之圣王成功经验的总结，其施行与否，也是未来社会重归正轨、天下复返王制的关键。而荀子对经典之学全、粹等性质的论述，既有与其他诸子流派争胜的用心，也满足了一个即将出现的统一帝国整合文化、树立思想权威的需求。在战国后期，有这种倾向的学士并非荀子一人，思想与政治即使不能完全同步，至少有许多不知所以然而然的暗合。

经典之学既全又粹，而诸子之说仅见道之一隅，那么，经学应该实现了对当时百家之学的囊括。但从荀子的思想整体来看，他所设想的经学却并不具有如此之大的包容度，相反却具有强烈的排他性。“天下无二道，圣人无两心。今诸侯异政，百家异说，则必或是或非，或治或乱。”（《荀子·解蔽》）这种非此即彼的二元逻辑，可见荀子在总结学术时，与其说是要兼容并包，不如说是要别裁伪体、确立正统。① 对于各有所蔽但并非全无所得的诸家学说，他并没有表现出去芜存菁的耐心，其态度多是一味批判，不能平心静气地分析众说的所得所失，即使其思想对百家之言有所吸纳，也是以较为隐蔽的方式进行。

荀子设想的“王制”之中，居于至尊之位的“圣王”集君、师两种身份于一体，既是政治权力的执掌者，也是教化之本原。“君者、治辨之主也，文理之原也，情貌之尽也。”（《荀子·礼论》）在这样的体制里，百家之说的滋长本身即非法而无理，圣王假借其势位使其归于寂灭也就正当而自然了。“王者之制名，名定而实辨，道行而志通，则慎率民而一焉。故析辞擅作名，以乱正名，使民疑惑，人多辨讼，则谓之大奸。其罪犹为符节度量之罪也。”（《荀子·正名》）“正名”是君主独占、不得旁落的权力，擅自立说而蛊惑民众，“是之谓奸人之雄。圣王起，所以先诛也，然后盗贼次之”（《荀子·非相》）。荀子所谓对“至足”之学术的追求，不仅没有表现出兼容并包的精神，反而要求将异己之说驱逐出人类视野，并且学说间的争辩最终演变为政治上的压制，其他学派的学者连生存于世都不被许可。

① 如刘宁所言：“如果从辨析群言的内在方式上来看，荀子很少从逻辑矛盾出发展开辩论，而更多的是直接表述自身主观见解与异说的差异。”“荀子之辨析群言，仍然表现出阐述自身主观认识的侧重，与论敌理论与逻辑上的复杂交锋，并不充分。”（刘宁：《汉语思想的文体形式》，华东师范大学出版社2012年版，第28、30页）

荀子在这方面表现的苛刻暴虐为后人诟病①，但这些在他这里得到了明白表述的说法，其实未必不是战国之时的共识。学士们以“治道”为其议论的核心主题，也就难免想象以政治这种斩截高效的方式，来取得自己在辩争中的胜利。

不过，荀子还是清晰地认识到战国之时并非圣王当世的时代，君子不得占有势位，不能以诛杀这种一了百了的方式来应对自己的论辩对手。“明君临之以埶，道之以道，申之以命，章之以论，禁之以刑。故民之化道也如神，辨说恶用矣哉！今圣王没，天下乱，奸言起，君子无埶以临之，无刑以禁之，故辨说也。”（《荀子·正名》）尽管语气之中不无遗憾，但荀子毕竟还是承认了“辨说”的重要性，在这个德不称位、贤人闲置不用的时代里，它不仅是君子阻击淫辞邪说的唯一武器，也是推行教化、劝导人们化性起伪的必要手段。“法先王，顺礼义，党学者，然而不好言，不乐言，则必非诚士也。故君子之于言也，志好之，行安之，乐言之，故君子必辩。凡人莫不好言其所善，而君子为甚。……故君子之于言无厌。”（《荀子·非相》）正是由于对辩说一事的重大意义的肯定，荀子虽明知自己“不治而议论”的处境，却显得更为自得，少有屈沉于下、郁郁不得的情绪。“以正道而辨奸，犹引绳以持曲直。是故邪说不能乱，百家无所窜。……说行则天下正，说不行则白道而冥穷，是圣人

① 萧公权：“孟子固亦尝以卫先圣之道自任。然孟子‘距杨墨，放淫辞’，不过逞个人之口舌，招好辩之讥毁。观其应对齐梁之君，固未尝一露假手政府以息‘邪说’之意。是孟子虽勇于卫道，尚不失西人以学说对学说，以言论攻言论之开明态度。至荀子为人君立正名禁惑之法，则不啻始皇焚书之始作俑者。”（萧公权：《中国政治思想史》，新星出版社 2010 年版，第 76 页）

之辨说也。”（《荀子·正名》）无论行之与否，辩说都是君子值得从事的事业，即便其在价值上始终处于行政之下，但仍可算得上是一种能给予学士们自信、自尊的生活方式①。荀子的这一信念，无疑反映了学士们对于言说议论之价值的自信、自觉。

总而言之，言说应当阐明正确的政教之法是儒家一以贯之的追求，施之于政的正当性、有效性，也是其指点其他学派、评议百家之说时的衡量准绳。儒家的这种姿态颇具代表性，处于“不治而议论”的境遇中，言说之时却往往假想自身为行政治民者，战国学士大多无法免于此例。学派之间的论争往往变成不同政治观点之间的直接对撞，彼此之间往往缺乏必要的理解和同情；而假手于政治暴力使辩争对手息声甚至灭口，也被诸多学士们视作合情合理。在这种姿态的作用下，尽管学士们往往认为“行”与“言”之间有高下之别，但“言说”也被承认确乎必不可少，思想表达于是被看作一项不容忽视的政治事业。

儒家对修辞的态度也受到上述逻辑的影响。孔子说“言之不文，行之不远”，即使在强调文饰的重要性时，他找到的理由也仅仅是由于唯其如此，“言”才能更好地为“行”服务，而更多的时候，他不过秉持“辞达而已矣”的观点。荀子则说：“君

① 与孔子一致，荀子同样承认“行”对于“言”的优先。“学至于行之而止矣”（《荀子·儒效》），“行”才是学的终极目的。《荀子·大略》：“口能言之，身能行之，国宝也。口不能言，身能行之，国器也。口能言之，身不能行，国用也。口言善，身行恶，国妖也。治国者敬其宝，爱其器，任其用，除其妖。”不过，荀子对这种等级关系的强调较之孔子的频率已有所降低。“少不讽诵，壮不论议，虽可，未成也。”（《荀子·大略》）他还是承认了“讽诵”“论议”的重要性。

子之言，涉然而精，俛然而类，差差然而齐。彼正其名，当其辞，以务白其志义者也。彼名辞也者，志义之使也，足以相通，则舍之矣。苟之，奸也。故名足以指实，辞足以见极，则舍之矣。外是者，谓之讱，是君子之所弃，而愚者拾以为己宝。”（《荀子·正名》）言辞之发不过为表白其心中之志义，本身并不具备独立的价值，若不得其实而仅在名辞上用力，非但毫无意义，反沦落为奸言。

“志于道，据于德，依于仁，游于艺。”（《论语·述而》）孔子为儒家确立的理想君子人格十分丰满，并不缺乏审美感知能力和文章结撰才华，但他对文辞的承认始终有其限度。“文质彬彬，然后君子。”儒家对“文”实际有着相当的重视，但对其过分发展也一直存有警觉。在言辞一事上，这意味着修辞必须保持节制，“致远恐泥”，耽溺于此不但无益，甚至有可能亏损德行的圆满。“有德者必有言，有言者不必有德”，言说必须获得德行修养的支撑，但也有可能脱离赋予其价值的本质而独自增生，终于成为不值得赞赏的往而不返，修辞将沦落为文过饰非，语言华丽的外表下空无一物。言语的过分正是由于内在的缺失，与笃实而自有光辉的君子其实差别甚远，孔子因而对“佞者”频致不满，断言“巧言令色，鲜矣仁”（《论语·学而》），其弟子宰我的能言善辩更是让他发出了“始吾于人也，听其言而信其行，今吾于人也，听其言而观其行”（《论语·公冶长》）的慨叹。孔子警醒于语言的迷惑性，他的这些论断，也成为后世儒者普遍接受的权威观点。尽管如此，儒家对“文”的必要性的强调，使得文艺、修辞在其思想体系中仍可占据一席之地。而在墨家、法家之属的极端言论中，文章修饰几乎没有任何存在的空间。

二、墨家、法家：无用之说与无用之人

尽管反对对言辞进行过度的修饰，但在随后的墨家看来，在这方面孔子早就为之已甚，不仅语言表述，其思想主张、行为举止，都被指责沉溺于烦琐无用的矫揉和虚饰之中。与孔子一致，墨子同样认可政治对于言说的重要性，但与孔子对政治多方位的思考相比，他将政治化约为“兴利除害”，“仁之事者，必务求兴天下之利，除天下之害，将以为法乎天下。利人乎，即为，不利人乎，即止”（《墨子·非乐上》）。其所谓利害，又往往指向物质资料的收获与损失。在墨家眼中，儒家对丧葬的重视、对礼乐的推崇，不过是其自炫于世却无益于国的表演。“盛容修饰以蛊世，弦歌鼓舞以聚徒，繁登降之礼以示仪，务趋翔之节以观众；博学不可使议世，劳思不可以补民；累寿不能尽其学，当年不能行其礼，积财不能赡其乐。”（《墨子·非儒下》）① 这些行为进入国家层面，以此为事寖然成风，就势必使君子民众不能集中精力于本业，陷入怠惰而终于困穷。总体而言，墨家对儒家的批驳大多是基于这种功利的考量，往往止步于儒学之肤末粗迹而不能深入精微；他们看起来对于儒学之内在理致并无兴趣，所关注的不过是后者对于自己心目中理想政治的偏离。虽然《墨子》一书中可以获得对儒家思想中矛盾

① 在《墨子·非儒下》中，对于孔子的几处批评是通过晏子之口发出的，此处所引即其中一例。这些故事或许有事实依据，但更有可能是墨家的假借依托，至少经过了其重新叙述，因此在这里，径直将其中的晏子之言用作墨家之说。

之处的揭示①，儒家议论主张的悖谬之处却主要并不在此，而在于它会破坏简约朴素的生活方式，会松动国家机制紧绷的弦线，降低其运作效率，并造成浪费和奢靡。简言之，墨家对儒家的批判，主要着眼于其政治效应，在其设想出的上下勉力从事、举国不知倦息的政治图景之中，儒学因其无用而没有立足之地。

与其政治观点相应，在墨家这里，言说的功用就是提供能使国家积聚财货、人民富裕有余的方略，所谓“三表”之法，于“原之”“本之”之后，终究需要“用之”。“今天下之君子之为文学、出言谈也，非将勤劳其喉舌，而利其唇吻也，中实将欲为其国家邑里万民刑政者也。”（《墨子·非命下》）因此，墨家同样确认了“行”在地位上高“言”一等。“言足以复行者，常之；不足以举行者，勿常。不足以举行而常之，是荡口也。”（《墨子·耕柱》）在风格上，言说也应当止于适用，不必修饰装点，只求简明清晰，“言明而易知也，行明而易从也”（《墨子·非儒下》）。

墨家粗粝质朴的文风实出刻意，在诸子骋辞、百家腾说的当时，这一风格就显得特立独行、容易辨识。楚王谓田鸠曰：“墨子者，显学也。其身体则可，其言多而不辩，何也？”田鸠辩解道：“今世之谈也，皆道辩说文辞之言，人主览其文而忘有

① 如《非儒》《公孟》篇中对于儒家丧葬说法的攻击，指出儒家的丧葬之礼，实际与其对亲疏尊卑的规定相违背。“若以亲疏为岁月之数，则亲者多而疏者少矣，是妻、后子与父同也。若以尊卑为岁月数，则是尊其妻、子与父母同，而亲伯父、宗兄而卑子也。逆孰大焉？”（《墨子·非儒下》）

用。墨子之说，传先王之道，论圣人之言，以宣告人。若辩其辞，则恐人怀其文，忘其直，以文害用也。”（《韩非子·外储说左上》）言说的目的在于致用，语词的考究本身并不具备独立的价值，在这一方面用力太过不免喧宾夺主，让人在修辞效果的目眩神摇中遗落治世之宏旨，这与买椟还珠、嫁女饰妾同样愚蠢。如果说在儒家处尚且保留了对适度的文饰的欣赏，那么在墨家这里，与其非乐同一逻辑，文辞除致用之外别无价值，语言能够提供给人类的其他可能被忽略不计。

值得注意的是，尽管对语言的使用有着如此的规定甚至克制，墨子对于言说这一行为的重要意义却有着充分的估计。墨子尚功利而重积聚，他本人却不事生产，而以议论言说为事，因此难免被人认作自相矛盾。有吴虑者即对其质疑道：“义耳义耳，焉用言之哉？”墨子回应说，所谓“义”，即是“有力以劳人，有财以分人”。但以他一人之力从事耕织所得毕竟有限，因此“不若诵先王之道而求其说，通圣人之言而察其辞，上说王公大人，次匹夫徒步之士。王公大人用吾言，国必治；匹夫徒步之士用吾言，行必修。故翟以为虽不耕而食饥，不织而衣寒，功贤于耕而食之、织而衣之者也”。在这个故事的另一版本中，他的回应大旨相近却简省得多，即“天下匹夫徒步之士少知义，而教天下以义者，功亦多，何故弗言也？若得鼓而进于义，则吾义岂不益进哉！”（《墨子·鲁问》）言说虽不能直接生产物质财富，却能够对他人施以教化，使在上者勉励于治国为政，在下者勤奋于劳务耕织，墨子的这番回答实际反映了战国学士们的普遍心态，也透漏出其为天下师长的身份自觉。① 学士们不时地贬抑言说的价值，却又不得不承认它实为自己立身之具。“不强说人，人莫之知也。行说人者，其功善亦多，何故不行说人？”（《墨子·公孟》）这是一个强聒不舍的群体，即使不情不愿，思想表达终究是他们介入政治的主要方式。

儒家有所谓“义利之辨”，更关注政治的正当性而不是其在追求功利上的有效性，因此很少以“有用”“无用”一类的断语来评价各家学说，但在墨家这里，“仁义”之道被轻易地转换为为国家人民逐利积财之法，这种做法就显得天经地义。不过，法家却入室操戈，斥责墨家与儒家一样并无用处。墨家兼爱之说与儒家对差等之爱的强调看起来针锋相对，但在法家学者眼中，其间并无本质区别，它们都试图将存在于人与人之间的仁爱之意推广到政治之中，并以此为基础构建出稳定和乐的国家秩序和大同世界。依法家看来，这种政治设计不过是痴人说梦，以仁义治国，不过是因为缺乏具体的行政经验而产生的无端妄想。治国最为重要的是赏厚而信、罚重而必，使其民贪求利禄而顺从法令，惧怕刑罚而不敢为非，并且赏罚律令有国家之力作为支撑，因而在规训民众一面尤有显著效果。韩非毫不讳言

---

① 吴虑对墨子的质疑，与农家学者许行对仁政的质疑有相似之处。仁政或许能够推恩于民，但统治者既不事耕织，就不免“厉民以自养”，实为不仁之举。孟子则认为这是社会分工的必然，“劳心者治人，劳力者治于人”（《孟子·滕文公上》）。在这一语境中，所谓劳心者看起来单指政治世界中的为政者，但实际上也有为学士们辩护的成分，在“劳心”一事上，学士们较之为政者甚至更胜一筹。当然，在孟子看来，原本就没有政治与文化的二分，他其实往往以从政者——哪怕是未来的从政者自居。

政治的暴力本质，并以此指斥学者倡言仁义，只是“道书策之颂语，不察当世之实事”（《韩非子·六反》）。

“吾所谓刑者，义之本也。而世所谓义者，暴之道也。”（《商君书·开塞》）依法家学者之见，儒墨所言之仁义不能够救民、适足以害民，到底何者为“义”应当重新定义。与儒墨两家并无不同，法家对于其他学说的评判同样着重于政治效果，只不过其所谓政治被限定于为君主、为国家追逐利益，其与墨家在重功利一面虽大抵相同，却很少表现出“兴天下之利，除天下之害”的宽阔胸襟。于是，“夫言行者，以功用为之的彀者也”（《韩非子·问辩》）。言说所提供的治国方略，必须是对国家有切实之用的便利之计，而当时学士夸夸而谈的诸种学说，往往是无谓的语词推演，虽然辩丽可喜，终究百无一用。“说有必立而旷于实者，言有辞拙而急于用者。故圣人不求无害之言，而务无易之事。”（《韩非子·八说》）正如荀子斥十二子之说“持之有故，言之成理”却不合乎“王制”，在韩非眼中，诸家学说虽脱离事实却能在逻辑上滴水不漏，周急于用的言辞因其质朴无文，在这些空洞之说的挑剔下甚至经常词穷理屈。“为虚词，其无用而胜，实事，其无易而穷也。”这些“文辩辞胜而反事之情”的辩慧之词不过是在玩弄语言，“可以戏而不可以为治也”，君主在面对它们时，最为重要的是心有定准，有度量以应之。“人主之听言也，不以功用为的，则说者多‘棘刺’‘白马’之说。”（《韩非子·外储说左上》）只有责其实用，才能见其虚浮，才能避免受到学士们巧舌如簧的瞒欺。

学士之无用不仅表现在其言说内容的不切实际上，在法家看来，这样一个不事生产、仅能口谈的群体的存在本身即是对人力资源的巨大浪费，丝毫无益于国家富强。儒家对“学”十分重视，认为这是从政的前提和保障，墨子也相信“教天下以义”所能取得的功绩远过于穷一人之力以事耕织。他们虽攻讦彼此无益于治，却都没有否认学士的价值，甚至强调这一群体的引导作用对于政治成功至关重要。但法家对这群“不治而议论”者缺乏容忍。在《商君书》诸篇的观念中，国家要在当时的兼并战争中立于不败之地并且开疆拓土，必须最大可能地抟一民力，“入令民以属农，出令民以计战”（《商君书·算地》），以庆赏刑罚等手段，将百姓驱逐到以农耕、战斗为主的职业之中。习《诗》《书》、修文学之士，口谈辩慧之徒，既然不创造财富，就只能仰仗他人供给，这无疑给国力造成双重的损伤；君主若不明于此而予之以高爵厚禄，则民众在利益的驱动之下必群起而效尤，从农战中脱离出来而事此无用之业，成为“游食”者。“农战之民千人，而有《诗》《书》辩慧者一人焉，千人者皆怠于农战矣。……今上论材能知慧而任之，则知慧之人希主好恶使官制物以适主心。是以官无常，国乱而不壹，辩说之人而无法也。如此，则民务焉得无多？而地焉得无荒？”（《商君书·农战》）在战国这样一个“国待农战而安，主待农战而尊”的时代中，君主允许“以言说取食”者大量存在，终将使民力涣散、国家衰亡。韩非同样痛诋文学之士之无用以及君主厚养之不智，认为国家之爵禄，本为劝勉民众不辞辛劳于耕种、尽其死力于战阵。“今修文学，习言谈，则无耕之劳而有富之实，无战之危而有贵之尊，则人孰不为也？”这些游谈之士平居无事之时则空食利禄，临危受难之际则不堪任用，君主因此陷入“所利非所用，所用非所利”的困境之中，“国平养儒侠，难至用介士”（《韩非子·五蠹》），若不能及时纠正这种悖谬，国家必会因气力不足而有覆亡之祸。①

贪求利禄的学士或许可以因之加以利用，更为可厌的是一些保持高度独立性、对爵禄缺乏兴趣的学士，他们或是更热衷于求得高尚之名而轻忽势利，或是以民间的、非官方的方式，甚至仅凭个人之劳作求取自己的衣食所需，总之，几乎没有办法将其纳入体制之内。这些在当时被称作“处士”的人群，对于君主、国家而言全无用处，法家对其则咬牙切齿，必欲除之而后快。② 韩非列举许由、务光、伯夷、叔齐等历史上或传说中的隐居不仕之人，指出他们“上见利不喜，下临难不恐，或与之天下而不取，有萃辱之名，则不乐食谷之利。夫见利不喜，上虽厚赏，无以劝之；临难不恐，上虽严刑，无以威之：此之谓不令之民也”（《韩非子·说疑》）。超脱自足的生活使他们在面对君主的劝赏之时无动于衷，其博学修行，也就因此不能为君主创造任何价值，纵使其名扬四海、誉满天下，终究无所用之。“已自谓以为世之贤士，而不为主用，行极贤而不用于君，此非明主之所以臣也，亦骥之不可左右矣，是以诛之。”（《韩非子·外储说右上》）相传齐太公因此而诛杀海上居士狂矞、华士昆弟二人，韩非对这种做法无疑是十分认同的。

在法家之士看来，学士的存在不但徒然耗费资财，而且有

---

① 对于君主的这种悖谬之举，《韩非子·诡使》篇中有更加详细的论说。

② 当然，这些隐居岩穴的“处士”中，不乏以此种曲折方式猎取名望、吸引君主关注从而获得利禄者，“终南捷径”一词虽出后世，但类似的行为在战国时已多有之。法家对君主的招隐行为十分反感，认为这是对正常的晋升途径的破坏，必会使群官百吏、耕战之民大失所望，使更多的人学习这种虚伪矫饰的行径。如《韩非子·外储说左上》即载中山君“好见岩穴之士”，终被赵主父所灭。

其危害。强烈的流动性使得君主对他们的管理极为不便。对于严密整齐的政治体制来说，这样一个周流四方的无根群体缺乏稳定性，他们的不确定性有可能引发意想不到的风险。法家驱民务农不仅是出于富国强兵的需要，另一个同样重要的原因是，“归心于农，则民朴而可正也，纷纷则易使也，信可以守战也”（《商君书·农战》），依附于土地之上的农民质朴愚陋、见识短浅，易于操纵控制。“谈说之士，资在于口；处士，资在于意；勇士，资在于气；技艺之士，资在于手；商贾之士，资在于身。故天下一宅，而圜身资。民资重于身，而偏托势于外。”（《商君书·算地》）与农民之安土重迁相比，学士们因不依着于土地而拥有了巨大的自由，利口谈说即是其立身之资，这使之可以辗转于各国之间四处求食，不必拘束于一乡一里之内，为田舍器物所羁绊。在法家设计的规整制度中，这一随时可能逃逸而出的群体显然会被视作威胁。

流动性尚只是学士们危险性的一个方面，更具破坏性的仍是他们的主要特长言说。由于具备剖析事理的思考能力和耸动人心的言辞表达，对于国家颁布之法令条文、制度规程，学士们能够察觉其中的龃龉不安，找出常人轻易放过的缺陷，并通过自己的议论宣传，使法令不得推行而沦为具文。“主有令，而民以文学非之；官府有法，而民以私行矫之，人主顾惭其法令而尊学者之智行，此世之所以多文学也。”（《韩非子·问辩》）在学士的挑剔之下，法令中的诸多疏漏昭然于世，人主甚至都会为此而心中愧惭，推行力度势必会大打折扣；民众知其并非严丝合隙，也就不免见缝插针、苟且行事，逃避责任、躲闪惩罚。“圣智成群，造言作辞，以非法措于上。上不禁塞，又从而尊之，是教下不听上、不从法也。”（《韩非子·诡使》）学士的存在使得法令虽设而相当于无有，国家必因此混乱失序，这也就是“儒以文乱法”（《韩非子·五蠹》）。

总之，“士有二心私学、岩居窞路、托伏深虑，大者非世，细者惑下”（《韩非子·诡使》）。不仅文学谈辩无用，文学之士也常常是一股不服管教的麻烦制造者，而明主之国则应当“无书简之文，以法为教；无先王之语，以吏为师”（《韩非子·五蠹》），让学士之谈说没有容身之所。荀子已经有假借政治来平息学派纷争的意见，在强调严刑峻法的法家这里，暴力的运用就更加不成问题，若不可以利禄诱导、不能以威刑恐吓，则不妨执而杀之。值得注意的是，在韩非褊急的表述中，他所要实现的并不是以法家一家之说取代其他诸家之言，而是使当时的学士整体不存于世。“今境内之民皆言治，藏商、管之法者家有之，而国贫，言耕者众，执耒者寡也；境内皆言兵，藏孙、吴之书者家有之，而兵愈弱，言战者多，被甲者少也。”（《韩非子·五蠹》）孙吴之书阐述了在当时颇为实用的策略，商、管之法也并不是韩非讥刺为无用的仁义之谈，他本人的著述从中取资借鉴处不在少数，但同样被归入摒弃之列。在他看来，关键不在于言说的内容如何，以言说为事本身就是一种罪过。学士们不论坚持哪家观点，只要以“不治而议论”为存在状态，就不会被上下整饬、职分分明的机制所容纳；每个人都要有其用处，而衡量有用无用的标准只能是是否利于君主，能否为国家带来切实可见的效益。

于是，在法家特别是韩非看来，策士与学士之间并没有本质之别，因其言而求其功、循其名而责其实，对于应付这两类人士同样有效，在必要的时候，甚至可以对他们进行大规模的清剿。既不满于策士言辞不能大公无私，又指责学士议论之辩而无用，法家至少在主观上试图两不沾靠而自成一格，作为事实上同样以言说、书写为事的一个群体，他们究竟如何定位自身就十分耐人寻味。由于政治对于整个社会的主导地位，学士们在著书立说之时往往以治国理政者自居，法家在这种想象中的身份认同上表现得最为极端，以至于他们几乎无法承认自己实际是学士中的一员。作为新兴君主专制的最为重要的辩护者，他们时时为君主设身处地，或是从国家的角度来立说，无论策士还是学士，在其眼中不过是治下民众，需要严加戒备以杜绝其营私自为，有效操控使之服务于国家。

这种主体意识使法家既不屑于策士，也自外于学士，看不到自身与他们之间的共同利益，在其对于理想政治的规划设计中，既然不给此二者特别是学士留有余地，实际上也就没有为自身预留空间。法家之士太过急切地投靠政治，最为清晰地显示了战国之时思想世界独立性的有限性：它不仅需要在与政治的复杂纠缠中定义自身，甚至可以为了回归于政治而毁灭自身。不过，政治世界对于学士们的忧虑，反过来证明了学士已经成长为一个足以影响政治的群体，法家激烈的态度，正表明了战国学士已经具有了相当的力量，而被斥责为无用甚至有害的言说议论，正是他们能量的来源。这种从维系政治出发而产生的反学士、“反智”思潮，恰恰证明尽管学士们普遍处于“不治而议论”的状态之中，其“议论”和思想表达行为却是独门招式，是其特殊的政治参与方式。

法家学士以为政者自居的意识太过强烈，造成了对自我社会位置的盲视，在其著作中，几乎看不到对于自身的言说行为的意义评估，也很少论及恰当的言说应当如何。不过，尽管是以稍为间接的方式，其身份定位事实上还是影响了语言风格。

“令者，言最贵者也；法者，事最适者也。”（《韩非子·问辩》）在法家的理想世界中，法令就成为最为尊贵的语言造物。由于颁布法令是要让天下吏民百姓循之行事，那么就要求它必须详尽严明、清晰易懂。“故圣人为法，必使之明白易知，名正，愚知徧能知之；为置法官，置主法之吏，以为天下师，令万民无陷于险危。”唯有如此，民众才能“知所避就，避祸就福”（《商君书·定分》）。

以此为由，法家对于学士们经常制造的“微妙之言”多有批评。“微妙之言，上智之所难知也。今为众人法，而以上智之所难知，则民无从识之矣。……故微妙之言，非民务也。”（《韩非子·五蠹》）“察士然后能知之，不可以为令，夫民不尽察。”（《韩非子·八说》）法令不专为察辩晓文之士而设，它必须能够迅速无误地普及至民众之中，学士们的精微要眇之言在此不足为用，何况，这些微妙之辞很多不过如画鬼魅，完全出于信笔涂抹却无法验证其是否确实。既然全不承认学士言说的价值，法家便以政治世界里对于实用性文体的要求，作为评价一切语言成品的标准。“书约而弟子辩，法省而民讼简，是以圣人之书必著论，明主之法必详尽事。”（《韩非子·八说》）圣人之书与明主之法，应该道一风同，如韩非等人的文章，大部分也确实眉目明晰、文风晓畅，有律令之风。不过，《主道》《扬权》等篇以考究的韵文写成，《解老》篇中显示的思维能力和理论水平，恐也非民间夫妇所能明知，韩非的写作终究不是对律令科条的亦步亦趋，其实还是更多地遵循了学士们言说议论的方式。法家文章对法令风格的借鉴，说到底不过是丰富了学士们的表达，成为其中特色独具的一种。

三、趣取无用：名家与庄子

在客观现实中处于“不治而议论”的境地，在主观意愿上却自命为从政者，战国时代的学士们大多处于文化与政治的张力之中，政治成为其言说的最大主题，政治功效被用作互相评价、批判的标准，政治手段也被认可为平息争议的正当方式。这是一幅看起来有些吊诡的图景：一方面，学士们对当时政治频频批判，并努力发展一种不同于政治世界的语言使用方式，从而更好地承担“言以明道”的重任，这从他们对策士言辞的态度中可见一斑；另一方面，对“道”的诸多阐释中又以“治道”分量最重，学士们以理想的、未来的行政者自居，这种姿态深刻影响了他们的思维方式和言说方式，有时候，他们甚至抹消自己的言语方式的特殊性，将其与政治世界中的话语混同起来。不过，学士之中，不乏对政治几乎没有兴趣、专注于个体自由和精神完满者，比如庄子；战国的思想创造里，也确乎有与政治关联不大而仅为纯理论的探索者，在这一方面，最为突出的便是所谓名辩之学。

名辩之学以辨析物理、剖析名实为主，致力于对认知之道、命名之理、事物之同异等的探讨，通过细致的思辨和精密的逻辑推演，颠覆人们的常识，得出一些耸人听闻但又并非无理的结论。“苛察缴绕，使人不得反其意，专决于名而失人情。”① 一般以为，名辩之学与墨家渊源颇深，《墨子》一书中即收录了集中讨论此类问题的《经》《经说》《大取》《小取》诸篇，而名

① （汉）司马谈：《论六家要旨》，（汉）司马迁：《史记》，中华书局 1962 年版，第 3291 页。

家的代表人物如惠施、公孙龙，亦多尚功利、重实用，主张非战休兵，与墨家的政治思想相合。① 名辩之学中有不少内容即与墨家的兼爱、非攻等核心思想观念有关。如“墨辩”六篇中的一些条目，正是为“兼爱”之说张本。钱穆指出：“盖墨子创兼爱之说而根据于‘天志’。其后屡经异己者驳诘，‘天志’之论不足以折敌，其徒乃别求根据而成今之《墨经》上下篇。”又详细分析《墨经》中从本体论、认识论、人生论三方面论述“兼爱”的内容。② 惠施的历物十事，则几乎完全是为“兼爱”而发，通过揭示各不相同的万物之间其实存在着齐一之处，证明“泛爱万物，天地一体”的合理性。③ 而所谓辩者二十一事

① 前人多有指出此点者，如蒙文通先生认为惠施、公孙龙皆有偃兵、兼爱之说，因此“惠施和公孙龙同是墨家的别派”。参见蒙文通：《周秦学术流派试探》，《先秦诸子与理学》，广西师范大学出版社 2006 年版，第 182 页。钱穆先生《惠学钩沉》《公孙龙七说》等文同样有此意见，他说“惠子墨徒也”，“惠施显然犹是墨家面目，而公孙龙则离而渐远，乃纯粹为名学之讨究矣。要其渊源所自，同出墨派，则为不可诬耳”。钱穆：《中国学术思想史论丛》（二），生活·读书·新知三联书店 2009 年版，第 247、305 页。

② 参见《〈墨辩〉探源》，钱穆：《中国学术思想史论丛》（二），生活·读书·新知三联书店 2009 年版，第 152 页。冯友兰先生《中国哲学史》第十一章“《墨经》及后期墨家”亦有“《墨经》对于兼爱之说之辩护”一节。

③ “历物十事”见于《庄子·天下》篇，其解可参见胡适《先秦名学史》“惠施历物十事”一节。胡适指出：“第十个反论（按，即‘泛爱万物，天地一体’），可以被认为是全部论证的寓意，其余九条要表明‘天地一体’，因而要‘泛爱万物’。换言之，历物十事是企图建立墨家兼爱主义的哲学基础。”（《胡适学术文集·中国哲学史》，中华书局 1998 年版，第 862 页）

中，也能看到泯灭差异、齐同事物的内容，与惠施思想同条共贯。

也就是说，名辩之学中的许多内容并不简单是无涉人事的纯粹知识探索，至少就其初衷而言自有社会伦理意义，即使公孙龙也宣称“至矣哉，古之明王，审其名实，慎其所谓”（《公孙龙子·名实论》），试图利用“正名”之说的政治内涵，来为自己的学说辩护。名家学者因此并未跳出以政治衡量学士立说的窠臼，只是，一种纯粹的论辩兴趣和求知之志逐渐湮没了社会政治的诉求，辩士们在这种坚白、同异的析别中越走越远，名辩之学最终也演化为一种知识游戏、一种思维操练。这或许有助于学术的推进、知识的拓展，但在当时的整体氛围中，名家自然就成为众矢之的，被视作徒逞口舌而一无用处的代表。“不法先王，不是礼义，而好治怪说，玩琦辞，甚察而不惠，辩而无用，多事而寡功，不可以为治纲纪……是惠施、邓析也。”（《荀子·非十二子》）荀子反复申言名辩之学不得礼义之中，不过是为君子所弃绝的“苟察”之说，并在《正名》篇中予以学理上的破解。韩非对辩者的讥讽则直截而犀利：“兒说，宋人，善辩者也，持‘白马非马也’，服齐稷下之辩者。乘白马而过关，则顾白马之赋。故籍之虚辞则能胜一国，考实按形不能谩于一人。”（《韩非子·外储说左上》）在行政的强力面前，这些曾经无往不利的言辞毫无招架之功。

辩者之中，以惠施参与政治的程度最深，他曾为魏国卿相，在当时的合纵连横活动中也发挥了一定的作用。在魏国国力已衰、秦国攻势已成的形势下，他主张“以魏合齐楚以按兵”，这一策略与其非攻寝兵的学说正相吻合。看起来，墨家被讥为不切实际的这一愿望，在此时的特殊形势下，在小范围内暂时得到实现。① 但事实上，与其说是惠施之说获得了认可，不如说这是魏国当此之际的不得不然，“按兵”只是缓兵之计，而惠施之言则屡屡被当时政治世界中的许多人物斥为无用。惠施为魏惠王为法，民人皆善之，翟翦则指出正如郑卫之音对于“举大木”者而言不如“前呼舆謣，后亦应之”，其法虽“善而不可用”（《吕氏春秋·淫辞》）。匡章以惠施为“无耕而食”之“蝗螟”，“农夫得而杀之”（《吕氏春秋·不屈》），白圭则比之于“无所可用”的“市丘之鼎”（《吕氏春秋·应言》）。

饶有趣味的是，尽管被如此之多的人视作无用，惠施仍不以为惭，试图将自己受到的这些负面评价转嫁到好友庄子身上。不过，在这些具有打趣意味的戏言之中，面对机警敏捷的庄子，他并没有讨到任何便宜。惠子谓庄子曰：“子言无用。”庄子坦然承认这点并且毫不急于自辩，反而顺接话锋加以发挥，指出“知无用而始可与言用矣”。人行走时踩于足下的不过是脚掌之大的方寸之土，除此之外的宽广大地则完全无用，但若没有这无用之宽广，仅余下可供立足的零星，则人将恐惧战栗、寸步难行，“然则无用之为用也亦明矣”（《庄子·外物》）。惠子又以无用之树比喻庄子之言：“吾有大树，人谓之樗。其大本臃肿而不中绳墨，其小枝卷曲而不中规矩。立之涂，匠者不顾。今子之言，大而无用，众所同去也。”庄子则回答说：“今子有大树，患其无用，何不树之于无何有之乡，广莫之野，彷徨乎无为其侧，逍遥乎寝卧其下。不夭斤斧，物无害者，无所可用，安所困苦哉！”（《庄子·逍遥游》）

① 惠施的政治活动，参见杨宽：《战国史》，上海人民出版社 2003 年版，第 350～353 页。

或许即是为惠施这一譬喻所刺激，庄子写下了为数不少的与树木有关的寓言，其中叙事最为奇警的是《人间世》一篇中的曲辕栎社树一篇。此树“其大蔽牛，絜之百围，其高临山十仞而后有枝，其可以舟者旁十数”，匠石从旁路过，竟不肯为之停留片刻，“遂行不辍”。与拥挤如市的观者不同，他看出了这树是“散木”，“以为舟则沉，以为棺椁则速腐，以为器则速毁，以为门户则液樠，以为柱则蠹，是不材之木也。无所可用，故能若是之寿”。不料，匠石归后，栎社树在其梦中出现并反唇相讥，指出有用之“文木”若“楂梨橘柚果蓏之属，实熟则剥，剥则辱。大枝折，小枝泄。此以其能苦其生者也。故不终其天年而中道夭，自掊击于世俗者也”。而自己“求无所可用久矣！几死，乃今得之，为予大用”。正是无用使之保全生命，这也正是求之不得的“大用”。

此树作为当地之社树，因此也不能算是全无所用。从梦中醒悟的匠石则点明“彼亦直寄焉”，“不为社者，且几有翦乎！”“趣取无用”而又不得不寄居于一定的身份，这也就是庄子所谓的“处夫材与不材之间”（《庄子·山木》）。匠石与栎社树的对话很可能以惠子、庄子的对话为原型，庄子借此揭示其游世的生命哲学：人生应当逍遥自适而不必求为人用，但既已生于此世，刻意地追求无用也不是一种合适的策略，不妨随遇而安，将自己不得不领受的身份、命中注定的角色视作生命之寄托。具体到言说上，惠施的调侃在其眼中只是无的放矢，庄子本就不再以其言论是否有用为意，他追求的是一种可以言则言、可以默则默的自由状态，而言说、写作一事，同样不过是他暂时寄身于此、聊以遣有生之涯的生活方式。

放弃了对功用的希求之后，庄子的言谈著述就表现出更多的游戏色彩，出于其手的文字，呈现为“谬悠之说，荒唐之言，无端崖之辞”的面貌。尽管从其思想整体来看，写作在他心目中可能仅是可以行则行、可以止则止的诸多行为中的一种，他不见得会将其视作生命中最具价值的一部分，更不会承认其文章出于自己的精心结撰、劳神苦思。但是，自许与现实之间总不免存在偏差。庄子对于思辨的嗜好，在所谓“三言”中显现出的对于表达的自觉都表明：尽管他自称只是在文辞中暂寄，实际上却早已定居于此。由于对政治缺乏兴趣，言说本身就成为他内心满足之感的来源，文章即便果真出自随意挥洒，也必定是让他颇为自得的擅长。① 他的写作，与今人心中的“文学创作”已有诸多相似之处，也促使人们反思战国学士处的各种通行逻辑：在“言”与“行”的关系中，为什么“言”必须要付之于“行”，“言”本身有没有可能具有价值？韩非贬斥一些学士们的言说为婴儿游戏时的“以尘为饭，以涂为羹”，“可以戏而不可食也”（《韩非子·外储说左上》），但“戏”是不是就那么不值得追求？说到底，如果文化与政治永远不能够一刀两

① 钱基博在《读〈庄子·天下〉篇疏记》中即指出，在《天下》篇中，庄周“所以自明其学者，特详造辞之法与著书之趣，所不同于诸家者也”（张丰乾编：《庄子天下篇注疏四种》，华夏出版社 2009 年版，第 129 页）。闻一多也认为：“战国时纵横家以及孟轲、荀卿、韩非、李斯等人的文章也够好了，但充其量只算得辞令的极致，一种纯熟的工具，工具的本身难得有独立的价值。庄子可不然，到他手里，辞令正式蜕化为文学了。他的文学不仅是表现思想的工具，似乎也是一种目的。对于文学家庄子的认识，老早就有了定案。《天下》篇讨论其他诸子，只讲思想，谈到庄周，大半是评价文辞的话。……这可见庄子的文学色彩，在当时已瞒不过《天下》篇作者的注意。”（《闻一多全集》第 2 卷，生活·读书·新知三联书店 1982 年版，第 283 页）

断，那么它是否有可能至少发展出一些对政治的依赖性稍弱、具有独特性的话题？战国学士们显然无暇及此，而庄子无疑是其中走得最远的一位。

第二节　道与国家：思想表达与政制建设

“治道”构成了战国学士诸多议论、思索的核心话题，以现实功效衡量思想观点、用政治手段解决学术纷争，对于大多数人而言都是理所当然的，许多学士们也确认了思想表达其实是他们作用于政治的另一途径。不过，对他们而言，如何顺畅地进入政治体制，始终是个亟须解决的问题。封建贵族体制瓦解之后，经过一系列的变法改制运动，君主专制政体在列国建立起来。虽各国之制每有不同，完善程度也并不一致，但君主一人居于权力中心，假手于一个层级分明、僚吏各司其职的官僚体系对庶民黔首进行管辖治理，却成为各国政制共享的基本原则；随着兼并战争的进展，一个包举宇内、囊括四海的统一帝国，成为人们对未来的普遍期待。在战国时代，这一新兴制度的诸般因素虽逐渐成熟，但完备的政治意识形态并没有确立，列国以富国强兵、掠地争胜为急务，在这一方面尚不及深入探索。

学士有进入政治世界的欲望，国家有自证合法的需求，两者之间的合作不仅可能，甚至可以说是历史的必然。事实上，学士们的诸多议论，已经为这种合作奠定了基础。尽管对现实政治有着诸多不满，战国学士中的大多数却没有对君主专制下的官僚政体，进行过釜底抽薪式的解构和抨击。相反，他们想象理想制度时大多都以这一体制为范本，强调其中的某些方面，或各自又有修葺补充。儒家以“礼制”为名义阐释的政体，早已与宗法社会中的礼制有所不同，所谓“君君、臣臣、父父、子子”，完全可以理解为以君主为核心的等级制度；墨家“尚同于天子”的设想，甚至被视作对君主专制政体的粗略论证①；道家之中虽不乏提倡返璞归真、小国寡民者，但其频频称述的“圣人”，也未必不是君主的象征。总之，尽管学士们对政治现实并不认可，当时正在成长的君主专制政体，却已经在其思想中展开自己，学士们对政治制度的规划，并没有逃脱出这一模式。

一、主道：刑名法术之学

战国之时，对君主专制政体做出最详尽的理论说明，并为其进一步完善提供诸多意见的，是所谓刑名法术之学②。学士

① 如梁启超指出，墨家“尚同”之说，虽与“民约”相类，但在国家成立之后，“其结果乃流于专制”。“彼盖主张绝对的干涉政治，非惟不许人民行动言论之自由，乃并其意念之自由而干涉之，夫至人人皆以上之所是非为是非，则人类之个性，虽有存焉者寡矣。”（《梁启超论先秦政治思想史》，商务印书馆2012年版，第156～157页）

② 涉及此种学说的文献，在学派归属上往往有不同意见。总体而言，主要集中于道家的黄老一派以及法家作品中，如马王堆帛书《黄帝四经》《韩非子》等。裘锡圭则称之为“道法家”，“西汉时代流行的道家思想，或者说当时的道家思想的主流，不是后人所熟悉的老庄一派的思想（实际上老子和庄子也有相当大的差异），而是一种以道、法为主，兼包阴阳、儒、墨等家思想的庞杂体系”。“为了称说的方便，我们可以把这种道家称为‘道法家’，以与老子等道家相区别。”（裘锡圭：《关于马王堆帛书〈老子〉卷前后古佚书》，《中国出土古文献十讲》，复旦大学出版社2008年版，第332、337页）

们的相关论述，既以政治世界中的已有成果为根基，为之提供形而上的论证，又通过抽象、演绎，构想出完美无缺的机体，可以说，这既是对经验的总结，也包含了对未来的设计。然而，尽管君主专制政体成为后世政治制度的主干，刑名法术之学却没有被尊奉为官方思想，其中原因复杂繁多，相当重要的一点便是这一学说对于学士群体的处置不当。

大致说来，刑名法术之学对君主专制政体的论述建立在一系列的二分之上：道与物、道与法、无名与有名等，前者是后者的本原、依据，后者则是“道”在具体情境、位置中的呈现和展开。对道与物的关系的推演，很容易让人认为这些文本是在探索天地自然的永恒规律，但推天理以明人事，将宇宙万物之论与社会政治主张糅合为一，是战国各家各派学士们的惯常手段。刑名之学也正是通过增添这种宏阔的意涵，来为自己的学说增添说服力，在对道与法、名关系的论说中，其政治意蕴就显现无遗。“是故天下有事，无不自为刑名声号矣。刑名已立，声号已建，则无所逃迹匿正矣。”“凡事无大小，物自为舍。顺逆死生，物自为名，名刑已定，物自为正。”（《黄帝四经·道法》）“名”的确立需要依据事物的具体形态，因而命名就主要表现为一个因顺随应的过程。但当其既定之后，“名”就具有了规定意义，甚至流露出强制色彩，自此以往，事物只能在其引导之下运行，在其划定的范围之内、轨道之上发展。具体到政治上，这也就意味着，名分的授予、法令的颁行应当顺应已有的风俗，但在确立一套稳定成型的制度体系之后，风俗反而落于其掌控之中。它完全有能力塑造人们的生活，使个人沿袭着可控制的轨迹生长出特定的习性，最终被安置到这个严整的名位系统之中，这也就是所谓的“号令成俗”。在刑名法术之学看来，“分之以其分，而万民不争；授之以其名，而万物自定”（《黄帝四经·道原》）。这将促成一个恬淡平静、上下安宁的社会。①

“道”对于这个名位体系至关重要。“道者，万物之所然也，万理之所稽也。”（《韩非子·解老》）“道生法。法者，引得失以绳，而明曲直者也。”（《黄帝四经·道法》）在这些形上形下的对举之中，物、法或名只能算作“道”的衍生品、它的外化与显形。显而易见，“道”这一备受尊崇的地位正是对君主之独尊位置的象征，而“法”“名”则只是其用以管理官员百吏、民生百姓的政治制度。刑名法术之学毫不讳言“名”的这一功用：“用一之道，以名为首，名正物定，名倚物徙。”（《韩非子·扬权》）“为人君者，操契以责其名。名者，天地之纲，圣人之符。张天地之纲，用圣人之符，则万物之情无所逃之矣。”（《申子·大体》）正是依赖于此，君主才能从繁多的现实事务中抽身而出，冷静地旁观这个机体的平稳运转，并以庆赏刑罚，鼓励其中的黾勉从事之人，清除其中的越轨不法之辈，而他掌治之下的官吏人民，则依据其所占据的位置完成自己应尽的职责，不得怠惰停歇。所谓“无为而治”，终究只是君主一人的安逸。“君臣之道，臣事事而君无事，君逸乐而臣任劳。臣尽智力以善其事，而君无与焉，仰成而已。”（《慎子·民杂》）或栖迟偃仰，或王事鞅掌，君主的怡然自得、安闲无事，其实是用所有

① 即便终究有如此之功，号令成俗终究是一个有着强制性甚至充满了暴力的过程。《黄帝四经·经法》“君正”一篇等论述可以视作对这一过程的描述，其中指出这种境界的达成需经七年之久，即因为这种对人民生活的重新塑造，绝不是一个没有任何苦痛、摩擦与不适的过程。

人的忙碌来换取的。

主居道位、臣守名分，“名”虽由“道”而出，但“道”却不受任何职守的限制。“道不同于万物……君不同于群臣。”（《韩非子·扬权》）“道”与“名”的对立，确认的正是君与臣民的不同，物各有其名而“道常无名”（《老子》三十二章），正如臣民各有其分守而君主却不具备任何限定性，在这一巨大的政治机器中，他是最原初的动力、最先前的启动装置、最精明的操纵者，却不是有着特定作用的任何一个部位。他既隐藏贯彻于体制之中，又超越挺拔乎其外。“道者，万物之始，是非之纪也。是以明君守始以知万物之源，治纪以知善败之端。”（《韩非子·主道》）正是因为掌握了物无不由、人莫能外之“道”，君主才能圆转无穷，应对随地而生、逐日而新的万千事端；而在这一体制中，为保持其独尊之地位，避免大权旁落，“道”也就被君主视作独得之秘，拒绝他人觊觎。“体道，则其智深；其智深，则其会远；其会远，众人莫能见其所极。唯夫能令人不见其事极，不见其事极者为保其身、有其国。”（《韩非子·解老》）君主因体道而大不可量、深不可测，处于不可致诘的神秘之中，臣民只需按照预定的方式恪尽职责，永远不必也不能探究所以然之故，无法通晓这一机制运转不息的内在动因和终极规则。“道在不可见，用在不可知；君虚静无事，以暗见疵。见而不见，闻而不闻，知而不知。”（《韩非子·主道》）这个与“道”合为一体的君主，处于所有人的认知能力之外，臣下无从通过观察君主让自己免于操控，从而获得行动的主动性。“道无双，故曰一。是故明君贵独道之容。”“凡治之极，下不能得。”（《韩非子·扬权》）能够知道、体道、行道的只能是君主，如此方能“明君无为于上，群臣竦惧乎下”（《韩非子·主道》）。

这是一个“道”为君主所独守的体制。在“道”这一范畴的发展史上，学士们付出了众多的劳动，甚至可以说，“道”根本就是他们的发明，是他们的语言造物。然而，在刑名法术之学所阐述的政体之中，这一崇高之物却被交付到君主手中。这些学士们将“道”拱手相让，造就了一幅十分吊诡的图景：一方面，他们宣称在最为完善的体制中，“道”归君主私人所有；另一方面，“道”的诸般性质，“道”与物、名、法等的关系，甚至包括“道”独属于君主这一点，都由学士们在自己的论说中揭示。也就是说，他们其实与君主共享了“道”的奥秘，成为君主之外的知“道”者。那么，值得追问的是，在其阐发的体制之中，这些学士们将何以自处？除君主以外的一切臣民，其命运都不过是胶着在一个特定的名位之上，完成早已确定的职守，这种太过局限、太过拘束的位置，显然无法让学士们惬意，但在他们设想的政体里，除此之外又没有其他的可能。更进一步说，他们对“道”的熟知，打破了君主对这一崇高之物的垄断，洞悉了以法执政、以名驭臣的所有曲折，本身即构成对于君主的威胁，在理想的体制中本就不应存在。刑名法术之学构想的理想政制之中，根本没有为学士群体预留空间。

这根源于刑名法术之学的阐述者们本就不以学士自居，他们习惯于想象自己为君主一样的总领大局者，而忽略了自己的真实身份，于是，在其设计的体制中，他们反而遗身于外，找不到座次。这种矛盾同样出现在韩非对“法术之士”的论述之中。韩非将学士视作不仅无用甚至有害之蠹虫，并以极端的态度要求将这一群体彻底清除。然而，政治世界里的群臣百吏同样让他心怀不满，在他看来，这些人徇于私利而罔顾公义，唯以假借君主势重满足个人欲望为事。既自外于学士，又区别于群臣，韩非以“法术之士”自许，这一身份对君主保持绝对忠诚，以烛重人之阴私、矫左右之奸行为天职，以辅助君主建立完善的政治机制为使命。只是，在一个一切晋升都应经过“试之官职，课其功伐”等程序的体制中，法术之士怎样才能够攀爬到君主左右，并获得绝对信任？“明主之吏，宰相必起于州部，猛将必发于卒伍。”（《韩非子·显学》）法术之士是能够忍受州部之中的治民平讼、催税征粮、上计考核等种种烦琐事务，一步一步向权力中心靠拢，还是需要折冲战阵、斩首积功？

对于这些，韩非并没有给出明确的答案。不过，很难想象他会有足够的耐心逐级上升，他其实期待着君主的超迁拔擢、宠命优渥。在提醒君主警觉臣子蒙蔽、提防重臣成尾大不掉之势之时，韩非的叙述呈现出一种迫切之感，这或许是源于他对韩国政治现实的观察、对君主地位岌岌可危的忧虑。“非见韩之削弱，数以书谏韩王，韩王不能用。”（《史记·老子韩非列传》）虽然其失意之后的著述不再采用上书的形式，许多议论也不尽然是针对韩王而发，但不少文本中对君主谆谆教诲的姿态依然十分明显。这种叙述语调意味着，韩非所谓的“法术之士”，与儒家等学者自命的帝王之师其实没有本质上的区别，并且在其峭直的文风中，恨君不明、哀君愚钝、努君不争的口气更加突出。这些对危机四伏茫然无知的君主，与韩非笔下清静冷酷、无为而无不为的君主不可同日而语，而能够金针度人，以“主道”授予他们的，正是法术之士。因此，尽管韩非坚称法术之士与学士截然不同，但其怀和氏之璧而不为人主所知的孤愤之感，与学士们的失志之慨其实并无二致。法术之士的特别之处在于，他们一面宣称要辅佐君主建立一个官守其职、人安其分、不得有丝毫僭越的体制，一面其实又在要求居于君主左右、不为具体职事所限制的特权位置。

总之，被认为与战国之时列国制度建设关联最为密切的刑名法术之学，在设计政治体制时，并没有为学士这个当时已经颇具声势的群体预留位置；学士们每每以对“道”的承担而自我标榜，但这种学说对“主道”的发明，使得“道”成为君主的独有之物。在这一学说的阐释者看来，学士们的议论辩说徒逞口舌之能、无补耕战之事，根本没有存在的必要。然而，把学士清除出其理想政体之后，所谓法术之士也将无法照顾其自身的特殊性，他们所要求的不同于一般官吏的特权，同样不为这个森严的体制所容许。于是，尽管处处为君主设想，他们其实没有办法找到自己与君主恰当的合作方式，这是由于，他们虽不肯以学士自居，却无可避免地属于这个群体，消灭学士也就意味着取消自己。刑名法术之学极力缩小学士的生存空间，也就谈不上探索学士与君主国家应当如何合作，后人将焚书坑儒的惨剧归因于这一学说在秦国的落实，虽不见得完全公平，但也算不上厚诬其术。

二、《吕氏春秋》：官方的知识整合

秦朝统一天下之前，权臣吕不韦主持《吕氏春秋》 书的编纂，是十分值得注意的事件，它体现了以官方之力整合知识、总结思想的首次努力。据史书记载，吕不韦此举旨在改变秦国实力强盛、文化薄弱的现实。当时，战国四公子“皆下士喜宾客以相倾。吕不韦以秦之强，羞不如，亦招致士，厚遇之，至食客三千人。是时诸侯多辩士，如荀卿之徒，著书布天下。吕不韦乃使其客人人著所闻，集论以为八览、六论、十二纪，二十余万言。以为备天地万物古今之事，号曰《吕氏春秋》”

（《史记·吕不韦列传》）。从这样的叙述中不难看出，吕不韦在主持此事时的对抗心理，招士与著书，都是在证明自己执政下的秦国较之东方六国不仅毫不逊色，甚至更为出色。如果稍作引申，或许可以认为，这种东、西间的对抗与另一种对抗，即国家与思想世界之间的对抗拧结在一起，《吕氏春秋》的成书不仅证明着秦国统一天下的必然与合理，同时也是在宣称，国家已经掌握了一切的知识。“布咸阳市门，悬千金其上，延诸侯游士宾客有能增损一字者予千金。”这种高调的悬赏，无非是在以夸张的仪式，打造此书已经无所不包、靡有遗漏的形象。

《吕氏春秋》出现于重耕战、轻文学的秦国，并不见得仅仅是因为吕不韦对其他国家养士的欣羡和攀比，在一统大业即将完成之际，他或许已经自觉不自觉地意识到国家对于思想的需要。在席卷所有知识并吞诸家学术之后，国家自然就可以证实统治的合法性，宣称自己能够给予百姓人民一种合理有序、有条不紊的生活。全书最为核心的部分“十二纪”，依照四时十二月的次序，规定了君主随时调整的行为举止、依时发布的条教政令等，战国时出现的百家异说，也根据其适应性，被安置在不同的时节月份之中。“凡十二纪者，所以纪治乱存亡也，所以知寿夭吉凶也。上揆之天，下验之地，中审之人，若此则是非可不可无所遁矣。”（《吕氏春秋·序意》）利用阴阳五行学说提供的架构，“十二纪”就把各家各派的思想综合在一起，而整个国家的行政运作，也就遵循了天地自然之理，避免了悖谬混乱的可能，在年复一年的循环中长治久安。

相较于其中荟萃的诸家学说，《吕氏春秋》的独创之处更在于其编排的形式。不仅“十二纪”与四时十二月一一对应，即使八览、六论，也有其特殊寓意，整部书因此有了精心的结构安排，篇章之间获得了统一性。傅斯年指出："战国晚年五德六数之义盛行，人们著书当趋于系统化。……而吕不韦之八览六论十二纪，乃成一部全始要终的书，不是些散篇了。八览六论十二纪，六为秦之圣数，八则卦数，十二则记天之数，这三个数八、六、十二，也都是在当时有意义的整数。这部《吕氏》真是中国第一部整书，以前只是些散篇而已。"① 对于"八""六"等数字的解释未能一定，但全书的结构，无疑表明了吕氏及其门客建立具有包容性的体系的野心。更进一步讲，形式即是意识形态，这种试图容纳一切思想学说的形式，本身即是统一帝国的象征。

学者注意到《吕氏春秋》有矫秦政之弊的倾向，有见于秦国法治之严苛，全书在兼综诸家学术之时，对法家则选择性忽略。② 与法家对学士群体深恶痛绝、必欲除之而后快的态度大相径庭，《吕氏春秋》在很多篇章中都表现出对学术和师道的敬重，对于君主的礼贤之举也大为赞赏。最为突出的是《孟夏纪》，归属于其下的几篇之中，既有劝人向学、尊师重道的文字，也有对教育方法的探讨。如其谓"古之圣王未有不尊师者

---

① 傅斯年：《战国文籍中之篇式书体》，《中国古代思想与学术十论》，广西师范大学出版社 2006 年版，第 138 页。徐复观则认为："《八览》之八，我以为殆指的是八方……八览云者，乃极八方之观览。《六论》之六，我以为殆指的是六合。"（徐复观：《两汉思想史》第 2 卷，华东师范大学出版社 2001 年版，第 3 页）

② 徐复观认为："在诸子百家方面，《吕氏春秋》全书，系统合儒、道、墨、阴阳五家思想而成；因含有反对秦国当时所行法家之治的深刻意味，故一字不提法家。"（徐复观：《两汉思想史》第 2 卷，华东师范大学出版社 2001 年版，第 1～2 页）

也。尊师则不论其贵贱贫富矣，若此则名号显矣，德行彰矣”（《荀子·劝学》）。在要求君主尚贤尊师的同时，篇中还标举师道之崇高：“故为师之务，在于胜理，在于行义。理胜义立则位尊矣，王公大臣弗敢骄也，上至于天子，朝之而不惭。”于是，在此书效法天道而确立的政治体制中，学士的地位就十分特殊，“‘天道’是由知识阶层来确认而不是由贵族阶层垄断的，于是在它那里就凸显了一个要求，即权力服从于理性，政治服从于文化，统治者服从于文化人”①。

总之，《吕氏春秋》以官方之力推进学术整合，是思想与政治进行合作的一个尝试，书中尊师、劝学等主张，也表现出对学士群体的尊重。只是，在忙于统一大业的秦国，这样的著作只能算作点缀，对当时政治难以有深入的影响。随着吕不韦地位的败落，学士四散，矫秦法治之弊的学说也成为空谈。不过，仍然要重视《吕氏春秋》出现的意义，它总结思想的意图，及其以阴阳五行学说为基础而搭建的框架结构，不仅为《淮南子》等作品直接继承，对于汉代儒家经学体系的形成也有着深刻的影响；尽管它在秦朝作用微小，在大一统帝国的建设、成熟过程中，这样的文化工程势必会被重新启动。

---

① 葛兆光：《中国思想史》第 1 卷，复旦大学出版社 2006 年版，第 251 页。徐复观也指出，吕氏门客“要求人君能尊师，把师的地位放在君臣关系之外，以达到君师分立，这是一个了不起的大进步”（徐复观：《两汉思想史》第 2 卷，华东师范大学出版社 2001 年版，第 32 页）。事实上，尊师的主张在战国思想中十分常见，只是吕氏门客能在秦国张扬此说，显得尤为可贵。

第三节　礼制与劝学：荀子沟通学、仕的尝试

刑名法术之学的主张以及随之而来的秦政宣示了君主国家的力量，只是，以政治权力消灭学士的做法太过简单粗暴，强有力的行政手段可以在一时之间钳人之口，使人道路以目，却很难长期奏效。要将这样一个乘势发展了百余年并获得了丰厚的社会声望、有着巨大影响力的群体，彻底清除几乎是无法做到的，而新的国家体制和社会形势对其也并非全无所求，君主专制权力的实施既需要文饰，也需要大量的代理者。因此，政治权力与思想文化之间的对抗不可能长期存在，一条互惠互利的路径对于双方来说都是必需的。在这方面，荀子做出了最为系统的思索，他提出的解决方案颇具操作性，如果说对后来的现实没有直接的影响，至少也可以说，他的设计与未来的历史走向多有吻合。

一、礼制与学行

在荀子对理想政治的设计中，“礼”无疑居于核心地位。周代礼乐体系崩溃之后，儒家学者保留了对这一已经不合时之物的信仰，恢复曾经的礼法体制是其高悬的政治理想。尽管有着兴复古礼的明确追求，他们也不能不对当前的现实境遇做出回应，其对礼的论述和解说中，实际包含了许多前所未有的内涵。“礼之旧名，习用已久，未必遽废。于是新起制度亦或称礼，而礼之内容遂较前广泛，其义亦遂与广义之法相混。”在这方面，较之儒家内部的其他学者，荀子表现得最为突出，“若按其所述

礼之内容，则古今之义，错杂并出，而三十二篇中所阐发者，似以今义为较多。故举其大体言，荀学之主干非封建天下之旧礼，而为新旧交糅之‘治法’”①。“复周道”同样为荀子所倡言，但其所论之礼其实已与周道相去甚远，处处渗透着战国时代的气息。

与战国时人对政治秩序的起源做出的穷根究底式的追索类似，荀子也将“礼”追溯到生民之初，以此来证明它根源于人之本性，与人类的历史相始终，因此具有不容置疑的合理性。他说：“水火有气而无生，草木有生而无知，禽兽有知而无义，人有气、有生、有知，亦且有义，故最为天下贵也。力不若牛，走不若马，而牛马为用，何也？曰：人能群，彼不能群也。人何以能群？曰：分。分何以能行？曰：义。”（《荀子·王制》）与草木、禽兽等区别开来并超乎其上的关键，即在于人类拥有结为群体的能力，可以集合众人之力，制服离散不合的万物群生，使其为人所用，抵御种种自然强力对人类的威胁甚至“制天命而用之”，以此满足自身的物质需要，实现生活富足。“群”因此可以视作人之本质，苏世独立、离群索居的状态不但使人不得成其为人，实际上也并无实现的可能，社会性如果不是人的全部本性，至少是其中至关重要的一个方面。

人注定要生活在群体之中。而在荀子看来，“群”若要得到有效维持并取得最大的合力，其中的个体就不能地位齐平，“分均则不偏，势齐则不壹，众齐则不使”（《荀子·王制》），彼此之间的绝对平等恰恰会使群体丧失其凝聚力。在这种情况下，个人对自身利益的追逐缺乏必要限制，彼此之间的争斗倾轧就

① 萧公权：《中国政治思想史》，新星出版社 2010 年版，第 75 页。

不可避免，最终造成群体的分崩离析。“离居不相待则穷，群而无分则争，穷者患也，争者祸也。救患除祸，莫若明分使群矣。”（《荀子·富国》）对于群体来说，最为关键的便是“明分”，亦即确立一个能够为众人所接收的等级制度，明确不同等级的责任与义务，各司其职，各取所得，相互协作并有条不紊。

群居共处是人类的永恒命运，群体生活又需要以“明分”的方式加以保证，由此荀子自然可以得出这样的结论：“人之所以为人者，何已也？曰：以其有辨也。”人类的特异之处不在于饮食保暖的欲求、好利恶害的倾向，更不在于“二足而无毛”的形貌体征，而在于能够以建立上下层级、明确亲疏远近的方式结为集体、组成社会。“辨莫大于分，分莫大于礼，礼莫大于圣王”（《荀子·非相》），先前圣王所制定的“礼义”正是各种群体组织方式中最为完备的一种。

值得注意的是，在荀子对礼的功用的推重中，物质财富始终是一个重要的考量因素，这与其他儒者更多强调礼之顺应人情有所不同。① 对于人类整体而言，“兼足天下之道在明分”（《荀子·王制》），以礼义组织起来的社会自然可以保持高度的生产效率，满足其中所有成员的需求，即使有水旱凶败之灾，百姓仍可免于冻馁之祸。荀子并没有为自己对经济的这种乐观提供太多的论证，这来自他对凝聚了先王的创造性智慧的“礼”的信任，一旦人类社会依此来构建，一切问题都应当迎刃而解。

---

① 梁启超：“通观《论语》所言礼，大率皆从精神修养方面立言，未尝以之为量度物质工具。荀子有感于人类物质欲望之不能无限制也，于是应用孔门所谓礼者以立其度量分界。”（《梁启超论先秦政治思想史》，商务印书馆2012年版，第114页）

由此，他指责墨子的“昭昭然为天下忧不足”只不过是个人的“私忧过计”（《荀子·富国》），“天下之公患，乱伤之也”，秩序的紊乱，而不是财富的不足，才是患难的真正根源。“人生而有欲，欲而不得，则不能无求。求而无度量分界，则不能不争；争则乱，乱则穷。先王恶其乱也，故制礼义以分之，以养人之欲，给人之求。”混乱源于人好利嫉恶的本性、耳目口腹的欲望，而“礼”恰恰通过对这些的节制来遏止争斗，“使欲必不穷于物，物必不屈于欲。两者相持而长，是礼之所起也”（《荀子·礼论》）。

“礼”一旦施行，一方面可以保证人类整体获得最大的利益和最高速的财富增长，一方面又能通过在人群内部进行合理的财富分配来避免纷争，而这又是前者能够实现的前提。“礼者，养也”，“礼”由此保证了人类总体财富和个人所得的循环增长，使百姓人民皆有所养；而“君子既得其养，又好其别”，“礼”同样有在人群之中构建差别的功效。所谓“别”，即是“贵贱有等，长幼有差，贫富轻重皆有称者也”（《荀子·礼论》），“礼”以亲疏远近确定伦理秩序，又以贵贱等差分别政治层级。在战国时代，以亲疏明上下的宗法贵族体系既已崩溃，以何种方式重建尊卑有别的政治秩序就成为一个十分重要的话题，荀子对“礼”的论述尽管兼及“长幼有差”，但其重心其实正在“贵贱有等”。在他看来，先王之制礼义，“使有贫富、贵贱之等，足以相兼临者，是养天下之本也”（《荀子·王制》），“礼”在通过分配制造贫富差别之外，区分贵贱同样是其题中之义。并且，这两者其实本为一事，先王制礼义“皆使人载其事而各得其宜，然后使悫禄多少厚薄之称”（《荀子·荣辱》），物质利益的分配本就以其政治地位，以其在政治生活中的作用为根基。

也就是说，“礼”同时兼顾了政治权力和物质资源的分配。“贵为天子”者自然“富有天下”，自此而下，诸侯、士大夫、官人百吏、庶人各有等差，每个人依据自己的功绩、作为获得相应的给养酬劳。财富多寡源于对社会的贡献份额的大小，这种“按劳分配”的方式看起来合情合理，在荀子看来，这足以平复觊觎忿争之心，使人各安其位、守分知足。但落实到现实层面，情形就不会如此简单。以政治位置的高低不等作为收入多少的根基，这种分配方式获得社会普遍认可的前提是政治等级的确立过程必须公平公正，为人信服。荀子对“学”的论说正是对这一问题的回答。

在宗法封建社会施行的礼制之中，血缘亲疏即是别尊卑、定贵贱的标准。但在荀子之时，由于社会结构的变更和阶层流动的加剧，这种机制显然已经无以为继，于是，学行就成为荀子用以替代血缘来判定等级的依据。“虽王公士大夫之子孙也，不能属于礼义，则归之庶人。虽庶人之子孙也，积文学，正身行，能属于礼义，则归之卿相士大夫。”（《荀子·王制》）个人出身不再决定其政治地位，官职、俸禄的求获依赖于在“文学”“身行”等方面取得的成绩，以及对“礼义”认知的深浅。每个人通过在学业上取得成就，就可以获得势位的尊重、物质的丰赡，这听起来颇能激励人心。荀子对这点的论述也确实有着鼓天下之动的欣快语气：“我欲贱而贵，愚而智，贫而富，可乎？曰：其唯学乎！”（《荀子·儒效》）正是学习使原本并无特异之处的个人从庸众中脱颖而出，成为士、君子乃至圣人，获得与尧、禹等圣人比肩的尊贵；正是学习使人们脱离无知无识的蒙昧状态，从愚陋中解脱出来，“原仁义，分是非，圆回天下于掌上而辩黑白”；当掌握了治国平天下的“大器”之后，富有自然随之而至，相较于名誉声望、内在满足，物质的充足恐怕只能算是其中小者。学业与政治地位、经济利益之间的这种转换，使得荀子对学的强调因此就显得意味深长，“学”不仅是个人砥砺德行、完善自身的需要，还是博取各种现实利益的可凭之资。

或许正是学业成就与政治地位的对应关系，使得荀子特别热衷于依照学行修为的程度来划定学者的层级。最为常见的是士、君子、圣人的逐层递进：“好法而行，士也；笃志而体，君子也；齐明而不竭，圣人也。”（《荀子·修身》）“彼学者，行之，曰士也；敦慕焉，君子也；知之，圣人也。”（《荀子·儒效》）“故学者以圣王为师，案以圣王之制为法，法其法以求其统类，以务象效其人。向是而务，士也；类是而几，君子也；知之，圣人也。”① 大致说来，能够师法圣王、遵循先王礼制而处身行事的即为“士”，在此基础上矢志不渝、笃行不懈者即为君子，而“圣人”则知晓礼义中蕴含的精微至理，面对一切事务之时都可以触类旁通，应对自如。

除此之外，荀子依据论述主题的不同，提供了多种判定人之高下的方式。如《不苟》篇云：“有通士者，有公士者，有直士者，有悫士者，有小人者。”《儒效》篇则曰：“有俗人者，有俗儒者，有雅儒者，有大儒者。”尽管称谓各有不同，以学行进阶作为等级评定的标准，却是一以贯之的。而在论述不同政治地位的人应当具有的素质和行事特征时，荀子采用了类似的方式。“夫天生蒸民，有所以取之”，个人的尊卑由其素养致取；

① 清代王念孙：“本书之例皆以士、君子、圣人分为三等。”[《儒效》篇注，（清）王先谦撰，沈啸寰、王星贤点校：《荀子集解》，中华书局1988年版，第131页]

天子之得天下是由于“志意致修，德行致厚，智虑致明”；诸侯之取国家是因其“政令法，举措时，听断公，上则能顺天子之命，下则能保百姓”；士大夫之取田邑需“志行修，临官治，上则能顺上，下则能保其职”（《荀子·荣辱》）；下及官人百吏以至庶人，每个人的位置，都是由其思虑是否深刻、选择术业是否谨慎决定的。

在论述学行与政制时所描述的层级序列有着如此接近的结构，似乎暗示了荀子试图在学业等级与政治位置之间建立一种一一对应的关系。但荀子并没有在二者之间划上清晰、精确的连线，他只是较为含糊地宣称学行修养应该是进入政治的前提和资格。“德必称禄，禄必称位，位必称用”（《荀子·富国》），学养德行、政治权力、财富禄利因此被荀子密切纽结在一起，并且在三者之中，“学”尤其具有优先性，它是后二者得以实现的前提。明了“学”在荀子政治思想中的这一特殊意义，才能理解他何以那么自信饱满地宣称遵照“礼”来进行的权力、财富分配完全可以避免纷争、消除觊觎。以学行确定等级，进而以等级分配资源看起来具有无可置疑的公平性，收获的多少最终取决于个人是否为此付出了足够的努力，不得怨天尤人，不应妄求过分。在求学的道路上，所有人都处于同一起点，能否渐行渐远全凭自身，而荀子的人性论正为这点提供支持。“材性知能，君子、小人一也。好荣恶辱，好利恶害，是君子小人之所同也，若其所以求之之道则异矣。”（《荀子·荣辱》）追求尊荣、利益，逃避卑辱、祸害是人类的天然欲望，无论君子、小人，都有求学修身的材质本性、智慧能力，他们或福禄绥之，或求之不得的命运，源自对“材性知能”的使用差异，源自措置自身的取径不同。结局虽大相径庭，但不能否认他们都曾经面对同等的机遇，因选择的失误而造就的后果只能由个人一力担承。因此，荀子继承了儒家对个人修行成德的自信，同样宣称“涂之人可以为禹”，并解释禹的特异之处不过是“仁义法正”，而“仁义法正有可知可能之理。然而涂之人也，皆有可以知仁义法正之质，皆有可以能仁义法正之具”（《荀子·性恶》），人皆可为禹也就不言自明。

总之，荀子以“礼”为核心设计其理想政治制度，赋予这一旧概念诸多新内涵。他明确指出，礼之区别贵贱尊卑、长幼亲疏，兼有分配政治权力和物质资源的功能，而个人在礼制中的位置的获得，全凭其在求学之路上抵于何境。可以说，在这以“礼”统称的整个体制中，学业成就、政治地位、经济利益三位一体，而“学”尤有其特殊的重要性。荀子以为，这一体制可以有效应对人类好利嫉恶、追求耳目之欲和声色之欢的本性，足以化性起伪，维持人类群体的和而不争。所以能有此功效，根本即在于这种礼制对“学”的推重，所有人都有求学问道的资质，都有提升自身的可能，能在等级体制中臻于何种境界，取决于自己是否能够学而不厌、锲而不舍；以学增进智慧才能，以能授予官职势位，以位获得财富利禄，这看起来完全公正无私，任何人都无法再有怨言。于是，由于对“学”的强调，政治权力、物质利益的分配这样一个本该是充满争夺的混乱过程，就变成以学业成就为基准的权利享有。荀子对礼制的构想，实际是一种将“权力之争夺变为权利之认定”① 的尝试，而对一个社会的持续存在来说，这一转变实际至关重要。

---

① 梁启超：《梁启超论先秦政治思想史》，商务印书馆 2012 年版，第 117 页。

二、劝学：学士群体的自我维护

“涂之人可以为禹”，以学习求得尊位、分得厚禄，是荀子许给所有人的光明前程。但这一说法很可能具有极大的欺骗性，它远不像其所宣称的那样，对所有人都绝对公平。荀子申论此说，其实更多的是维护与“学”有着天生亲缘关系的学士群体的地位，这一制度设计根本无法保证社会中所有人都均沾利益，它的真正目的，不过是为拥有文化资本的人，提供进入政治世界、获得物质资料的畅通渠道。人皆有尊德性、道问学的“材性知能”，通过渐进累积、修为不懈，终能全德备道，超凡入圣；但有此可能并不意味着就能最终实现，从“涂之人”到“圣人”之间毕竟有着巨大的距离，影响这一跨越能否完成的诸般因素不应避开不谈。

“故人知谨注错，慎习俗，大积靡，则为君子矣；纵性情而不足问学，则为小人矣。”（《荀子·儒效》）荀子将个人成就的差异归结为自主选择的恰当与否，但实际并不会如此简单。对于生活于社会之中的具体个人来说，选择的绝对自由只能是遥不可及的奢望，这不仅表现在某些条件的缺失往往使人行动不得自专由，只能有意识地舍此而就彼；更为重要的也许是个人所处的社会位置，生长于其中的社会环境，使其不自觉地进入到某一角色之中，完全意识不到身份变更的需要与可能。所以，荀子所言学问之域对所有人的敞开，其实只是一种脱离了社会现实的抽象，他反复提及人类的差异来自“注错习俗之所积”（《荀子·荣辱》），如果说“注错”尚可视作人对生命的颇具主动性的安置，那么在“习俗”面前，个人是否有选择的主动性就显得可疑：对于平民凡众来说，习俗只能是一个不得不接受的外在环境，个人无可奈何地被抛掷于其中。

在荀子的时代，求学对于很多人来说并不是一种现实的人生选择，他以人"材性知能"方面的齐一证明求学之路对所有人的平等，在这一事实面前就显得有些无力。何况，由于坚持人性本恶、礼义产生于积伪等观点，荀子特别强调外在环境对于个人修行的重大意义，学问之道绝非个人仅凭借一己之力，依靠坚忍不拔的自我修持即可登高及远，要在这条路上畅通无阻，需要辅佐、引导等诸多条件，这突出地表现在他对师法的强调上。"枸木必将待檃栝、烝矫然后直；钝金必将待砻厉然后利；今人之性恶，必将待师法然后正，得礼义然后治。"（《荀子・性恶》）由于人性天生倾向于恶，从之顺之势必引发暴乱争夺，"礼者，所以正身也；师者，所以正礼也"（《荀子・修身》），来自"师"的礼法正是矫饰情性、积善成德的关键，师法的限制约束才是能够收"化性起伪"之功的"注错习俗"。在包括读书、隆礼在内的诸多学习方式中，荀子特别强调从师的重要性。"学莫便乎近其人。礼乐法而不说，《诗》《书》故而不切，《春秋》约而不速。方其人之习君子之说，则尊以遍矣，周于世矣。故曰：学莫便乎近其人。"（《荀子・劝学》）礼乐提供立身行事的法则，但仅循之而行不过是拘牵于细数末度，无法明了其中精义，《诗》《书》记载前代掌故但不切近于事实，《春秋》意指隐微遥深，难以便捷准确地掌握，无论克己行礼，还是精研典籍，都存在着如此这般的不足。只有"师"的言传身教才能避免这些困境，使人窥知学问之深，并能以所学应世无碍。在荀子看来，跟随师长是求学的必由之路。

从师而学的必需，也就意味着个人独立进行的阅读、沉思即便不能说全无裨益，至少也不能登峰造极。求学需以一种群体生活为保证。“夫人虽有性质美而心辩知，必将求贤师而事之，择良友而友之。得贤师而事之，则所闻者尧舜禹汤之道也；得良友而友之，则所见者忠信敬让之行也。身日进于仁义而不自知也者，靡使然也。”（《荀子·性恶》）在这群居共处的情境中，既有师长的导乎先路，也有友朋的切磋助益，而“师”无疑是群体的核心。生活于其中的个人，眼所见为中礼之行，耳所闻为仁义之声，浸染日深，自然学有所成。荀子的这番设想，可以视为对儒家“里仁为美”之说的进一步发挥，但对求学过程中师、友等外部因素的过多强调，势必会对“涂之人皆可为禹”这一许诺的可信性构成冲击。显然，并不是所有人都有机会进入这样的学习环境，荀子的设想其实是以战国时代存在的大量学者群体为原型。这样，在其礼制之中，学业成就与政治权力、物质资源之间的转换，最终其实是为学士在权力分配中争得一席之地。

对求学方式的规定不仅表明荀子的主张有利于学者群体，他对学之内容的论述同样体现了这一倾向。荀子认为，学有一个漫长的积累过程，在每一种职业上取得可观的成就必须专心致志、用心精壹，“目不能两视而明，耳不能两听而聪”（《荀子·劝学》），贪多务得、细大不捐只能导致一事无成。古之贤人能够成其功业，莫不是学贵专精的结果。“好书者众矣，而仓颉独传者，壹也；好稼者众矣，而后稷独传者，壹也。好乐者众矣，而夔独传者，壹也；好义者众矣，而舜独传者，壹也。倕作弓，浮游作矢，而羿精于射；奚仲作车，乘杜作乘马，而造父精于御：自古及今，未尝有两而能精者也。”（《荀子·解蔽》）在这样的论述中，似乎包括农耕匠作在内的各种职业都值得从事，所有的知识都值得花费一生的气力去追求，其间并无价值高下之分。但事实并非如此，在荀子看来，专门的技术性知识有其局限，甚至可以说，以稼穑商贾、制作骑乘为一生之业，本身就是一个不太明智的选择，是对“注错习俗”的处置不慎。更为重要的知识应当不为具体的行当所限制但又能对各行各业进行管理调节，从而超出“器物”的层面并进之于“道”。“农精于田，而不可以为田师；贾精于市，而不可以为市师；工精于器，而不可以为器师。有人也，不能此三技，而可使治三官。曰：精于道者也，精于物者也。精于物者以物物，精于道者兼物物。故君子壹于道，而以赞稽物。”（《荀子·解蔽》）道术使人物物而不物于物，这种超越性的知识才是荀子劝人向学的标的。

对于儒家学者来说，对“道”的探求自然要立足于对经典的诵读和阐释，而本章上文已经提及，荀子出于总结战国学术、辟除异端、确立思想正统的目的，致力于一种既全且粹的经学体系的建立。① 在经学的诸多面向之中，“礼义”又得到了格外的强调。“先王之道，人之隆也，比中而行之。曷谓中？曰：礼义是也。”（《荀子·儒效》）荀子特别强调自己所谓的“道”，“非天之道，非地之道，人之所以道也，君子之所道也”，亦即包含个人立身行事标准、社会协调运转准则在内的“礼义”。由于人是注定要结为群体的动物，而结构人群的最恰当方式正是礼，因此，对礼义这种特殊知识的掌握和熟识就至关重要，这是“君子”脱离具体事务而又保持高位厚禄的根本。君子在专业技术方

① 徐复观：“若就经学而论，经学的精神、意义、规模，虽至孔子已奠其基，但经学之所以为经学，亦必具备一种由组织而具体化之形式。此形式，至荀子而始挈其要。”（《徐复观论经学史二种》，上海书店出版社 2006 年版，第 36 页）

面远不及农人、贾人、工人，以言辩胜人之口也难与惠施、邓析等比肩。“若夫谲德而定次，量能而授官，使贤不肖皆得其位，能不能皆得其官，万物得其宜，事变得其应，慎墨不得进其谈，惠施、邓析不敢窜其察，言必当理，事必当务，是然后君子之所长也。”（《荀子·儒效》）落实到现实层面，对“礼义”的认知就转化为依照每个人的才性、智能，安排其地位职事的能力。

荀子理想中的君主，正是这种操练的最为熟悉者。“君者何也？曰：能群也。能群也者，何也？曰：善生养人者也，善班治人者也，善显设人者也，善藩饰人者也。”（《荀子·君道》）君主通过对众人德行、才能的考察来安排其在等级秩序中的位置，维护社会整体的运转，达到“万物皆得其宜，六畜皆得其长，群生皆得其命”（《荀子·王制》）的至高之境。他处于整个社会的最顶端、最高位，享有最优裕的待遇，却得以免除事必躬亲的劳苦，“势至重而形至佚，心至愉而志无所诎，而行不为劳”（《荀子·正论》），正是因为他熟知礼义，为天下之中正权衡。“人主者，以官人为能者也；匹夫者，以自能为能者也。人主得使人为之，匹夫则无所移之。”（《荀子·王霸》）这种统领一切、安排众生的视野和才能，使其超越各种具体而微的职业，成为整个群体的枢机关键，成为至高无上的首出庶物。

“礼者，法之大分，类之纲纪也，故学至乎礼而止矣”（《荀子·劝学》），“礼义”这种与统治管理直接相关的知识才是荀子所言之“学”的重心，各类专业技能并不在其考虑范围之内。因此，以学行换取势位利禄的制度设计，其实只对一些特定的求学者有效，荀子所代为立言的，不过是能进入统治者之列的士阶层，特别是其中的学者群体。也正因此，他不像刑名法术之学一般，将君主视作“道”的唯一占有者，而是设置了“君子”这样一个角色，与君主一道成为“礼义”这种知识的承担者。“礼义者，治之始也；君子者，礼义之始也。”（《荀子·王制》）“法不能独立，类不能自行，得其人则存，失其人则亡。法者，治之始也，君子者，法之原也。”（《荀子·君道》）律法条科需要人来执行，君子的重要性不言而喻；何况，“其有法者以法行，无法者以类举”（《荀子·王制》），法规律令不可能巨细无遗、深入到人类生活中的一切情境，很多时候需要随机应变、因时制宜，熟知礼义因而能“以一行万，以类形杂”的君子，对于群体的协调运作就更加不可或缺。礼义对法律、械数构成超越，灵活处便的君子也因此与拘守谨恪的“官人百吏”形成区别，即使与统治有关的知识，也不是所有都为荀子所强调。① 如果说在战国时代，士阶层大致分化为学士、文吏两个集团，那么，荀子对君子、礼义的推崇，就明显是为学士一族换得社会声望，争取权势尊荣。

可见，虽然荀子反复申言“学”对所有人的准入和敞开，并以此为根基证明其礼制中等级设定的合法性，但他对求学方法、学之内容的限定，最终还是使这种平等落空。求学之道以“得师”为关键，学之内容以“礼义”为中心，在这些方面，当时师弟相从、朋友切磋的学士群体都具有他人无法企及的优势。这样，荀子以文化修养、道艺层级为标准建立起的礼制，就成为一种文化、政治通力合作的政体，这种制度设计保证了文化资本向政治、经济等他种资本的转换，极大地维护了学者团体

---

① 阎步克对荀子学说中“士君子”和“官人百吏”的角色区别及政治意义有详细的论述。参见阎步克：《士大夫政治演生史稿》，北京大学出版社 1996 年版，第 200～206 页。

的利益。荀子的这一构想，可能以其所在的稷下学宫为经验基础，同时也是战国学士经长时间发展的结果。在这里，这个群体对自身的价值所在、对争取资源的方式、对自身与政治的关系的认识，都显得更加成熟。而从随后的历史走向来看，荀子的这一构想影响深远。

三、荀学与察举制的建立

通过修身养德和诵经行礼来积累知识、增进知能，并以此为基础进入政治世界，享有相应的名誉声望和物质待遇，这种个人奋斗的历程看起来十分励志，宣讲这种爬升的可能也是荀子劝人向学的重要手段。但在战国时代，求学是否有如此显明的功效就有些可疑，此时真正在事功上有所作为的，大多并非荀子所言的学者，学士们整体处于“不治而议论”的状态之中。这种上升途径的畅通，需要一个健全的制度来保证学、仕之间的顺利转换，这在战国时显然仍付之阙如。荀子建构的礼制是就此做出的思想实验，但他实际也没有提供太多的细节，“始于诵经，终于读礼”的教学体制应该怎样建立，学制与政制的交通融会应该如何，都没有获得明确的解说。荀子思想具有浓郁的尊君倾向，且多从国家政制建设的角度出发进行思索，其所谓礼制即由位居人上的圣王制作并自上而下地推行，包含于其中的“学制”自然也当如此。因此，荀子就暗示了这一可能：以君主之力、国家之重，推行某种以特定知识为根基的教育机制，并建设基于教育的仕进制度。

战国时列国的入仕途径多种多样，但大多是服务于富国强兵、内耕外战的需要，“仕进之途唯辟田与胜敌而已”（《通典》

卷一三）①。在这种氛围中，学者入仕的机会就显得较为稀缺，稷下学宫、公侯养客等无法为此提供坚实的保证。这在秦国表现得尤为突出。荀子对秦政多有批评。李斯称“秦四世有胜，兵强海内，威行诸侯，非以仁义为之也，以便从事而已”，以此质疑荀子议兵常以仁义为本的主张。荀子反驳曰：“彼仁义者，所以修政者也；政修则民亲其上，乐其君，而轻为之死。”（《荀子·议兵》）荀子认为秦国的政治本末倒置，可求一时之功，难以长治久安。在入秦后与范雎的交谈中，他肯定了秦国“四世有胜，非幸也，数也”，在行政效率、社会管理上都达到了极高的水平，但其最大的缺失在于“无儒”，并指出这将成为秦国败亡的隐患。“兼并易能也，唯坚凝之难焉。”在他看来，包括秦国在内的列国政治，大多是为在兼并战争中争强求胜，多权宜之计而无长久之策，无法应对天下一统之后的新形势。“凝士以礼，凝民以政；礼修则士服，政平则民安。”（《荀子·议兵》）要想平天下而成王道，必须以礼制修正此前的政治制度，依据其人存政存的人治逻辑，“凝士以礼”亦即大量吸收学士，就成为当务之急。

统一后的秦王朝并没有对其政治体制做出根本性的变革。秦朝设有博士，并征召了一批儒者，但他们除了粉饰缀点皇帝功绩外，几乎不能在政治上发挥任何作用；总体而言，这是一个将学士排除在外，尊吏道而重法治的政体。秦朝确立了君主

---

① 杜佑此言是针对秦国而发，而黄留珠指出，当时秦之入仕，“‘胜敌’与‘辟田’之外，还有保举、客、吏道、通法、征士等多种途径”。因此杜佑之说并不全面。参见黄留珠：《秦汉仕进制度》，西北大学出版社 1985 年版，第 77、78 页。然而，将“辟田”“胜敌”视作入仕的全部途径固然失之于偏，将之视为国家选拔人才的标准和目的却未尝不可；秦国的多种入仕途径，大多即为耕战这一目标服务。

专制下的官僚制度的基本架构，但其二世而亡的事实也使人们认识到其中存在的过与不及。因此，汉承秦制，总结秦朝短命而亡的历史教训，顺利实现由“得天下”向“治天下”的转变，也就成为汉初人所面对的重大课题。贾谊以秦之覆亡为“仁义不施而攻守之势异也”（《过秦论》），司马迁指责李斯“知六艺之归，不务明政以补主上之缺”（《史记·李斯列传》），大致上，汉儒对秦政的批评沿袭了荀子“无儒”的意见。儒者的这些议论批评不能说全无所见，但这一结论的得出或许也与汉初思想学术的格局有关，百家腾跃的局面不复存在，儒生越来越成为学者群体的主干，对儒学社会意义之重大的强调，也正是自抬其身价。

在汉初的军功集团渐渐退出历史舞台之后，补充新的统治力量也就迫在眉睫，而渐趋活跃的儒生恰能满足这一需求。汉文帝二年（前 178），诏“举贤良方正能直言极谏者，以匡朕之不逮”；十五年（前 165），“诏诸侯王、公卿、郡守举贤良能直言极谏者，上亲策之，傅纳以言”。（《汉书·文帝纪》）汉武帝建元元年（前 140），“诏举贤良方正、直言极谏之士。丞相绾奏：‘所举贤良，或治申、商、韩非、苏秦、张仪之言，乱国政，请皆罢。’奏可”（《汉书·武帝纪》）。元光元年（前 134），“初令郡国举孝廉各一人”。这些事件标志着察举制度的确立与成熟。与此同时，汉廷又在中央及地方设置一系列的学校，推行以儒学为主要内容的教育。自此之后，儒生入仕有了切实可靠的制度保证，以儒术得势位，成为士人进入政权、获取利禄的大道通衢。察举诸科不尽为儒生学者而设，选拔精于文法、奉公守职的官吏也是其题中之义，但贤良、孝廉等科目的设置缘由、选拔标准，都表明儒生在这种仕进制度中受到了前所未有的重视。可以说，作为察举制主体的孝廉、贤良方正等科目之设立，“与知识群体特别是儒生集团的参政，与王朝之最终把儒术奉为正统意识形态的过程，是一致的”①。荀子在制度上沟通学、仕的设想终于得到了落实，更进一步说，这是学士群体经长时间发展、积聚力量进而影响政治世界的结果。

察举制选拔人才，不仅注重其知识水准和文化水平，道德身行同样是考察的重点，“经明”之外，“行修”同等重要，而这也与荀子对“学”的理解若合符节。“学恶乎始，恶乎终？曰：其数则始乎诵经，终乎读礼。”（《荀子·劝学》）荀子在儒家经典传承、经学形成的过程中居功甚伟，但由于其学说对于礼义这种践行性知识的偏重，他主张“隆礼义而杀诗书”（《荀子·儒效》），对仅知博闻强识、诵诗读书的陋儒颇为不屑。在他看来，从典籍入手开始学习或许不可避免，但大儒之学势必要超越于此，将所学付诸实施，使礼义体现于治国理民的政事之中，展现在行为举止的节凑里。“学至于行之而止矣。行之，明也，明之为圣人。”（《荀子·儒效》）在践行所学的方式中，如果说居官为政需要机遇，修身养德就是学者须臾不可离弃的义务；儒者的特别之处，不仅在于对六艺经典的熟悉，更在于以诗书为底蕴，以先王之道润养身心的他们，在含英咀华之后必须表现出一种富含德行的生活方式。“德以叙位，能以授官。”（《荀子·致士》）荀子所论之学本就包含明习经典、砥砺德行等诸多内涵，而这在察举制乃至后世的诸多选举方法中都得到确认。学行合一、知识与道德并重的观念本是儒家一以贯之的观念，但在荀子这里发展得更加系统明朗，他一方面使经学渐成体系，一方面在政治制度层面探求学、仕结合的方式，对后

① 阎步克：《察举制度变迁史稿》，中国人民大学出版社2009年版，第9页。

世影响极为深远。在这一意义上，所谓“两千年之学，荀学也”① 的说法并非全无依据。

察举制及各种教育机构的设置，固然是学士们不断奋争的结果，但不应忽视的是，这实际也满足了政治的需求，这类“意识形态国家机器”的存在对于一个政权的持存至关重要。在这类机构发挥其作用的诸多方式中，最为重要的或许即是宣扬人们在求学进阶上的机会平等，所有人通过伏术为学、深思求索，都可以步青云、取青紫，获得一个值得欣羡的前程。如果说荀子所谓“涂之人皆可为禹”只是一句空言，那么当由中央至地方普遍设立学校之后，这个伟大前程就不再显得遥不可及，理论上讲，每个人都有机会通过学识的增益实现势位的步步高升。但这只是通过知识、文化的中转来淡化等级制在权力、资源分配上的不平衡：既然势位、财富都需要以道艺的累积来实现，那么沉抑于下、屈居下僚就只能归罪于个人的用功不足。教育机构通过准入与否、通过确定层层筛选淘汰的学业等级将人们推向高低不等的社会位置，又使人们对自己的这一结局视作理所当然。教育的推行固然能为个人的奋斗成长开辟路径，但其更主要的功能是以知识学术这一具有超越性、中立色彩的事物来协助国家缘饰等级制度，隐蔽其中的不平等、不均衡。就在荀子宣称学行应该可以换取禄位之时，他其实忽略了另一个事实，即较之于文化资本向政治权力、经济利益的转换，后两者向前者的转换要容易得多，居于上位者或富有资财者，在求学之路上要顺利、便捷。

① （清）谭嗣同：《仁学》二十七，周振甫选注：《谭嗣同文选注》，中华书局 1981 年版，第 147 页。

以学术缘饰等级，这种功效发挥的极致有赖于普及的教育体制的建立，在古代中国，这显然无法做到；事实上，荀子虽强调人皆有求学认知的能力，他也从没有设想过一个遍及大众的教育体系，他沟通学业与仕途的设计，主要是为士阶层特别是其中的学者群体寻求上升之路。教育机构的主要作用就是保持一个统治阶层的再生产，而这一阶层所以堪居统治地位，即在于他们对一种特殊知识的掌握、他们与文化的天然亲缘，在专制官僚体制内，这种带有神圣色彩的统治者形象的塑造同样十分重要。总之，荀子沟通学业与仕进的设想所以能够在随后的历史发展中成为事实，即在于这一制度一方面柔化、平和了权力与资源分配中的争夺；一方面既为新建立的君主专制政体以常规的、可持续的方式补充人才，又以制造文化崇拜的方式，使君主统领下的士大夫统治得到整个社会的认可。在这种制度中，思想文化与政治领域终于实现了有效的合作，但学者们在以成为定制的方式进入仕途、获取物质财富的同时，也不免要有所屈折，他们思想、行动的自由度都已经不同往日。①

① 荀子有《臣道》篇，着重阐释“从道不从君”之义，但其思想中的尊君色彩也极为明显。“君者，国之隆也；父者，家之隆也。隆一而治，二而乱，未有二隆争重而能长久者。”（《荀子·致士》）当然，在荀子这里，君主为国之隆并不是无条件的，只有在完善的王制之中，君主既握有政治权力，又充当文化权威，君、师合为一体，其无上之位才能得到承认，而现实中的君主显然不及于此。但对“圣王”式的君主在整个制度中的主导地位的强调，与刑名法术之学对“主道”的重视一致，势必导致对学士的抑制。关于汉代士人的体制化过程及其心态变化和自我调适，参见于迎春：《秦汉士史》第四章“选举制度的建立以及士为社会政治所容纳和吸收”、第六章“士人在专制政治中所感受的压力及其作为出路的处世哲学”。

第六章　明道之言：思想表达的文体形式

作为社会行为的思想表达，既是战国学士实现其平生之志的一种独特方式，也使其在“不知而议论”的状态里参与到社会、政治的演进历程中。毋庸置疑，最能代表学士思想表达成果的，是保存在诸子文献中的说理性言辞。这些作品不仅内容包罗万象，体式也丰富繁多。不过，已有的文学史著作还是抽绎出一条清晰的线索，确立了从“语录体”“对话体”到“论说体”这样一条文体发展的主线。客观来说，这几种体式即使不能囊括此时的所有表达形式，至少在其中最为重要，将它们串联在前后赓续的时间脉络上，也基本符合事实。在这些惯常的论述中，文体特征的形成往往被归因于表达思想的需要，相应地，文体的更替也被认作是人们思想深化、语言运用能力成熟的结果。这是一种十分自然的思路：如果说总体而言，诸子本就以立言明道为目标，那么，如何更好地呈现“道”，也就是表达方式进化的方向。论说体，特别是其中的专论体看起来最能满足追根究底、穷本溯源、探赜索隐的需要，成为战国之时文体演变的终局也就势所必至。在此之后，它也成为人们表达思想时的典范文体。

不过，以“文体”的名义对表达方式进行研究，容易忽视诸子文献的复杂形成过程。尽管如今只能依赖文本来认知当时的思想，但在战国之时，表达有时却不与文字直接关联。口说也是相当重要的一种方式，这些出之于口、入之于耳的言辞，只有被记录、整理下来，方得以流传于后世。所谓“对话体”“语录体”，当其初时，本是具体的对话、言说事件的产物，如果仅仅依据文本记载分析其体式特征，那么就不免轻视这样一个事实，即它们产生于一个具体的言说情境之中。在这些实际发生过的交谈中，影响表达方式的，就不仅仅是如何对道理进行清晰、完善的揭示，还包括言说者的姿态、意图、策略，对话者双方之间的地位、关系等诸多因素。

对话体、语录体是从具体的对话中产生的，与情境的关联不言而喻，而论说文则更多地要依赖书写而成型，避免了与他人的直接面对，更像是一种独白性的、自由自主的言说。然而，任何思想表达都无法摆脱与情境的牵涉，即便论说文不必产生于与他人直接的交流之中，写作这一行为本身也具有社会意义，这是一个特殊人群，在战国之时即学士群体应对他人、确立自我的独特生活方式。这样，所谓“独白性”有可能是这一表达形式刻意制造的形象，学士们最大限度地遮蔽语言的对话本性，隐藏意义对言说情境的依赖，而特别强调语言的指陈事物、明道说理的功能；他们通过专业性语言的发明，通过对冷静、理性的言说主体的构建，保证自身权威，实现自我维护。也就是说，通过论说体的生成和使用，战国学士完成了一番影响深远的运作，不仅生产出大量的、可以为自身换取社会声望和立身之资的文本，并且规定了人们对这些文本的阅读和理解方式，使人们从此在“明道”这单一的维度上理解语言。①

思想的表达总是出现在一定的社会环境中，情境对于表达的作用与限制，不仅体现于主题、内容之上，还体现于表达的形式中；对于表达这种社会行为的效果的生成，形式同样发挥着不可或缺的作用。因此，表达形式的选择与使用就不仅仅取决于指物明理的需要，它们的出现与更迭、取代与衰替，同样要满足所处境遇的要求。在这个意义上，从语录体、对话体向论说体的嬗变，就不仅仅是表现能力提高的结果。在不同形式之中，表达者对他人的应对态度以及对自我姿态的体认并不相同，论说体之所以能够成为著述的典型体式，更重要的原因应

---

① 如巴赫金指出，一切表述都具有对话性，包括所谓的独白型文体也不例外。“任何一个独白型表述，也包括书面文献，都是言语交际不可分割的一个成分。任何表述和完成型的书面语，都在回答着什么，针对着某个回答。它只是整个言语活动链条中的一个环节。任何一种文献都在继续着前人的劳动，与他们争辩，等待着积极的回答，预料着回答，等等。任何文献都是现实不可分割的部分，要不是科学的，要不是文学的，要不是政治生活的。”（《马克思主义与语言哲学》，《巴赫金全集》第2卷，河北教育出版社2009年版，第419页）只是，“在独白中对听者的存在感觉有所不同，独白更多地专注于言语的指物逻辑方面或情感抒发方面，它不会因为他人实际的或预料的介入而放弃这种关注。独白语的听者是不确定的，带有群体的性质。重要的是，独白在言语的转折点上排除了听者的介入，听者只能对整个独白作出反应，而且这种反应只是背靠背的。因此，选用独白形式的人，也就有权把全副精力放在自己言语的对象上，放在自己对它的态度上，有权在某种程度上独立于听者，不考虑听者的反应。……局限在言语主体本身及其对言语对象的态度上，这恰恰是独白语的真正目标，是它的意图所在”（《〈言语体裁问题〉相关笔记存稿》，《巴赫金全集》第4卷，河北教育出版社2009年版，第196页）。

当是，它适应了战国学士自我确立、建构其主体性的历史进程。① 本章即尝试对此作出论析。

第一节　思想世界中的对话

一、《论语》与孔子的对话之道

孔子堪称战国学士的先行者。他的文化功绩体现于多种形式中，整理、阐释旧籍，开启儒家经典的形成过程，自具有无与伦比的重要意义。然而，后人了解其思想、想象其为人最直接的凭借，却是在其身没以后，由其弟子后学辑成的《论语》。"《论语》者，孔子应答弟子时人及弟子相与言而接闻于夫子之语也。当时弟子各有所记，夫子既卒，门人相与辑而论纂，故谓之'论语'。"（《汉书·艺文志》）在众多诸子著作中，《论语》一向被视作"对话体"的典型，有时也会以"语录体"称之。尽管"语录"与"对话"在其意蕴上有着轻微的不同，它毕竟是从"对话"中截取而来的，其产生要滞后于、延迟于对话，因此，对于孔子的表达来说，"对话"的形式更具根本意义。与弟子时人的对

① 本章受到巴赫金对"言语体裁"问题的讨论的诸多启发。他指出，言语体裁是由其所在的"交际领域"决定，大致而言，主要受到如下因素的制约：言语的指物意义亦即题材；言语主体的言说意图及其对所说之物的情态；言语主体与他人的对话关系。在其诸多著作中，巴赫金都表现出对体裁的关注。然而，他集中讨论这一问题的著作并没有完成，仅留下《言语体裁问题》一文以及相关笔记，这使其论述还不够完整明晰。不过，就其完成的众多伟大作品来看，"对话性"无疑是其语言哲学的核心部分，在论及体裁时，他也十分重视这点。

话单独来看零星细碎，但累积成书之后，大致能完整呈现孔子以体行仁义、复兴周礼为核心的政治主张和道德诉求，孔子也因此成为中国历史上第一位以思想学说名世的士人。

《论语》中的对话简短而不乏深义，灵活又堪称考究，显示出孔子对这种言说方式的强大控制力。他总能在即时性的问答中激发出极具穿透力的思想，并以精妙的修辞付诸表达。由于对话主要发生自师徒之间，一般以为，孔门对话的充沛活力与孔子对教育的理解有关。他并不遵循千人一面的样板教学方案，而是依照弟子个人的材质所近、志向所趋分别指点。因此，师徒之间尽管地位无法齐平，孔子还是充分照顾到弟子的特点，让他们有发抒个性、自由表达的空间。《论语》中因材施教的例子屡见不鲜，不同弟子问及同一问题时，得到的往往是并不同一、各具针对性的回答。比如，“子路问：‘闻斯行诸？’子曰：‘有父兄在，如之何其闻斯行之？’冉有问：‘闻斯行诸？’子曰：‘闻斯行之。’”这样做的缘由是“求也退，故进之；由也兼人，故退之”（《论语·先进》）。

孔子并不要求弟子们拥有整齐划一的人生追求和未来路向，德行、政事、言语、文学，从其所好，虽各有所偏但皆能自立。对于弟子们的平生之志，孔子虽不能无所褒贬，但对各种取径都能表示理解和宽容，弟子在道德修行、个人事业上取得成就，他也毫不吝惜自己的称赞。于是，孔门的对话虽以孔子为主体，却绝不是他个人的独角表演，弟子在其中的作用也不可或缺，即使孔子也承认自己在这种交流争辩中获益匪浅。①《论语》在

① 孔子曾经说：“回也非助我者也，于吾言无所不说。”（《论语·先进》）这从相反的方向也意味着弟子在其思考的深化中有所助益。

凸显孔子个人面容之外，也浮现出众弟子各不相同的脸孔，孔门对话没有呈现为孔子的一言独尊，而是让弟子也热闹地参与发声，这或许也是其别具魅力的因由之一。

孔门对话最为充分地展现了对话体的可能性，也暴露出一些问题。尊重弟子并任其发挥主动性，固有益于其个性的张扬与饱满，但也可能削弱师长的权威，弟子有时能够刺探到师长言说之中的纰漏，并予以破坏性拆解。刘知几曾说："昔孔宣父以大圣之德，应运而生，生人以来，未之有也。故使三千弟子、七十门人，钻仰不及，请益无倦。然则尺有所短，寸有所长，其间切磋酬对，颇亦互闻得失。何者？睹仲由之不悦，则矢天厌以自明；答言偃之弦歌，则称戏言以释难。"（《史通·惑经》）在面对子路、子游的质疑之时，孔子或指天为誓、力证自己的清白，或真诚道歉、承认自己一时戏言的缺失，其举动算得上得体，对文过饰非的拒绝也使其德行愈发圆满。"丘也幸，苟有过，人必知之"（《论语·述而》），"过而不改，是谓过矣"（《论语·卫灵公》）。及时改过让孔子看起来总能重新唤起他人的信任，过失不但不为其制造困窘，反而增添了他的威严。

不过，有些诘问也确乎让他无法直接应答。《论语》里的相关对话当然不会以孔子的失败作结，他总能以一番言语重建自己的权威，但他转而言他的回应方式让这些段落显得十分暧昧，他的问难者其实碰触到了孔子思想中的某些难以通达之处。列入"四科十哲"之中的宰予正是这样的一个"麻烦制造者"，他十分擅长剔抉疏漏，让一些看起来毫无问题的论断显露出缺陷。孔子主张为父母行三年之丧，但宰予认为三年时间太久，"君子三年不为礼，礼必坏；三年不为乐，乐必崩。旧谷既没，新谷既生，钻燧改火，期可已矣"。他揭示了丧礼与其他礼乐的矛盾：守丧三年会导致礼坏乐崩，维持礼乐又将破坏三年之丧的古制。孔子的回答并没有直面这一顾此失彼的窘境，他只是单方面论证了“三年之丧”的合理性。他说，“子生三年，然后免于父母之怀”，因此守丧三年不过是顺应人情，唯有如此，才能纾解父母离去带来的巨大悲痛，才能“心安”。他觉得对于这一解释，人人都不会提出异议，没有人乐于承认自己与父母之间的情感寡淡，于是他向宰予发问，父母去世之后，“食夫稻，衣夫锦，于女安乎?”（《论语·阳货》）

此时，孔子可能觉得自己在这场师徒间的较量中已经稳操胜券，宰予面对这种直击人心的诘难一定会心悦诚服。但宰予的回答却有些出人意料，他十分坦然地说：“安。”孔子在愕然之后并没有彻底失语，他还是讲述了一段君子居丧的举止原则，不过这些都已经显得十分无力。他无疑是遇到了真正的挑战，在他的观念中，礼本乎人情，礼的普遍适应性，正在于人情之大体相近、相差不远。可以说，他的政治观念、伦理主张在很大程度上就是建立于这一基础之上。他以为这是不言而喻的事实，而宰予则以如此鲜活的方式告诉他：这不过是一个禁不起检验的、有些一厢情愿的假设，真实的状况是，人心不同，各如其面，每个人心安的底线并不相同。

与弟子交谈只是孔子面对的诸多对话情境之一，非弟子的问学者、各国执政之人、隐居避世之士等，都有可能充当孔子的与谈人。对话总是发生在一个具体的情境之中，每个人都有其性情面目，有其独特的音色；思想温和地输入或互换，即使有偶然而情绪波动，也不至于乖戾暴烈。《论语》中的对话在保存了众人声口的同时，也留影了孔子的言之蔼如。看起来，孔子很享受情境化的交谈，这也符合他一贯的思想。本书第二章中曾提及，孔子作《春秋》而因鲁史旧文，是因为“载之空言，不如见之于行事之深切著明”。他对空谈道理一向有所排斥，更偏好针对具体的事件、提问，评判其曲直是非，褒贬其过与不及，进而引申出一些治国修身之道。“子绝四：毋意、毋必、毋固、毋我。”（《论语·子罕》）此是针对修身而言，但推之于言说之道，对话者的当面存在也有可能促使言说在交流过程中纠正臆断、偏执、固陋、自以为是，最终得出更中正公允的结论。

为情境所激发的言说，能够免于空洞无所指，也能免于陷入不知权变的固执。在大多数场合里，孔子都是一个恰当的引导者。颜渊感叹：“夫子循循然善诱人，博我以文，约我以礼，欲罢不能。既竭吾才，如有所立卓尔，虽欲从之，末由也已。”（《论语·子罕》）通过提问、劝诱等方法激发对方自身的智慧，避免生硬的说教而让人心悦诚服，孔子精于此道。而大量的看起来即兴生发、未经审慎思量的言辞却能一语中的，此则可能与孔子思想的特点有关：一方面，他认为智慧应该在具体的情境中得到生发①；另一方面，他强调“吾道一以贯之”，在应对求问之时有一套恒定不易的准则，因此可以迅速地针对事件做出评判，切入话题给予回答。就像在“从心所欲”和“不逾矩”之间保持巧妙的平衡一般，孔子的言说既能宛转百变，又可不离其宗，随遇而发的对话也就成为他表述思想的一种恰当方式。

不过，对话总是发生在一定的情境之中，也有可能引发一些问题。这意味着言说总是要面向一个具体的他者，针对一些

---

① 比如，鲁定公在问“一言而可以兴邦，有诸？”“一言而丧邦，有诸”之时，孔子即说：“言不可以若是，其几也。”（《论语·子路》）这种企图一劳永逸地解决问题的方法，孔子看起来并不赞赏。

特定的情形，由此生发出的言辞不免力图吻合当下的需要，是否具有普遍的适应性就值得怀疑，至少，这样的言说在陈述道理时很难完整。“孟懿子问孝，子曰：‘无违。’”“孟武伯问孝。子曰：‘父母唯其疾之忧。’”“子游问孝。子曰：‘今之孝者，是谓能养。至于犬马，皆能有养。不敬，何以别乎？’”“子夏问孝。子曰：‘色难。有事弟子服其劳，有酒食先生馔，曾是以为孝乎？’”（《论语・为政》）对话者不同，孔子的回答也随之而异，因人施教固然无可厚非，但对于何为“孝”一事，他毕竟没有给出全面的解说，后人只能通过只鳞片爪来揣测全龙相貌。而类似的境况，同样出现在他思想中的几个核心范畴，如“仁”“礼”之上。

言语的即时而发也注定了它们没有经过仔细审慎的思量，有所偏失、有所遗漏在所难免，纵使它们能有片面的深刻，毕竟难以周全。“世儒学者，好信师而是古，以为贤圣所言皆无非，专精讲习，不知难问。夫贤圣下笔造文，用意详审，尚未可谓尽得实，况仓卒吐言，安能皆是？不能皆是，时人不知难；或是，而意沉难见，时人不知问。案贤圣之言，上下多相违；其文，前后多相伐者。”（《论衡・问孔》）王充因此对《论语》中孔子言语中的不合情理、前后讳异、暧昧不明做出了犀利的批评，而他在行文中也不得不承认，自己的挑剔有可能是由于对孔子的误解。对话与语境的不可分割，使得其中言语的意义需要由当时的情境来补充，当事人因彼此明了而不曾宣之于口的情况、共识等，非身处其时其地不得而知，后世之临文者既然无法逃避语境的失落，也就必须承认其中的不少言辞难以索解。

《论语》中的孔门对话似乎陷入了矛盾：它让以弟子为主的对话者活跃其中，塑造出个性鲜明的群像，同时也让孔子这一核心人物承受了被逆袭的危险；它呈现了一种灵活宛转而又不失原则的智慧，同时又因缺乏对道理的直接、全面陈述而遭后人诟病。当然，无须夸大对话这一思想表达形式必然具有的弊端，对于孔子乃至学士群体来说，这些问题往往会被有意无意地规避，或自然而然地不成问题；实际上，他们并不需要时常面对权威被挑战的风险，而说理零散不周全的弊病，也未必不会导致表达的提炼，反而能激发更佳的语言效果。

需要思考的是，孔子如何看待这些对话？在经学史的叙述里，“述而不作，信而好古”的自觉追求，使孔子更加倾向于以商量旧学的方式涵养新知，拾掇文武之道，以成一家之言；通过对前代文献的整理寄托自己对当世的批判，表达对社会政治、伦理道德、个人修养等各个方面的意见。他开启了经书的形成过程，其创造性最终体现于儒家经典及其阐释体系之中。而与整理经典这样浩大的工程相比，孔子的言说在其文化创造中的分量显得稍轻一些，更像是治学之“余事”。他是否对此给予足够的重视，将其视作一种严肃的思想表达手段，并因此在出口之前，有一番仔细思量？他有没有锻炼自己的口头表达能力，形成一些修辞习惯，让看似偶然的发言不经意间已经润色？

不难想象的是，借旧籍的论次阐发来呈现思想有些间接，并且，在经书形成这一历时久远的巨大工程中，即便孔子居功至伟，他的个人痕迹也无法得到明确辨认。因此，反而是《论语》中所记的精言妙语，较之编纂六艺，更为直接地反映了他的思想主张，更能展现其修养人格。无论教学授徒，还是列国周游，现实环境使孔子不可能决然不对自己的观念进行直接的称道；他本人的表达欲望，也不见得在整理、解释古典旧籍之时，通过暗寓褒贬、发掘大义等隐秘委曲的方式，就能得到完全的发抒。因此，这些言语同样可能是孔子给予一定重视的事业，在言说之际也会审慎郑重、细加思量。

对于言谈广泛传播并流传后世的可能，孔子绝非毫无意识。春秋之前已经十分发达的史官文化对他有深远的影响，对早已形成的“记言”传统，他也有充分的了解，臧文仲“立言”以“不朽”的说法，他必定曾经听闻。因此，他明晓言说虽然发口即逝，仍有流传久远的可能。“子张问行。子曰：‘言忠信，行笃敬，虽蛮貊之邦行矣；言不忠信，行不笃敬，虽州里行乎哉？立，则见其参于前也；在舆，则见其倚于衡也。夫然后行。’子张书诸绅。”（《论语·卫灵公》）① 生徒门人的这些记录无疑构成了《论语》一书的主要资料来源。由此推想当时的对话情境，弟子的记录显然可以让孔子意识到自己的言说会传播开去，这又势必会反作用于他的言说姿态。言说虽然发生在某个具体的情境里，总是面对一个具体的弟子或问询者，但其实也会面向更广阔的空间，甚至面向后世。

因此，情境固然可以让孔子随机应变的言谈生动鲜活，也可能让其议论受到具体事务的约束而无法详尽展开，但过于强调《论语》中的言说与情境的关联可能并不妥当。很有可能的是，孔子有让言说超越情境而更具普遍意义的自觉。钱穆在疏解《论语》时，即反复强调孔子的很多言说实际都指向“通

① 《荀子·子道》：“孔子曰：‘由，志之，吾语女。’”所谓“志之”，固然可能只是记忆行为，但在事后未必不会笔之于书。《孔子家语》中有比较多类似的记载，如《论礼》：“子夏蹶然而起，负墙而立曰：‘弟子敢不志之！’”《五刑解》：“冉有跪然免席，曰：‘言则美矣，求未之闻。’退而记之。”《入官》：“子张既闻孔子斯言，遂退而记之。”

义”。“孔子之所启示，乃属一种通义，不受时限，通于古今，而义无不然，故为可贵。”[①] 由此，他几乎将发挥“通义”作为阐释方法论，将书中很多言语都奉为“古今不殊”“不以时代古今而变”的永恒道理。“司马牛问仁。子曰：‘仁者其言也讱。’”钱氏云：“本章虽专为司马牛发，然亦求仁之通义。”“司马牛问君子。子曰：‘君子不忧不惧。’”钱氏云：“本章虽亦针对司马牛而发，然亦君子修德之通义。”[②] 客观而言，《论语》中本有许多失却语境的言辞，但即便明确为一人一事而发者，在他看来，仍可以“通义”视之，甚至，唯有如此，才能不浪费孔子言说之深意。[③]

总之，钱穆认为：“《论语》有专指人事之某一面言，而可通之全体者。亦有通指人事全体言，而可用以专指者。……但

① 钱穆：《论语新解》，生活·读书·新知三联书店2018年版，第5页。

② 钱穆：《论语新解》，生活·读书·新知三联书店2018年版，第277页。

③ 在辨析旧注之是非优劣时，是否阐发此种通义，也是钱穆取舍定夺的重要标准。“君子喻于义，小人喻于利”句，“或说：此章君子小人以位言。董仲舒有言：‘明明求仁义，常恐不能化民者，卿大夫之意也。明明求财利，常恐困乏者，庶人之事也。’乃此章之确解。……本章自有通义，而又何必拘守董氏之言以为解。”（钱穆：《论语新解》，生活·读书·新知三联书店2018年版，第91页）；“一日克己复礼，天下归仁焉”一句，“或说：此言人君若能一日克己复礼，则天下之民咸归其仁政，此成偏指，非通义，今不从”。（又《论语新解》，第274页）在疏解文句时，钱氏往往更倾向于挖掘“通义”。比如，“君子之德，风。小人之德，草”一句，他也认可“此处君子小人指位言”。但还是指出：“然此两语仍可作通义说之。凡其人之品德可以感化人者必君子。其人之品德随人转移不能自立者必小人。”（又《论语新解》，第289页）

孔子当时所说，纵是专指，而义既可通于人事之其他方面者，读者仍当就其可通之全量而求之，以见其涵义之弘大而无碍，此亦读《论语》者所当知。”① 需要深思的是，由“专指”向“通义”的跨越，究竟是经后人的阐释方得完成，还是孔子言说之时，本就有此等初衷？这一问题很难找到可为佐证的夫子自道，不过，“君子于其言，无所苟而已矣”（《论语·子路》）。孔子对言语的审慎态度，除了与其谦逊自律、言行不违的人格有关，或许也是由于立言传世已经成为其内心的潜在追求。同时，就其所处的客观境遇来说，当渐渐脱离政治世界，将自己的心血投注于治学设教之中，即便其言说总是经由他人的发问所引出，所说之内容，所陈之道理，恐也已超越个殊，力求普适。一个不难察觉的事实是，门人弟子的发问，有很多已经不针对具体的事件，而是探讨更本原的原理，大量讨论“礼”“仁”的言辞，即由此产生。

试图通过言说开示“通义”，这或许也能解释为何《论语》中存在着大量脱离了语境的言辞，既无从考证孔子的对话者，也无法追究为何事而发。这种文本形态，可能是因为流传过程中其本事逐渐脱落而形成，但这一现象大量存在，也表明孔子的言说有不依附情境而传播的力量。孔子的这种表达姿态与自觉，让《论语》与《尚书》《左传》中的“记言”以及所谓“事

① 钱穆：《论语新解》，生活·读书·新知三联书店2018年版，第87页。

语”类古书有了本质不同。① 后者虽同样保存了大量对话，但大多呈现为言、事相兼的形态，这主要是由于这些言说本就是社会事件的组成部分，在其中发挥着“言以为事”的功能。即使其中不乏精妙、深刻的论辩，整体而言，它们对语境仍有很强的依附性，而孔子在言说之前可能就已预设，那即将出口的言语将有更广泛的普适性，有更恒久的生命力。因此，尽管同为“对话”之体，《论语》所开启的诸子对话之体与“事语”类对话之间，在言说意图、功能模式等各个方面都已发生改变，这其实是两种不同类型的言说；而所谓“通义”，依照战国思想世界的语言习惯，其实也可用“道”来替换。由是，假如“述而不作”是不能逾越的规范的话，那么自谦并非天纵之圣，又不乏表达欲望的孔子似乎徘徊在“作”与“不作”的两难境地里，《论语》就显得像是折中的产物：其中言语并不是一个周密的创作活动的产物，而是有着相当的偶然性和随机性，称不上是“作”，但它们又以精致、巧妙的方式将孔子的复杂思想表白于世，孔子在此事上，未必没有寄寓深心，未必没有倾注心血。

---

① 李零认为，对于“事语类”古书，“第一，根据刘向《战国策书录》的佚文，它不仅包括《国语》类的古书，也包括《战国策》类的古书，至少是春秋故事和战国故事的共名；第二，它与所谓‘诸子百家语’的‘语’也有关；第三，它还是诸子求仕游说时的谈资；第四，它与《左传》‘君子曰’、史之赞、赋之乱，还有各种箴铭以及小说家言也有关系”（李零：《简帛古书与学术源流》，生活·读书·新知三联书店 2004 年版，第 278 页）。对“事语”的范围进行明确的界定确实存在很大困难，但将如此之多的材料统称为事语，或许会无视它们各自的特点，特别是将诸子著作也纳入其中，实际上会掩没子书的特别之处。

二、师徒之间

在孔子面临的言说情境中，与弟子的交谈无疑是最常见的一种，对于战国学士来说，很多对话也都是在这一场景中发生的。可以说，师徒是学士群体中最常见的人际关系，以双方为言说主体而产生的大量对话，在诸多学派的著作中都有存留。尊重学生、给予他们表达的自由，让孔子有时会面对权威被挑战的风险，不过，宰予这样的存在毕竟不为多数，弟子对师长语言表达的限制实际上十分有限。学士们在面对弟子时有着更大的主动性和自由度，或者说，这一言说语境本就经过了他们的自觉构建。

这首先表现在对言说主题的规定之上，并非弟子的一切疑问都会得到回答，师长可以有所言有所不言。孔子自称“君子不器”（《论语·为政》），认为君子不应局限于某一固定的样态，而应发掘更丰富多变的生命体验，他自己也被当时之人赞誉为“大哉孔子！博学而无所成名”。“夫子圣者与？何其多能也!”（《论语·子罕》）这使得孔门中的知识状态十分复杂，具有极强的包容性。然而，有些话题仍然被摒弃。“子罕言利，与命与仁。”（《论语·子罕》）“子不语怪力乱神。”（《论语·述而》）“夫子之言性与天道，不可得而闻也。”（《论语·公冶长》）季路问如何事鬼神，孔子答曰：“未能事人，焉能事鬼。”子路心有不甘，又问及“死”，孔子同样应之曰：“未知生，焉知死。”（《论语·先进》）“樊迟请学稼，子曰：‘吾不如老农。’请学为圃，曰：‘吾不如老圃。’”樊迟出，孔子斥之为小人，并指出礼义之类才是君子所应关心之事，“焉用稼?”（《论语·子路》）在学派与时俱增且彼此对立攻讦之后，有志于学者也就有了更大的选择空间，弟子们进入某一团体从师学道的原因或许多样，但为老师的思想主张所折服无疑是其中最重要的一种。这样，师徒之间的对话在主题上早已事先确立，入墨子门者自然尚贤尚同、非儒非乐，从孟子游者难免拒斥杨墨、不道桓文，修法家术者自会斥文学为无用而尚法尊君。概言之，在这种对话中，师长对主题有着充分的掌控权，所言终归难出他所熟悉的内容。

学士们构建自己更能得心应手的言说语境的努力，还表现在对对话者的选择上。并非所有人都能唤起他的言说欲望，他需要能够顺心适意，能够给予恰当回应的听众。尽管孔子宣称“有教无类”（《论语·卫灵公》），“自行束脩以上，吾未尝无诲焉”（《论语·述而》），他的弟子据说也有三千之多①，但绝非所有人都能够入其门下，得其教诲。他说：“可与言而不与之言，失人；不可与言而与之言，失言。知者不失人，亦不失言。”（《论语·卫灵公》）对“失言”的忧虑固是由于对自己所言之道的珍重，同时也揭示了并非所有人都有听其言论的资格。“不得中行而与之，必也狂狷乎！狂者进取，狷者有所不为也。”（《论语·子路》）“举一隅不以三隅反，则不复也。”（《论语·述而》）“不曰如之何如之何者，吾未如之何也已矣。”（《论语·卫灵公》）可见，尽管孔子以“诲人不倦”自许，在他一生的教育生涯中，还是会有许多人被拒之门外。

孟子断言人皆可以为尧舜，所有人都有求其放心、扩充四

① 《荀子·法行》：“南郭惠子问于子贡曰：‘夫子之门何其杂也？’子贡曰：‘君子正身以俟，欲来者不距，欲去者不止。且夫良医之门多病人，檃栝之侧多枉木，是以杂也。’”

端的能力，对于一些不求上进、故意浪费自己天生材质者，他也只能无奈地表示放弃。“自暴者，不可与有言也；自弃者，不可与有为也。言非礼义，谓之自暴也；吾身不能居仁由义，谓之自弃也。”（《孟子·离娄上》）尽管他不无幽默地说：“教亦多术矣，予不屑之教诲也者，是亦教诲之而已矣。”（《孟子·告子下》）声称自己对此类人的拒绝未尝不可视为激将之法，但拒绝终究是拒绝，这种特殊的教诲显然无法与“得天下英才而教育之”相提并论。荀子同样表达了自己对言说对象的挑选：“故礼恭，而后可与言道之方；辞顺，而后可与言道之理；色从，而后可与言道之致。故未可与言而言谓之傲，可与言而不言谓之隐，不观气色而言谓之瞽。故君子不傲、不隐、不瞽，谨顺其身。”（《荀子·劝学》）对不以其道而至者做出回答已是不够自矜，其结果也无非是生命的虚掷，学士们在选择言说对象之时深心未肯轻分付，设定了诸多的标准。

甄选听众是十分普遍的生活经验，任何人在任何社会场所之内都难免会对某些人感到厌烦，不愿晤言。学士们的这种挑剔同样可以视作他们设立的准入门槛，而弟子们无疑是通过其考验者。在大部分学派中，师徒之间的从属关系可能既不正式也难称牢固，更多的只是自愿结合而非强制性约束，但在某些学派比如墨家处，二者的高下等级就被严密的制度所确定，“钜子”对其学徒甚至有生杀大权①。有些时候，弟子对师长的依

① 《吕氏春秋·去私》：腹䵍对曰：“墨者之法曰：杀人者死，伤人者刑。此所以禁杀伤人也。夫禁杀伤人者，天下之大义也。王虽为之赐，而令吏弗诛，腹䵍不可不行墨子之法。”腹䵍因此而杀其子，然由此亦可见对于违反墨者之法的弟子，他也有处决的权力。

附关系被其经济上的关联所强化，由于需要从师长处获得衣食之具，弟子需要提供洒扫庭除、照料日常起居之类的服务，这在保存于《管子》中的《弟子职》一篇中，有着细密周详的记载。① 不论如何，战国时学派的团体聚集以师长为中心，是他在思想学术上的造诣、道德修养上的成就以及社会影响力，使得可能与其本不相干的弟子聚集于周边。② 他不仅解答着从其学者的各种疑惑，规定着门生的日常举止，甚至左右其政治上的进退出处，安排其命运前途。③ 简言之，师长的权威是有所保证的。

学派最终成为一个有着高度同质性的群体，弟子与其师长至少保持了大致相同的人生志向、思想倾向和学术兴趣。无论是对主题的限定，还是对对象的选择，都使得师徒间的对话有了一个早就经过打磨的语境。学士们在言说之时，其实已经规

① 裘锡圭："战国时代有名的学士往往受到统治者的敬礼，不但不必负担赋役，而且还受到禄养。……学士成名后还能利用他们的地位荫庇一批人。真正学成的徒是不多的，但是学不成的也可以依靠老师躲避国家的赋役。……一般门徒不但要侍候老师，而且还要为老师从事农业、渔猎等多种生产劳动。"（裘锡圭：《战国时代社会性质试探》，《古代文史研究新探》，江苏古籍出版社 1992 年版，第 405～407 页）

② 《韩非子・五蠹》："仲尼，天下圣人也，修行明道以游海内，海内说其仁、美其义而为服役者七十人。"

③ 孔子无疑影响了一些弟子的仕途，如《史记・孔子世家》载，他"使仲由为季氏宰，将堕三都"。墨子对弟子仕途往往有所安置，如《墨子・鲁问》篇载："子墨子游公尚过于越"，"子墨子出曹公子于宋"。《贵义》："子墨子仕人于卫"，很可能也是使其弟子出仕。《耕柱》篇载"子墨子游荆耕柱子于楚"，"游高石子于卫"。《公孟》篇载墨子之言："姑学乎，吾将仕子。"

避了诸多的风险，清理了不少的障碍，因此也就能够更加自如地展示个人的风采，阐述自己的意见主张。对话大多已与具体的政治事件无关，而是教学活动的产品，立言以明道的观念在这里也逐渐成熟；这些对话已经“离事而言理”，其目的已由推进事件转移到思想表达。大多数情况下，对话以师长为主导，弟子扮演的往往只是提问发疑的角色，在开启话题之后，只需静静地接受老师的传道授业；而以追求至道为共同目标，作为对话双方的师徒甚至可以合力完成对这一终极对象的探讨。这样，在这种对话中，学士们更加易于塑造其自我形象，确立其主体性。

师徒之间的地位并不对等，这使得其间的对话与政治世界中的对话迥然有别，如果说君主的存在极大地影响了策士、臣子的言说方式，弟子对师长的制约则远不能与之相比。在“行”胜于“言”、推行道术优于阐述道术的心理推动下，战国学士往往游走于学、仕之间，渴望在政治上大展手脚，并有周游列国、遍谒诸侯之类的行动。因此，在庙堂之上与君主进行对话，便不是策士臣工之专利，而是学士活动的重要组成部分。那么，在面对君主时，学士们的对话又该如何进行？

显然，由学术有得、道术担当带来的自尊自信，特别是其观察、思索政治的不同视角，使得学士在面对君主时，言说方式与策士等人势必大不相同。孔子与鲁哀公、齐景公、卫灵公的对话散见于《论语》之中，与季康子等重臣的言谈性质上与此相近；荀子与秦王、赵王等，韩非子与秦王的对话也有所存留。不过，在与君主进行对话的学士之中，最值得注意的是孟子。这不仅是因为《孟子》一书中保存的此类对话数量远远超过其他诸子著作，更重要的是，孟子本人明确论述了面对君主之时应该采取的态度，并将自己高调宣扬的诸多原则淋漓尽致地付诸实践。可以说，学士与君主之间对话的独特之处，在孟子这里得到了放大，与策士言辞的不同之处因此也特别显明。

孟子对当时活跃于政治世界中的策士群臣十分不满。“今之事君者曰：‘我能为君辟土地，充府库。’今之所谓良臣，古之所谓民贼也。君不乡道，不志于仁，而求富之，是富桀也。‘我能为君约与国，战必克。’今之所谓良臣，古之所谓民贼也。君不乡道，不志于仁，而求为之强战，是辅桀也。”（《孟子·告子下》）在孟子看来，他们所出之谋、所画之策，不过是开疆辟土、聚积敛财、约结诸侯、取胜战阵，这些不但不是为政之根本，反而将君主导向歧途并助其为虐。不仅如此，群臣的谋略是以利益追求为核心，在这样的行为逻辑下，他们对君主的忠诚就显得可疑。“上下交征利而国危矣”，“苟为后义而先利，不夺不餍”（《孟子·梁惠王上》）。因此，他们对君主的进说就很难合乎规范，其中遍布有失真诚的谄媚、动机不纯的欺瞒。人皆有仁、义、礼、智四端，因之也就有修身成德的材质，但当时之臣子却往往让君主错误地认为兹事不易，最终望而却步。这不但会阻塞君主的仁义之心，面对君主的过失，他们也没有抗颜直谏的勇气，却“从而为之辞”，努力寻找开脱罪过的理由。“谓其君不能者，贼其君者也。”（《孟子·公孙丑上》）“长君之恶其罪小，逢君之恶其罪大，故曰，今之大夫，今之诸侯之罪人也。”（《孟子·告子下》）在孟子看来，当时群臣所奉行的不过似乎“以顺为正”的“妾妇之道”，无法使君主轨于正范。相反，“责难于君谓之恭，陈善闭邪谓之敬”（《孟子·离娄上》），使君主避免在迷失的路途上渐行渐远才是真正的恭敬，正确的言说方式应当是据理力争、当庭面折，至于胁肩谄笑之事，君子不屑为之。

依照韩非对君臣对话的分析，孟子所讥“以顺为正”的言说方式，在很大程度上并非进说之士甘心情愿，而是他们面对君主这一权力集散中心之时的不得不然。由于对君主的能量有着明确的感知，对与君主交往过程中的危险心知肚明，他们难免会战战兢兢、小心谨慎。但孟子对这种畏畏葸葸的心态不以为然，他说：“说大人则藐之，勿视其巍巍然。堂高数仞，榱题数尺，我得志弗为也；食前方丈，侍妾数百人，我得志弗为也；般乐饮酒，驱骋田猎，后车千乘，我得志弗为也。在彼者，皆我所不为也；在我者，皆古之制也，吾何畏彼哉？”（《孟子·尽心下》）君主以其位之尊，其势之重，所为不过是奢华逸乐之事，而孟子却将自己赓续在一个由古之圣贤组成的神圣序列中，以传承道术为己任。在他的自我意识中，这显然是一份更加伟大的事业，君主之作为则琐屑不足称道，因此在与其面对面的角力之中，学士显然应该有充分的自信。“吾何畏彼哉”，从道义的角度来看，这本来就是一场实力悬殊的较量。

于是，在《孟子》一书的这类对话中，孟子就呈现为一副优游自如、左右逢源的形象，君主在他的辩才无碍之下，被迫脱卸掉所有的威严。与策士们一样，孟子在进说之时也不免有察言观色之举，但这不是为了窥伺其意从而投其所好，而是要观察君主对自己的言谈教诲的反应。《孟子》书中多有对君主表情细节的描绘。齐宣王不忍见衅钟之牛的觳觫而易之以羊，百姓以其为吝啬，在孟子的解说之下，他明白误解源自自己行为的荒谬，因此莞尔而笑，并因孟子对自己心思的精细体贴而心悦诚服，表示这给自己带来了醍醐灌顶般的醒悟。“夫我乃行之，反而求之，不得吾心。夫子言之，于我心有戚戚焉。”在孟子问及其平生“大欲”之时，他志不在小却不愿夸口为谈，因此“笑而不言”（《孟子·梁惠王上》）。在循循善诱下，君主们收起其庄严端正的面孔，变得罕见的活泼生动。

更多的时候，孟子给君主制造的不是愉悦而是尴尬。孟子与齐宣王谈及音乐：“王变乎色，曰：‘寡人非能好先王之乐也，直好世俗之乐耳。’”（《孟子·梁惠王下》）齐宣王误以为又要招致长篇大论的说教，可见他早已为孟子不绝于耳的先王之道所困扰；在此处，虽然孟子没有试图纠正他对先王之乐的抵制，而是因势利导，但对“变乎色”这一细节的捕捉，似也暗含了对时君世主之浅薄的讥讽：他们对道义的拒绝溢于言表，毫不遮掩。若友人不堪托付而“冻馁其妻子”则须“弃之”，“士师不能治士”则“已之”，通过对这些理所当然的事实的揭示，孟子诘问齐宣王“四境之内不治，则如之何”，被这无可辩驳的类比拖进困境的齐宣王无言以对，只能“顾左右而言他”（《孟子·梁惠王下》）。最为孟子所不屑的是梁襄王：“望之不似人君，就之而不见所畏焉。卒然问曰：‘天下恶乎定？’”（《孟子·梁惠王上》）这是一位刚刚继位因而不够成熟的君主，欲有所为却不知路所由出，愿安承教又不懂如何设问，只能突兀地表达自己对于未来的迷惑，如此幼稚生疏，显然无法入孟子之眼。

通过对君主作为的荒谬性、非正义性的犀利揭露，孟子看起来能够轻易地让君主陷入困窘并且无力招架，这与出现在韩非子笔下或冷酷峭刻又充满凶险的君主形象大相径庭，也未必吻合这些君主的真实面目：梁惠王、齐宣王等虽然不能说有雄才大略，但也算不上太过平庸。那么，他们在《孟子》书中的张皇失措、憨痴冥顽就显得可疑，孟子在面对他们时是否果真取得了压倒性的优势？

《孟子》一书乃孟子晚年与其弟子编集而成①，那么这些君主的形象很可能已经与事实有所偏离，通过在追述之时修正当初场景，孟子可以更好地彰显自己的利口雄辩、义正词严。不过，仅仅将君主的这种形象归因于孟子事后的刻意塑造似乎不无偏颇。在此类对话中，君主对孟子的期许、内在的心理状态等，都与他面对策士臣下时有所不同。孟子可以宛转自如，君主同样不必戒惧谨慎，他们明白眼前的这位儒者与自己没有太过直接的利害关系，其所言也并非急切迫近之事。韩非所说的“上下交战”不适合用来描述这样的场景，“循名责实”的御臣之术在此也不起作用，君主在此时完全可以稍事放松，没有必要太用力地遮盖自己的捉襟见肘、羞赧局促。对于君主而言，面对学士与策士，其实是两种性质不同的活动，而语境的差异导致了两类对话本质上的不同。君主不妨任学士们展演其盛气凌人的口舌之辩，这甚至有助于打造自己礼贤下士的形象。这样，《孟子》中所载的君臣对话，很可能是一种合谋的产物：君主以其暂时的收敛，成全孟子的滔滔雄辩。“（孟子）游事齐宣王，宣王不能用。适梁，梁惠王不果所言，则见以为迂远而阔于事情。”（《史记·孟子荀卿列传》）这一记载让对话中孟子对君主的全面压制成为虚假的成功，君主虽然可能在一时的言谈之中无法做出有力的回应，但实际并未丧失其政治上的判断，他们掌握了最终的主动权，面对孟子这位以好辩著称的儒者，只能表示拒绝。

① 《史记·孟子荀卿列传》：“（孟子）退而与万章之徒序诗书，述仲尼之意，作《孟子》七篇。”

因此，尽管同样发生在朝廷这样一个现实空间之内，策士臣下与君主的对话，与学士对君主的应答在性质上并不相同。“君子之事君也，务引其君以当道，志于仁而已矣。”（《孟子·告子下》）即使面对君主之时，仁义之道仍然是孟子核心的言说主题，以师长的姿态进行陈说教诲也是他主要的言说方式。他没有因为对话者的特殊身份而改变自己惯常的表达之法，而是试图将朝廷转变为师徒交流的另一个场所。在孟子对学士与君主关系的思考中，他本就有为帝王之师、以师道抑制君道的欲望，要求君主放弃其权力势位，成为其先王之道的聆听者。在具体的游说实践中，尽管他无法将自己与君主的对答真正转变成师徒之间的交谈，至少显露出拉近二者之间距离的努力。在求为人主之用这一点上，这种对话注定徒劳无功，但对于学士自身而言，孟子的这种言说方式却自有其价值。这毕竟体现了他们影响政治的积极努力，对话过程中君主甘心的自我屈折，也表明学士已经获得了巨大的社会声望，在某些具体的时刻甚至可以与政治权威分庭抗礼。或许即出于此种心态，部分学士们在表达思想之时，会刻意地采用这一对话形式，《礼记》之中的孔子答哀公问、《管子》中的管仲对齐桓公，是最显明的例证。在这些虚拟的对话之中，君主唯一的功用就是引出话题、侧耳倾听，其功能与弟子全无差别。

总之，对话作为诸子思想表达的重要方式，促生出独具风味的文学风景，也有一些如影随形的问题。尽管孔子有在言说中提炼“通义”的努力，孟子也尝试将与君主的交谈转变为师徒间的教化，但无论如何，对话都是要面对他人、指涉情境的，以此说理，势难面面俱到、曲尽纤悉。因此，对话体看起来仍然难以承担起言说“道”的能力，它穿透时间、空间的能力毕竟有限，而“道”的超越性，要求对其进行表述有着更相配的语言。相应地，对于学士们而言，仅仅以对话的方式进行言说，也就难以完成他们“道”之担纲者的社会形象，在师徒间的对话中，他们的主体性较之于与君主的言谈虽更加高扬，但很难说已经牢固确立。因此，从所谓“缺陷”来说，对话被论说文所取代看起来理所应当。然而，需要反思的是，在论说文中，言说是否真正摆脱了情境，泯灭了对话特征？《论语》的意味深长、众声喧哗，《孟子》的辩才无碍、一气流转，也足以提醒后人：与他人的面对，在理解同情中交流思想，在交锋论辩中磨炼唇齿，也许会让言说有独特的魅力。文体的演进或由多种动力推进，但从最终的文学成就来说，并不总是在不断的扬弃中进化。

第二节　书写与论说文的形成

一、引述与记录：言辞与语境的分离

用于思想表达的对话主要是在师徒之间展开，其所处空间的独立性使之从对层出不穷、变化多端的具体事件的应对中解脱出来，能够持续关注某些特定主题，对其进行深入探讨，而言谈双方的同质性，也使发言者能够在彼此的面对中摆脱紧张的对峙情绪，将精力集中于个人观点的陈述之上。如果说政治世界中的对话因其囿于时势、随机应变而与“道”渐行渐远，那么，师徒间的言谈显然就更适于对其进行表达。然而，对话要求人与人的面面相对并因此总是发生于一定的具体情境之中，无论受迫非受迫，言说者总难免对其听者和当下的情境做出回

应，进而对其观点的表述进行或多或少的策略性调整。在听者的主动性得到充分调动的时候，他也许有可能通过对对话的积极参与，改变预定的施教、受教的权力关系，言说者由此处于权威消解、位置反转的危险之中。所有这些都意味着，对话不仅在对“道”的全景呈现上有所不足，在学士主体确立之上也存在缺陷，它并不足够适合充当学士们明道言理、树立权威的专业性表达形式。

学士们需要彻底摆脱情境的匡限，进入到与“道”的直接交通之中，他们使用的语言也应不为周边的各类因素所左右，使“道”清澄地显示全形。更适合他们的表达形式，应该具有一副恒常笃定的形象，不因时空的转变而改变其所述内容的有效性。而在战国之前，类似的语言形式也并非没有任何踪影。

在学士群体尚未从社会中分化而出的时代，人们已经热衷于在言谈之中引用言语、格言、古语之类来佐证自己的观点，增强说服力，以“吾闻之”“人有言曰”“古人有言曰”起首的引述，在《尚书》《左传》《国语》所载时人言辞中比比皆是。这些引语大多是对某种人类经验的总结，篇幅短小却具有较强的概括力，有些甚至具有相当的抽象色彩。对于当时之人来说，它们因经受过时间的淘洗而获得权威，往往可以充当行动的指导原则。频繁地引用表明了人们对这种议论说理性言辞的重视，对其收集、整理、记诵不仅是某些官吏的本职工作，也是部分大夫君子的个人爱好①，一些人也因为制造了大量此类言语而

① 《国语·楚语上》：“昔卫武公年数九十有五矣，犹箴儆于国，曰：‘……闻一二之言，必诵志而纳之，以训导我。’”正因为如此谦恭戒惧，卫武公获得了很大的声誉。

受到尊崇①。这些言辞最初无疑产生于具体情境之中，具有实际的针对性，但当其进入流通之际，就从其原初语境中跳脱出来，获得了普遍的适应性。如《左传·桓公十八年》："辛伯谏曰：'并后，匹嫡，两政，耦国，乱之本也。'"辛伯本是针对本国政治发此议论，但由于所批判的现象在当时列国时有发生，其言语便迅速流传开来。狐突谏曰："不可。昔辛伯谂周桓公云：'内宠并后，外宠二政，嬖子配適，大都耦国，乱之本也。'"（《左传·闵公二年》）辛伯的这一论断，看来已经成为广为人知的政治经验。

他人的转述使得这些言语脱离事件而独存，并成为对具有普泛性的道理的表达。由于篇幅的简短，这些言辞在当时可能主要以口头形式传播，不过，文字书写也在其流通过程中扮演着一定的角色。较之于转瞬即逝的口说，诉诸笔端的文字因其所附着之载体而拥有更长久的生命，将人们从记忆的局限中解放出来，所以，文字保存的资料包括上述短语，但绝不限于此。春秋时代，主要经史官之手而留存的文献资料多种多样，记言记事一应俱全，只是，"古人所学，以言为首。至若虞、夏之典，商、周之诰，仲虺、周任之言，史佚、臧文之说，凡有游

① 如史佚。其言论见于《左传》《国语》征引的言论有如下几条：《左传·僖公十五年》："史佚有言曰：'无始祸，无怙乱，无重怒。'"《左传·文公十五年》："史佚有言曰：'兄弟致美，救乏，贺善，吊灾，祭敬，丧哀。'"《左传·成公四年》："史佚之志有之曰：'非我族类，其心必异。'"《左传·襄公十四年》："史佚有言曰：'因重而抚之。'"《左传·昭公元年》："史佚有言曰：'非羁何忌？'"《国语·周语下》："昔史佚有言曰：'动莫若敬，居莫若俭，德莫若让，事莫若咨。'"

谈、专对、献策、上书者，莫不引为端绪，归其的准。其于事也则不然。……唯夫博物君子，或粗知其一隅。此则记事之史不行，而记言之书见重，断可知矣”（《史通·疑古》）。先王典诰、贤人言语、大夫辞令似乎得到了更多的重视，以至于可以说存在着一个“重言”传统，一些有着相当长度的言说同样被记录、保存、流传。① 文字对这些言辞的记述无疑引发了一种效应：这些言辞虽有为而发，但当其作为嘉言善语而落诸笔端、供人学习之际，即意味着其中保存了具有广泛适应性的原则。简言之，转述导致了言辞对情境的超越，而文字书写的特殊效果又使这种超越性得到强化。

学士言说与主要为史官所执掌的记言有着本质的区别，言说者的身份、所处社会空间、言说的主题、目的等都大不相同。“不治而议论”的学士们，对立言以成不朽一事更为自觉主动，其言说也与具体事务拉开距离，将之从语境中剥离并转变为普适之语也就有着更大的可能。这一过程同样离不开文字的参与。孔子言说之时，其弟子在充当对话者或听者之后，往往将所接闻于其师者转变为文字记录以备遗忘。《论语》中的有些语句同样见于《礼记》等典籍的记载，并且在后者处，其语境得到了更为详尽的描述，孔子语之所向、言之所指都有明确的交代，其言说意指也因此更加清晰确切。这或许暗示七十子之徒在记

① 参见文韬：《先秦“重言”传统及其影响》，北京大学硕士学位论文，2005年。《左传·襄公二十七年》记载了宋向戌弭兵之会，“仲尼使举是礼也，以为多文辞”，而传中对这些文辞并没有记载。服虔注云：“以其多文辞，故特举而用之，后世谓之孔氏聘辞。以孔氏有其辞，故传不复载也。”孔子对弭兵之会的言辞的重视，可以窥见此时言语流传之一斑。

述孔子言辞时并不见得尽量省俭文字，发言之原委、过程等，也有可能出现在事后的整理之中。这样，《论语》的今之面貌在很大程度上就来自编纂者的刊削，是他们对最初的记录文本加以删减提要，使孔子的诸多言论显得其来无端。① 去除语境在让言说损失意义的确切性之时也使其增添了普泛性，尽管孔子的言论往往有针对性，但经整理之后，却看起来是在对一些永恒的道理进行直接言说；在数代编纂者的集体努力之下，其言论越来越多地甩脱了其原初的对话场景，变成了无往不利、无施不可的“语录”。

将师长的言谈整理为语录，或摘抉著述中的重要段落集为汇编的做法，在战国时代十分流行，如郭店楚墓竹简中的《语丛》、《荀子》书中的《大略》等②，可能都是这种工作的结果。除此之外，战国学士对于格言、谚语、古语之类依旧保持兴趣，整理、汇集的工作依然存在。如马王堆帛书《黄帝四经》中的《称》，即是将众多短小精练的片段聚为一篇，“细看其文字风

① 《论语》与《礼记》等文献中相关段落的关系如何，学者意见并不统一，将其全部认作后者向前者的单线发展也许并不妥当。李零指出：“我们应该思考，《论语》是从类似《仲弓》或《礼》大小戴记的一些篇章摘录，还是后者从前者演义，甚至两种情况都有。我认为，至少不能排除，很多是前一种情况。它们很可能是从一些谈话和对话中摘抄下来。”（李零：《简帛古书与学术源流》，生活·读书·新知三联书店 2004 年版，第 299 页）也可参见吴国武：《〈礼记〉〈论语〉文本对读刍议——以〈乐记〉篇为例》，谢维扬、赵争编：《出土文献与古书成书问题研究》，中西书局 2015 年版，第 296～310 页。

② 杨倞：“此篇盖弟子杂录荀子之语，皆略举其要，不可以一事名篇，故总谓之《大略》也。”［（清）王先谦撰：《荀子集解》，中华书局 1988 年版，第 485 页］

格，尚有异于《论语》及后世的语录。篇中不少地方，似乎是辑录当时的格言，甚至流行的俗谚”①。甚至，有些作品是模拟格言、谚语的形式撰作而成。最为突出的是《老子》一书，这部成书过程至今仍然无法定论的作品，不仅吸收了大量“来自人民群众的格言谚语”，而“创造了一种韵散结合的文体，类似近代所说的散文诗。句子大体整齐，错落有致，自然成韵，不拘一格，读起来流畅舒适，朗朗上口”。② 这种文体与其吸引的格言谚语混溶一体，很难说不是在后者的影响之下形成的。可以说，这种集章而成篇，集短篇而为长帙的体式，成为战国时代论说文之中别具特色的一体。

二、书写与论说文的产生

论说文的形成与文字书写在思想表达中发挥的作用愈来愈密切相关。文学史的叙述常将《墨子》《孟子》两书视作介乎对话、语录与论说文之间的过渡形态，较之《论语》，书写在此二书形成中的作用更为显明。《史记》载孟子在遍说君主终不得大行其道之后，“退而与万章之徒序诗书，述仲尼之意，作《孟子》七篇”（《史记·孟子荀卿列传》）。如果这一说法可以确信，那么孟子本人即在将其一生言论、行事定型于文本的过程中居于主导地位，在塑造自我形象、炫示修辞技术、呈现思想

① 李学勤：《〈称〉篇与〈周祝〉》，《简帛佚籍与学术史》，江西教育出版社2001年版，第298页。李学勤还指出，《逸周书》中的《周祝》篇，在体裁上与《称》篇类似，“是把许多格言、谚语式的词句串联集合在一起的”。（第301页）

② 谭家健、郑君华：《先秦散文纲要》，山西人民出版社1987年版，第90～93页。

深度等一系列语言效果的制造上更具有主动性。《孟子》一书中，短小直截的语录在某些篇章里频频出现，但总体而言比重已经大为缩减，对话仍然占有较大的篇幅。不过，仅仅冠以“孟子曰”而对其语境毫无交代的长篇论述开始大批量现身，并逐渐展示其能量。孟子关于人性、政治等各个方面的主要思想在这些章节里得到了细致呈现，在这种与独白相类的言说中，他似乎能够收敛对话时为辩而辩的意气，更加讲究说理的完整、逻辑的通畅，而整饬的排比句式和讲究的引譬连类，也表明这些文本很难是对口说的实录，势必经过了整理时的加工润色。由孟子亲身参与的这一整理工作，与后世文人的写作，已经有了诸多的相似之处。

构成《墨子》一书主体的“十论”部分对书写的依赖更加深重，甚至可以说，从这一组文本中几乎难以找到口说痕迹。学者认定其同样经历了由口头到书面的流转，依据不过是出现于段首的“子墨子曰”，而这个标签其实并不具有任何说明意义，在后世的书面文本中，类似的发端方式也并不罕见。更为重要的是，“十论”诸篇表现出明显的结构全篇的自觉，所谓的“言立三表”之法，不仅是墨家探寻道义、追求真知的指导原则，同时也确定了文章的基本架构。① 这种经过刻意设置的言

① 谭家健指出，《墨子》文章虽仍是“缀合若干语录以成篇什”，但“每篇都有精心安排的章法，总是一开头明确提出论旨，再展开分析论证，或步步推进，或正反对比，或先分后合，或先合后分，最后归纳出结论，与开头互相呼应，后世所谓‘起承转合’诸法，在《墨子》中已见端倪”（谭家健：《先秦散文艺术新探》，齐鲁书社 2007 年版，第53～56 页）。这种篇章安排，既是出于对语录的整理，自然是一个与书写有关的过程。

说之序即便有在口头完成的可能，也很难做到这般精致细密，何况篇中大量引用的《诗》《书》等前代典籍，以及对这些典籍几至于逐字逐句的疏解，都表明了这些篇章制作对于书面文献的倚重。即使在战国时代，由于物质条件的限制，学士们可能经受了今天无法想象的记忆训练，但仍然不宜对古人的这一功力过分夸大，《墨子》十论即便仍可溯源于口说，就现存文本而言，经书写而扩大篇幅应当是其生成的主要途径。

虽然《孟子》书中保留了较多的口说色彩，但或许在孟子之前、至少与其同时，书写就已经成为重要的表达方式，论说文也基本成型。这与战国学士的处境有关，以“不治而议论”为主要生存状态的他们，有了更多通过写作的方式来表达思想的可能。出土文献的发现，使人们注意到孔子之后的七十子及其后学在思想史、散文史上的地位①，而从零散留存的传记资料来看，其中的翘楚如子夏、曾子、子思等人，大多接受君主供养，又不直接参与政事，有余裕来研究文献、写作文章。《五行》《性自命出》等篇章，有着显是经过精心结撰的细密结构，行文中也不见有明显的口说色彩。在此之后，稷下学士们也成为战国之时论说文撰作的一个重要群体，《汉书·艺文志》著录的大量作品虽已经不存于世，但可以想象，他们在当时制作出大量的说理性文本。对于学士们来说，如果将对话转化为书面

① 陈桐生强调了七十子后学在先秦散文史中的地位，认为他们不仅沿用了已有的对话体和格言体，以语录体整理孔子言辞，并且，“典型的专题说理文章也是在七十子后学手上成型；对下，七十子后学散文直接开启了战国诸子百家说理散文的基本格局”。陈桐生：《七十子后学散文研究》，暨南大学出版社 2011 年版，第 90 页。

的记载，那么发展一种直接诉诸文字的言说也就在情理之中，而不直接参与政事仅以议论为事的存在状态，则为写作提供了有利条件。

文学史叙述常将《荀子》《韩非子》视作战国时代著述文体成熟的标志，这两部书的大部分篇章已不再需要从口头挪移到书面，它们本身即是书写的产品，论说文至此彻底与对话、讲说摆脱了关系。《荀子》书中有其与君主之间的对话，但所占分量并不大；《韩非子》中保存了韩非的一些“上书”，但大部分也是在其不见用之际独自写成的。虽然这两部书同样经过了后人的整理，但书中的诸多篇章被认为确乎出自荀子、韩非子二人的手笔，较之后人的修订，他们应该为这些文本负上更重的责任。他们已经无限接近“作者”这个角色。①

尽管书写在战国时代的思想表达中已经发挥了日渐重要的作用，不过，从现存文献中看不到时人对这种表达方式的优缺点的描述、分析，人们对此做出总结要俟之将来。随着文字在文化创造、行政管理中的重要性的逐渐提升，有关文字起源的神话已经初见端倪。《荀子·解蔽》：“好书者众矣，而仓颉独传者，壹也。”《吕氏春秋》：“奚仲作车，仓颉作书。”仓颉被推认

① 《剑桥中国文学史·上卷》特别强调记忆、口说在战国时代的重要性，并认为：“公元前三世纪末之前的所有论说文，我们必须假定它们都是沿着书写/口传的统一脉络，长期著述、编撰的结果。”这一时间划定，是因为“此时开始出现了一些真正的作者，如荀况及其弟子韩非”。“《荀子》或许是首部主要由一位作者即荀况执笔撰写的长篇论著。”（［美］宇文所安主编：《剑桥中国文学史·上卷》，刘倩等译，生活·读书·新知三联书店 2013 年版，第 89、101 页）不过，中国文化中重视“书写”的传统源远流长，“口说”的重要性也不宜夸大。

为文字的创始者，秦朝统一之后编纂的字书中，即有一部以其命名，到《淮南子》等书的记载中，他发明文字一事已被描述为惊扰天地鬼神的创举，致使“天雨粟，鬼夜哭”（《淮南子·本经》）。虽然这被视作人类散乱素朴、败坏质真的机巧智诈，反过来也证明了文字在文化发展中的巨大作用。更为重要的是《系辞》对圣人画卦的记载：“古者包牺氏之王天下也，仰则观象于天，俯则观法于地，观鸟兽之文与地之宜，近取诸身，远取诸物，于是始作八卦，以通神明之德，以类万物之情。”由于画八卦与造文字极度相似，人们将其联系在一起再自然不过，在《说文解字叙》中，许慎将仓颉作书与庖牺画八卦、神农结绳并置，这位黄帝史臣“见鸟兽蹄远之迹，知分理之可相别异也，初造书契”。在将叙述重心转移到文字之后，《易传》中存在的混融沟通天文、地文、人文的宏大视野也一并被继承下来，文字虽由人造，却具有与天地并参的巨大能量。① 在战国之前，文字在一些宗教、仪式性场合的使用，使其地位本就崇高，经过这些将其与天地自然、往古圣人联系在一起的叙述之后，文字的神圣性也逐渐确立，以书写来制造文化产品，也越来越成为一项富有价值的事业。

三、论说文的形式特征

主要产生于笔端而不是出自摇唇鼓舌的论说文看起来摆脱了情境的匡限，表达不再需要针对对话者的喜怒好恶、个性差

① Mark Edward Lewis, *Writing and Authority in Early China*, State University of New York Press, 1999, chapter six “The natural philosophy of writing”.

异、学养水准等做出调整，这不啻为一种解放，学士们的全部身心都可以投入到对“道”的呈现上。由于学士们“不治而议论”，其所使用的语言就越来越消减其“为事”之用，而突出其指物说理的一面；在论说文这一形式之中，语言似乎彻底脱离对话而从其全部羁绊中突围而出，“明道”成为它唯一的任务。“言以明道”在这一文体处得到了最大限度的发挥，战国学士们在这一方面的努力，极大影响了人们对语言的认知。

为完成言说至道的使命，论说文在形式上即发展出诸多特点。对话的开启可能随意偶然，双方的言语往来也难免枝蔓松散，甚至岔行歧路，而论说文则是主动地直面道术，学士们也可以控制自己的走笔，使篇章的展开集中于限定的主题之上。这突出反映在“篇题”上，《墨子》中概括力极强的篇题据说系后人追加，而荀子、韩非子则被认为已经开始自拟题目。非但如此，为恰如其分，或无懈可击地将“道”呈现出来，有意识地设计篇章结构，使论述依照一定的次序行进，也渐渐成为写作时的自觉要求。《墨子》十论最为突出地反映了这种意识，在这些文章的编纂者看来，“言立三表”既是求知之方，也是为文之法。“何谓三表？子墨子言曰：有本之者，有原之者，有用之者。于何本之？上本之于古者圣王之事；于何原之？下原察百姓耳目之实；于何用之？废以为刑政，观其中国家百姓人民之利。”（《荀子·非命上》）关于“三表”的界定，虽然在不同篇章中略有差异，但大体相同，以日常经验断其虚实真伪，以往昔之事识其有无是非，以施诸行政观其功效利弊，被认定为衡量一切言论的仪表，而“十论”各篇之文，也不外乎由这三部分组成。其中，“原察百姓耳目之实”与“发而为政乎国”以观成效的部分，在具体的篇目中或有或无，但从《诗》《书》等前代文献、先王事迹中寻找立说之佐证，则在每篇中都占据了大量的篇幅。“三表”因此成为“十论”的样板写法，《墨子》文章也稍嫌僵硬而少变化，但在墨家看来，这恰恰是探求兴利除害之道的必需。

相比之下，被视为论说文典范的荀子、韩非之作反而没有在谋篇上表现出这种规范化、模式化的诉求。《荀子》中的许多篇章，可以划分为大量平行的自足段落，除了有着相近的主题因而被归入同篇之外，彼此之间并无递进、推演一类的关联。① 《韩非子》长于条分缕析，每每就所论之事逐条罗列以期穷形尽相，但普遍适用于各篇的结构方式并不存在。不过，《墨子》十论严格的篇章结撰模式在后世罕有回响，荀、韩专论确乎成为论说文的典型形态，特别是《荀子》体制，成为后世子学论著

① 刘宁指出荀子专论的许多篇章，全篇“并无鲜明的递进推衍关系，而是表现为一种平行、综合的结构，形成一种‘集义’的格局”。而这种格局或许与他对“七十子后学散文”的有意继承有关，“荀子在诸子众制蜂起的局面中，仍然沿袭孔门后学的行文方式，这是学术的传承，更是思想上的选择”。（刘宁：《汉语思想的文体形式》，华东师范大学出版社 2012 年版，第 5～15 页）这一论断极具启发意义。不过，荀子专论的这种结构，也有可能与《荀子》一书的流传、编纂有关，汇集于一篇之下的各个段落，有可能原本单行，编集之时方因其主题相近而置于一处。如在今本中，“序官”为《王制》篇中一节，但《乐论》中引用其中文字并指出“其在序官也”，似可证此节本单行。这也符合古书的流传规律，李零认为：“古书大多是由零散的章句连缀成篇。同样，古书的编成也是将零散的篇章加以汇总。所以章句之与章句，章句之与篇，篇之与书，可以游离，造成篇题不能概括内容，章句不相衔接，篇与篇，书与书，内容出此入彼。”（《出土发现与古书年代的再认识》，《李零自选集》，广西师范大学出版社 1999 年版，第 29 页）

的范本①。

论说文非但表现出从整体上谋篇架构的自觉，在具体的行文之中，也更加讲究论证方法的使用。这在《墨子》一书中同样表现得十分醒目，不仅《墨辩》六篇中存在着大量直接讨论逻辑、言辩的内容，“十论”中也不乏对这些抽象原则的具体运用②。“夫辩者，将以明是非之分，审治乱之纪，明同异之处，察名实之理，处利害，决嫌疑。焉摹略万物之然，论求群言之比。以名举实，以辞抒意，以说出故。以类取，以类予。”（《墨子·小取》）“故”即对因果关系的推求，“类”即类比推理，在全书中不难找出大量例证。③

与墨家在逻辑上用力深刻不同，荀子更加注重“正名”与“推类”，合于道的言说应该“正名而期，质请而喻，辨异而不过，推类而不悖”。“名足以指实，辞足以见极，则舍之矣”，“正名”反映了荀子建立一套上下有秩的政治秩序亦即“王制”的渴望，与此相应，思想世界也应结束纷然淆乱而归于一统。因此，荀子指斥当时流行各家之说为“奸言”“邪说”，意欲通

① 刘宁：“秦汉以下所形成的子学‘论著’，在体制上，受到《荀子》的深刻影响，形塑中国式思想‘论著’之基本体式的，既非玄远的形上之思，亦非复杂深刻的逻辑思辨，而是经验化的，以‘述说’和‘辨析’为主的荀子之文。”（刘宁：《汉语思想的文体形式》，华东师范大学出版社 2012 年版，第 37 页）

② 参见冯友兰：《中国哲学史》第十一章“《墨经》及后期墨家”，其中有“论‘辨’”一节，第 196 页。

③ 参见谭家健：《〈墨子〉在先秦散文史上的地位》“有意识在论说文中运用形式逻辑”一节。谭家健：《先秦散文艺术新探》，齐鲁书社 2007 年版，第 57 页。

过自己辨析名实的努力，使“邪说不能乱，百家无所窜”（《荀子·正名》），人人各归其位，谬论悄然灭息。“正名”以及与其相关的剖解百家群言之弊的内容，在其专论中十分常见。“推类”也是荀子经常使用的论证手段。所谓推类，大致是将大量自然现象、日常经验与自己试图论说的观点并置一处，以前者的无可置疑，推论后者的理所当然，很多时候，前者甚至可以作为后者的喻象。这是古代中国极为常见的一种思维，且论说文经常以句式的整饬划一增添不同物象、事象之间的相似之感，以铺排造就极佳的修辞效果和动人力量。①

形式上的这些特点显然与书写成为表达的主要方式关联密切。与对话的即时即兴不同，书写并不要求瞬间的思维敏捷、一时的口舌活泼，学士们可以在长时间的思虑之后，待观念成熟始将其转化为文字，这种从容不迫同样为辞章的安排、修辞的设置留有更多余地。也正因此，韩非的命运就显得别具意味，“非为人口吃，不能道说，而善著书”（《史记·老子韩非列传》），其生理缺陷由于书写的存在而得以弥补，论说文也正是在他手中臻于完善，为其带来不期之誉，或许也带来无妄之灾。

论说文看起来是成熟思维能力和高超语言技术的合璧，在这种形式中，源自理智的深刻思想获得了精美的文字外衣。对布局谋篇的致意、对论证方式的讲求，使论说文的力量不再来自言说者个人道德修养、知识权威，而来自对事实的冷静剖析、

① 此处对于荀子专论文的论述主要参见谭家健：《〈荀子〉的议论散文》，《先秦散文艺术新探》，齐鲁书社 2007 年版，第 129 页；刘宁：《汉语思想的文体形式》“‘述说’与‘辨析’：《荀子》专论之特色”，华东师范大学出版社 2012 年版，第 3 页。

对物理的客观呈现，来自演绎有条不紊地开展、推论连绵不绝地伸延。简言之，语言富有价值不再是因其出自谁口、是否对对话者做出恰当应对，而在其对“道”的有效陈说。语言最终成为某种特定的认知思维的工具，即使对其使用总难免带入个人风格。相比对话体，在论说文中“想见其为人”无疑要更为困难。论说文表现出对语言的指物、说理功用的耽溺，而掌握这种语言的学士们，恰可因此宣称自己的公正无私。他们直探世界本原，深究万物根基，寻找永恒不变、触处生春的准则，并以此维护天地四时的和谐运转，谋求人类的共同福祉。在论说文这种文字编织物中，“文”因“道”而笃实，“道”借文而显现，两者相得益彰。这一合作意味着，战国学士找到了最为适合自己的表达形式。

四、书写与超验主体的构建

尽管战国时人并没有对书写的特质、长处做出论述，进而阐明何以它能够取代口说成为学士表达思想、陈说道义的主要方式，但他们作品中的一些成分，无疑为后人论述这一问题提供了话语资源。书写是一项沉默的活动，而在不少战国学士处，主体的虚静、内心的安宁，是获取真知、修身养性、沟通天地、直接道术的必要手段，在后世的许多论述中，主体的这种状态常常被认为最适合于写作，保持清虚宁静的思想者才能不受蒙蔽，其文章著述也因此是深契天道的心灵的精致产品。

《五行》篇中有所谓“慎独”之说，“慎其独也者，言舍夫五而慎其心之谓□”（第七章说）①，在这种状态下，个人避免为身体感官所局限困囿，专注于内心的养育培护，最终使仁、义、礼、智、圣五者“形于厥内”并且合而为一，“能为一，然后能为君子”（经第七章）。君子经由此种修炼而成德，“德，天道也”，通过对心灵的存养，个人彻底突破了身体的界限，“舍亓体而独亓心”（第八章说），实现了与天道的径直沟通。《大学》将“慎独”与“诚意”联系在一起，并特别强调其与个人独处之间的关系。“小人闲居为不善，无所不至，见君子而后厌然，揜其不善，而著其善。”在他人的注目之下，个人尚不至于放肆为非，而闲处之际，外在的约束既已消失，内心的不良之念就难免蠢动，这也就成为“诚意”最为关键的时刻，君子必须抵制住肆意妄为的诱惑，真正做到克己复礼。《中庸》同样强调了“慎独”的这一意义，强调“君子戒慎乎其所不睹，恐惧乎其所不闻”，并且以富丽的笔触夸说了“诚”的效应。“唯天下至诚，为能尽其性；能尽其性，则能尽人之性；能尽人之性，则能尽物之性；能尽物之性，则可以赞天地之化育；可以赞天地之化育，则可以与天地参矣。”在诚其心意、窥知自己性体之全后，君子能够对人性洞若观火，并且格物致知、深谙天道，对天地万物的运行法则了若指掌。“诚则明矣，明则诚矣”，“诚”这一境界同样保证了个人对天道的洞察。与《大学》一致，荀子肯定了“诚”的获得与“慎独”的不可分离，“君子养心莫善于诚，致诚则无它事矣……善之为道者，不诚则不独，不独则不行”（《荀子·不苟》）。将这些涉及“慎独”“诚”的

① 本节所引《五行》篇文本，主要依据常森：《简帛〈诗论〉〈五行〉疏证》，北京大学出版社 2019 年版。

文本放置在一处是危险的，它们对概念的解说各不相同，将其贯通为一，寻找其间的互证互补并不妥当。不过，它们至少集体显示了儒家的一种共识，即通过正心诚意等一系列手段，个人有可能获得某种天地同流、道体昭彰的神秘体验，而这种境界往往是在个人独处时抵至。

被认为与道家有关的一系列文本对主体的这一状态做出的揭示更为详尽，影响也更为深远。在这些文本中，内在的清虚宁静无一例外被认为是必要的，尽管强调这点的目的往往不同：有时是为一种上清静而下自化的无为政治张本；有时是为确立君主的绝对权威，只有使自己保持这种状态，他才能逃避臣子的窥伺并洞彻一切情伪，冷静理性地应对无穷变动，处理层出事宜；有时是为摆脱好恶情欲、个人偏私的遮蔽而获取真知；有时是为借此进入一种自由的精神状态之中，完成一场富有审美意味的愉悦神游。所以能够有如此之多的效力，不外乎是因为在众学士们看来，清虚自守、淡泊自持最能够使个人接近至高之“道”，“致虚极，守静笃，万物并作，吾以观复”（《老子》十六章），这是一种探寻万物本原、追随终极真理的最佳状态。

“道，不远而难极也，与人并处而难得也。虚其欲，神将入舍；扫除不洁，神乃留处。”（《管子·心术上》）殚精竭虑地上下求索并不是求取“道”的恰当手段，正确的方法是清洁自己的内心，为这一至贵之物提供一个不染纤介之尘的居所，精诚所至，“道”自会不期而至。道非身外因此不必别处寻求，它会自然而然地降临到放绝情欲、摒除污秽、安宁和乐的心灵之中，“彼心之情，利安以宁，勿烦勿乱，和乃自成”。“凡道无所，善心安处①。心静气理，道乃可止。”“心能执静，道将自定。”（《管子·内业》）在所谓“《管子》四篇”中，以心灵之精洁清净使“道”栖止，既可修身成德，更是君临万物、执御百官的“主术”，而荀子则承其之后，强调了内心去知去故、虚而无藏的认知意义。②“人何以知道？曰：心。心何以知？曰：虚壹而静。”“不以所已臧害所将受谓之虚”，“不以夫一害此一谓之壹”，“不以梦剧乱知谓之静”，“虚壹而静，谓之大清明”。唯有如此，个人才能在其求知过程中走出偏狭，避开蔽塞，从“观于道之一隅”的境遇中拔身而出，做到“万物莫形而不见，莫见而不论，莫论而失位”（《荀子·解蔽》）。在战国思想世界中充满独特性的庄子，同样强调了心灵虚静的重要性，这集中体现在他对“心斋”“坐忘”的描述中。“若一志，无听之以耳而听之以心；无听之以心而听之以气。听止于耳，心止于符。气也者，虚而待物者也。唯道集虚。虚者，心斋也。”（《庄子·人间世》）“堕肢体，黜聪明，离形去知，同于大通，此谓坐忘。”（《庄子·大宗师》）通过对肢体感官的舍弃，个人与道通而为一，径直交接天地精神，庄子所说的这种状态浪漫而神奇，极大地影响了后世关于审美心境的论说，后人进行理论叙述时经常使用的大量语汇也正是从《庄子》一书中采撷的。

总之，心灵的清虚宁静被众多战国学士推认为体悟、认知

---

① “处”原作“爱”，依王念孙说改。参见陈鼓应：《管子四篇诠释》，商务印书馆2006年版，第97页。

② 参见白奚：《稷下学研究：中国古代的思想自由与百家争鸣》“荀子的认识方法论与稷下学”，生活·读书·新知三联书店1998年版，第288～292页。

"道"的前提。虽然并不是所有流派都有类似的论述，但对这种主体状态的推崇并不偶然，它实际反映了学士们的一些具有普遍性的特质。如果剥除其中的神秘色彩，那么对这一心灵状态的推重，无疑源自学士们深思细察的现实体验。远离喧嚣、较少外在干扰的情境，确实有助于想象向开阔处展开、思考向精微处伸展，这对于以思想为任的学士至关重要。在对这种状态的描述中，通过对沉思经验的美化、升华，学士们的主体性得到了强力的确认，他们因为具有此种疏瀹五脏、澡雪精神的能力，而自命为能够窥天知道的通灵群体。这一主体与学士们日常生活中的经验主体迥然不同，它甚至要以对后者的压抑、排斥为前提，它摒弃七情六欲，不牵绊于日用饮食，更没有与他人交际应酬的烦劳，因超然物外而出神入化。

尽管屡屡宣称此类经验无法言传，但将"道"表见于外毕竟是学士们安身立命之本，那么，何种表达方式能够将对这种清虚无为状态的破坏降至最低，也就更易于获得学士们的青睐。在这一方面，书写较之口说无疑更具优势。口说意味着他人的在场，意味着音声嘈杂，而"彼道之情，恶音与声，修心静意①，道乃可得"，《管子·内业》篇直陈了"道"对声音的排斥，它只愿栖息于无声无息的心灵之内。在言说"道"之时，口舌越来越无济于事，书写尽管也难称完美，但至少差强人意，因为摆脱了直面他人的必需，它看起来更适合学士的沉思生活。更为重要的是，写作能够在文本中打造出一个"隐含作者"，其形象与写作者的日常形象并不一致，其发声也别具腔调、自成一格，以至于可以将其视为上述超验主体在文本中的实现，而

① "意"原作"音"，据王念孙说改。见陈鼓应：《管子四篇诠释》，第98页。

读者也需要以这个“隐含作者”为中介来想象现实中的作者。在对话体中，两种作者形象显然无法截然二分，但论说文恰恰有助于制造与超验主体相配的作者语气，它正是书写这一表达媒介与以思想为主要特色的学士主体珠联璧合的产物。

五、“言”“道”矛盾与论说文的效应

尽管以言说、书写为其主要特征，战国学士对语言文字功能限度的反思却一直存在，“言”在对“道”的揭示上能否克成厥功，学士们经常表示怀疑。道家在这方面无疑走得最远，他们往往直陈言说的无力，否认“道”有在文辞中完美再现的可能。这与其对“道”的理解有关，在与这一流派相关的诸多文本中，“道”的超拔万物、恍惚神秘被不厌其烦地强调。“有物混成，先天地生。寂兮廖兮，独立不改，周行而不殆，可以为天下母”（《老子》二十五章），“道”位于时间的起始之处，自天地以下的一切事物都由之化生；“大道泛兮，其可左右，万物恃之以生而不辞”（《老子》三十四章），在万物既生之后，它又成为万物赖以生存之根本。无论是最初的起源，还是最终的本体，这些身份都要求“道”不能具有任何局限性，而命名、言说，却总是意味着将事物纳入一个局促的指称之内，捆缚在度量狭隘的界定之中。这注定了“道”与“名”的必然冲突，“道可道，非常道，名可名，非常名”（《老子》一章），试图以语词对其进行精确恰当的描绘终将徒劳无功，甚至“道”这一字眼，也不足以成为这一神秘崇高之物的专名，而不过是临时的、无奈的指代。“道”既然永远不会凝铸为任何的具体形态，也就会失去被命名、言说的可能。

事实上，归于道家名下的诸多文本，特别是其中的黄老一

支，所言之“道”与“名”，往往只是对“君”与“臣”的隐喻，“名”包括名位、官职、法令制度等意涵，“道”则象征君主权力的不可约制。道生万物，正如君主制定一整套名位等级、行政制度；物各有名而道独无名，恰似百官民众各守其职、各尽其分，而君主却不存在任何局限，他是规则之所有出，自身却在规则之外。① 因此，所谓“道常无名”一类的说法更多的是为君主专制提供形而上的辩护，并非对语言的功能进行反思，只是，二者之间的距离不过一步之遥，学士们很快就以极为相似的思路来指责语言。

《庄子》中的一些章节无疑已经与政治隐喻毫无干涉，而纯为控诉语言、文字表意之时的无能为力，并表现出激烈的绝知去言的态度。如《天道》篇：“世之所贵道者，书也。书不过语，语有贵也。语之所贵者，意也，意有所随。意之所随者，不可以言传也，而世因贵言传书。”语言根本无法完成对“意”的传达，所谓“圣人之言”也不过是精华不复存在之后侥幸遗留的“糟粕”，因言求意只是一场南辕北辙的旅行，势必无法抵达预期的终点。《天运》篇则假借老聃之口，直斥孔子在经典之学上花费力气终将归于无用。“夫六经，先王之陈迹也，岂其所以迹哉！今子之所言，犹迹也。夫迹，履之所出，而迹岂履哉！”先王行事的关键所在，早已荡然无存，语言只能提供一个粗制滥造的副本，从中看到的所有影像都必然走形。“道不可言，言而非

① 这在马王堆帛书《黄帝四经》中表现得最为明显。《道法》：“是故天下有事，无不自为刑名声号矣。刑名已立，声号已建，则无所逃迹匿正矣。”“凡事无大小，物自为舍。顺逆死生，物自为名，名刑已定，物自为正。”名主要指名位、官职、法令制度等，而不是指语言。

也”（《庄子·知北游》）之类的表述，成为人所共知的习语。

作为与语言交往最为频繁的群体，学士们对语言有效性的反思看起来有些自绝命脉，不过，这也是过于强调语言“明道”功能的必然结果。正如在黄老思想中，对“道常无名”的强调是隐喻君主的无限威权，学士对语言的轻视，不过是突出“道”的崇高。如果考虑到“道”其实也正是学士们的语言造物，那么就可以明了，即使承认了语言的不足，他们也不可能就此放弃。事实上，说“道”不可言说，本身已经是在对其进行言说。精准的命名、确切的定义纵使绝无可能，间接迂回的描述似乎仍然可行，对“道”本身的玄奥莫测、对其效应的出神入化进行带有夸饰性的描写，仍是一条可以选择的路径。《老子》书中也不乏这样的段落，马王堆帛书中的《经法·道法》《道原》和上博简《恒先》诸篇，以及后世诸多论道文字中，这样的章节并不少见。学士们生产出大量难以索解的文字，其功用与其说是要人对“道”有明确的认知，不如说是要以飘忽的笔调对其神秘进行渲染。《庄子·外物》篇的如下一节最为明晰地反映了学士们对语言态度的矛盾与纠结，影响或者也最为深远：

> 荃者所以在鱼，得鱼而忘荃；蹄者所以在兔，得兔而忘蹄；言者所以在意，得意而忘言。吾安得夫忘言之人而与之言哉！

成玄英疏：“夫得鱼兔本因筌蹄，而筌蹄实异鱼兔，亦犹玄理假于言说，言说实非玄理。鱼兔得而筌蹄忘，玄理明而名言绝。”依其解说，“言”与“意”奇妙地纠缠在一起，言无法清澈澄明地将意呈现，但吊诡的是，朝向“意”的路途又从它开始。《大宗师》篇中如此描述“闻道”的繁复过程：“闻诸副墨之子，副墨之子闻诸洛诵之孙，洛诵之孙闻之瞻明，瞻明闻之聂许，聂许闻之需役，需役闻之于讴，于讴闻之玄冥，玄冥闻之参寥，参寥闻之疑始。”其中“副墨之子”“洛诵之孙”亦即文字、言说，它们与道的距离最为遥远，但毕竟是通向道的起始、发端。既不值得深许，又不可或缺，这无解的悖谬似乎就成为语言不可逃脱的命运。

论说文最终成为思想表达的主流文体，学士们借由它可以公正不阿地评说世事、无偏无私地陈述真理，但这些许诺如今便变得可疑。对语言能力的反思既已承认了彻底清透的语言的不可求得，人们使用的语言注定要裹挟些污浊，有着其无法清除的物质性，论说文也无从例外。在论述“言”与“道”之间的矛盾时，战国学士似乎更为强调“道”的无限、恍惚，使其丧失了被完美言说的可能，对“言”本身的局限究竟何在解释得并不通透。而深究起来，“言”的这一先天缺失，或许即是因为表达作为一种社会行为，总是处于一个具体的、有限的时空之内，人们总是要在一定的情境之中使用语言。语言不是一个抽象的、绝对的符号体系，而永远要在特定的表达行为中呈现自身，“语言”只能以“言语”的形式存在①。较之对话体，依赖于书写的论说文看似从具体的情境中解脱出来而获得了巨大

① “语言”与“言语”的区分见于索绪尔《普通语言学教程》，在他看来，言语是个人的、暂时的运用语言的活动，而语言是一个抽绎出来的分类原则，一个抽象的语言系统。“语言”与“言语”的对立遭到了诸多学者的质疑，如巴赫金在《马克思主义与语言哲学》中对这种“抽象客观主义”的问题有着精到的评述。由于“语言”只能表现为“言语”，意义只能在语境中生成，本章在使用“语言”“言语”之时，也不会对二者进行明确的区分，而只是根据上下文的需要选择其中之一。

的自由：避开了与人的面面相觑，也就不必为回应他人而劳心劳力；写作者甚至可以通过心灵的修养来驱除自己所有的世俗性，专注对“道”的沉思和表达。但这些不过都是假象，现实中的书写固然不必与他人相对，但由于语言的社会性，所有的表达终究都处于与他人的应答之中。

在战国时代，最能直接证明论说文对话性的，或许即是学士之间相互的认同与反驳，对前人或同时之人观点的态度，对已有文本的接受与拒绝，深刻影响了论说文的文本形态。在古人注疏中即已经开始的大量文本比勘表明，在战国流传至今的著作里，特别是思想倾向趋同的作品中，存在着大量相同、相类的辞句，彼此之间的互文本性十分明显，以至于可以推测：学士们拥有某种共同的至少是有所重叠的知识库藏和写作资源。儒家对这一点更是毫不掩饰，他们乐于将自己的言说与《诗》《书》等古代经典中的章句联系在一起，使旧说与新论互相生发、交相辉映，这样既可保证言说的权威，又能确认学派的统一。① 这使得他们的言说更像是以前代文献为根基的文本生产，而不是对外在的、寂然独存的永恒之道的表达，语言不断近亲繁殖，不肯与它们本应指向的对象联姻。这样，语言在“明道”一事上是否真正公正客观，也就需要打上问号，通过对自己依凭的文本的选择，它们可能不过是在维护某种传统，强化某一“偏见”。

---

① 如常森对《五行》篇的个案研究，揭示了其思想展开与《诗经》《尚书》等典籍的关联。这种关联并不停留在引用等简单层面，“《五行》有一些重要观念或图式是建立在《诗经》学背景上的，或者说是以解读《诗经》作品为基础的”。详见常森：《论简帛〈五行〉与〈诗经〉学之关系》，《文学遗产》2009年第6期。

更突出地证实论说文的对话性的是学者之间的驳难与论争，学士们自我表达之时，难免或明或暗地与别种观点较量，立论中总是混杂着驳论的内容。被许多学士认定极有必要的“正名”，说到底不过是试图使自己认可的意义牢固地附着在语言之上，从此再无争议，不许变更。或针锋相对，或皮里阳秋，虽然理不辩不明，但论难一旦发动，学士们就很难控制情绪、保持冷静客观，很容易沦入意气之争①。而彼此之间的难以说服，似乎也暗示着，各家各派不过是假“明道”为由而自说自话，言说的最终动力并不在实现对“道”的全面呈现，而在于压制对手确立自我，在于符号权力的争夺。

不过，这些认可与非难终究是发生于学士内部，他们虽因观点歧异而明争暗斗，其间终究有着某些共同性。论说文更重要的功能在于，它通过对一种特殊的语言使用方式的发明，形塑着整个学者群体的形象，维护其自主，猎取其声望。论说文因书写而寄身于竹帛，这种物质形态在理论上假定了它对所有人的敞开，面聆謦欬总会困难重重，展卷临文却要容易得多。这样，书写其实就处于一个更加宽阔的对话情境之中，它看起来是写作者面向社会其他所有人的发声，然而，由于论说文这一语言方式的独特、专业，对于大部分人而言，它其实触不可及、神秘莫测，最终只能默然以对。论说文与书写密切相关，在战国时代，书写因不够普及而成为少数人的特技；学士们在

① 王夫之论各家争论：“其始也，要以言道，亦莫非道也。其既也，轮兴而气激，激于气以引其知，泛滥而不止，则勿论其当于道与否，而要为物论。”［（清）王夫之撰，王孝鱼点校：《老子衍·庄子通·庄子解》，中华书局 2009 年版，第 84 页］

论说文中尽力呈现其深刻的思索，并讲求写作时的谋篇布局、论证方式，这些都使得掌握这一文体并不容易，即便识文断字，也不见得能够拥有此种才能。论说文成为学士们独掌的专业性语言，作为一种独特的行话体系，它在不知不觉中树立起高高的门槛。通过将对话从其日常形态、政治世界中解脱出来，使之尽量在师徒之际展开，孔孟之辈初步显现了学士群体的独立性，而论说文的发明，则使区隔悄无声息却更有成效地建立，学士们从此轻而易举地断言自身与“道”的亲缘，向整个社会展示自己的代言者形象。论说文一方面以虚假的开放性姿态朝向他人，另一方面要求其对话者只能沉默地聆听，它既塑造了学士们居高临下的言道者形象，又专断地维护了他们对于整个社会的权威。所以，论说文最终成为用于著述的主要文体，这不仅仅是因为它在“明道”的路上走得更远，而在于它合乎学士们自我维持、确立其主体性的需要。

与“道”的亲密接触需要超越是非纠葛，摆脱好恶荣辱的“虚壹而静”的澄澈心灵；即便心与天道可以完美交契，对“道”的叙说又需要绝对透明、不染尘埃的语言。对主体、语言的双重要求，使得文字与“道”之间关山阻隔、无法逾越，而论说文最终其实并非对这一难题的解决，它同样不够冷静客观，不够纯粹明净。在“明道”一事上，学士们对语言形式的探索看起来只能以失败告终。这有些作茧自缚，“明道”其实是他们强加给语言的要求，语言本不必单以此种方式而存在，它的活力来源不一，它的价值不止一种。不过，必须指出的是，对语言“明道”能力的否认，在战国时代远不能算作通识，大部分学士，比如儒家学者并不怀疑语言能够胜任“明道”之功，如果力有未逮，只是为文不精。于是，将“明道”确认为语言的使命反过来又是一种成功的策略，通过对论说文这种在称说至道上还算卓有成效的表达形式的发明，学士们树立了自己超然无私、公正不偏的主体形象，被认为有着批评现状、规划未来的能力。以“明道”为任的言说，为学士们换取声望，为其攫取权力积累资本，其“为事”一面，其实毫不逊色，只是不易察觉。

因此，对语言局限性的反思还是十分重要的，它提醒人们注意对语言任务的高自标榜与使用语言的事实之间的差距，注意到在对某种功能进行过分强调的同时，语言正明修栈道、暗度陈仓，发挥着另外的功用，注意到有着冷静外表的语言形式之下隐藏的欲望与骚动。更进一步说，以思想表达为主要业务的战国学士，竟然声称以言明道并不可能，这种悖谬其实也根源于其社会位置。他们既在社会之中，又试图超乎其外；既试图摆脱利益，又更深入地参与到利益分配之中。这样，一方面，追求“虚壹而静”的主体，追求纯粹无瑕的语言，另一方面，又承认这种追求终将无果。正仿佛学士们自称其独立，但终究不过是社会整体的一个组成部分，与其他部分有着千丝万缕的关联。学士群体无法成为一个绝对纯净的抽象存在，他们终究要立身于人世间，保持与政治世界、与世俗生活的沟通互动；同样，语言永远不可能如玻璃般透明，永远有着无法还原的暗斑与阴影。然而，这也无须惋惜，这正是其活力所在。

结　语

在“道”成为中国文化中最为崇高的范畴之后，原道就变作众多学术探索的自觉追求，言道也被无数文章著述标举为终极目标，“立言明道”既可以是潜藏于学者心中的欲念和志趣，也可以出现在大量堂皇的宣言之中，成为文化运动不容置疑的口号。这一观念、诉求如此深入人心，以至于人们或许早已忘记，“道”并非自古固存的概念，“明道”也不是人们发为言谈、著为文章的唯一目的，立言以明道远没有想象中那么天然，它其实只是在春秋末期才初步浮现，经战国之世而渐次成熟。在此之前，“道”这一语词虽已经存在，但其内涵尚不够深刻丰满，行道不足以充当时人行事的动力，言道也不是他们出口成章的指向。如今所能见到的春秋以前的言辞、文章，其实更多地出现在具体的政治事件、礼仪行为之中，是具体事务运作的一个不可缺少的组成部分，言说本身就是行动，言辞有其行事之功。“言以为事”成为语言绝对占优的存在形态，源于此时官师未分、政教一体的社会结构，而在春秋战国之际，这一结构松散、崩溃，士人作为新兴的社会阶层乘势而起。其中，以孔子为先启、以诸子为代表的学士群体，有德而无位，失意于仕途而致力于学术，以知识传承、思想表达为其主要事业，立言明道的观念由此诞生。

“道者，万物之所然也，万理之所稽也。”（《韩非子·解老》）“道”作为抽象之绝对，反映了人们从万物林总中抽绎出普遍原则、从瞬息万变中捕捉到永恒规律的渴望，仿佛从此之后，便可以自信地面对天高地迥、宇宙无穷，便可以以少御多、以简行繁，无往而不利。归根结底，这一形而上的概念，既根源于人类探究根本的求知之志，也体现了对于确定性的渴望。在战国这样一个旧制崩颓、新规未立的时代里，在当时充满血腥与暴力的世界之中，这种渴望自然会更加强烈，人们希望获得能使社会重返于治的知识，找到让秩序再度确立的规则。这种渴望虽普遍存在，但提出并强调用“道”这一范畴来满足社会中人们模糊的欲求，来给予对于未来的希望，还要依赖于一个善于思考、长于表达的特殊群体，言道因此成为战国学士自许的使命。这个“不治而议论”的群体，由于能够相对疏离于政治现实、超脱于世俗事务，看起来最适合对具有超越性的“道”进行阐发、揭示，而以“道”为言说之对象，学士们也可以确保自身的价值。因此，尽管“道”是普适的、超然的，但以明道为目的的思想表达行为，却不免与学士们的自我维护有关，事实上，这也是他们猎取声望、收获名声的主要方式。就这一层面来说，明道之言作为学士群体所掌握的、具有特殊性的言说方式，依然有其“言以为事”之用。

战国学士“不治而议论”的处境反映了此时这一群体与政治现实的不够相融，所谓以“道”抗“势”也确实是这一时期频频上演的现象。尽管无与于政治实务，学士们却并未消歇对于社会政治的热情，毕竟，在秩序的重新规整中，政治秩序如何重建至关重要。于是，“治道”成为他们议论言辩、著书立说的核心话题，他们甚至确信，表达、传播其思想同样是可以影响政治的社会行为，是介入政治的智慧方式，其作用可能不会有即时之功，但在更长的历史时段中势必能奏其成效。对表达行为的这一定位深刻影响了他们的思维，在思想观念的交锋之中，用作评判标准的往往是学说、主张的政治功用，以行政手段甚至暴力来平息学术论争，在大多数学士看来也具有正当性。

战国学士自尊自重、不肯屈从于权势的故事，塑造了他们在后世屡屡为人称道的英雄形象，但不应忽视的是，在这一时代，“道”与“势”之间的对峙并不绝对，其间暗含了沟通的可能。尽管学士们或多或少地游离于政治之外，但如何重新融入政治机制始终萦绕于其心间，在其为未来提供的制度设计中，怎样安置自身就是个颇费思量的问题。与此同时，新兴政体、国家也需要假手于这一群体以证明其合法性，而学士们虽对于时政普遍持批判态度，但在其思想之中，实际并未有力质疑逐渐成型、成熟的君主专制之下的官僚政体，他们的理想政治，在大体上与之并无歧异。① 这样，除去少数学士的愤激之词外，战国思想界其实并未设想出另外的国家统治方式、社会整合方式，这对于国家而言无疑十分重要；思想与政治之间的合作此时虽未能实现，但也已经为时不远。这意味着，在战国时代秩

① 尤锐指出：“只有在至高无上的统治者之下完成政治上的‘天下’一统，才能带来持久的和平与稳定，这是战国思想家们的普遍观念。统一君主的理念被许多知名的思想家所共享——除了庄子之外——这是战国思想论争最重要的成果。”（［以］尤锐：《展望永恒帝国：战国时代的中国政治思想》，孙英刚译，上海古籍出版社 2013 年版，第 281 页）他认为，这种思想共性，实际在一定程度上削弱了士人的政治潜能，但对于大多数士人来说，相对于天下的统一和长久稳定，这种让渡是可以接受的。

序重建的过程中，学士的思想表达行为同样贡献了力量，明道之言的“为事”之功，并不仅仅体现在学士群体的自我维护上。说到底，“道”与“势”之间的对抗，总体而言只是统治阶层内部的张力，两者其实分享了许多共同点，整合、统一才是势所必至的结局，甚至一定规模的冲突对峙，本身即是它们协作的一种方式。战国之时思想与政治之间的复杂纠缠，或许至今不失其启示意义：它们的过于密切会导致种种恶果，最终扼杀了思想的丰富面向；但如果不思索、不谈论政治，思想与其表达行为，同样也将丧失诸多的可能。

不仅思想总是以“治道”为主题，与政治的纠缠，实际上影响了大多数士人的生命形态。旧有体制松弛颓坏，新兴秩序尚在展望之中，天下也未成一统，这难得一见的历史机遇让士人们享有较充分的自由。就其自身而言，士阶层处于社会的中间层级，本就是一个流动性极强的群体。由此，士人可以有多种方式来安顿自我，“尚志”就成为一个典型的性格特征；有感于生命之短暂迫促，有别于庸众之无知无识，一些士人会自觉地选择人生路向，朝着某些特定的目标笃定、坚韧地前行。无论是立志时的自我省思，还是行志途中的互相打量，士人在制造出令人赞叹的生命景观的同时，也开始将自我或他人的不凡经历、命运曲折视作审美对象，并逐渐付诸书写。不过，人生选择的自由毕竟有限，出仕是其中最常见、最本能的一种，士人的情绪很多时候也都围绕着“遇”或“不遇”而起伏，这也很自然地成为思想者思考命运之谜、诗人抒情言志的主题，于是，战国士人有的格外兴高采烈，也有的极端抑郁低沉。

对于学士群体来说，“不遇”有多方面的原因。忙于争战的列国以富国强兵为首务，暂时无暇妥善安置这样一个以知识、思想见长的群体；当以弘道自任之后，学士们也有自矜自重、不肯轻易事人的心态。在入仕遭遇挫折之后，他们也渐渐明了，言说、著述自其有不容低估的价值，对于人类恒久、稳定的社会秩序，同样具有无比深远的意义。于是，立言明道就不仅是一种特殊的社会参与方式，也是实现个人价值、充实有限生命的一种方式。而以言说、书写为一生事业，为平生之“志”，实际经过多方探索方才为士人们所确信，士人的著述意识即发生于这一探索过程之中。“士志于道”的崇高目标，可以用“立言明道”的方式来实现，学士们从此可以进退有节，他们将愈加珍惜自己独立、公正、不受特定利益牵系的思想者形象，也会更热衷于宣称自己的议论著述，都以具有普遍性、超越性的“道”为依归。

战国学士最为耀眼的成就，是他们制作出的大量说理性言辞、文章，不仅其中所含内容丰富深刻，其所用体式也相当繁杂，这源于他们的表达活动的多式多样。普遍存在于人类生活之中的对话，自然也成为学士们表述其思想的重要方式，不过，从一开始，这种对话就显示出与别种对话之间的区别。这类对话主要发生在学派之内，发生于一个以师长为核心，有着共同志趣、相近思想取向的群体中，这一群体并非人人可以进入，它的聚集本身就意味着与社会其他人群的区隔。因此，师长在这种对话中可以更为主动、自由地阐述个人关于社会政治、宇宙人生的诸般意见。以言道自命之后，即使在面对君主之时，学士们也试图保持其师长姿态，以师道尊严抵抗政治权威，这与为倾侧人主不惜先意承旨、投其所好的策士之辞迥然不同。一些学士比如孟子的周游各国，实际不能等同于当时以合纵连横为务的游说活动，与君主进行对话，乃是他们主动地摸索道济天下的可能。论说文的产生，与书写越来越成为学士们思想表达的主要方式有关。由于书写能力的不够普及、知识水平的普遍有限，能够掌握这种写作技能本身即是社会身份的象征。而这种体式特别是成熟的专论体，由于看起来摆脱了对话体受到的诸多现实情境的限制，似乎更适合对普遍的、永恒的“道”的呈现，更适合塑造学士们客观、无私的言“道”者形象。然而，这种论说行为虽不必与他人直接面对，实际却处于一个更巨大的社会情境之中，它之所以能成为思想表达的主流体式，是因为它更有助于学士在整个社会之中确立其位置，构建其主体性。

总之，无论是发为口说，还是假之书写，思想表达都是一种具有社会意义的行为。这意味着，表达势必受到历史情境的限制，表达者的社会位置、言说意图、主体姿态，表达时面对或预设的接受者等，都会对表达行为构成影响。这样，尽管战国学士以明道为立说之重任，但这不足以决定其思想表达的形态，更不能够以此为准衡量其历史意义。学士们“不治而议论”的生存状态，他们对于政治心理上的热望与现实中的失望，都会作用于其表达行为；而其思想表达，哪怕是以迂曲的方式，事实上也能够介入政治。学士们通过对言说、写作的坚持，为自身累积声望，进而换取社会政治地位，对于士阶层的性格走向、“士大夫政治”的最终形成，都有着重要作用，在战国时代秩序重建的过程中，这些表达活动实际也不可或缺。作为一种行为的思想表达势必受到社会环境的制约，但这也是其力量所在，只有植根于世界，才能够最终改变世界；战国学士因此不仅留下了丰厚的思想遗产，其形式多样的表达活动以及其中富含的各种策略，也足以启发后人对于言说、写作之意义的思索。

全书的论述较少提及庄子，但他的重要性毋庸置疑。在很多方面，他都与战国学士形成分歧。当学士们将精力集中于讨论“治道”之上，他却对政治兴趣寡淡，并反思政治对个体独特性的压抑甚至抹杀，由此生发出一种极为深邃的伦理意识。学士们努力探索以言明道的可能，他却在最深入思考语言局限性的同时，致力于一些看起来荒唐无稽、颇具游戏性，却又不乏深刻的文本的写作。不同于论说文追求明确、清晰，他的表达荒唐谬悠，含义不定且富于诗意，并经常自表虚妄、自我破除。在整个中国文学史上，庄子的思想及其表达都难能可贵，具有值得深入发掘的内涵。不过，在此要问的是另一个问题：这个据说拒绝君主延聘，甘心陆沉于俗、冥迹于众的庄子，是怎样维持生计，并消磨掉自己的大把时日？看起来，他那本应无所不包的语言天分和表达技艺，却很少涉及这些话题。与此类似的是那些隐士，尽管有很多证据表明他们在战国时颇有人数，但并没有太多记载可供后人推测其生活图景之一二，结果，不奔波于列国，不自鬻于君主，隐居避世，顺便也彻底葬送了自己的声名。总之，战国之时，隐士的山林草泽并没有成为一个具有文化意味的空间，士人们的书写，即便如庄子般远离政治，也没有深入日常的经验，那些与政教关联并不密切的忧伤喜悦，那些平淡而不乏况味的琐细之事，那些微微皴动的心绪波澜，要进入书写的范围之中，仍需俟之将来。这也意味着，战国士人的独立性和生命自觉，其实是有限的；毕竟，只有从平常的生活中叩问出丰富的意义，只有万千事物涌入审美的视野，只有书写的范围足够充分地扩张，士人才真正有可能在政治之外，仍可将生命润养饱满，并为其涂抹出斑斓的颜色。

参考文献

一、古籍类

（汉）司马迁撰：《史记》，中华书局 1962 年版。

（汉）王充著，黄晖校释：《论衡校释》，中华书局 1990 年版。

（汉）班固等撰：《汉书》，中华书局 1962 年版。

（汉）毛亨撰，（汉）郑玄笺，（唐）孔颖达等疏，龚抗云等整理：《毛诗正义》，北京大学出版社 1999 年版。

（魏）王弼注，楼宇烈校释：《老子道德经注校释》，中华书局 2008 年版。

（梁）刘勰撰，周振甫注：《文心雕龙注释》，人民文学出版社 1981 年版。

（唐）刘知几撰，（清）浦起龙释：《史通通释》，上海古籍出版社 2009 年版。

（宋）洪兴祖撰，白化文等点校：《楚辞补注》，中华书局 1983 年版。

（宋）朱熹撰，钟哲点校：《四书章句集注》，中华书局 1983 年版。

（清）郭庆藩撰，王孝鱼点校：《庄子集释》，中华书局 1961 年版。

（清）洪亮吉撰，李解民点校：《春秋左传诂》，中华书局1987年版。

（清）蒋骥撰：《山带阁注楚辞》，中华书局1958年版。

（清）焦循撰，沈文倬点校：《孟子正义》，中华书局1987年版。

（清）皮锡瑞著，周予同注释：《经学历史》，中华书局2008年版。

（清）刘宝楠撰，高流水点校：《论语正义》，中华书局1990年版。

（清）阮元刊：《十三经注疏》，中华书局2009年影印本。

（清）孙星衍撰，陈抗、盛冬铃点校：《尚书今古文注疏》，中华书局1986年版。

（清）孙诒让撰，孙启治点校：《墨子间诂》，中华书局2001年版。

（清）孙诒让撰，王文锦、陈玉霞点校：《周礼正义》，中华书局1987年版。

（清）王先谦撰，沈啸寰、王星贤点校：《荀子集解》，中华书局1988年版。

（清）王先慎撰，钟哲点校：《韩非子集解》，中华书局1998年版。

（清）章学诚著，叶瑛校注：《文史通义校注》，中华书局1994年版。

（清）章学诚著，王重民通解：《校雠通义通解》，上海古籍出版社2009年版。

（清）王聘珍撰，王文锦点校：《大戴礼记解诂》，中华书局1983年版。

二、中文论著

安作璋、熊铁基：《秦汉官制史稿》，齐鲁书社2007年版。

白奚：《稷下学研究：中国古代的思想自由与百家争鸣》，生活·读书·新知三联书店1998年版。

曾运乾：《尚书正读》，华东师范大学出版社2012年版。

常森：《二十世纪先秦散文研究反思》，北京大学出版社2002年版。

常森：《简帛〈诗论〉〈五行〉疏证》，北京大学出版社2019年版。

常森：《屈原及楚辞学论考》，北京大学出版社2016年版。

常森：《屈原及其诗歌研究》，北京大学出版社2012年版。

常森：《先秦文学专题讲义》，山西教育出版社2005年版。

常森：《先秦诸子研究》，人民教育出版社2008年版。

陈鼓应：《管子四篇诠释：稷下道家代表作解析》，商务印书馆2006年版。

陈鼓应注译：《黄帝四经今注今译》，商务印书馆2007年版。

陈梦家：《尚书通论》，中华书局2005年版。

陈桐生：《七十子后学散文研究》，暨南大学出版社2011年版。

陈柱：《墨学十论》，广西师范大学出版社2010年版。

程树德：《论语集释》，中华书局1990年版。

褚斌杰：《中国古代文体概论》，北京大学出版社1990年版。

董洪利：《孟子研究》，江苏古籍出版社1997年版。

冯友兰：《中国哲学史》，华东师范大学出版社2000年版。

傅斯年：《中国古代思想与学术十论》，广西师范大学出版社 2006 年版。

高亨：《商君书注译》，中华书局 1974 年版。

高明：《帛书老子校注》，中华书局 1996 年版。

高新华：《战国至汉初的黄老思想研究》，中华书局 2021 年版。

葛兆光：《思想史研究课堂讲录》，生活·读书·新知三联书店 2005 年版。

葛兆光：《中国思想史》，复旦大学出版社 2005 年版。

顾颉刚：《顾颉刚古史论文集》，中华书局 2011 年版。

顾颉刚：《史林杂识初编》，中华书局 2005 年版。

郭绍虞：《照隅室古典文学论集》，上海古籍出版社 2009 年版。

郭绍虞：《中国文学批评史》，百花文艺出版社 1999 年版。

过常宝：《先秦散文研究——早期文体及话语方式的生成》，人民出版社 2009 年版。

《韩非子》校注组编写，周勋初修订：《韩非子校注》，凤凰出版社 2009 年版。

何怀宏：《世袭社会——中国历史上的春秋时代》，生活·读书·新知三联书店 1996 年版。

何建章：《战国策注释》，中华书局 1990 年版。

何晋：《战国策研究》，北京大学出版社 2001 年版。

胡适：《胡适学术文集·中国哲学史》，中华书局 1998 年版。

黄留珠：《秦汉仕进制度》，西北大学出版社 1985 年版。

黎翔凤撰，梁运华整理：《管子校注》，中华书局 2004 年版。

李佳：《〈国语〉研究》，中国社会科学出版社 2015 年版。

李零：《郭店楚简校读记》，中国人民大学出版社 2007 年版。

李零：《简帛古书与学术源流》，生活·读书·新知三联书店 2004 年版。

李零：《李零自选集》，广西师范大学出版社 1998 年版。

李零：《去圣乃得真孔子》，生活·读书·新知三联书店 2008 年版。

李零：《上博楚简三篇校读记》，中国人民大学出版社 2007 年版。

李学勤：《简帛佚籍与学术史》，江西教育出版社 2001 年版。

李学勤：《周易溯源》，巴蜀书社 2006 年版。

李泽厚：《新版中国古代思想史论》，天津社会科学院出版社 2008 年版。

梁启超：《梁启超论先秦政治思想史》，商务印书馆 2012 年版。

廖名春：《中国学术史新证》，四川大学出版社 2005 年版。

刘宁：《汉语思想的文体形式》，华东师范大学出版社 2012 年版。

刘起釪：《尚书学史》，中华书局 2016 年版。

刘师培：《刘师培史学论著选集》，上海古籍出版社 2006 年版。

刘文典撰，冯逸、乔华点校：《淮南鸿烈集解》，中华书局 1989 年版。

刘泽华主编：《士人与社会》（先秦卷），天津人民出版社 1988 年版。

马世年：《〈韩非子〉的成书及其文学研究》，上海古籍出版社 2011 年版。

马王堆汉墓帛书整理小组编：《战国纵横家书》，文物出版社 1976 年版。

马宗霍：《中国经学史》，上海书店 1984 年版。

蒙文通：《古史甄微》，巴蜀书社 1999 年版。

蒙文通：《经学抉原》，上海人民出版社 2006 年版。

蒙文通：《先秦诸子与理学》，广西师范大学出版社 2006 年版。

蒙文通：《中国史学史》，上海人民出版社 2006 年版。

钱穆：《孔子传》，生活·读书·新知三联书店 2001 年版。

钱穆：《两汉经学今古文平议》，商务印书馆 2001 年版。

钱穆：《论语新解》，生活·读书·新知三联书店 2018 年版。

钱穆：《先秦诸子系年》，商务印书馆 2001 年版。

钱穆：《中国史学名著》，生活·读书·新知三联书店 2001 年版

钱穆：《中国学术思想史论丛》（二），生活·读书·新知三联书店 2009 年版。

钱穆：《庄老通辨》，生活·读书·新知三联书店 2005 年版。

裘锡圭：《古代文史研究新探》，江苏古籍出版社 1992 年版。

裘锡圭：《中国出土古文献十讲》，复旦大学出版社 2008 年版。

孙钦善：《论语本解》，生活·读书·新知三联书店 2009 年版。

谭家健、郑君华：《先秦散文纲要》，山西人民出版社 1987 年版。

谭家健：《先秦散文艺术新探》，齐鲁书社 2007 年版。

陶东风：《文体演变及其文化意味》，云南人民出版社 1994 年版。

童书业：《春秋史》，中华书局 2006 年版。

童书业：《春秋左传研究》，中华书局 2006 年版。

王琯：《公孙龙子悬解》，中华书局 1992 年版。

王国维：《观堂集林》，中华书局 1959 年版。

王文锦：《礼记译解》，中华书局 2001 年版。

文韬：《先秦重“言”传统及其影响》，北京大学硕士学位论文，2005 年。

萧公权：《中国政治思想史》，新星出版社 2010 年版。

徐复观：《两汉思想史》，华东师范大学出版社 2001 年版。

徐复观：《徐复观论经学史二种》，上海书店出版社 2006 年版。

徐建委：《文本革命：刘向、〈汉书·艺文志〉与早期文本研究》，中国社会科学出版社 2017 年版。

徐元诰集解：《国语集解》，中华书局 2002 年版。

许富宏：《鬼谷子集校集注》，中华书局 2010 年版。

许维遹撰，梁运华整理：《吕氏春秋集释》，中华书局 2009 年版。

许倬云：《求古编》，新星出版社 2006 年版。

许倬云：《中国古代社会史论：春秋战国时期的社会流动》，广西师范大学出版社 2006 年版。

阎步克：《察举制度变迁史稿》，中国人民大学出版社 2009 年版。

阎步克：《乐师与史官——传统政治文化与政治制度论集》，生活·读书·新知三联书店 2001 年版。

阎步克：《士大夫政治演生史稿》，北京大学出版社 1996 年版。

杨伯峻：《春秋左传注》，中华书局 1990 年版。

杨伯峻：《孟子译注》，中华书局 2005 年版。

杨宽：《西周史》，上海人民出版社 2003 年版。

杨宽：《战国史》，上海人民出版社 2003 年版。

于迎春：《汉代文人与文学观念的演进》，东方出版社 1997 年版。

于迎春：《秦汉士史》，北京大学出版社 2000 年版。

于迎春：《中国早期历史中文学、文人的形态和观念》，刘东主编：《中国学术》第五辑，商务印书馆 2001 年版。

余嘉锡：《古书通例·目录学发微》，中华书局 2007 年版。

余英时：《论天人之际》，中华书局 2014 年版。

余英时：《士与中国文化》，上海人民出版社 1987 年版。

俞启定、施克灿：《中国教育制度通史》第 1 卷，山东教育出版社 2000 年版。

俞志慧：《古“语”有之：先秦思想的一种背景与资源》，华东师范大学出版社 2010 年版。

俞志慧：《君子儒与诗教》，生活·读书·新知三联书店 2005 年版。

张双棣、张万彬、殷国光等：《吕氏春秋译注》，吉林文史出版社 1993 年版。

张舜徽：《汉书艺文志通释》，华中师范大学出版社 2004 年版。

张铁：《“语”类古书研究》，北京大学硕士学位论文，2003 年。

张政烺：《论易丛稿》，中华书局 2012 年版。

张政烺：《文史丛考》，中华书局 2012 年版。

章诗同：《荀子简注》，上海人民出版社 1974 年版。

赵守正：《管子通解》，北京经济学院出版社 1989 年版。

郑开：《德礼之间：前诸子时期的思想史》，生活·读书·新知三联书店 2009 年版。

三、外文译著

[苏] 巴赫金：《巴赫金全集》，河北教育出版社 2009 年版。

[德] 卡尔·曼海姆：《文化社会学论集》，艾彦、郑也夫、冯克利译，辽宁教育出版社 2003 年版。

[德] 卡尔·曼海姆：《意识形态与乌托邦》，姚仁权译，中国社会科学出版社 2009 年版。

[德] 韦伯：《中国的宗教；宗教与世界》，康乐、简惠美译，广西师范大学出版社 2004 年版。

[法] 阿尔都塞：《哲学与政治：阿尔都塞读本》，陈越编译，吉林人民出版社 2003 年版。

[法] 安托万·孔帕尼翁：《理论的幽灵：文学与常识》，吴泓缈、汪捷宇译，南京大学出版社 2011 年版。

[法] 布尔迪厄：《国家精英》，杨亚平译，商务印书馆 2004 年版。

[法] 福柯：《福柯集》，杜小真编选，上海远东出版社 2003 年版。

[法] 福柯：《规训与惩罚》，刘北成、杨远婴译，生活·读书·新知三联书店 2007 年版。

[法] 福柯：《知识的考掘》，王德威译，麦田出版有限公司 1993 年版。

[芬兰] 凯瑞·帕罗内：《昆廷·斯金纳思想研究》，胡传胜译，华东师范大学出版社 2005 年版。

[美] 戴维·斯沃茨：《文化与权力：布尔迪厄的社会学》，陶东风译，上海译文出版社 2012 年版。

[美] 汉娜·阿伦特：《人的境况》，王寅丽译，上海人民出版社 2009 年版。

[美] 汉娜·阿伦特：《过去与未来之间》，王寅丽、张立立译，译林出版社 2001 年版。

[美] 列文森：《儒教中国及其现代命运》，郑大华译，广西师范大学出版社 2009 年版。

[美] 史华兹：《古代中国的思想世界》，程钢译，江苏人民出版社 2004 年版。

[美] 王靖宇：《中国早期叙事文研究》，上海古籍出版社 2003 年版。

［美］宇文所安：《他山的石头记：宇文所安自选集》，田晓菲译，江苏人民出版社 2006 年版。

［美］宇文所安主编：《剑桥中国文学史》上卷，刘倩等译，生活·读书·新知三联书店 2013 年版。

瞿同祖：《汉代社会结构》，邱立波译，上海人民出版社 2007 年版。

［日］平势隆郎：《从城市国家到中华：殷周、春秋战国》，周洁译，广西师范大学出版社 2014 年版。

［日］西嶋定生：《中国古代帝国的形成与结构：二十等爵制研究》，武尚清译，中华书局 2004 年版。

［瑞士］费尔迪南·德·索绪尔：《普通语言学教程》，高名凯译，商务印书馆 1980 年版。

［以］尤锐：《展望永恒帝国：战国时代的中国政治思想》，孙英刚译，上海古籍出版社 2013 年版。

［英］奥斯汀：《如何以言行事》，杨玉成、赵京超译，商务印书馆 2012 年版。

［英］昆廷·斯金纳：《国家与自由》，李强、张新刚主编，北京大学出版社 2018 年版。

［英］昆廷·斯金纳：《霍布斯哲学思想中的理性与修辞》，王加丰、郑崧译，华东师范大学出版社 2005 年版。

［英］路德维希·维特根斯坦：《哲学研究》，陈嘉映译，上海人民出版社 2001 年版。

［英］特雷·伊格尔顿：《二十世纪西方文学理论》，伍晓明译，北京大学出版社 2007 年版。

［英］特里·伊格尔顿：《马克思主义与文学批评》，文宝译，人民文学出版社 1980 年版。

后　记

本书是以博士学位论文为基础修改而成的。读博之后，没有用太多时间，就与导师于迎春教授商定以战国文学为论文选题。经过一些准备，2012 年春季开始动笔，2014 年毕业前夕勉强完成，名为“战国士人的思想世界与表达”。工作后，本以为会一鼓作气地完成修改，但初次从教的张皇无措，陌生环境里的不够自如，诸多原因都让这一计划搁浅，直到 2018 年才重新启动。大致的修改思路，是通过删减、新撰一些章节和结构调整，让全书主题更集中一些。

书稿的修订一再为工作、生活中的波折所阻滞。2020 年元旦与庚子年春节相隔很近，半月之内，几次往返重庆、济南，完成调动手续，寄收行李书籍，年关已在眼前。在青岛与妻子会合，又赶回高密老家，疫情的消息已盈满耳目，两三天后，就见证了堵路封村，家家闭户。慌乱、焦灼无补于事，索性便整理心情、董理文稿。转眼之间，就到了春风骀荡的三月，邻居家的几树玉兰隔墙盛开。草木有序，世变无常，让人慨然。

博士学位论文是在导师精心指导下完成的。我一直保存着那份满是批改痕迹的初稿，也时常想起她为我写下的一句话：“一种有魅力的学术语言应当是有弹性的，它不只是简净明朗的质地硬实，不只是每句话都那么确定和均匀。有吸引力的学术语言应当是有叙述性的，有长短参差，有主动被动，有语气，有情绪，甚至也可以有一些意味深长的题外话。”书稿与老师的期待显然相差甚远，未来我仍愿以此自勉。

常森老师、刘宁老师、杜晓勤老师、顾永新老师、蓝旭老师，以及出席开题答辩、参与论文审阅的诸位师长，提出了许多富有启发的建议，多年来也为我提供了各方面的帮助。我常疏于表达谢意，但一直感怀于心。

毕业前的那段日子里，同门之友关也、徐涵、李育明、尉雯琪为我承担了很多事务性工作。在燕园的最后那个学期，我们每周四下午都在导师办公室里畅聊，我常忆起那些放言而论的时光。

本书出版得到了山东大学文学院的经费资助，杜泽逊院长给予了很多支持。山东大学出版社的编辑老师为之付出了大量劳动。交付书稿前，两位硕士研究生陆云扬、申亚雪核对了书中引文，校正了不少行文上的错讹。

修订完成，不如意处依然很多。不少表达不够精审甚至有些辞费，如今的想法与当初的判断之间也生出了诸多参差，但一一订正已不可能。不妨坦承，自己多多少少也有些珍惜字里行间隐现的当年意气。渐近不惑之年，对学术、生命的困惑并未减少。常常默诵庄子的话：“人之生也，固若是芒乎？其我独芒，而人亦有不芒者乎？”也常常用“君子无中心之忧，则无中心之智”来自励。特别感谢家人，我越来越感受到他们为我营建的安稳平和的日常生活的重要。

作者

2021 年 12 月 4 日

山东大学中文专刊目录

《杨振声文集》
《黄孝纾文集》
《萧涤非文集》
《殷孟伦文集》
《高兰文集》
《殷焕先文集》
《刘泮溪文集》
《孙昌熙文集》
《关德栋文集》
《牟世金文集》
《袁世硕文集》
《刘乃昌文集》
《钱曾怡文集》
《葛本仪文集》
《董治安文集》
《张可礼文集》
《郭延礼文集》
《曾繁仁学术文集》
《中国诗史》　（陆侃如、冯沅君）
《诗经考索》　（王洲明）
《出土文献与先秦著述史研究》　（高新华）
《战国至汉初的黄老思想研究》　（高新华）
《蔡伦造纸与纸的早期应用》　（刘光裕）
《刘光裕编辑学论集》　（刘光裕）
《挚虞及其〈文章流别集〉研究》　（徐昌盛）
《王小舒文集》
《苏轼诗文评点研究》　（樊庆彦）
《中国小说互文与通变研究》　（李桂奎）

《中国当代戏曲论争史述》 （刘方政）
《中国电影新生代的轨迹探寻》 （丁晋）
《莫言小说叙事学》 （张学军）
《景石斋训诂存稿》 （路广正）
《古汉字通解 500 例》 （徐超）
《战国至汉初简帛人物名号整理研究》 （王辉）
《瑶语方言历史比较研究》 （刘文）
《语音学田野调查方法与实践——黔东苗语（新寨）个案研究》 （刘文）
《石学蠡探》 （叶国良）
《因明通识》 （姜宝昌）
《袁昶年谱长编》 （朱家英）
《孙吴文学系年》 （徐昌盛）
《明代文学论丛》 （孙学堂）
《立言明道——战国士人的语言观念与思想表达》 （刘书刚）
《姜宝昌语言学、墨学论文集》 （姜宝昌）
《基于人工神经网络和向量空间模型的汉语体貌系统研究》 （刘洪超）
《面向构式知识库构建的现代汉语“A+一+X，B+一+Y”格式研究》 （刘洪超）
《众包与词汇计量研究》 （王世昌）
《梁启超与中国文学的转变》 （李开军）
《欧美文学的讽喻传统》 （刘林）
《清华简集释》 （侯乃峰）
《郁达夫的生平与诗词》 （刘晓艺）
《中古阳声韵韵尾在现代汉语方言中的读音类型》 （张燕芬）